Andrew E. Kaufman
Verzerrte Welt

amazon crossing

Das Buch

Der Psychologe Dr. Christopher Kellan kennt die dunkelsten Abgründe der menschlichen Seele: Er arbeitet im Hochsicherheitstrakt »Alpha Zwölf« der Klinik Loveland, wo psychotische Mörder verwahrt werden. Aber sein neuester Patient Donny Ray Smith gibt ihm Rätsel auf: Zehn Mädchen soll er umgebracht haben. Ihre Leichen wurden nie gefunden, und damit ist seine Schuld nicht bewiesen. Christopher muss der Wahrheit auf die Spur kommen. Doch die Sitzungen mit Donny Ray ziehen ihn in einen beängstigenden Sog. Warum kommt ihm der junge Mann mit den toten Augen so verhängnisvoll vertraut vor? Warum weiß Donny Ray so viel über ihn, seine Frau, seinen kleinen Sohn? Eiskalte Furcht überkommt Christopher, als er auf unerklärliche Weise die Kontrolle über sein Leben verliert.

Der Autor

Andrew E. Kaufman ist ein Funk- und Fernsehjournalist, der zum Schriftsteller wurde. Als die Gesamtzahl seiner verkauften Bücher die sechsstellige Zahl weit überschritt, ernannte man ihn zu einem der erfolgreichsten Independent-Autoren des Landes. In deutscher Sprache erschienen ist von ihm bisher »Der Löwe, das Lamm, der Gejagte«.

ANDREW E. KAUFMAN

VERZERRTE WELT

THRILLER

Aus dem Amerikanischen von Elke Will

amazon crossing

Die Originalausgabe erschien 2015 unter dem Titel
»Twisted« bei Thomas & Mercer, Seattle.

Deutsche Erstveröffentlichung bei
AmazonCrossing, Amazon Media E.U. S.à.r.l.
5 Rue Plaetis, L-2338, Luxembourg
Oktober 2016

Umschlaggestaltung: semper smile, München, www.sempersmile.de
Umschlagmotiv: © donatas1205 /Shutterstock; © Nine_Tomorrows / Shutterstock; © Ahturner /Shutterstock; © ostill /Shutterstock; © artshock / Shutterstock; © puwa2827 /Shutterstock; andreiuc88 ©/Shutterstock
Lektorat: Rotkel Textwerkstatt
Printed in Germany
By Amazon Distribution GmbH
Amazonstraße 1
04347 Leipzig, Germany

ISBN: 978-1-503-93928-8

www.amazon.de/amazoncrossing

Für Jessica, weil sie Andrew zugehört hat

Kapitel 1

Schließbolzen.

Stahlstangen.

Metall schlägt gegen Metall.

Dies ist meine eiserne Welt, in der ich verwirrte Gemüter repariere und kognitive Drähte verschmelze. Eine Welt, die – wenn Emotionen physisch wären – aus einem wirren Durcheinander von Haken und Dornen bestünde.

Aber es sind nicht nur die Anblicke und Geräusche: Es ist auch der Geruch, eine muffige Mischung aus menschlichen Exkrementen und Schweiß. Selbst der Stahl hat seinen ganz eigenen Mief, einen mineralischen, penetranten Geruch, mit Rost und Zeit gewürzt.

Der Gestank des Wahnsinns.

Wie lange bin ich schon hier? Sechs Jahre? Acht?

Manchmal kann ich mich kaum daran erinnern, und manchmal vergesse ich, wer hier eigentlich Zeit absitzt.

»Willkommen im Dschungel, meine Herren«, sagt mein Chef mit sprödem Zynismus. Jeremy Firestones Empfindung ist nicht unberechtigt, aber nicht unbedingt nötig. Die psychiatrische Klinik von Loveland einen Dschungel zu nennen, ist bestenfalls die Beschönigung eines Optimisten, ungefähr so, als würde man die Hölle ein tropisches Reiseziel nennen. Und gerade jetzt bewegen wir uns immer tiefer in ihren höhlenartigen Unterbauch, einen unterirdischen Durchgang, der in eine Sackgasse mit Hochsicherheitstrakt führt, genannt Alpha Zwölf. Das Zuhause von Verbrechern der übelsten Sorte.

Mördern.

Vergewaltigern.

Dunklen Seelen mit einer unheilbaren Sucht nach dem Bösen.

Dr. Adam Wiley und ich tauschen aufmerksame Blicke aus. Keiner von uns kennt den Zweck dieser Reise. Ich blicke flüchtig zu Jeremy, der mit entschlossenem Schritt und starrem Blick auf sein Ziel zugeht. An einem normalen Tag ist unser Chef die vollendete Personifikation einer Affektökonomie, aber heute gleicht sein Gesichtsausdruck eher dem einer Betonplatte.

Wir erreichen den Sicherheitskontrollpunkt Eins, ein Tor, das zu dem langen Korridor führt, der uns zu Alpha Zwölf bringt. Der Wachmann mustert uns mit einem umsichtigen Nicken, drückt einen Knopf und der Summer ertönt. Eine gelbe Lampe blinkt einmal, dann zweimal und schaltet auf Grün um. Das Tor gleitet auf und wir gehen hinein; seine Eisenstangen schlagen geräuschvoll hinter uns zu und hinterlassen einen donnerartigen, in der Luft zerberstenden Knall, dessen Echo über uns in einen formlosen Schatten verhallt.

Etwas Hartes und Eisiges durchdringt mich.

Dieser Ort ist so kalt.

Aber ich frage mich, ob meine Wahrnehmung eher von Emotionen als vom Klima angetrieben wird, ob dieses Loch in der Erde meine Sinne trübt und mir einen eisigen Schauer durch den Verstand bläst.

Ich versuche, diesen Gedanken mit einem tiefen Atemzug zu verjagen, aber meine einzige Belohnung ist eine doppelte

Dosis schädlicher, ekelerregender Luft, die meine Lungen füllt. Ich stoße sie aus und gehe mit starrem Blick weiter.

Ohne zu übertreiben, könnte man durchaus sagen, dass das Loveland auf keinen Fall eine moderne oder zeitgemäße Anlage ist. Unsere Einrichtung altertümlich zu nennen, wäre ein Kompliment. Vor drei Jahren stimmten dem ein paar Beamte von Arizona zu. Sie kamen her und schlugen uns zahlreiche Zitate aus Bauordnungen um die Ohren. Nachdem sie uns ganz oben auf der Liste stehen hatten, machten sie uns Vorwürfe zu Menschenrechtsverletzungen. Unser Vorstand bekam kalte Füße und reagierte schnell mit Plänen für ein neues Gebäude und einer kompletten Programmüberholung. Aber es wird noch Jahre dauern, bis alles steht und funktionsfähig ist. In der Zwischenzeit machen wir das Beste aus dem, was wir haben, müssen darauf achten, unsere Zunge zu zügeln, uns anständig benehmen und immer im Hinterkopf behalten, dass wir unter mikroskopischer Beobachtung stehen.

»Also Chris, wie geht es denn deinem hübschen Sohnemann?«, fragt Adam. Ein offensichtlicher Versuch, die Spannung zu lockern, aber ich weiß es zu schätzen.

»Wächst viel zu schnell«, sage ich.

»Und deiner noch hübscheren Frau?«

»Noch hübscher als je…«

»Meine Herren.« Jeremy unterbricht unseren Small Talk und seine Stimme donnert noch lauter, als wir um die nächste Ecke gehen. »Es gibt einen neuen Patienten im Loveland.«

Weder Adam noch ich reagieren. Unser Chef hat uns bestimmt nicht den ganzen Weg hierhergebracht, um uns das zu sagen.

»Und ich kann nicht genug betonen, wie wichtig dieser Fall ist«, fährt er fort. »Es ist einer der größten, die wir je hatten. Ich brauche sicher nicht zu betonen, dass wir uns bemühen müssen, Abhilfe zu schaffen.«

Adam hebt eine Augenbraue. »Und dieser geheimnisvolle Patient wäre …«

Jeremy schaut zu Boden, und zum ersten Mal sehe ich in seinem stoischen Blick Sorge, je mehr wir uns Alpha Zwölf nähern.

»Donny Ray Smith. Er wurde uns vom Miller-Institut in Nordarizona geschickt.«

»Aus welchem Grund?«

»Ein gerichtlich angeordnetes Gutachten. Seine Anwälte wollen bei der Verteidigung auf *nicht schuldig* wegen Unzurechnungsfähigkeit plädieren.«

»Wie kommt es, dass das Miller ihn zu uns schickt?«

»Nicht das Miller – der Richter schickt ihn. Im Institut gab es eine interne Umstrukturierung, kurz vor dem Abschluss von Smiths Beurteilung. Eine Neuropsychologin, die den Fall bearbeitet hat, ist gerade dabei, ihre Zulassung zu verlieren. Als der Bezirksstaatsanwalt das herausfand, hat er den Antrag für ein neues Gutachten gestellt.«

»Er wurde nervös«, antworte ich.

»Sehr nervös. Diese Geschichte hat sich dort wie ein Lauffeuer in sämtlichen Nachrichten verbreitet. Ein weiterer Grund, warum das bei uns fehlerlos ablaufen muss. Bei alldem, was hier bei uns vorgefallen ist …«

»Wir brauchen nicht noch mehr negative Publicity.«

»Ganz genau«, stimmt Jeremy zu. »Nebenbei hat uns der Richter wegen all der Verzögerungen einen ziemlich engen Termin gesetzt.«

»Wie eng?«, frage ich.

»Ihre Auswertungen werden in einer Woche erwartet. Bis dahin werde ich Sie von all Ihren anderen Fällen freistellen.«

»Sind die Leute vom Miller zu irgendwelchen Schlussfolgerungen gekommen, bevor die internen Probleme aufgetreten sind?«, fragt Adam.

»Die Erkenntnisse des Psychologen waren nicht schlüssig, aber der Neurologe bestand auf einer abweichenden Analyse. Er ist der Meinung, dass Smith simuliert.«

Ich starre auf die Türen, die zu Alpha Zwölf führen. »Welches Verbrechen hat er begangen?«

»Wie viele möchten Sie hören?«

»So viele, wie Sie haben.«

»Mord.« Jeremy nickt einmal. »So viele junge Mädchen, dass Sie die nicht an zwei Händen abzählen können. Leider konnten wir ihn bisher nur auf den letzten Mord an einem sechsjährigen Mädchen festnageln.«

Im gleichen Alter wie Devon.

Jeremy vernichtet meinen Gedanken. »Auf dieses Verbrechen werden Sie sich konzentrieren. Je mehr wir in diesem Fall herumstöbern, umso mehr Verbrechen werden ans Tageslicht kommen. Da man Smith derzeit nichts nachweisen kann, gelten die Hinweise zu diesen Verbrechen lediglich als Hintergrundinformation. Der Richter hat dies sehr deutlich gemacht. Weil das letzte Opfer unter fünfzehn war – und unter Umständen mehrfacher Mord ins Spiel kommen könnte –, handelt es sich am Ende eventuell um einen Fall mit möglicher Todesstrafe. Es wäre daher ratsam, die Folgen Ihrer Diagnose stets im Hinterkopf zu behalten.«

»Zehn Kinder? Und sie konnten ihm bis heute noch nichts nachweisen? Wie ist das möglich?«

Er bleibt stehen, um mich anzusehen. »Das kommt schon mal vor, wenn man die Leichen nicht findet.«

»Einschließlich der letzten.«

»Ja, einschließlich der letzten.«

Adam steckt die Hände in die Taschen und beobachtet Jeremy. »Also, wie kommt es dann, dass er in Alpha festgehalten wird?«

»Es hat drei Jahre gedauert, ihn in Gewahrsam zu bekommen, und der Bezirksstaatsanwalt ist nicht bereit, irgendein Risiko einzugehen. Er hat beantragt, dass Smith in einem Hochsicherheitstrakt untergebracht wird. Selbstverständlich haben wir dem zugestimmt.«

»Suizidverdacht?«

»Darauf können Sie wetten!«

Wir erreichen Alpha Zwölf. Jeremy schiebt seine Karte durch den Scanner. Die Tür reagiert mit einem scharfen, motorisierten Klick; während sie sich öffnet, dröhnen schon entsetzliche Geräusche heraus. Solcher Art, die durch Mark und Bein gehen, solcher Art, die nur wenige Menschen – wenn sie Glück haben – jemals zu hören bekommen. Heulen, wortloses Klagen. Schrille Schreie tiefsten Entsetzens. Gackern, gespenstisches Gelächter von Männern, die dich nicht nur eher umbringen als ansehen, sondern es auch in der abscheulichsten und barbarischsten Weise tun würden, die sich ihr verdorbener Verstand vorstellen kann.

Wir gehen durch die Tür und betreten den Gang. Auf beiden Seiten befindet sich eine Reihe von Türen, jede davon ist mit einem Stahlgitterfenster versehen. Ich sehe Finger und Gesichter, alle Augen sind direkt auf uns gerichtet. Ich sehe Gesichtsausdrücke, die das gesamte Spektrum durchlaufen, angefangen von glasig bis doof, manisch bis bedrohlich, und der Rest einfach nur total bekloppt.

»Beeil dich!« Ich höre drängende Flüstergeräusche hinter mir. Ich drehe den Kopf um und sehe, wie mich Stanley Winters mit flehender Bedrängnis anstarrt.

»Worauf zum Teufel wartest du noch?«, fragt er. »Die Zeit wird knapp!«

Ich schaue ihn ruhig an.

»Dieser Ort hier ist kaputt!« Seine Stimme bebt mit frenetischer Dringlichkeit, sein Körper schüttelt sich auf und ab. »Wir müssen hier raus!«

Stanley hatte seine Frau und die drei Kinder an ihre Betten gefesselt, sie angezündet und zugesehen, wie sie zu Tode verbrannten. Er würde nirgendwohin gehen. Niemals.

»He, hübsch, hübsch …«

Ich drehe mich in eine andere Richtung und stoße auf ein paar hungrige Augen und ein raubtierartiges Lächeln. Bei näherem Hinsehen merke ich, dass die Augen immer größer werden, so wie Untertassen, und dass sich dieses raubtierartige Lächeln zu einem fletschenden Grinsen entwickelt.

»Wunderschön und allerliebst«, sagt der Mund, der nahezu sabbert. »Wunderschön und allerliebst.«

Adam beobachtet ihn jetzt auch.

»Gerald Markman«, informiere ich ihn murmelnd.

Adam, ein Neurologe, kümmert sich um den medizinischen Bereich der Dinge. Er analysiert bildgebende Untersuchungen und jede Menge anderer Diagnosedaten, sodass die meisten seiner Begegnungen im Untersuchungszimmer stattfinden. Er kommt nur selten hier runter, aber als Psychologe besuche ich Alpha Zwölf oft, um meine Patienten in ihrer Umgebung zu beobachten.

»Sie wissen sicherlich über Gerald Bescheid«, hakt Jeremy ein, der uns offensichtlich belauscht hat.

Adam nickt. »Hatte nur nie das Vergnügen, ihn von Angesicht zu Angesicht zu treffen.«

»Dieses *Vergnügen* wäre wohl seins.«

Ungelogen. Ich habe Gerald behandelt, und er ist wohl der gefährlichste Patient, der jemals einen Fuß ins Loveland gesetzt hat. Einer von nur drei Serienmördern der Geschichte, bei dem der Schuldunfähigkeitsparagraf aufgrund von Schwachsinn erfolgreich angewendet wurde; er hatte mindestens siebzehn Menschen umgebracht. Die Medien nannten ihn ›Den Schäler‹ – ein Spitzname, dem er alle Ehre machte, denn seine Opfer zu töten, war ihm nicht genug. Gerald schälte sie regelrecht, trennte mit nahezu chirurgischer Präzision ihre Haut vom Fleisch. Einen Fuß in sein Haus zu setzen, war, den Kommissaren zufolge, als würde man den Vorhang zu einer gruseligen Horrorshow aufziehen. Seine Wohnung war bestückt mit biologischen Erinnerungsstücken, einschließlich einer ›Brustweste‹, die er vom Oberkörper einer Frau konfektioniert hatte, einem Gürtel, mit Brustwarzen verziert, und Weckgläsern, in denen er menschliche Vulven konservierte. Als sie ihn fragten, was er mit den Überresten eines bestimmten Opfers getan hatte, lächelte Gerald Markman breit und deutete auf seine Schuhe.

Jeder im Loveland weiß, dass es, wenn du Gerald dabei ertappst, dass er dich anstarrt, nur eines bedeuten kann: Er möchte dich enthäuten und als Kleidungsstück tragen.

Er schaut noch immer auf meinen Arm.

»Lass das, Gerald«, warnt Jeremy.

Gerald antwortet ihm mit einem faulen, apathischen Ich-wollte-doch-nur-spielen-Achselzucken.

Ich wette, das tat er auch.

Ich wende meine Aufmerksamkeit von ihm ab, aber dort, wo sie landet, ist es auch nicht besser.

Da ist ein Kerl, der zur Rückseite seines Raums gewandt steht. Ich weiß das, weil ich seine Glatze durch das Fenster sehen kann. Nicht die auf seinem Kopf – die andere.

»Steck ihn weg. Sofort!«, schimpft Jeremy.

Der Patient geht zu seinem Fenster, und ich stelle fest, dass es Nicholas Hartley ist, der sein knochiges Gesicht und einen – allerdings nicht vor Angst – zitternden Mund offenbart.

Der ganze Flur ist von vorn bis hinten mit noch mehr Geschrei, Gelächter und undefinierbarem Lärm gefüllt.

»Eine interessante Gruppe von Patienten hier unten«, kommentiert Jeremy mit einem einzigen Nicken nach unten.

»Am meisten Sorgen bereitet mir der am Ende dieses Spaziergangs«, sage ich.

Jeremy hält inne.

»Kommen Sie«, sagt Adam, »machen Sie's nicht so spannend. Was genau erwartet uns hier?«

»Es ist mir lieber, Sie machen sich selbst ein Bild.«

Eine nichtssagende Antwort.

Wir gehen also bis zum Ende des tonnengewölbten Korridors von Alpha Zwölf, wo eine veraltete Leuchte an einer staubigen Kette hängt und trübes Licht gegen die letzte Tür links wirft. Evan McKinley, einer der uniformierten Polizeibeamten des Loveland, steht davor Wache. Mitglieder der Sicherheitskräfte werden in der Regel mit der Bewachung unserer anspruchsvollsten Patienten beauftragt, aber die Tatsache, dass Evan hier steht, scheint die Bedeutung dieses Falls noch zu unterstreichen: Das Krankenhaus ist nicht bereit, das kleinste Risiko einzugehen.

Ein nervenzerreißender Schrei kommt aus dem Raum.

McKinley und ich tauschen Blicke aus, und seiner spricht Bände: *Da drin ist ein ganz besonders interessantes Exemplar.*

Adam schaut auf die Tür. »Aber wir hatten noch nicht einmal die Möglichkeit, Einblick in die Patientenakte zu nehmen.«

»Sie erhalten vollen Zugang dazu«, sagt Jeremy. »Das Wesentliche habe ich Ihnen bereits erläutert.«

»Und was ist mit dem Rest?«

Ein kehliges Jaulen, dann das Geräusch von schnellem Kettengerassel. Dann ein Bett, das quietschend am Boden entlangrutscht, gefolgt von noch mehr Schreien.

»Der wartet hier drin auf Sie«, sagt Jeremy.

Mit diesen Worten dreht er sich um und geht.

Kapitel 2

Evan McKinley lugt durch das Fenster und in den Raum, dann blinzelt er, was man auch als ein leichtes Grinsen deuten könnte … oder vielleicht bilde ich mir das auch nur ein. Er nimmt einen Schlüsselbund aus dem Uniformgürtel, schließt die Tür auf und gibt uns ein Zeichen, hineinzugehen.

Als wir den Raum betreten, konzentriert sich mein Blick auf Donny Ray Smith, aber ich bin mir noch nicht ganz sicher, was ich da eigentlich sehe. Ich hatte ein Monster erwartet; stattdessen sieht dieser Typ aus, als wäre er von einer Castingagentur hierhergeschickt worden und nicht von einer anderen psychiatrischen Klinik. Man hätte meinen können, er wäre zum falschen Casting erschienen, denn unser neuer Patient passt auf gar keinen Fall in die Rolle eines Serienmörders. Attraktiv ist das Wort des Tages, und er macht ihm alle Ehre. Mit diesem perfekten Körperbau, dem pechschwarzen Haar und der markanten Kieferpartie könnte Donny Ray Smith einer Werbeseite für Abercrombie entsprungen sein.

Ein Kindermörder? Er ist doch selbst nichts weiter als ein Kind.

So Mitte zwanzig, schätze ich.

Donny Ray liegt im Bett, blinzelt ein paarmal, schaut an sich herab, um das Bettnetz zu untersuchen, unter dem sein ganzer Körper fixiert ist. Arme, Hals und Beine waren durch die Öffnungen gezogen worden. Knöchel und Handgelenke mit Schlaufenbändern gesichert. Er schwitzt und zittert vor Angst.

Er weigert sich, uns anzusehen.

Adam sagt nichts, aber ich spüre sofort, dass er Donny Ray die Furcht nicht abkauft – ich übrigens auch nicht. Die Erfahrung hat mich gelehrt, dass Psychopathen die reinsten Verwandlungskünstler sind, die sich jeder beliebigen Form anpassen können. Ich weiß noch nicht, ob es das ist, mit dem wir es hier zu tun haben, aber ich ziehe diese Möglichkeit in Betracht.

Adam und ich machen einen Schritt nach vorn, Donny Ray drückt sich erneut gegen das Bett, die Hände krallen sich mit angespanntem Bizeps am Gitter fest, und sein Atem beschleunigt sich. Seine Bettfixation rattert; Schweiß tropft von durchtränkten Stirnsträhnen und läuft in kleinen Rinnsalen am Nasenbein hinunter.

»Warum bin ich festgeschnallt?«, brüllt er durch die blassen Lippen, und ich höre seinen starken Südstaatenakzent.

»Man betrachtet Sie als Gefahr für sich selbst und andere«, erkläre ich.

Donny Ray lässt ein wütendes Heulen heraus und versucht, sich zu befreien; das Bett rattert, quietscht und wackelt. Als er merkt, dass seine Bemühungen nutzlos sind, gibt er mit einem kaum hörbaren, aber hilflosen Stöhnen auf.

»Sie sind doch der Verhaltenswissenschaftler«, murmelt mir Adam zu. »Legen Sie los.«

»Es ist alles in Ordnung«, versichere ich Donny Ray Smith mit ruhiger Körperhaltung und Stimmlage. »Niemand will Ihnen etwas antun.«

Ein schwaches und unartikuliertes Bitten entweicht durch die klappernden Zähne.

Ich warte schweigend und beobachte ihn, ermögliche ihm durch mein passives Verhalten, Vertrauen zu gewinnen.

Wenige Augenblicke später verlangsamt sich sein Atem, sein Kiefer entspannt sich, aber er weigert sich immer noch, uns anzusehen.

Ich beobachte ihn noch ein paar Sekunden lang, dann nähere ich mich. Donny Ray reagiert sofort, schießt mir seinen entsetzten Blick zu, und nun bin ich derjenige, der erschrocken ist. Aber nicht aufgrund seiner Reaktion – nein, es sind seine blauen, hellen, fast farblosen Augen, vielleicht die blassesten, die ich je gesehen habe.

Augenblick mal!

Weil …

Ich kenne diese Augen.

Oder nicht? Ich bin mir nicht sicher. Ich kann sie beim besten Willen nicht zuordnen. Ich untersuche seine Gesichtszüge, aber … Es fällt mir nicht ein, und jetzt bin ich umso mehr verunsichert, weil dies kein Gesicht ist, das ich so bald vergessen würde.

Aber im Moment ist das nicht wichtig.

Also versuche ich, meine Spekulationen zu verbannen; aber mein Verdacht ist vielleicht nicht unbegründet, denn jetzt erforscht auch Donny Ray Smith meine Augen mit einer Mischung aus Wiedererkennen und neugieriger Verwirrung. Ich prüfe seine restliche Erscheinung.

Ein ehemaliger Patient vielleicht?

»Ich bin Dr. Kellan«, setze ich fort und inspiziere noch immer sein Gesicht, während ich Adam ein Zeichen gebe, einen Schritt vorzugehen, »und das ist Dr. Wiley. Wir werden zusammenarbeiten. Ich bin Psychologe und er ist Neurol…«

»Sie müssen mich hier rausholen!«, plärrt Donny Ray mit lodernden und bettelnden Augen.

»Bitte versuchen Sie, sich zu beruhigen«, sage ich. »Meinen Sie, dass Sie das für mich tun können?«

Ein langsames Nicken. Ein wehrloser Gesichtsausdruck.

Adams Telefon klingelt, und Donny Ray zuckt sofort zurück. Ich hebe beschwichtigend eine Hand.

Er beruhigt sich.

»Entschuldigung«, sagt Adam. Er schaut auf das Display, schaltet das Handy aus und ermutigt mich mit einem Nicken, fortzufahren.

Immer noch beeindruckt von der Gesamterscheinung meines neuen Patienten sage ich: »Ich muss Ihnen ein paar Fragen stellen.«

Donny Ray ist gefügig, aber ängstlich.

»Wissen Sie, wo wir sind?«

»Wir sind im Loveland.«

»Verstehen Sie, warum Sie hier sind?«

»Bitte!«, schreit er. »Helfen Sie mir!«

»Wir werden die Wahrheit herausfinden. Ob Ihnen das hilft oder nicht, bleibt abzuwarten. Sind Sie dazu in der Lage, mir Ihren Namen zu nennen?«

»Aber das wissen Sie doch alles bereits! Was hat das denn zu tun mit …?«

»Ich brauche Ihren Namen«, sage ich diesmal mit Bestimmtheit.

»Ja …«, sagt er kapitulierend. »Okay. Ich heiße Donny Ray Smith.«

»Wie lautet Ihr Geburtsdatum?«

»VierzehnterDezemberneunzehnhundertzweiundneunzig.«

»Können Sie mir sagen, wo Sie geboren sind?«

»Real County, Texas. Warum tun Sie mir das an?«

Ich kehre zu der Frage zurück, die er nicht beantwortet hat. »Verstehen Sie, warum Sie hier sind?«

Donny Ray schaut auf seine gefesselten Hände, schaut auf, und sein Gesichtsausdruck hat sich deutlich verändert – so etwa wie nervöse Verwirrung, verdünnt mit Kummer. »Ich glaube … Ich meine … Ich weiß es einfach nicht mehr. Sie behaupten …«

Seine Stimme stockt. »Sie behaupten, ich hätte dieses kleine Mädchen getötet.«

Darauf bedacht, keine Reaktion zu zeigen, frage ich: »Und, haben Sie?«

»Sie sagten, sie hätten Beweise gefunden, wissen Sie. Dinge, die man nicht fälschen kann. So wie DNA und all das Zeug, aber sooft ich mir die Dinge durch den Kopf gehen lasse, ich kann mir keinen Reim darauf machen. Und dann vergesse ich immer Dinge, und alles um mich herum scheint nicht zu stimmen, und das macht es nur noch schlimmer …«

»Sie vergessen Dinge«, wiederhole ich, weil das, was er beschreibt, ein Hinweis auf eine Art dissoziative Störung sein könnte.

Donny Ray schließt die Augen für einen Moment und öffnet sie wieder. »Genauso wie ich nicht weiß, wo ich für eine Weile gewesen bin.«

Tränen laufen herab, während er den Kopf schüttelt. »Sir, ich schwöre Ihnen auf die heilige Bibel, ja sogar auf mein eigenes Leben, dass ich dieses Mädchen niemals zuvor gesehen habe. Ich meine …wie wollen Sie jemanden umbringen, den Sie noch nie getroffen haben? Wie soll das gehen?«

Ich gebe ihm keine Antwort, weil ich keine habe und weil ich fasziniert bin. Alles, was ich bisher gesehen und gehört habe, klingt aufrichtig: seine Mimik, seine Reaktionszeiten, seine Stimmlagen und das Sprachmuster. Keine Hinweise auf Doppelzüngigkeit. Sogar seine Pupillen, ein klarer und klinisch bewiesener Hinweis auf Spannung und Konzentration, bleiben geweitet.

Aber da ein Psychopath zu allem fähig ist, prüfe ich nach, indem ich meine Haltung entspanne, und warte ab, ob sich sein Ausdruck verändert.

Tut er aber nicht. Kein Lockern der Muskeln, das auf eine Erleichterung hinweisen würde, kein verändertes Atmungsmuster, keinerlei Anzeichen dafür, dass er simuliert.

Es gibt nur eine Treffsicherheit von fünfzig Prozent bei der Erkennung von Mikroexpressionen und der Körpersprache als Indikatoren von Täuschung, und wenn ich es in der Tat mit einem pathologischen Lügner zu tun habe, würde das den Zuverlässigkeitsquotienten auf null reduzieren. Es scheint jedoch, als hätten die Behörden genügend überzeugende Beweise, die Donny Ray eindeutig als Mörder des Mädchens überführen. Wenn das stimmt, bleibt nur noch die einzige Frage, ob er sich daran erinnert, es getan zu haben. Zumindest eine Person vom Miller scheint zu glauben, dass er es tut. Ich persönlich bin mir da noch nicht sicher. Im Allgemeinen bin ich in der Lage, nach einem ersten Treffen mit einem Patienten ein paar intuitive Schlussfolgerungen zu ziehen, aber bei diesem hier ist meine Nadel auf halbem Wege ins Stocken geraten. Ich bin nicht unbedingt davon überzeugt, dass er ehrlich ist – ich sehe mich aber auch außerstande zu sagen, dass er es nicht ist.

Allerdings brauche ich jetzt sofort keine definitiven Antworten. Dies ist nur eine vorläufige Bemühung, Daten zu sammeln, und es wird noch mehr Möglichkeiten geben, tiefer zu graben.

Adams Mobiltelefon vibriert in der Tasche. Er nimmt es heraus, schaut erneut aufs Display und sagt zu mir: »Tut mir wirklich leid, aber diesen Anruf muss ich annehmen. Mach weiter und beende das Gespräch. Wir sehen uns später?«

Ich nicke, und er verlässt den Raum.

Ich drehe mich zu Donny Ray um. Er sieht mich mit einem bettelnden Ausdruck an, und ich werde einfach das dumpfe Gefühl nicht los, dass wir uns schon irgendwann einmal begegnet sind.

Aber vorerst ist meine Arbeit hier zu Ende, also sage ich ihm: »Ich komme morgen wieder.«

Er starrt noch immer zu mir. Es fühlt sich unangenehm und seltsam an.

Auf halbem Weg zur Tür höre ich: »Christopher?«

Ich schnelle herum und fixiere diese Augen.

Wo zum Teufel habe ich diese Augen schon mal gesehen?

»Meinen Sie, dass Sie mir helfen können?«, fragt er.

»Wir werden die Wahrheit herausfinden«, erinnere ich ihn.

»Vielleicht können wir sie beide herausfinden.«

Ich verweile, mustere ihn von Kopf bis Fuß und sage dann: »Ich bin neugierig. Als ich mich vorhin vorstellte, habe ich nur meinen Nachnamen genannt. Woher kennen Sie meinen Vornamen?«

»Ich hab gehört, wie Dr. Wiley Sie so nannte.«

Ich nicke und verlasse den Raum.

Aber während ich den Korridor hinunterlaufe, bringt mich eine plötzliche und erschütternde Erkenntnis zum Stehen, und es läuft mir eiskalt den Rücken hinunter.

Ich kann mich nicht erinnern, dass Adam meinen Vornamen genannt hat. Wir sind beste Freunde und Kollegen, aber er würde mich niemals in Anwesenheit eines Patienten mit dem Vornamen ansprechen.

Und er nennt mich niemals Christopher.

Dieser Patient kennt mich.

Kapitel 3

Irgendwas stimmt hier nicht.

Obwohl sich Donny Ray an mich zu erinnern scheint, ist er wohl genauso unsicher wie ich; womöglich hat dies mit seinen Gedächtnislücken zu tun.

Aber er nannte meinen Vornamen.

Und ich kann mich immer noch nicht daran erinnern, dass Adam mich so angesprochen hätte.

Ich trete vor die schweren Eingangstüren des Krankenhauses, und eine warme Brise trockener Luft kommt mir entgegen – noch so eine Ungereimtheit, denn der Wetterfrosch aus dem Fernsehen hatte für heute Abend Sturm angesagt. Gott weiß, dass wir ihn nach diesen Dürremonaten gebrauchen könnten, aber im Moment scheint jegliche Erleichterung aufgeschoben worden zu sein. Hoch über dem Maschendrahtzaun und dem in Spiralen gewundenen Stacheldraht finde ich eine weitere Bestätigung dafür, dass auch dieser Abend wieder trocken sein wird: Die Sterne funkeln wie kleine Diamanten an einem dunklen und samtigen Firmament, an dem auch nicht das kleinste Wölkchen zu sehen ist.

Nachdem ich mich recht weit vom Loveland entfernt habe, beruhigt sich das Zwiegespräch mit meinem Verstand, die

Anspannung des Tages lässt nach und ich freue mich darauf, nach Hause zu kommen. Die Heimfahrt scheint immer so viel länger zu dauern als die Hinfahrt zur Arbeit, als ob der Richtungssog die Zeit verlangsamen oder beschleunigen könnte. Ich weiß, dass es nur mein Verstand ist, der diese Minuten während des Fahrens wie ein Gummiband zieht, aber in Wirklichkeit geht es darum, was sich am Ende dieser gegensätzlichen Pole befindet. Zum Loveland zu fahren, ist, als ob man von einer Monsterwelle geschnappt und in ein tosendes, böses Gewässer gezogen wird; nach Hause zu kommen, ist, als würde man verzweifelt versuchen, diesem starken Sog zu entrinnen. Jeden Tag bewege ich mich zwischen zwei verschiedenen Welten, einer, in der Vernunft und Ordnung herrschen, und der anderen, dem kompletten Gegenteil davon. Ich tue mein Bestes, um zu vermeiden, dass sie sich überlappen, aber es wird niemals einfacher.

Verstehen Sie mich bitte nicht falsch. Ich liebe meine Arbeit. Mit Ausnahme der Teile, die ich ganz und gar nicht mag. Ich war schon immer ein starker Befürworter davon, psychisch Kranken zu helfen und sie nicht einfach irgendwohin zu verfrachten, und es bekümmert mich auch, dass psychiatrische Krankenhäuser zu einer Müllhalde für verschmutzte Gemüter geworden sind. Sie zur Sicherheit der Gemeinschaft wie Rattengift zu verwahren, ist nicht die richtige Methode. Ihre seelischen Qualen zu fördern, allerdings auch nicht. Einige meiner Patienten haben gewissenlos Verbrechen begangen und auf die abscheulichsten und unvorstellbaren Weisen Leben zerstört. Aber wenn Sie ein paar Minuten mit jedem Einzelnen dieser Menschen verbringen, werden Sie feststellen, dass ihre Handlungen durch Umstände angetrieben wurden, die weit über ihre Kontrolle hinausgingen, und dass sie bereits von ihrem eigenen Geist gefangen gehalten werden. Dies ist nicht nur eine professionelle Beobachtung – es ist eine ganz persönliche. Verbringen Sie noch ein paar Minuten damit, die Hölle zu ertragen, die ich als Kind mit meinem Vater durchgemacht habe, und Sie werden meine Beweggründe verstehen.

Ja, ich möchte die Welt verändern.

Das wollte ich von jeher, und ich brauche eine gute Portion Intuition, um die Pathologie von psychiatrischen Erkrankungen zu verstehen. Ich weiß, sagen Sie's nur: Kehr erst mal vor deiner eigenen Haustür, Herr Doktor! Darauf werde ich antworten, dass Altruismus, auch wenn man ihm einen anderen Namen gibt, immer noch Altruismus ist, der durch unterschiedliche Motivationen angetrieben wird.

In der Regel brauche ich gut zehn Minuten, um mich neu zu kalibrieren, während ich zum fernen Ufer schwimme, das ich zu Hause nenne, manchmal noch länger, um mich wieder in meiner Haut wohlzufühlen. Es ist nicht so, dass ich damit Schwierigkeiten habe, in einem brutalen und pathologischen Umfeld zu arbeiten. Es ist vielmehr die Herausforderung, sich einen Panzer anzulegen und ihn wieder abzunehmen. Um innerhalb der Mauern des Loveland zu überleben, muss ich permanent in höchster Alarmbereitschaft sein. Nicht scharfsinnig zu bleiben kann nicht nur gefährlich, sondern unter Umständen tödlich sein.

Und manchmal setzt sich diese Bedrohung sogar außerhalb des Krankenhauses fort. Vor ein paar Jahren gelang es einem meiner gefährlichsten Patienten, aus der Anlage zu entkommen – ein Patient, der mich absolut nicht leiden konnte. Er hatte es bis zum Bürgersteig vor meinem Haus geschafft. Glücklicherweise hatte das die Polizei auch, und sie ergriffen ihn, noch bevor er Schaden anrichten konnte. Er trug ein Fleischermesser mit sich herum, das er anscheinend auf dem Weg zu meinem Haus gestohlen hatte. Diese Nacht war für mich ein

Alarmzeichen. Bald darauf kaufte ich mir eine Pistole. Weder Jenna noch ich konnten uns mit der Vorstellung anfreunden, eine Waffe im Haus zu haben, insbesondere wegen Devon, aber wenn es um die Sicherheit meiner Familie geht, ist kein Platz für Diskussionen.

Also Sie verstehen jetzt sicher, warum ich mich mental befreien muss, wenn ich am Abend das Loveland physisch verlasse. Hierin liegt der Kampf, denn es beschäftigen mich oftmals Gedanken, die sich weigern, meinen Geist zu verlassen. Gerade hält Donny Ray noch immer mein geistiges Getriebe mordsmäßig in Trab.

Zehn Kinder.

Ich hatte es meinem Verstand während des Treffens mit ihm nicht erlaubt, dies zu absorbieren, und zwar aus reinen Gründen professioneller und emotionaler Distanz, aber je weiter ich mich vom Loveland entferne, umso stärker kommen die Gefühle auf. Ich muss mich im Laufe meiner Arbeit mit einem Haufen schrecklicher Dinge auseinandersetzen, aber da gibt es etwas, mit dem ich wohl niemals fertig werde: wie jemand einem Kind absichtlich wehtun kann. Ich habe eine Patientin behandelt, die ihre zwei Monate alten Zwillinge in einer Badewanne voller Bleichmittel ertränkt hat, einen Vater, der seinen sechsjährigen Sohn in einem Vergnügungspark von der höchsten Stelle eines Riesenrads in den Tod geworfen hat. In jeder dieser Situationen konnte ich emotionslos und objektiv bleiben, auch wenn ein Teil von mir diesen Leuten am liebsten die Lungen herausgerissen hätte.

Hier spricht nicht der Psychologe aus mir – es ist der Vater.

Zu hören, dass Donny Rays letztes Opfer in Devons Alter war, geht mir einfach nicht mehr aus dem Kopf. Seine Akte zu lesen, scheint mir daher eine Herausforderung zu sein.

Deine zehn Minuten sind um, Chris. In knapp zehn Kilometern bist du zu Hause. Lass Druck ab, bereite dich auf eine weiche Landung vor.

Ich höre auf den Rat meiner inneren Stimme und zwinge meinen Geist zu einem Anschein von Gelassenheit, dankbar, dass mir die Rückfahrt hierzu Gelegenheit gibt.

Noch dankbarer bin ich, dass am Ende dieser Straße ein Zufluchtsort auf mich wartet.

Kapitel 4

Nun bin ich wieder in meiner kleinen heilen Welt angekommen.

Na ja, wie man's nimmt.

Irgendwo aus dem ersten Stock kommen Geräusche, als würde Devon im Kreis herumrennen, einen Regentanz vollführen oder ich weiß nicht was machen. Die Decke bebt. Geschirr klappert im Inneren der Schränke. Und meine Frau zwingt sich eindeutig zu Toleranz und hat nicht die Absicht, sich durch diesen Lärm bei ihrem Telefongespräch stören zu lassen.

Das Gehämmer hört auf – für etwa fünf Sekunden – und geht weiter.

Ich grinse, reiße Jenna mit und freue mich auf die Normalität, die scheinbar banale, weil es in Wirklichkeit so viel mehr ist als das. Denn unter den Schichten geht es im Leben um Kontraste und Perspektiven. Nach dem Aufenthalt in einer der dunkelsten Ecken, die diese Welt zu bieten hat, stellt ein Schritt durch unsere Haustür immer wieder das Gleichgewicht und die Ordnung her, die ich so dringend brauche. Ich danke meiner Frau dafür, dass sie diese deutlichen Linien zieht. Sie weiß, woher ich komme und was ich als Kind durchgemacht habe. Sie kennt alle meine Dämonen und bietet mir die Sicherheit, die ich brauche, um sie zu verdrängen.

»Ja, ich verstehe«, sagt sie, während sie ihre Aufmerksamkeit zwischen dem Anrufer, Devons Mätzchen und der Zubereitung des Abendessens aufteilt. Inmitten dieses Chaos schafft sie es noch, bei meinem Anblick ein freudestrahlendes Gesicht zu machen.

»Warum warten wir nicht, bis ich mir das heute Abend anschaue?« Einige Augenblicke später beendet Jenna das Gespräch und legt auf.

Ich gehe zu ihr und küsse ihren Nacken. Sie dreht sich um, schenkt mir dieses entzückende Lächeln, und es passiert schon wieder. Ich bin überwältigt. Ich verliebe mich wieder einmal wahnsinnig und hoffnungslos in meine eigene Frau. Ich ziehe Jenna an mich, atme sie ein, aber sogar Haut auf Haut scheint mir nicht nahe genug zu sein. Nichts scheint nahe genug zu sein.

In dieser Position bleiben wir ein paar Sekunden lang stehen, und ich spüre, wie sie die Spannung aus mir herauszieht, sich meine Muskeln lösen und wie mein Geist wieder aufs richtige Gleis gelangt. Sie zieht sich etwas zurück, sagt nichts, aber ich fühle, dass dies ein herausfordernder Tag für uns beide war.

»Geschäftliche Probleme?«, frage ich und lasse meine Hand langsam an ihrer Taille hinuntergleiten.

»Geschäftliche Probleme sowie ein paar Hundert andere Dinge.« Sie drückt meine Hand, versucht zu lächeln und geht zum Herd. Sie zieht die Tür des Backofens auf und prüft das Abendessen. »Aber im Moment ist es tatsächlich das Geschäft.«

»Der Anruf«, bestätige ich.

Sie nickt. »Einer der Administratoren drüben bei Eisenhower. Diese Beratertätigkeit erweist sich als viel aufwendiger, als ich jemals erwartet hätte.« Sie schließt die Tür und stößt einen müden Seufzer aus. »Es gibt Zeiten wie diese, da wünschte ich mir, ich könnte einfach wieder eine normale Angestellte sein.«

»Du bereust doch nicht die Entscheidung, oder?«

»Nicht immer. Nur manchmal.« Jenna hält einen Moment inne, als würde sie diese Frage noch weiter beschäftigen. »Dann denke ich über den Grund nach, warum ich aufgehört habe, wie viel es uns beiden bedeutet, für Devon da zu sein, und alles kommt wieder ins Lot. Das Problem ist …«

»Die Gründung eines Unternehmens ist nicht einfach«, sage ich.

»Ganz und gar nicht.«

»Schatz, du bist der stärkste Mensch, den ich je kennengelernt habe. Du schaffst das.«

Bevor die Diskussion fortgesetzt werden kann, verstärkt sich Devons Gehämmere.

Ich werfe einen Blick auf die Decke. »Was zum Teufel macht er da oben?«

»Ein sechs Jahre altes Kind sein?«

»Blöde Frage.« Ich lache. »Aber er scheint doch ein wenig aktiver zu sein als sonst.«

Sie runzelt die Stirn.

Ich antworte in unserer unausgesprochenen Sprache: *Oh, oh! Was nun?*

Jenna bewegt den Mund – spricht es aber nicht aus: *Probleme in der Schule.*

Und ich beginne, mit den Augen zu rollen.

»Wir müssen das auf später verschieben«, sagt sie. »Okay?«

»Einverstanden. Verdauungsstörungen vor dem Abendessen – schlechte Idee.«

Gerade in diesem Augenblick kommt unser kleiner Teufel mit seinem besten Kumpel Jake, dem liebenswerten braunen Labrador, dicht hinter ihm, in den Raum gerannt.

»Daddy! Daddy! Daddy!«, schreit Devon, während er auf mich zurast, und sein Gesicht leuchtet wie tausend Weihnachtsbäume. Er umarmt meine Beine, und trotz allem, was mir meine Frau gerade erzählt hat, kann ich ein Grinsen nicht vermeiden. Die pure Freude auf seinem Gesicht, wenn er mich sieht, übertrumpft alles. Aus diesem Grund, und wegen tausend anderer Gründe, liebe ich meinen Sohn abgöttisch, was mir oftmals menschlich unermessbar vorkommt. Sobald ich morgens das Haus verlasse, vermisse ich ihn auch schon, und im Lauf des Tages wird es immer schlimmer. Nach der Begegnung mit Donny Ray hatte sich diese Empfindung verzehnfacht, sodass ich auf die Knie gehe und meinen Sohn umarme. Er will sich zurückziehen, aber ich halte ihn fest und klammere mich noch ein wenig länger an seinen kleinen Körper. Sobald ich ihn losgelassen habe, rennt er ins Esszimmer und schreit: »Mami hat mich den Tisch decken lassen! Willst du mal sehen?«

Ich sehe meine Frau an und stelle fest, dass sie mich beobachtet hat.

»Was wolltest du mir vorhin erzählen?«, fragt sie mit geneigtem Kopf und einem halb neugierigen, halb besorgten Lächeln.

Ich versuche, es mit einem Schulterzucken abzuschütteln. »Nur ein harter Tag.«

»Was ist passiert?«

»Vertrau mir, das willst du wirklich nicht wissen.«

Nach so vielen Jahren, die wir zusammen verbracht haben, ist Jenna sehr wohl bewusst, was das bedeutet, und sie weiß, dass man einige Dinge besser im Büro lässt. Sie macht eine Grimasse, die mir bedeutet, dass die Diskussion über mein Problem nur aufgeschoben, aber nicht aufgehoben ist.

Ich kämpfe einen Moment mit mir und versuche, meinen Kommentar zu mäßigen, bevor er heraussprudelt. »Ich glaube, ich habe gerade eben erkannt, wie kostbar er ist.«

Jennas Gesichtsausdruck wird sanfter. Ihr Nicken lässt vertrautes Verständnis durchblicken.

»Und ich weiß nicht, was ich tun würde, wenn ihm …«

»… jemals etwas zustoßen würde«, sagt sie und beendet damit den Satz, den ich selbst nicht wage auszusprechen.

»Daddy! Komm schon!«, schreit Devon aus dem Esszimmer, bevor Jenna reagieren kann. Jake schließt sich der allgemeinen Stimmung an und bellt aufgeregt.

Ich zwinkere meiner Frau zu: *Ich bin gleich wieder da.*

Sie nickt und grinst: *Dein Sohn braucht dich.*

Ich gehe hinein und entdecke sofort den Tisch.

»Äh … Kleiner?«

Devon schaut mich fröhlich an.

»Wer kommt denn alles zum Abendessen?« Meine Frage ist eigentlich rhetorisch. Er schwenkt die Arme hin und her, schaut eine Weile auf den Tisch und antwortet mit einem Schulterzucken: »Nur wir.«

»Tja … dann sind ein paar Gedecke zu viel auf dem Tisch. Da sind fünf.«

Stolz begutachtet er erneut sein Werk. »Es war nur für den Fall.«

»Nur für den Fall, was?«

»Falls noch jemand kommt.«

Kinderlogik. Man muss sie einfach mögen.

»Okay …« Ich antworte ihm mit einem übertriebenen Nicken. »Na gut.«

Jenna kommt herein, wirft einen Blick auf den Tisch und nimmt einen Gesichtsausdruck an, so etwa zwischen Verzweiflung und erlernter Hilflosigkeit.

»Wir schaffen das schon, Mom«, sage ich mit einem neckischen Grinsen. »Man weiß nie, ob wir nicht ungebetene Gäste bekommen.«

Devon kichert.

Meine Frau schüttelt den Kopf und kehrt in die Küche zurück.

»Komm schon, Kleiner«, sage ich, »wir zeigen Mama, wie schnell wir den Tisch etwas leerer machen können. Derjenige, der als Erster die beiden Gedecke in der Hand hat, gewinnt.«

Devon ist Sieger des Wettbewerbs, und die Sitzordnung ist wieder richtiggestellt.

»Also, wie war es heute in der Schule, Kumpel?«, frage ich und versuche, über ein Hintertürchen herauszufinden, was meine Frau mir nicht erzählen wollte.

Devon antwortet nicht, wahrscheinlich eine Art Überlebensstrategie, wahrscheinlich aber auch, weil er zu beschäftigt ist, den Spinat auf dem Teller neu anzuordnen.

Mein Sohn ist ein pingeliger Esser.

Wahrscheinlich einer der schlimmsten, die ich je gesehen habe. Als Kind war ich das auch, aber im Vergleich zu ihm war ich gefräßig. Sosehr Jenna auch versucht, seinen Appetit anzuspornen, es gibt nicht viel, was er mag oder isst.

»Devon«, sagt sie und versucht, einen Mittelweg zwischen Geduld und Durchsetzungsvermögen zu finden, »durch das Herumschieben deines Essens wird es nicht weniger. Kannst du nicht wenigstens versuchen, dich zu überwinden?«

»Das *tue* ich«, protestiert er und verteilt das Gemüse weiter auf seinem Teller. Er nimmt etwas Spinat auf die Gabel – aber nicht in den Mund –, bewegt diese dann mühsam zu den Nudeln hin, zermatscht die Schweinerei und verteilt das Ganze auf zwei fast symmetrische Hügel.

»Stimmt was nicht mit den Nudeln?«, fragt Jenna. »Ich dachte, du magst sie.«

»Diese nicht.« Ein Naserümpfen. »Da ist weißes Zeug drauf.«

»Das ist Sahnesoße, und sie schmeckt gut.«

Devon gibt den Nudeln einen missbilligenden Schubs mit der Gabel.

»Weißt du«, sage ich, »wenn du das Abendessen nicht aufisst, können wir den Schokoladenkuchen, den deine Mutter gebacken hat, unmöglich als einzige Nahrungsquelle vor der Nacht zulassen.«

Devons Entscheidung ist laserschnell. Er gräbt die Gabel in die demolierten Nudeln.

Jenna grinst. Und ich bin mir ziemlich sicher, dass ich durch die Wiederherstellung von Frieden und Ordnung in unserer kleinen Welt ein paar wichtige Punkte gesammelt habe.

Vor dem Schlafengehen schaue ich im Zimmer meines Sohnes vorbei, um ihm Gute Nacht zu sagen, und er wartet bereits im Bett, Jake dicht an seiner Seite.

»Du hast den Tisch toll gedeckt, heute Abend, Kleiner«, sage ich und setze mich neben ihn.

»Es hat Spaß gemacht. Mom sagt, morgen darf ich's wieder machen.« Er verzieht die Nase. »Aber sie hat mir gesagt, dass ich kein zusätzliches Gedeck hinstellen soll.«

»Wahrscheinlich eine gute Idee, es sei denn, wir erwarten Gäste.«

Er zuckt mit den Schultern. »Aber man weiß ja nie.«

»Es stimmt. Es ist immer gut, optimistisch zu sein.«

»Ich hab dich lieb, Dad.«

Seine spontane und herzliche Stimmung trifft mich unvorbereitet. Sie schließt eine seit Langem klaffende Wunde – so viele Happy Ends, die nie die Chance hatten, zu geschehen, so viele Dinge, die ungesagt geblieben sind.

Alles war viel zu früh vorbei gewesen und schon so lange her.

Ich möchte Devon all die Dinge geben, die ich vermisst habe, vor allem möchte ich nicht meinen Kummer auf ihn übertragen. Ich weiß vielleicht besser als die meisten, wie wichtig es ist, jede einzelne Sekunde des Tages auszuschöpfen.

Ich küsse seine Stirn, schalte das Licht aus und verlasse sein Zimmer.

Aber das Öffnen einer Tür fühlt sich an, als ob ich plötzlich durch eine andere schreite, und auf der anderen Seite warten die Erinnerungen an meinen eigenen Vater. Viele gute Erinnerungen.

Aber auch viele tragische.

Kapitel 5

Eine Lüge namens für immer

Sommerabende mit Dad mochte ich am liebsten.

Wenn ich im Bett lag, wurde ich von Jasminduft eingehüllt, der durch mein Fenster kam. In der Ferne zirpten Grillen, während Autos vorbeizogen, und erzeugten eine Musik, die nahtlos in den Takt einer sanften, ruhigen Nacht überging.

Und ich erinnere mich an die Geborgenheit und Sicherheit des Lächelns meines Vaters.

»Daddy«, sagte ich und glitt unter die kühlen Laken, während ich in die sternenklare Nacht starrte. »Was ist hinter dem Himmel?«

Auch er blickte hinauf und überlegte. »Nach dem Himmel kommt der Weltraum.«

»Und dahinter?«

»Das Universum.«

»Und was ist dahinter?«

Er hielt inne und wurde nachdenklich. »Nun … wir wissen nicht wirklich, was dahinterliegt. Niemand ist bisher so weit vorgedrungen.«

»Wieso?«

»Weil es einfach unendlich so weitergeht. Und es ist ein langer Weg zurück.«

»Du meinst so etwas wie für immer?«

»Ja, das denken einige Leute.«

Ich schwieg und betrachtete den finsteren Himmel, und mein junger Verstand versuchte, die massive Komplexität der Ewigkeit zu verarbeiten. Ich drehte mich wieder zu meinem Vater um und sagte: »Aber nichts währt ewig.«

»Manche Dinge schon.«

»Wie was zum Beispiel?«

Er schenkte mir ein warmes Lächeln. »Wie meine Liebe zu dir. Sie wird niemals enden.« Dann blickte er ernster. »Meine Liebe wird immer bei dir sein, Christopher, und du wirst immer wissen, wo du sie finden kannst.«

»Wo wird sie sein?«

»Tief in deinem Herzen.«

Ich hatte keine Ahnung, dass Katastrophen im Stillen lauerten und nur darauf warteten, einen Bissen von meinem Herzen zu nehmen und diese Liebe mit Schatten zu belegen. Jeden Tag kämpfe ich darum, ein Gleichgewicht zwischen dem Davor und dem Danach zu finden, und klammere mich an das Gute. Aber obwohl diese guten Erinnerungen an meinen Vater so wertvoll sind, gibt es davon leider viel zu wenige.

Die schlechten sind schmerzhaft und viel zu zahlreich.

Kapitel 6

Als ich in unser Schlafzimmer komme, schaut Jenna vom Laptop hoch. Mit einem sanften, einladenden Lächeln tätschelt sie das Bett neben sich und sagt: »Komm her.«

Gern nehme ich die Einladung an.

Sie legt den Kopf auf meine Schulter, und wir genießen den Moment. Es sind keine Worte nötig, nur ein stilles Zusammensein, das sich zutiefst berauschend anfühlt.

Ein paar Minuten später atmet sie sanft aus, und Wellen der Unruhe machen sich auf ihrem Gesicht breit.

»Sprich mit mir«, sage ich.

»Es geht um deinen Sohn.«

»Ich bin ganz Ohr … Warte mal. *Mein* Sohn?«

»Ja. Er ist immer dein Sohn, wenn er sich schlecht benimmt. Wir haben bereits darüber gesprochen.«

»Hab's kapiert. Also, was hat denn der spitzbübische Devon jetzt schon wieder angerichtet?«

»Es scheint, als würde er sein Mittagessen, das ich ihm mitgebe, nicht essen.«

»Aber ich dachte, er mag dein Mittagessen. Ist das nicht überhaupt der Grund, warum du damit angefangen hast, es ihm mitzugeben? Weil er das Kantinenessen hasst?«

Sie schaut mich mit ausdruckslosem Gesicht an.

»Begriffen«, sage ich. »Er ist ein pingeliger Esser.«

»Aber jetzt nimmt es eine neue beunruhigende Wendung. Nicht nur, dass er seine Mahlzeiten nicht isst«, sie macht eine Pause, »er verkauft sie. Es sieht so aus, als führt unser Jungunternehmer am Mittagstisch Auktionen durch.«

»Auktionen«, wiederhole ich und versuche, es mir bildlich vorzustellen.

»Und mein Mittagessen war der absolute Hit. Für alle, außer für Devon natürlich.«

»Wie lange geht das schon? Die Geschäftemacherei in der Mittagspause?«

»Das lässt sich nicht genau sagen.«

Ich falle aufs Kissen zurück und schüttle den Kopf. »Das Essensproblem … Es ist wie …«

»Es gerät völlig außer Kontrolle.«

»Ich meine, ich war schon schlimm, aber dieses Kind?«

»Er schlägt dich um Längen, mein Herz.«

»Wie können wir damit umgehen?«

Sie dreht sich wieder zu mir um. »Ich habe schon etwas unternommen. Oder ich hatte es. Es gab da eine Diskussion. Auch eine Menge defensiver Haltung und viel Schreierei. Vielleicht ein oder zwei Protesterklärungen zu zwei grundlegenden Menschenrechtsverletzungen.«

»Die, wenn ich sein Verhalten beim Abendessen beurteile, keine Wirkung gezeigt haben.«

»Den Tisch zu decken, war eigentlich ein Teil der Strafe. Natürlich hat unser Sohn das Ganze wieder einmal in einen Rummel verwandelt.«

Ich ziehe Jenna an mich heran und streichle ihren Rücken. »Ich fürchte, dass Bestrafen keinen Sinn bei ihm ergibt.«

»Ah … der Psychologe spricht«, sagt sie und fährt mit den Fingern meinen Arm entlang. »Aber leider gibt es dazu noch eine traurige kleine Geschichte.«

Ich gebe keine Antwort.

»Laut Dr. Fratiani«, fährt sie fort, »ist die Situation heute in Windeseile eskaliert.«

»Oh, Herrgott …« Fratiani ist Devons Schulleiterin. Hinzu kommt, dass diese Frau auch noch Jennas Nachfolgerin ist, nachdem sie gekündigt hatte, daher gab es schon immer eine Art Reibungspunkt vonseiten Fratianis.

Meine Frau erzählt weiter: »Anscheinend war eines der Kinder ein wenig zu begeistert von meinem Apfelauflauf. Es hat versucht, einen Jungen zu überbieten, der seine Xbox dafür geboten hatte.«

Ich lege eine Hand auf mein Gesicht, und mit der anderen deute ich ihr an, fortzufahren.

»Kind Nummer zwei hat ohne zu zögern den Maserati seiner Mutter angeboten, was unser Sohn gnädig angenommen hat und dann Zahlung verlangte. An diesem Punkt ist dann auch der Kampf ausgebrochen.«

»Oh Gott. Es hat einen Kampf gegeben …«

»Ja, in der Tat.«

»Ist jemand verletzt worden?«

Sie schüttelt den Kopf mit einem dankbaren Gesichtsausdruck, vielleicht ein wenig verwirrt, aber dennoch bestürzt. »Glücklicherweise nicht. Aber Devon war sehr aufgeregt. Er hat die Schule verlassen und ist nach Hause gelaufen.«

Die Nackenverspannung hat mich wieder eingeholt, und in Jennas leicht zusammengekniffenen Augen erkenne ich, dass sie weiß, woher sie kommt. Wo alle meine Sorgen herkommen.

»Es ist schon gut«, sagt sie schnell, um mich zu beruhigen.

»Nein, ist es nicht.« Und während ich spreche, nimmt der Fall Donny Ray – die entführten und ermordeten Kinder – erneut meinen Verstand in den Würgegriff.

»Chris, es ging ihm gut … Alles ist in Ordnung.«

»Es hätte aber auch anders kommen können. Er hat die Schule verlassen, und niemand wusste, wo er war. Kinder können heutzutage nicht einfach so, mitten am Nachmittag, auf der Straße herumspazieren.«

»Mein Schatz, ich weiß, was du sagen willst, aber die Medien übertreiben mit diesen Risiken. Die Chance, dass etwas hätte passieren können, ist so gering. Du vergisst, dass ich viele Jahre lang im Schulsystem gearbeitet habe. Ich weiß eine Menge über die Gefahren, denen Kinder ausgesetzt sind.«

»Aber ich arbeite in einer psychiatrischen Klinik. Ich kenne die andere Seite. Himmel, ich habe tagtäglich damit zu tun. Ich weiß, welche bösen Mächte dort draußen lauern. Räuber und Mörder.«

»Ich verstehe das – wirklich –, aber sieh mal, die Schule ist nur wenige Minuten entfernt, und wichtig ist doch, dass er sicher nach Hause gekommen ist.«

»Ach ja? Und was, wenn nicht?«

»Ich hatte ein Gespräch mit ihm darüber und habe ihm erklärt, wie wichtig Sicherheit ist. Er hat versprochen, niemals mehr die Schule ohne Erlaubnis zu verlassen.«

Ich verlagere mein Gewicht und verschränke die Arme vor dem Körper.

»Chris, hör bitte auf, dir so viele Sorgen um ihn zu machen«, sagt sie. »Überreaktion verursacht mehr Schaden als irgendeine potenzielle Gefahr, der er ausgesetzt sein mag.«

»Ich habe heute einen neuen Patienten bekommen«, sage ich, um zu versuchen, meine Reaktion zu erklären.

»Und?«

»Zehn Kinder sind als vermisst gemeldet. Man glaubt, dass dieser Mann sie getötet hat. Das letzte Opfer war in Devons Alter.«

Jenna öffnet leicht die Lippen und signalisiert damit Verunsicherung, allerdings weiß ich, dass sie jetzt versteht, warum ich am frühen Abend so nervös war. Zugegeben, ich mache mir zu viel Sorgen um Devons Sicherheit, aber vielleicht ist es jetzt sogar angebracht.

Dieses Gespräch ist selbst für mich viel zu düster geworden. *Lass die Arbeit am Arbeitsplatz,* denke ich. Ich ziehe Jenna an mich, lege den Arm um sie und ihr Kopf ruht erneut auf meiner Schulter.

»Nun, die Sache hat etwas Positives«, sagt sie freudestrahlend.

»Was wäre das?«

»Unser Kind hat einen ausgeprägten Geschäftssinn. Es könnte sich für uns wirklich eines Tages auszahlen.«

Ich verlagere meine Schulter, um Jenna ins Gesicht zu sehen, und suche nach Hinweisen auf Sarkasmus.

Sie schafft es, einen beeindruckend feierlichen Gesichtsausdruck zu bewahren. Für ein paar Sekunden.

Dann prustet sie.

Nun lachen wir beide, und erneut werde ich daran erinnert, dass das Leben in der Tat aus Kontrasten und Perspektiven besteht.

Kapitel 7

Es ist nur ein Schatten, Liebling

Meine Mutter war das klassische Beispiel für wandelndes magisches Denken. Eine Frau, die glaubte, dass sie die Realität manipulieren könne, indem sie sie einfach ignorierte. Eine Frau, die es vorzog, die Komplexität des Lebens zu vermeiden, anstatt in einem Chaos zu leben.

Virginia Lucille Chambers wurde im Süden geboren, wuchs dort auf und war wunderschön, eine atemberaubende Rothaarige, von der die meisten Männer nur träumen durften. Und während sie in der Tat einen wunderbaren Anblick bot, schien ihr Inneres allem zu widersprechen, was das Äußere tat. Sie war auf irgendeine Weise zerbrochen, so unvollständig. Kurz: Meine Mutter war wie eine Fensterdekoration, die über einer Betonblockwand hängt.

Von Anfang an – und da gaben sie beide ihr Bestes – hatten meine Eltern niemals diese einwandfrei funktionierende oder von tiefer Liebe geprägte Ehe, von der mein Vater wohl geträumt hatte. Mutter hatte die Fähigkeit, eine Fassade lebhaften Optimismus vorzutäuschen, was sie, zusammen mit ihrer

Schönheit, für Männer sehr leicht begehrenswert machte. Aber unter der Oberfläche war sie ein komplexes Durcheinander. Als mein Vater das herausfand, war es leider zu spät.

Jedes Mal, wenn etwas schiefgegangen war – sie hatte drei Monate lang vergessen, die Gasrechnung zu zahlen, sie verschenkte die kostbare geerbte Suppenschüssel meines Vaters an eine Nachbarin –, holte Mom ein wenig ihres Charmes raus, goss ein schönes Glas süßen Tees ein und behauptete, dass das alles in Wirklichkeit nie passiert sei. Dies war dann meines Vaters Stichwort, um einzugreifen und ihre Hirngespinste wieder in Realität zu verwandeln. Er machte dann alles wieder rückgängig, und im Handumdrehen war alles wieder in Ordnung. Dieser verrückte Rückwärtstanz wurde zu unserer Familienordnung, unserem Standard für Normalität, während unser Fundament zerbröckelte.

Der Beweis für die Krankheit meiner Mutter war gleichzeitig illustrativ und endlos. Eines Tages, während sie mich von der Schule heimfuhr, meinte sie plötzlich, es wäre wichtiger, sich Lippenstift aufzutragen, anstatt auf die Straße zu schauen. Ein paar Sekunden später hüpften wir über einen Bordstein und rammten einen Mülleimer, der sich in eine rollende Tonne verwandelte und schließlich im Kellerfenster des Nachbarn landete.

Und sie fuhr einfach weiter.

»Mom! Was machst du?«, fragte ich und sah zu, wie sie sang- und klanglos über ihren Fehler hinwegging.

»Es war doch nur ein Mülleimer, Liebes«, antwortete sie und trat aufs Gas. »Es war nichts.«

»Aber dieser *Mülleimer* hat gerade ein Fenster zerbrochen!«

Ein leichtes Schulterzucken, ein blindes Lächeln. »Ich habe nichts gesehen.«

»Ich aber.«

»Du hast auch nichts gesehen.«

»Wie kannst du nur ...«

»Ich sagte, du hast auch nichts gesehen!«

Nun, die Frage, ob wir etwas gesehen hatten, war unerheblich, denn der Hausbesitzer hatte es definitiv getan; etwa zehn Minuten später stampfte er unseren Gehweg hoch. Als er an die Tür hämmerte, ignorierte meine Mutter es und packte seelenruhig die Lebensmittel aus. Dad, der mittlerweile einen siebten Sinn für diese Art von Schwierigkeiten hatte, kam sofort an die Haustür und ließ meine Mutter nicht aus den Augen.

Einige Minuten später war alles wieder im Lot, mein Vater entschuldigte sich ausgiebig für das Verhalten seiner Frau, stellte einen Scheck als Schadensdeckung aus, während seine Frau so tat, als ob nichts geschehen wäre.

Problem gelöst.

Der ganz normale Wahnsinn.

Aber dieser Wahnsinn forderte Opfer, und mein Vater war nicht der Einzige, der dran glauben musste. Der Überlebenskampf in dieser dicht verkapselten, realitätsfremden Welt war keineswegs ein Zuckerschlecken für ein Kind. Dieses unsichere Umfeld zehrte an meiner Fähigkeit, dem Realen zu vertrauen.

Ich im Alter von zehn Jahren: »Mom! Da ist eine riesige Spinne an der Decke!«

Sie lackierte ihre Zehennägel und weigerte sich, auch nur im Geringsten nach oben zu schauen: »Unsinn. In diesem Haus gibt es keine Spinnen.«

»Aber du hast doch noch nicht einmal hingeschaut!«

Nachdem sie einen Fuß beendet und mit dem zweiten begonnen hatte, sagte sie: »Es ist nur ein Schatten, Liebling.«

»Es ist kein Schatten. Es hat Beine!«

»Welch blühende Fantasie du hast«, sagte sie mit einem abweisenden Lachen, dann wackelte sie mit den Zehen und bewunderte sie. »Ich weiß wirklich nicht, von wem du das hast.«

Ironie des Schicksals.

Dieser Vorfall beschäftigte mich aber noch am folgenden Nachmittag, also fragte ich meinen Vater: »Warum tut Mom so, als ob?«

Sein Lächeln war tolerant und verständnisvoll. »Deine Mutter ist ein wenig, na ja … sie ist anders.«

»*Anders.*«

Da er meine Verwirrung fühlte, griff er das Stichwort auf und fügte hinzu: »Oder sagen wir einmal, sie ist zerbrechlich.«

Ich kapierte es immer noch nicht.

»Versuch's einfach mal so«, fuhr er fort. »Was passiert, wenn du eine Tomate auf den Boden fallen lässt?«

Ich zuckte mit den Schultern. »Sie zermatscht?«

»Und was ist mit einer Orange?«

»Die bleibt heil.«

»Weißt du, warum?«

»Wegen der Schale?«

»Genau. Einige sind härter als andere.«

»Was ist Mom davon?«

Er lachte. »Wahrscheinlich irgendwo dazwischen. Aber so ist sie nun mal, und wir lieben sie wegen ihrer inneren Werte.«

Gut gemeinte, aber völlig fehlerhafte Logik, die die Zeiten nicht überdauern würde.

Eine Logik, die sich letztendlich auf die schlimmste Weise als Bumerang erweisen würde und für die mein Vater Tribut zollen musste.

Kapitel 8

Das Krankenhaus scheint belebter zu sein als sonst – mehr Menschen, mehr Lärm, mehr Chaos. Ich habe hier lange genug gearbeitet, um die Lebhaftigkeit einzuschätzen, ohne sie wirklich zu sehen. Dieses in den Dreißigerjahren errichtete Gebäude ist so gebrechlich und heruntergekommen, dass der Schall leicht durch Wände dringt. Neben den strukturellen Defiziten wurde durch eine schlechte Planung mein Büro unter die psychiatrische Notaufnahme gelegt. Hier hört man eine Menge Leute herumlaufen, Wagen rollen und Schreie, was es manchmal schwierig macht, sich zu konzentrieren. Darüber befinden sich sechs Stockwerke voller Behandlungseinrichtungen und Zimmer für unsere Patienten, wodurch das Loveland oftmals wie ein wackeliges Kartenhaus erscheint, das nur noch darauf wartet, von einer Minute zur nächsten einzustürzen.

Am heutigen Tag wird mir klar, dass meine Wahrnehmungen stärker sind als üblich. Ich bin ausgelaugt von den vielen Überstunden, und der Druck durch Donny Rays Ankunft im Loveland überschreitet die Grenzen des Erträglichen.

Keine einzige Leiche gefunden.

Es lässt mich nicht mehr los. Wie kann man das Leben von zehn Menschen auslöschen, ohne eine Spur von ihnen zu hinterlassen? Ich versuche, eine Logik auszumachen, und beginne, Donny Rays Akten zu durchforsten – gleichzeitig hoffe ich, meinem Gedächtnis auf die Sprünge zu helfen und herauszufinden, woher wir uns kennen.

Die sechsjährige Jamey Winslow verschwand eines Morgens auf dem Weg zur Schule.

Genau an dieser Stelle stocke ich.

Jenna meint, ich solle mir nicht so viel Sorgen um Devon machen, aber diese neue Information bestätigt nur meine Ängste. Vielleicht bin ich überfürsorglich mit meinem Sohn, aber nur, weil ich ein tieferes Verständnis davon habe, wie gefährdet Kinder heutzutage wirklich sind.

Jetzt zwickt mich ein weiteres Problem, das mindestens genauso zuordenbar ist.

Ein Kind verlässt eines Morgens das Haus, und am Abend ist sein kurzes Leben nur noch eine tragische Erinnerung.

Zehn Kinder bedeuten, dass mindestens zehn Eltern eine unermessliche Seelenpein ertragen müssen. Zehn Eltern, die nicht nur das Kostbarste verloren haben, was sie hatten, nämlich ihr Kind, sondern auch nicht in der Lage sind, mit dem Trauerprozess zu beginnen. Keine Leichen zu beerdigen. Nichts Greifbares, um zu beweisen, dass ihre Kinder tatsächlich tot sind. Das Eintreten in ein kleines Schlafzimmer und diese Leere zu fühlen, die so mächtig und tief, so quälend endlos ist. Zu erkennen, dass man etwas verloren hat, das nie wieder ersetzt werden kann. Ich versuche, mir vorzustellen, wie sich das anfühlen muss, ob ich es akzeptieren oder gar glauben könnte, dass mein Sohn wirklich für immer fort wäre.

Ich atme tief durch und lese mich weiter in die Akte ein.

Die Kommissare hatten etwas herausgefunden. Nicht weit von der Stelle entfernt, an der Jamey verschwunden war, entdeckten sie Abdrücke von kleinen Sneakern im Schlamm, die zu einer Schlucht hinunterführten. Nachdem sie das Gebiet durchkämmt hatten, gruben die Mannschaften ein Haarbüschel aus, das teilweise unter einem kleinen Felsbrocken versteckt war. Die Haare passten nicht nur zu Donny Rays Farbe und Textur, sondern es war auch seine DNA.

Es stellte sich heraus, dass das Mädchen bis zu seinem Tod gekämpft hatte.

Ich schlucke schwer, fühle, wie sich meine Nackenhaare sträuben. Während ich mir diese Details bildlich vorstelle, kommt ein intensiver Moment an die Oberfläche, der meine persönlichen und beruflichen Ziele direkt in Widerspruch zueinander bringt. Mein Engagement zur Verteidigung der Rechte psychisch Kranker kämpft nun gegen die Liebe für mein Kind.

Ich ermahne mich, weiterhin unparteiisch zu bleiben, die Dinge distanziert zu betrachten; mich abzuschotten und Fakten zu sammeln, obwohl der emotionale Tribut sehr hoch ist. Nachdem ich mich etwas beruhigt habe, lenke ich meine Aufmerksamkeit wieder meiner Aufgabe zu – oder genauer gesagt, ich lenke sie auf die Frage: Erinnert sich Donny Ray Smith daran, Jamey ermordet zu haben?

Zunächst ackere ich mich durch die fast fünfzig vorprozessualen Anträge durch, die zumeist von Smiths Anwalt, einem Mann namens Terry Campbell, gestellt wurden. Er behauptet, dass sein Mandant, ungeachtet der Beweislage, aufgrund seiner Geisteskrankheit nicht schuldig ist, und zwar als Folge eines Schädel-Hirn-Traumas, das er im Alter von elf Jahren erlitten hat. Campell vertritt die Theorie, dass Donny Ray in einen dissoziativen Zustand verfallen ist – induziert durch die Verletzung –, bevor er Jamey ermordet hat, und daher nicht in der Lage ist, sich an das Ereignis zu erinnern.

Daher kann er nicht verantwortlich gemacht werden.

Und dann vergesse ich immer Dinge, und alles um mich herum scheint nicht zu stimmen, und das macht es nur noch schlimmer …

Donny Rays Kommentar kommt wie ein Bumerang zurück und vermischt sich mit meinem vorherigen Gedanken über eine mögliche dissoziative Störung. Natürlich, solange ich nicht tiefer gegraben und diese Möglichkeit näher untersucht habe, gibt es nichts, auf das man eine konkrete Diagnose stützen könnte. Da mein Patient in Verdacht steht, zu simulieren, könnte er diesen Kommentar auch losgelassen haben, um Zweifel zu säen. Aber seine Panik und Verwirrung gestern schienen so echt. Ist er schlau genug, um so überzeugend zu lügen?

Ich lese weiter.

Was seine angebliche Absicht betrifft, den Tod des Mädchens durch Entsorgung ihrer Leiche zu vertuschen (ein No-Go, wenn man auf Unzurechnungsfähigkeit plädiert, da es doch auf die Kenntnis des eigenen Fehlverhaltens hinweist), so wird diese ebenfalls damit erklärt, dass sie auch während seiner temporären Amnesie auftritt.

Ich ziehe die Wahrscheinlichkeit in Betracht, und da ist noch etwas anderes, was mein Interesse erweckt. Ein Opfer nach dem Mord zu verstecken, kann ein Akt der Reue sein. Aber Personen, die sich distanzieren, fühlen so gut wie gar nichts, weshalb sie zunächst einmal abwägen. Wenn Donny Ray während der Morde in einen veränderten Zustand übergegangen war, könnte seine Versteckerei Teil einer unbewussten Pathologie gewesen sein. Da er angeblich bis zu zehn Opfer gepeinigt hat, bin ich noch neugieriger. Doch was wäre der Auslöser des Traumas?

Obwohl das konsequente Verbergen von Leichen in der Tat ein interessantes und determiniertes Verhaltensmuster darstellt, steht es dennoch bisher nicht zur Debatte. Solange man keine Beweise gefunden hat, die ihn direkt mit den anderen verschollenen Leichen in Verbindung bringen, geht nur der Mord an Jamey aufs Konto meines Patienten.

Je weiter ich lese, umso mehr wird mein Interesse geweckt. Donny Ray Smith ist das Verschwinden von Leichen nicht fremd. Seine Schwester Miranda war die erste Person in seinem Leben, die verschwunden ist, als sie noch Kinder waren. Zu diesem Zeitpunkt konzentrierten sich die Kommissare auf den Vater als Hauptverdächtigen, aber aus Mangel an Beweisen waren sie nie in der Lage, ihn anzuklagen.

Miranda wurde nie gefunden.

Nur ein Zufall?

Ich blättere weiter zu den Angaben über Donny Rays Kopfverletzung. Medizinischen Berichten zufolge behauptete er, vom Schaufelbagger der Familie gefallen zu sein, konnte sich aber nicht an das genaue Datum erinnern. Nur daran, dass es im selben Sommer geschah, in dem seine Schwester verschwunden ist. Nichts über Polizeibeamte, die das Krankenhaus kontaktiert hätten, um herauszufinden, wann sich der Vorfall ereignet hatte. Auch in den Notizen des Anwalts war nichts darüber zu finden.

Interessant.

Etwa sechs Monate vor Mirandas Verschwinden verstarb die Mutter. Nichts Verdächtiges: Sie hatte Bauchspeicheldrüsenkrebs. Der Vater starb etwa ein Jahr später an einem massiven Herzinfarkt, und Donny Ray verbrachte den Rest seiner Kindheit in verschiedenen Pflegeheimen.

Ich öffne gerade eine Akte mit Fotos der zehn Opfer sowie ein Bild von Miranda Smith, aber die letzte Info über den Mangel an einem stabilen Zuhause lenkt mich in eine andere Richtung – oder besser gesagt, die potenziellen Antworten lenken mich dorthin. Ein zunehmendes Muster für ein antisoziales Verhalten kann oft ein Vorläufer von Psychopathie sein, daher untersuche ich, ob Donny Ray Smith als Jugendlicher straffällig geworden ist. Nachdem ich noch ein paar Seiten durchgeblättert habe, finde ich einen Abschnitt mit dem Titel »Vorstrafen«, aber das Blatt ist leer.

Da stimmt was nicht.

Das Strafregister eines Jugendlichen wird gelöscht, sobald er achtzehn ist, aber in der Regel stellt die Verteidigung es den Sachverständigen zur Verfügung. Wenn Donny Ray als Minderjähriger nicht straffällig geworden ist, würde es in diesem Dokument stehen. Aber die Kopfzeile mit einem leeren Spalt darunter macht mich stutzig.

Ich rufe Donny Rays Anwalt an.

»Terry Campbell bitte«, sage ich zur Telefonistin.

»Es tut mir leid. Mr Campbell arbeitet nicht mehr hier.«

Ich überprüfe den Bildschirm, um sicherzustellen, dass ich nicht etwas versäumt habe. »Hier spricht Dr. Kellan vom Loveland-Krankenhaus. Aus meinen Aufzeichnungen geht hervor, dass er einen meiner Patienten vertritt.«

Sie zögert. »Leider nicht mehr. Mr Campbell ist gestorben.«

»Oh … Das tut mir furchtbar leid. Wann?«

»Letzte Woche. Es war ein Unfall vor der Küste von San Diego. Sie fanden sein Boot, jedoch keine Spur von ihm.«

»Gütiger Gott. Wie schrecklich.«

»Ja, das stimmt.«

»Nun, ich habe nur angerufen, um einige Klarstellungen zum Strafregister meines Patienten zu erhalten. Donny Ray Smith.«

Schweigen.

»Sind Sie noch dran?«

»Ja … Entschuldigung. Ich bin dran.«

»Stimmt was nicht?«

»Nein.« Aber sie antwortet etwas schnell und schluckt das Wort fast hinunter. »Dieser Fall wird gerade neu zugewiesen, aber es gab einige unerwartete Verzögerungen.«

»Welcher Art?«

»Das weiß ich wirklich nicht.«

»Wissen Sie, wann der neue Anwalt den Fall übernehmen wird?«

»Tut mir leid, auch das weiß ich nicht. Aber ich kann Sie gern anrufen, wenn wir mehr Informationen haben.«

Ich gebe ihr meine Rufnummer und lege auf.

Die Telefonistin kam mir ein wenig abweisend vor, aber angesichts der Tatsache, dass dies ein hochkarätiger Fall ist – dazu kommt noch, dass ein Mitarbeiter auf tragische Weise gestorben ist –, dürfte mich das eigentlich nicht überraschen.

In der Hoffnung, Beton statt Sand zu finden, wende ich mich wieder den Berichten vom Miller-Institut zu, lande aber in einem anderen Sumpf voller Unklarheiten. Donny Rays neurologische Tests mittels funktioneller Bildgebung zeigen keine physischen Anzeichen für eine Kopfverletzung, die typischerweise zu Gedächtnislücken führen könnte. Die EEGs weisen jedoch andere Ergebnisse auf – sie zeigen leichte Anomalien in einigen kognitiven Funktionen.

Ich blättere zu den Kommentaren des behandelnden Neurologen vom Miller, Dr. Stephen Ammon, der sagt, dass er trotz der widersprüchlichen Testergebnisse überzeugt davon sei, dass Donny Rays Kopfverletzung keine Auswirkung auf diesen Fall habe. Seine Argumentation beruht auf einer Überprüfung der Bildungsgeschichte des Patienten nach dem Unfall: Donny Ray wurde nie in einer speziellen Unterrichtsklasse aufgenommen, und er hatte in der Tat immer gute Noten. Dementsprechend folgert Ammon, dass das Gehirn seit dem Unfall genügend Zeit zum Heilen hatte. Schlicht und einfach gesagt, versucht Donny Rays Verteidiger, die Schuld auf eine unbedeutende Kopfverletzung zu schieben, die vor elf Jahren passiert ist, um eine ›Du kommst aus dem Gefängnis frei‹-Karte zu erhalten.

Diagnose: Simulation.

Die Psychologin Dr. Sherri Philips war da aber ganz anderer Meinung. Donny Rays neurologische Tests teilen sich genau in der Mitte. Sein MMPI-2-Index weist daraufhin, dass er in Bezug auf seine genannte Krankheit nicht mitteilsam war, aber die PAI-Werte befanden sich innerhalb des normalen Bereichs. Aufgrund dieser Disparität und weil einige der PAI-Werte in Verbindung mit dem Trauma leicht erhöht waren, meinte Philips, es könne eine andere psychische Störung eine Rolle spielen, die sie noch nicht habe identifizieren können. Laut ihrer Notizen arbeite sie an einer vorläufigen Diagnose, benötige aber mehr Zeit zum Beurteilen von Donny Rays Kindheit und um ihn dazu zu bringen, sich hierzu zu äußern. Offenbar wurde sie zu diesem Zeitpunkt vom Fall abgezogen, denn hier enden ihre Notizen.

Diagnose: unvollständig.

Ich suche im Internet nach Informationen über den Skandal, der im Miller ausgebrochen ist. Als die beiden Ärzte dabei waren, ihre Berichte abzuschließen, wurden Anschuldigungen laut, dass Philips ein verbotenes sexuelles Verhältnis mit einem Patienten habe. Der Richter antizipierte die potenziellen Folgen und einen Medienansturm, indem er Smith in Windeseile zu uns schickte und eine Neubewertung beantragte.

Mein Verstand gleitet hin und her wie ein zu fettiger Pfannkuchen aus einem schmierigen Imbiss. Die Berichte vom Miller haben das Potenzial, in beide Richtungen zu gehen: Nichts weist darauf hin, dass Donny Rays Verbrechen psychopathisch sind, nichts weist auf eine dissoziative Störung als Auslöser für die Tat hin.

Dann bekomme ich noch eins aufs Dach. Unter ›Zusätzliche Kommentare‹ steht eine Anmerkung von Ammon, dem Neurologen, der ich fast einen Herzinfarkt zu verdanken habe.

Drei Wörter.

Sehr vorsichtig sein.

Kapitel 9

Die Temperatur in meinem Büro fühlt sich an, als wäre sie um zehn Grad gesunken. Draußen vor dem Fenster brauen sich dunkle Wolken zusammen, die düstere Schatten auf meinen Schreibtisch werfen.

Schließlich kommt er doch, der angesagte Sturm.

Ich lese Ammons Kommentar noch einmal, diesmal aber nicht so sehr wegen dem, was er aussagt, sondern dem, was er auslässt. In unserem Beruf haben wir es mit einer anderen Art von Patienten zu tun. Warnungen wie diese sind nicht ungewöhnlich, aber es ist sehr ungewöhnlich, dass keine Erklärung dazu abgegeben wird.

Ich brauche Antworten, also nehme ich das Telefon und wähle Ammons Nummer.

»Miller-Institut«, antwortet eine neutrale, fast mechanische Frauenstimme, »an wen kann ich Ihren Anruf weiterleiten?«

Okay. Offenbar ist es nicht Ammons Rufnummer. Es ist die Telefonzentrale.

»Kann ich Ihnen helfen?«, fragt sie eher wie eine Aufforderung als eine Frage.

Ich räuspere mich. »Ja. Entschuldigung. Dr. Christopher Kellan vom Loveland. Ich habe versucht, Dr. Ammon zu erreichen.«

Sie antwortet nicht.

»Ammon«, wiederhole ich.

»Einen Moment bitte.«

Klick.

Es scheint, als ob der Kundendienst im Miller-Institut inexistent ist – oder aber diese Robotertelefonistin ist für eine Runderneuerung fällig.

Etwa zwanzig Sekunden später höre ich jemanden in der Leitung. »Hallo?« Die Stimme ist männlich, älter, aber auf jeden Fall ein Mensch.

»Dr. Ammon, hier spricht Christopher Kellan drüben vom Loveland. Ich hatte gehofft, Sie um Ihre …«

»Es tut mir leid«, unterbricht er, »hier ist nicht Dr. Ammon. Ich bin Dr. Pritchard.«

»Ich bitte um Entschuldigung, Herr Doktor. Die Telefonistin muss einen Fehl…«

»Nein … Es war kein Fehler«, sagt er in einem deutlich tieferen Tonfall. »Seine Anrufe werden über die Telefonzentrale weitergeleitet. Ich bin der Krankenhausverwalter. Kann ich Ihnen irgendwie behilflich sein?«

»Nun … Sie könnten mir sagen, wie ich Dr. Ammon erreichen kann.«

»Das ist eine gute Frage.«

Ich teile ihm mit, dass ich verwirrt bin, und er antwortet: »Da sind Sie nicht allein. Er ist seit fünf Tagen nicht zur Arbeit gekommen und ist seither verschollen.«

Ich überfliege Ammons Bericht. Sein Verschwinden geschah wenige Tage, bevor Donny Ray ins Loveland überführt wurde.

Die Haare auf meinen Armen stellen sich auf.

»Sind die Umstände verdächtig?«

»Nein … Nein …«, sagt er durch einen langen Seufzer. »Nichts dergleichen. Zumindest glauben die Behörden nicht daran. Kein Hinweis auf Fremdeinwirkung.«

»Haben Sie eine Ahnung, warum der Arzt so mir nichts, dir nichts abhauen könnte?«

»Leider ja. Vor ein paar Wochen war Dr. Ammon sehr deprimiert, und es wurde immer schlimmer.«

»Wissen Sie warum?«

»Ja, wir haben davon eine ziemlich genaue Vorstellung«, sagt Pritchard. »Wir haben gerade eine Ärztin verloren. Selbstmord. Sie haben sie zu Hause gefunden.«

»Es tut mir leid, das zu hören.«

»Es ist schon ein paar Wochen her. Dr. Ammon hat es sich sehr zu Herzen genommen. Er und Dr. Philips waren sehr eng befreundet.«

»Augenblick.« Mir wird auf einmal ganz heiß, während ich im Bericht nachsehe. »Doktor, ich rufe in Bezug auf Donny Ray Smith an. Philips war die behandelnde Psychologin in diesem Fall.«

»Richtig. Ich bin sicher, Sie wissen, dass man sie im Visier hatte.«

»Hat sie sich deswegen umgebracht?«

»Es sieht ganz danach aus.«

Ich schaue auf meinen Bildschirm und frage mich, warum Jeremy das nie erwähnt hat, dann weise ich den Gedanken von mir und rede mir ein, dass er es als nicht relevant für den Fall Donny Ray betrachtet hat.

»Und immer noch keine Ahnung, wo Dr. Ammon sein könnte?«

»Absolut nicht. Es ist, als wäre der Mann von der Erdoberfläche verschwunden.«

Ein Mann, der dem Unzurechnungsfähigkeitsantrag von Donny Ray im Wege stand.

Ich versuche, Punkte miteinander zu verbinden, die ich noch nicht sehen kann. »Dr. Pritchard, hat Donny Ray Smith während dieser Zeit das Krankenhaus irgendwann einmal verlassen? Vielleicht wurde er zu einer zusätzlichen medizinischen Versorgungsmaßnahme transportiert? Oder vielleicht zu einem Gerichtstermin?«

»Nein, und er ist die ganze Zeit über im Hochsicherheitstrakt geblieben. Wieso fragen Sie?«

Ich klammere mich an meinen Verdacht, weil ich nichts habe, um ihn zu stützen. Ammon und Philips waren Erwachsene und keine jungen Mädchen. Und die kryptische Warnung plus einem Mangel an Erklärung könnten leicht ein Produkt von Ammons Depressionen gewesen sein.

»Viel ist das nicht als Erklärung«, sage ich. »Nur noch eine Frage, Doktor. Ich möchte wirklich mehr Informationen über Donny Ray bekommen. Können Sie mir eventuell weiterhelfen?«

»Ich fürchte, dass ich Ihnen diesbezüglich nicht hilfreich sein kann, ich kann nur das wiederholen, was in Ammons Beurteilung steht. Ich hatte nur sehr wenig Kontakt mit Smith. Praktisch gar keinen.«

Ich danke ihm für das Gespräch und lege auf.

Womit genau habe ich es hier zu tun?

Dieser Kerl ist von Leichen umgeben.

Und diese erschreckend bekannten Augen.

Mein unaufhörliches und unruhiges Gefühl macht sich wieder in mir breit. Ich muss dem auf den Grund gehen, um zu beweisen oder zu widerlegen, dass ich Donny Ray schon einmal getroffen habe.

Ich beginne mit unserer Patientendatenbank und grenze meine Suche nach männlichen Patienten, dann weiter nach Altersgruppe ein. Es erscheint eine überschaubare Anzahl von Dateien, aber sie enthüllen rein gar nichts. Nichts deutet darauf hin, dass Donny Ray Smith vorher jemals einen Fuß ins Loveland gesetzt hat.

Ich gehe wieder ins Internet. Donny Ray hat monatelang Schlagzeilen gemacht. Zusammen mit den Schlagzeilen finde ich ausführliche Hintergrundinformationen und gelegentlich ältere Fotos. Ich klicke auf jeden Link und hoffe, eine Erleuchtung zu bekommen, wie und wo sich unsere Pfade einmal gekreuzt haben.

Nichts.

Ich schaue mir weiter jede einzelne Schlagzeile an, die mich zu Videoreportagen von einem Fernsehsender zum nächsten führt. Bereits nach einer Minute stelle ich fest, dass auch hier nichts Neues zu finden ist und es sich nur um eine Wiederholung der Informationen handelt, die ich sowieso bereits kenne. Gerade als ich zu etwas anderem übergehen will, stoße ich auf Filmmaterial über Donny Ray Smith, in dem er aus einem Transportwagen steigt, der ihn zu einem seiner Verhöre zum Gerichtsgebäude gefahren hat. Mit den Händen in Handschellen auf dem Rücken und den Füßen in Fußfesseln schlurft er vorwärts und schaut dann direkt in die Kameralinse.

Es überkommt mich heiß und kalt.

Denn plötzlich habe ich etwas in seinen Augen vorüberziehen gesehen, das ich während meines Treffens mit ihm nicht ein einziges Mal erlebt habe. Eine gnadenlose Wolke der Finsternis, ohne auch nur den kleinsten Hauch menschlicher Emotion.

Jetzt fährt mir ein beißender kalter Schauer durch den ganzen Körper.

Das wirft mich wieder in ein Meer wirbelnder Unsicherheit zurück. Ich weiß immer noch nicht, was ich denken soll. Alles, was mit Donny Ray Smith zusammenhängt, scheint mit Unklarheit und unbeantworteten Fragen beladen zu sein: seine so unschuldige Erscheinung, die so drastisch gegengesetzlichen

Anschuldigungen. Dann ist da noch das Verschwinden von zahlreichen Menschen um ihn herum.

Und dieser Blick, den ich gerade gesehen habe.

Vielleicht können wir sie beide herausfinden.

Wenn es diese Wahrheit ist, nach der mein Patient sucht, wird es in der Tat ein umständlicher Weg sein, auf den ich ihn zwangsläufig begleiten muss.

Ich muss das mit Adam besprechen.

Kapitel 10

»Die Menschen um ihn herum scheinen alle zu verschwinden.« Adam lehnt sich im Stuhl zurück und sieht nachdenklich aus. »Aber eigentlich fehlt doch nur einer der Ärzte, und was den Anwalt anbelangt, so war er ganz eindeutig in San Diego. Ich kann mir nicht vorstellen, wie Donny Ray irgendwas damit zu tun haben könnte. Er ist eingesperrt. Außerdem scheinen Erwachsene nicht zu seinem Faible zu gehören.«

»Ich weiß, aber das sind wirklich komische Zufälle.«

Adam zuckt mit den Schultern. »Ich würde es dabei bewenden lassen.«

»Aber was ist, wenn es kein Zufall ist? Was ist, wenn Ammon etwas wusste? Oder vielleicht hat sich Philips gar nicht selbst getötet.«

Er grinst, und ich sehe dieses Funkeln in seinen Augen, das ich nur allzu gut kenne.

»Was?«, frage ich.

»Wir sind Ärzte, schon vergessen?«

»Ich weiß, was wir sind«, sage ich etwas zu defensiv.

»Wir sind keine Detektive.«

Ich nicke seine Krawatte an.

Zunächst sieht er sie an und dann wieder mich.

»Du trägst Scooby-Doo auf der Brust«, sage ich. »Doktor!«

»He.« Adam richtet die Krawatte. »Lass meinen Scooby in Ruhe, okay?«

»Gestern war es George Jetson.«

»Mach auch keine dummen Bemerkungen zu George. Der Typ ist eine amerikanische Kultfigur. Seine Füße haben nie die Erde berührt. Ich würde gern mal sehen, wie du das machst.« Er ordnet beschützerisch die Gummifiguren von Gumby, Pokey und Prickle auf seinem Schreibtisch.

Ich bin mir sicher, da ist eine Art Neurose im Spiel.

Adam schaut verärgert drein. »Und fang jetzt ja nicht an, mich auch noch analysieren zu wollen.«

»Arzt *und* Gedankenleser, nicht schlecht.« Ich grinse. »Beeindruckend.«

»Können wir jetzt wieder auf Donny Ray zurückkommen?«

»Okay … okay. Zurück zu Donny Ray. Also, was meinst du?«

»Nun …« Er fährt mit dem Finger ein paarmal über sein Kinn. »Die Notiz von Ammon scheint eine Art Bedenken zu signalisieren.«

»Die Frage ist: Um was handelt es sich?«

»Vielleicht ist es etwas weniger unheimlich, als du dir einbildest. Er dachte doch, der Patient sei Simulant, nicht wahr? Vielleicht war es nur eine Warnung, dass man bei der Behandlung auf der Hut sein muss.«

»Oder vielleicht war es auch mehr.«

»Nun, ich weiß nicht, was er meinte, aber von einem Neurologen zum anderen? Ich bin Ammons Meinung. Ich glaube, dass Donny Ray Smith versucht, uns für dumm zu verkaufen.«

»Ist das deine Argumentation?«

Er zuckt mit den Schultern. »Tests lügen nicht, und ich habe dieses Szenario schon unzählige Male miterlebt. Von einem rein medizinischen Standpunkt aus betrachtet, kann ich nicht glauben, dass die Verteidigung versucht, von einem leichten Schädel-Hirn-Trauma aus der Kindheit zu profitieren, um zehn dissoziative Episoden zu erklären.«

»Nur die letzte«, erinnere ich ihn.

»Im Moment, aber vertrau mir, dass diese zur vorletzten wird, sobald die anderen Anklagen ins Rollen kommen.«

Ich nicke. Er hat recht.

»Ich bin der Meinung, dass sein juristisches Team jedem nur Zucker in den Arsch bläst. Was wir hier haben, ist eine Menge beweglicher Aspekte und viele fehlende Puzzleteile. Das ist Quacksalberei. Nichts passt zusammen. Ich kann leider nichts anderes dazu sagen.«

Ich gebe keine Antwort.

»Du bist dran«, sagt Adam und gönnt mir nicht den Luxus des Schweigens.

»Ich denke nach.«

Er fuchtelt mit einer Hand. »Willst du nicht deinen Gedankengang mit mir teilen?«

»Ich sage ja nicht, dass er unschuldig ist.«

»Aber?«

»Aber mein Verstand schwankt hin und her.«

»Zwischen was und was?«

»Phasen der Unentschlossenheit? Ich bin mir nicht sicher, was wir hier haben.«

»Du glaubst, er könnte die Wahrheit sagen.«

Ich schüttle den Kopf. »Diesen Gedanken bin ich noch nicht bereit, ins Auge zu fassen. Aber etwas fehlt hier.« Ich erzähle ihm von Dr. Philips' Anmerkung zu einem nicht identifizierten psychologischen Problem und den widersprüchlichen Ergebnissen.

»Nun?«, sagt er. »Glaubst du, dass sie etwas auf der Spur war?«

»Nicht sicher. Ich meine, auf der einen Seite hat man ihr die Zulassung entzogen und dann begeht sie Selbstmord, was nun definitiv ihre Glaubwürdigkeit infrage stellt.«

»Und auf der anderen Seite?«

»Es bedeutet nicht, dass sie nicht die Fähigkeit hatte, die Dinge so zu sehen, wie sie waren.«

»Also, was ist dein Plan?«

»Ich muss zu Ende bringen, was Philips nicht konnte. Ich muss in Donny Rays Kindheit graben und herausfinden, ob dieses von ihr erwähnte psychologische Problem tatsächlich existiert.«

»Na gut. Ich werde aus medizinischer Sicht handeln und du aus psychologischer. Darin sind wir gut. Aber wir haben nicht viel Zeit, also solltest du dich beeilen.«

Ich werfe einen Blick auf die Uhr. »Wie wärs mit in fünf Minuten? Dann beginnt unsere erste Sitzung.«

Kapitel 11

Ich erreiche den Untersuchungsraum in einem Flügel, der mit Alpha Zwölf verbunden ist. Evan McKinley steht vor der Tür. Er grüßt mich, und ich schaue hinein. Donny Ray sitzt und wartet am Tisch, Handgelenke und Knöchel gefesselt, Körper nach vorn gebeugt, Ellbogen an den Körper geklemmt.

Starrer Blick auf den Boden.

Ich trete ein, bleibe still und ruhig, nicht nur, damit meine Anwesenheit seinen offensichtlichen Stress nicht noch verschlimmert, sondern auch als eine Gelegenheit, mir ihn einmal genau anzusehen. Der mit Schweiß getränkte Kragen. Die zerzausten Haare. Man kann annehmen, dass Donny Ray eine raue Nacht hinter sich hat. Aufgrund physischer Anzeichen kann ich schließen, dass er versucht, seinen Körper so klein wie möglich erscheinen zu lassen, was Furcht signalisiert. Aber es ist nicht irgendeine Art Furcht – sie ist gewaltig. So direkt unter seiner Haut, dass ihr Geruch fast in der Luft schwebt.

Ich mache ein paar Schritte nach vorn, und Donny Ray schnellt seinen Kopf zu mir herum, schaut mich an und senkt ihn genauso schnell wieder.

Ob es sich um einen Reflex handelte oder ob es eher positiv für mich ist, weiß ich noch nicht. Bei einem Patienten, der verdächtigt wird, zehn Kinder getötet zu haben, ist alles möglich. Ich nähere mich ihm, und er bestätigt wieder meine Anwesenheit – wenn auch nur, indem er die Füße unter den Stuhl zieht und sie um die Stuhlbeine legt. Nicht genau das, was ich erhofft hatte, aber ich bin mir bewusst, dass er eine gewisse Aufwärmzeit benötigt.

»Es ist okay, Donny Ray«, sage ich mit ruhiger, jedoch fester Stimme.

Die Sehnen in seinem Hals beginnen, sich zu lockern und zu glätten. Die Reaktion ist keineswegs etwas Weltbewegendes – wenn sie allerdings echt ist, dann ist es vielleicht eine kleine Öffnung. Der Beginn eines Versuchs, Vertrauen aufzubauen.

»Aber ich kann Ihnen nur helfen«, setze ich fort, »wenn Sie mir Ihre Aufmerksamkeit schenken.«

Donny Ray hebt den Kopf erneut leicht an, starrt aber noch immer auf den Boden.

»Wir werden heute ein wenig miteinander reden«, sage ich und setze mich ihm gegenüber. »Ich werde Ihnen ein paar Fragen stellen, und Sie können sie so gut wie möglich beantworten. Verstehen Sie, was ich sage?«

Er nickt, schaut mich aber immer noch nicht an.

»Donny Ray Smith«, sage ich mit erhobener Stimme. »Ihre Aufmerksamkeit bitte?«

Endlich zeigt er mir sein Gesicht. Trotz aller Versuche, meine Emotionen stabil zu halten, erschüttern mich diese blauen Augen.

Es macht mich verrückt. Wo habe ich diese Augen schon mal gesehen?

»Bevor wir beginnen, möchte ich etwas wissen. Haben Sie in der letzten Zeit etwas von Ihrem Anwalt gehört?«

Er hebt eine Schulter an und schüttelt den Kopf.

Ich mache eine Pause, um über Donny Rays Gleichgültigkeit nachzudenken. Sein Anwalt ist vor einer Woche verschwunden. Hat es ihm niemand gesagt, oder boykottiert er mich?

»Lassen Sie uns mit einem kleinen Rückblick beginnen. Sind Sie in der Lage, sich etwas aus der Vergangenheit ins Gedächtnis zu rufen?«

Donny Ray bietet keine Antwort.

Ich schweige für einen Moment.

»Rückblick …«, sagt er schließlich. Sein rollender Südstaatenakzent klingt heute, als wäre er angespannt, erschöpft, oder vielleicht beides.

»Ja«, sage ich. »Wie zum Beispiel, als Sie jünger waren. Wie lief es in der Schule?«

Ein lustloses Achselzucken. »Okay, vermute ich mal.«

»Okay, im Sinne von …«

»Nicht besonders.«

»Sind Sie mit den anderen Kindern gut zurechtgekommen?«

»Ja.«

»Also was meinten Sie mit ›nicht besonders‹?«

»Nur, dass ich nie richtig gut dazugepasst habe.«

»Haben Sie während dieser Zeit Freundschaften geschlossen? Wie war das so?«

Er sieht ein wenig ausdruckslos aus, aber ich bin mir nicht sicher, warum, also hake ich nach. »Hatten Sie Freunde?«

»Nein, Sir, nicht wirklich«, antwortet er.

»Nicht wirklich, bedeutet das: nicht viele oder gar keine?«

Er drückt die Knie zusammen und verlagert seine Aufmerksamkeit auf eine Seite.

»Donny Ray?«, dränge ich.

Dann, mit einem schwachen Seufzer der Kapitulation, antwortet er: »Nein, Sir. Ich hatte keine Freunde.«

Den einzigen Ausdruck, den er auf meinem Gesicht findet, ist Empathie. Ich möchte vermeiden, ihm körperliche Hinweise zu geben, die signalisieren könnten, dass ich ihn verurteile.

»Wissen Sie, als Kind hatte ich auch nicht viele Freunde«, sage ich, »weil mein Vater krank war und ich mich die meiste

Zeit um ihn gekümmert habe. Es war furchtbar. Einsam. Ich wage es nicht, mir vorzustellen, wie Sie sich gefühlt haben müssen, gar keine Freunde zu haben.«

Donny Ray sondiert mich, als wolle er die Echtheit meiner Geschichte prüfen. Endlich zieht er die Beine unter dem Stuhl hervor, das erste Mal, seit ich hier bin. Auch seine Schultern senken sich leicht. Es ist, als würde er die Spannung im ganzen Körper etwas lösen – vielleicht sogar die Angst –, an die er sich tagelang geklammert hat.

Ein kleiner Einlass. Immerhin ein Anfang.

»Was ist mit Haustieren? Sie sind oftmals eine viel bessere Gesellschaft als die meisten Menschen.« Ich lächle ihn an.

Er erwidert mit einem krampfhaften Lächeln.

»Hatten Sie welche?«

Er schüttelt ziemlich hartnäckig den Kopf. »Nein, Sir. Hatten wir nicht.«

»Wieso?«

»Wegen meines Vaters.« Donny Ray hebt die Hände ein paar Zentimeter vom Schoß, fast, als wäre er sich nicht sicher, wo er sie hinlegen soll. Unbehagen, und ich frage mich, wodurch es verursacht wird. »Mein Vater hat immer gesagt, dass Tiere nichts wert wären, es sei denn, sie dienen der Arbeit.«

»Und war das auch Ihre Meinung?«

Donny Ray nickt.

Ich bitte ihn, das zu erklären.

»Ich schätze mal, dass ich nie wirklich darüber nachgedacht habe. Vielleicht ist es schwierig zu wissen, was mir gefehlt hat, weil wir niemals Tiere hatten?«

Ich finde seine Antwort seltsam. Er spricht nicht von Haustieren, sondern von Tieren. Dies könnte natürlich das Ergebnis seines Aufwachsens auf dem Land sein. Aber ich interessiere mich nicht so sehr für seine Antwort, sondern für das, was sich darunter verbirgt. Dieser Hinweis auf Distanzierung zusammen mit seiner sozialen Geschichte könnte meiner vorherigen Frage über ihn einen neuen Kontext geben: keine Freunde, keine Zuneigung zu Tieren. Keine Beziehungen, Punkt. Dies ist ein üblicher Baustein für einen Mangel an Mitgefühl und Liebe, ein Lehrsatz bei der Entwicklung eines psychopathischen Geistes. Sitze ich hier einem Mann gegenüber, der isoliert und einsam aufgewachsen ist, oder ist er einfach nur dabei, Theater zu spielen, um die Umstände so aussehen und klingen zu lassen?

In der Hoffnung, zumindest den Beginn einer Antwort zu finden, stochere ich ein wenig tiefer. »Es klingt, als ob Sie in dieser Welt als Kind nicht viele Verbündete gehabt hätten, Donny Ray.«

Er blickt wieder nach unten und sagt nichts.

»Wie haben Sie sich gefühlt? Niemanden zu haben, an den Sie sich wenden konnten.«

»Allein.« Seine Stimme krächzt auf der letzten Silbe. »Wirklich allein. Verstehen Sie?«

Und ich verstehe mehr, als er es sich vorstellen kann.

Ich schiebe meine Gefühle beiseite, lächle traurig und nicke. Gleichzeitig beobachte ich ihn sehr genau. Ich prüfe sein Verhalten. Ich versuche, durch seine äußere Schicht zu sehen. Doch sosehr ich mich auch bemühe, den kleinsten Funken Hinterhältigkeit zu finden, es gelingt mir nicht. Donny Ray strahlt verletzliche Unschuld aus. Dann denke ich über all die Menschen in seinem Leben nach – Vergangenheit und Gegenwart –, die auf mysteriöse Weise verschwunden zu sein scheinen. Meine Zweifelsfalten. Adams Kommentare über Donny Rays nicht sichtbare Kopfverletzung. All diese beunruhigenden Untertöne stehen der intuitiven Aufrichtigkeit gegenüber, die ich gerade hier erlebt habe.

Ich stecke fest.

Ich schaue auf die Uhr und sehe, dass unsere Sitzung fast zu Ende ist. Evan wartet an der Tür, bereit, Donny Ray hinauszugeleiten.

»Wir müssen jetzt aufhören«, sage ich und nicke Evan zu. »Wir setzen dies in ei…«

»Okay«, unterbricht Donny Ray sanft und setzt mit einem höflichen Lächeln fort: »Ich wünsche Ihnen eine sichere Nacht, Christopher.«

Ein Schauder läuft mir den Rücken hinunter.

Kapitel 12

Ich gehe in Richtung Krankenhausparkplatz und stelle fest, dass die Meteorologen nicht zu falsch lagen – sie hatten sich nur um einen Tag geirrt. Diese wirbelnden Wolken vor meinem Fenster waren in der Tat der erste Hinweis auf einen herannahenden Sturm. Die feuchte Luft und ein Hauch von Nieselregen sind ein konkreter Beweis dafür.

Acht Kilometer weiter manifestieren sich die Anzeichen in Form eines Wolkenbruchs mit starkem Wind, der losen Kies gegen die Windschutzscheibe wirbelt. Der Horizont ist drückend und düster, die Bäume biegen sich und geben der Bedrohung eines rachsüchtigen Sturmes nach. Während ich fahre, verstärkt sich der Sturm und macht die Reifen unberechenbar und rutschig.

Ich wünsche Ihnen eine sichere Nacht, Christopher.

Ich kann nicht umhin, ich muss ständig an Donny Rays Kommentar denken, als wir uns verabschiedet haben. Im Prinzip ist dieser Kommentar harmlos, und die Art und Weise, wie Donny Ray ihn sagte, erschien eher gutartig. Aber da steckte noch etwas anderes hinter diesen Worten. Ein Tonfall, der gleichzeitig Einsicht und Mehrdeutigkeit ausstrahlte. Fast wie eine Warnung.

Oder war es sogar eine?

Ich hinterfrage meine Reaktion. Übertreibe ich? Wäre ich so verunsichert, wenn ein anderer Patient die gleiche Anmerkung gemacht hätte?

Denke ich wirklich, dass er mich bedroht?

Ein weiterer starker Windstoß schüttelt das Auto, zerrt an meinen Nerven und bläst den Gedanken fort. Ich kämpfe um die Kontrolle über das Lenkrad, aber es bewirkt mehr Schaden als Nutzen. Die Reifen schlittern auf dem überfluteten Straßenpflaster mit zunehmender Geschwindigkeit. Die Wassermengen auf der Windschutzscheibe verdecken die Sicht, was es schier unmöglich macht, sicher weiterzufahren.

Rein instinktiv trete ich das Bremspedal, aber der Motor beschwert sich grollend, und mein Auto zuckt scharf nach rechts. Mein Kopf stößt gegen das Seitenfenster, und für ein paar Sekunden sehe ich Sternchen. Als sie verblassen, befinde ich mitten in einem gefährlichen Schleudermanöver.

Erneut versuche ich verzweifelt, die Kontrolle über das Fahrzeug zu erlangen. Etwa fünfzehn Schreckmomente später gewinne ich die Oberhand, die Räder sind wieder in der Spur, und ich kann wenigstens die Fahrt verlangsamen. Als sich auch meine Atmung beruhigt hat, wird mir plötzlich klar, dass ich gerade dem Tod von der Schippe gesprungen bin.

Meine Erleichterung ist nur von kurzer Dauer. Ein paar Meter weiter rollt mir ein Gummifußball entgegen, und ein Jugendlicher mit rotem Kapuzenshirt rennt hinterher.

Oh Mist, oh Mist … OH MIST!

Ich reiße das Lenkrad nach links und versuche, dem Kind auszuweichen, aber das Lenkrad scheint seinen eigenen Willen zu haben – es wehrt sich gegen meine Bemühungen und rutscht mir aus der Hand.

Der Junge bleibt mit starrem Körper und schreckhaft aufgerissenen Augen wie angewurzelt in den Scheinwerfern stehen.

Mein Magen spielt verrückt, mein Puls beschleunigt sich, ich trete das Bremspedal bis zum Anschlag durch, das Auto rutscht quietschend weg und schleudert mich in noch schnellerem Tempo in seine Richtung. Als letzten verzweifelten Versuch reiße ich das Lenkrad um eine halbe Umdrehung herum, durch die mein Auto von der Straße abkommt. Aber jetzt rase ich auf eine riesige und unerbittliche Eiche zu. Ich habe zwar das Kind verschont, könnte jedoch mein eigenes Leben dafür lassen.

Ich versuche, in Richtung Sicherheit abzudrehen, aber nasser, schlüpfriger Boden schmiert die Räder, die direkt auf den Baum zurasen. Ich kann nicht mehr atmen. Ein beschleunigter Puls hämmert in meinen Ohren.

Es ist vorbei. Aus.

Ein Lichtblitz explodiert mit blendender Wut, und das Letzte, was ich höre, ist das Zerbersten von Glas.

Das Letzte, was ich sehe, sind ein Paar Augen, die direkt in meine starren.

Augen, die so scharf, so böse sind, dass sie Klauen und Zähne haben könnten. Die Augen brennen wie die Feuersbrunst von hundert Sonnen, Wellen der Hitze, die aus ihnen herausschießen. Direkt unter den Augen befindet sich ein giftiges Lächeln – ich kann es nicht sehen, aber das muss ich auch nicht. Ich kann es fühlen.

Christopher, wach auf. Kannst du aufwachen?

Ich muss aufwachen … Etwas sagt mir, dass ich aufwachen muss.

Mein Körper zuckt.

Ich schlucke Luft in einem Rachen, der sich so dick wie ein Seil und mit Wachs beschichtet anfühlt. Meine Sicht ist trübe, meine Augenlider schwer. Alles ist irgendwie schief, und ich weiß nicht, wo ich bin. Ich bin nicht einmal sicher, ob ich eigentlich lebe.

Ich sehe Licht.

Mein trüber Schleier klärt sich so weit, dass ich das Armaturenbrett vor mir sehe.

Ich bin in meinem Auto.

Dann kommt mein Verstand in Gang.

Der Baum. Ich bin mit dem Baum kollidiert.

Ich hebe den Kopf und spähe durch die unzerbrochene Windschutzscheibe.

Nein … nein … das kann nicht sein.

Mein Verstand sucht verzweifelt nach Erklärungen, während ich meinen Blick auf den Baum schwenke, denn die Realität trifft mich wie ein Schlag ins Gesicht und enthüllt, wie nahe ich dem Tode entronnen bin – nur zwei Meter, um genau zu sein, die Entfernung zwischen der Stelle, an der mein Auto gestoppt hat, und einem steilen Abhang, der direkt zu einer der tiefsten Stellen des Anderson Lake führt. Gottesfurcht durchfährt mich, denn auch wenn mich dieser Baum nicht getötet hat, der See hätte es sicherlich …

Also, wem verdanke ich dieses Wunder?

Ich öffne die Tür, strecke den Kopf hinaus und sehe das Wunder direkt vor mir.

Mein Leben wurde von einem Graben gerettet.

Ein Blick aufs Armaturenbrett sagt mir, dass ich mein Bewusstsein nur für weniger als eine Minute verloren habe. Dann erinnere ich mich plötzlich und werde von Panik erfasst.

Der Junge.

Ich stoße mit Gewalt die Tür auf und springe aus dem Auto. Während ich am Straßenrand entlangrenne, suche ich nach ihm, aber der Boden unter den Füßen lässt mich im Stich, wird holprig und schlammig. Meine Bemühungen erweisen sich sowieso als sinnlos, denn der Junge ist nirgendwo in Sicht.

Was zum …?

Ich bin verwirrt, rase über die Straße und suche nach dem Gummiball, aber auch der ist nirgendwo zu finden.

Ich bin überzeugt davon, dass ich beide gesehen habe.

Ungefähr dreißig Meter zu meiner Rechten befindet sich ein Park. Vielleicht kam das Kind von dort? Dann trifft mich der gesunde Menschenverstand wie eine Ohrfeige.

Ein Junge. Spielt mit einem Ball. Mitten in einem Sturm?

Warte mal, was für ein Sturm?

Ich schaue nach oben. Der Himmel könnte nicht klarer sein, denn er ist nur von Sternen bedeckt. Mein Blick fällt auf den Asphalt, und ich bin noch verwirrter als vorher: trocken wie Sandpapier.

Wie ist das möglich? Schnelle Verdunstung?

Bevor ich über die Gesetze der Physik nachdenken kann, empfinde ich einen stechenden Schmerz in meinem Schädel, gefolgt von einem dumpf pochenden Schmerz hinter den Ohren. Ich berühre die Stirn, schaue auf die Finger: Blut.

Verletzt.

Das ist nicht gut.

Ich taumele in Richtung Auto, aber schon auf der Hälfte des Weges ist mir klar, dass der Rest meines Körpers mit diesem Plan nicht einverstanden ist. Mein Gleichgewicht gerät ins Wanken, und die Erde verwandelt sich in Gummi. Ich stolpere, beuge mich vor und mit den Händen auf den Knien versuche ich, meine Balance zu finden.

In meinem Auto enthüllt mir der Rückspiegel den Schaden: eine böse Schnittwunde oberhalb der linken Braue, ergänzt durch eine gnadenlose Beule in der Nähe der rechten Schläfe. Ich erinnere mich, ins Seitenfenster geknallt zu sein. Ich muss nach meiner spontanen Bekanntschaft mit dem Graben ans Lenkrad gestoßen sein.

Jetzt fange ich an, mir Sorgen darum zu machen, wie ernst meine Verletzung sein könnte. Ich suche nach einer Taschenlampe, leuchte sie in meine Augen, aber die Pupillen scheinen nicht erweitert zu sein. Es erleichtert mich etwas, denn selbst wenn ich eine Gehirnerschütterung erlitten habe, sind meine Verletzungen doch eher geringfügig. Nachdem ich eine Schachtel mit Papiertüchern im Handschuhfach gefunden habe, drücke ich leicht auf die Wunde und tupfe das Blut ab.

Zurück zum Baum. Ich sehe ihn mir näher an und stelle fest, dass der Baumstamm weit geöffnet ist. Der Boden ist übersät mit Splittern von rostigem Metall und zerbrochenem Kunststoff.

Da hätte ich liegen können. Mausetot.

Ich erinnere mich, wie notorisch gefährlich dieser Weg ist, dass ich ständig von Unfällen in den Nachrichten höre, die mit schrecklichen Verletzungen oder sogar Todesfällen verbunden sind. Es scheint, als ob ich zu den Glücklicheren dieser Serie gehöre.

Also was soll ich jetzt tun?

Um Hilfe rufen, Idiot.

Hilfe … ja … Hilfe holen, das ist es. Mein Handy liegt auf dem Boden, aber es ist kein Signal vorhanden. Ein kurzer Blick um mich herum gibt mir die Erklärung: Die Straße liegt in einer Senke mit Bergausläufern rundherum. Ich kann gar nicht sagen, wie oft mein Handy ausgefallen ist, während ich hier durchgefahren bin. Ich schaue zum Berg hinauf, ich weiß, dass ich dort oben Empfang habe.

Nachdem ich den Zündschlüssel gedreht habe, bin ich heilfroh, das Motorgeräusch zu hören. Ich richte meine Räder geradeaus, lege den Rückwärtsgang ein und ruckele aus dem Graben hinaus. Sekunden später rase ich den Berg hinauf.

Kapitel 13

Oder vielleicht war es doch keine so gute Idee.

Ich bin auf dem Gipfel angelangt, aber mein Handy ist noch immer nicht nett zu mir. Kein Signal.

Zu meiner Rechten entdecke ich eine mögliche Erklärung, einen weiteren, noch größeren Gebirgsausläufer, der wahrscheinlich das Handysignal blockiert. Ich sehe aber etwa dreißig Meter entfernt eine Lichtung, also steige ich aus und laufe darauf zu.

Dort angekommen, habe ich Empfang, jedoch nur schwach. Ich wähle die Telefonnummer meiner Frau und warte darauf, dass sie antwortet.

Sie hebt ab.

»Hallo, Liebes …«, sage ich und stelle zum ersten Mal fest, wie dick sich meine Zunge anfühlt, während sie sich durch den Satz schleppt. »Es geht mir gut, aber ich … aber ich hab Unfall.«

»Was?«

»Ich meine … ich … Ich hatte einen Unfall.«

»Wie schlimm? Alles in Ordnung?«, fragt Jenna mit wachsender Besorgnis. »Wo bist du?«

»Ja … mein denken, mein bin …«, versuche ich, ihr zu versichern, aber meine heisere Stimme und dieser Wortsalat bringen die Glaubwürdigkeit an ihre Grenzen.

»Wo bist du?«, fragt sie erneut.

»Ich war auf der Saxony … Ich hab im Regen die Kontrolle verloren, einen Schlenker gemacht, um einem Baum auszuweichen, aber … aber bin schließlich … abgekommen … weg von der Straße.«

»Chris, du klingst komisch, das gefällt mir nicht.«

»Mein Kopf ist aufs Lenkrad geschlagen.«

»Was? Hast du einen Krankenwagen gerufen?«

»Ist nicht so schlimm.«

»Schätzchen, du kannst kaum sprechen.«

»Ich habe meine Pupillen geprüft. Sie sind in Ordnung. Ich schaffe das.«

»Nein, das tust du nicht, und ich werde nicht zulassen, dass du es versuchst. Ich bin in …«

»Nein!«, unterbreche ich sie. »Tu's nicht!«

Etwa fünf Sekunden Schweigen.

»Es ist nur …«, sage ich und höre verzweifelte Not in meiner Stimme, die ich nicht verbergen kann. »Ich will nicht, dass du so spät mit Devon wegfährst. Diese Straße ist gefährlich genug.«

»Chris, dies ist kein guter Zeitpunkt für deine ständige Sorge um Devon. Du bist verletzt. Ich kann mit der Straße umgehen, und ich rufe jetzt den Babysitter an.«

»Nein. Wirklich nicht.«

»Aber du denkst doch nicht im Ernst daran, dich in diesem Zustand wieder hinters Lenkrad zu setzen.«

»Liebes, ich bin eher … in der Lage, zu beurteilen, ob ich das kann oder nicht.«

Du kannst ja kaum zwei Wörter aneinanderreihen, Dr. Vollidiot. Halt die Klappe!

»Tut mir leid«, sagt Jenna, »nicht mit mir! Entweder du rufst jetzt Adam an oder ich komme.«

»Ich kann doch mein Auto nicht einfach hier stehen lassen«, erwidere ich und schaffe endlich eine plausible Ausrede.

»Das ist jetzt nicht wichtig! Das können wir morgen früh noch holen.«

Ich seufze ausgiebig. Meine Frau ist dabei, mich in puncto Hartnäckigkeit zu übertreffen. Stur ist sie noch dazu. Nach ein paar Sekunden gebe ich nach und antworte: »Okay, ich werde versuchen, Adam zu erreichen.«

»Ruf mich an, sobald er da ist«, fügt Jenna hinzu und legt auf, ohne mir die Möglichkeit einer Antwort zu geben.

Ich werfe dem Telefon einen bösen Blick zu, aber um ehrlich zu sein, hat sie recht. Ich sollte wirklich nicht fahren – es ist nur, dass ich plötzlich und aus unerklärlichen Gründen negative Schwingungen spüre. Ich mag diesen Ort nicht. Ich muss unbedingt weg von hier.

In meinem Auto nimmt dieses Pochen hinter den Ohren schreckliche Ausmaße an, und mein Schädel droht zu zerbersten. Ich lehne mich an die Kopfstütze und bete um Erlösung von diesem Schmerz.

Das Telefon klingelt.

»Ist Adam da?«, fragt Jenna.

»Na ja, nein … noch nicht.«

»Was? Warum?«

»Schatz, bitte. Wir haben doch gerade erst miteinander telef…« Aber als mir die Uhr auf dem Armaturenbrett ins Auge fällt, bleibt mir die Beschwerde im Halse stecken. Es sind fünfundvierzig Minuten vergangen.

»Chris?«

»Ja«, antworte ich ein wenig zu schnell, ein wenig zu abgelenkt, und füge hinzu, »er wird schon bald hier sein.«

»Aber das sollte er bereits. Warum braucht er so lange?«

Warum er so lange braucht, ganz einfach, weil du ihn erst gar nicht angerufen und stattdessen ein Nickerchen gemacht hast.

»Er wird bald da sein«, sage ich erneut, aus Mangel an einer vernünftigeren Antwort. »Ich bin gleich bei dir.«

Um weitere Debatten zu vermeiden, lege ich auf und schaue noch ein letztes Mal auf den Baum, der bergab verdeckt unter den Schatten ruht. Plötzlich kommt Wind auf und öffnet seine Zweige wie breite, ausgestreckte Arme. Aber es ist kein Willkommensgruß – es ist eine Warnung.

Etwas Rotes kommt hinter dem Baum hervor. Ich schaue genau hin und traue kaum meinen Augen. Der Teenager, den ich fast überfahren hätte, läuft gerade weg und verschwindet in der Dunkelheit.

Ein übles Gefühl macht sich in meinem Magen breit und kriecht hinauf bis in meinen Rachen. Und ich weiß – ohne auch nur eine Sekunde zu zögern –, dass dieser Ort tatsächlich etwas Unheimliches verbirgt.

Du musst hier verdammt noch mal weg.

Ich muss weg von hier.

Ich drehe den Zündschlüssel, trete das Gaspedal durch und bevor ich michs versehe, rase ich die Straße entlang.

Kapitel 14

Ich schaffe es heil nach Hause.

Sagen wir mal, mein Körper schafft es. Was mein Gehirn anbelangt, so wird dies von Minute zu Minute fragwürdiger. Ich bin kein Mediziner. Ich bin ein verdammter Psychologe, und das qualifiziert mich in keinster Weise zu beurteilen, ob ich mit einer Kopfverletzung fahren sollte – es macht mich nur impulsiv und gedankenlos.

Als ich in die Küche komme, sehe ich, dass Jake auf dem Boden liegt und schläft. Er rührt sich, wird auf mich aufmerksam, dann zieht er sich lethargisch und gleichgültig zurück.

»Alles in Ordnung, mein Junge?«

Der Hund hebt den Kopf, stößt mein Bein sanft mit der Schnauze an, legt das Kinn wieder auf die Pfoten und starrt abwesend nach vorn. Das beunruhigt mich ein wenig, also beobachte ich ihn für einen Augenblick, aber etwas Dunkles auf meinem Hosenbein lenkt mich ab. Ich untersuche es näher und finde einen schlammigen Fleck.

Ich schaue wieder auf Jake. Seine Schnauze ist mit Schlamm bedeckt.

Wir haben hier zwei Probleme: Zunächst weiß ich, dass seine Schnauze gerade eben noch sauber war. Zweitens habe ich keine Ahnung, woher der Dreck möglicherweise kommen könnte. Arizona befindet sich in einer Dürreperiode, und während ich vielleicht oder vielleicht auch nicht vor meinem Unfall Regen gesehen habe, war alles, das ich seitdem wahrgenommen hatte, knochentrocken gewesen.

Ich lenke meine Aufmerksamkeit wieder auf Jake und zucke zusammen. Seine Schnauze ist sauber.

Bevor ich mir einen Reim auf dieses beunruhigende Schlammdilemma machen kann, kommt Devon hereingerannt. Er wirft seine Arme um meine Beine, bringt mich dazu, mein Körpergewicht zu verlagern, was mir einen blitzartigen Schmerz in die Seite versetzt. Jetzt habe ich mit gequetschten Rippen zu kämpfen, und nachdem der erste Schock nachgelassen hat, wird mir klar, dass bald noch weitere beunruhigende Verletzungen vom Unfall auftauchen könnten. Aber um meines Sohnes willen versuche ich, den Schmerz und die Angst zu verbergen.

»Daddy hat sich geschnitten!«, verkündet Devon und zeigt auf meine Stirn.

Jenna stürzt herein. Als sie mich sieht, wechselt ihr Gesichtsausdruck von Erleichterung zu ernsthafter Sorge.

»Chris, setz dich sofort hin«, sagt sie. »Du blutest.«

Ich berühre vorsichtig meinen Kopf und fühle Feuchtigkeit, jetzt mit zusätzlicher Wärme und einem deutlichen Anstieg der Schwellung.

Jenna setzt mich auf einen Stuhl und geht dann zur Spüle. Sie hält ein Handtuch unter den Wasserhahn, bringt es zurück und beginnt mit der Erste-Hilfe-Versorgung.

»Du siehst schrecklich aus«, sagt sie und tupft mir das Blut von der Stirn.

»Nur ein kleiner Schnitt. Es sieht tatsächlich schlimmer aus, als es sich anfühlt.«

Sie lehnt sich zurück und zeigt mir ihre gerunzelte Stirn. Sie kauft es mir nicht ab.

Devon sitzt mir nun gegenüber am Tisch, beugt sich vor und schaut mich an. »Tut es weh, Daddy?«

»Ist nicht so schlimm«, sage ich mit einem Augenzwinkern, um meine kleine Notlüge zu unterstreichen.

»Mir gefällt nicht, wie das aussieht«, sagt Jenna. »Ich denke, wir sollten dich in die Notaufnahme bringen.«

»Nein, das ist nicht nötig. Es geht schon wieder.«

»Was, wenn es etwas Ernstes ist?«

»Süße, glaub mir, das wüsste ich. Ich werde Adam morgen bitten, mich durchzuchecken.«

Sie wirft mir einen weiteren Blick zu, geht dann wieder zurück an die Arbeit und schüttelt den Kopf. »Ich glaube, dass das behandelt werden muss.«

Da bin ich ganz ihrer Meinung. Dinge zu sehen und zu hören, die nicht vorhanden sind, ist nicht gerade eine Kleinigkeit.

»Halt den Mund!«

Jenna zieht sich zurück, um mich anzusehen, nur dieses Mal ist es nicht Sorge, sondern ein überraschter, gekränkter Ausdruck. Auch ich bin überrascht und frage mich, wie es möglich ist, dass sich meine Gedanken ungewollt in gesprochene Worte verwandelt haben. Es ist, als ob in meinem Gehirn Lautsprecher gewachsen wären.

Ich gehe auf Nummer sicher. »Ich sagte, mir geht's gut.«

Jenna sieht mich an, aber ich bin mir nicht sicher, ob sie die Wahrhaftigkeit meiner Aussage abwägt oder immer noch meinen Zustand beurteilt.

»Bitte mach dir keine Sorgen, mein Schatz«, beteure ich.

Aber es scheint, als wäre meine Versicherung nur einen frustrierten Seufzer wert, gefolgt von: »Du hast einen solchen Dickschädel, dass ich wirklich überrascht bin, dass deine Haut bei dem Aufprall geplatzt ist.«

Zum ersten Mal seit einer Stunde grinse ich.

Jenna bereitet eifrig eine Eiskompresse für mich vor, ich lege mich auf die Couch und meine Kopfschmerzen werden von Gedanken wie von trübem Spülwasser durchzogen. Devon sitzt mir im Sessel gegenüber, und seine Gesellschaft ist eine willkommene Ablenkung. Jenna betritt den Raum. Sie sieht nicht mehr besorgt aus. Sie schaut …

»Was ist los?«, frage ich.

»Dein Auto ist in der Garage.«

Oh. Mist.

Ich hätte das sofort beim Hereinkommen erklären sollen, aber jetzt ist es zu spät.

Ich bin in Schwierigkeiten.

»Ja«, sage ich. »Was das anbelangt …«

»Bitte sag mir jetzt bloß nicht, dass du selbst nach Hause gefahren bist.«

»Doch, in gewisser Weise schon.«

Jenna zeigt auf die Treppe, lässt mich aber nicht aus den Augen und sagt: »Devon, geh bitte auf dein Zimmer.«

Devon sieht seine Mutter an, dann mich und hats kapiert. Er verkrümelt sich.

»Du bist selbst gefahren.«

»Liebes, ich wollte einfach nur nach Hause.«

»Nachdem ich dir gesagt habe, du sollst das nicht tun.«

»Im Grunde, ja«, sage ich, füge aber schnell hinzu: »Aber ich schwöre dir, ich wollte dich nicht verrückt machen.« Ich atme scharf ein. »Es war etwas anderes …«

Jenna muss meine Verzweiflung spüren, denn sie schaut mich sanfter an. Auch ihr Tonfall klingt besänftigt. »Chris, was erzählst du da?«

Ich hole etwas mehr Luft und atme wieder langsam aus. »Es ist etwas passiert. Ich habe fürchterliche Angst bekommen.«

Sie setzt sich neben mich und beobachtet mich besorgt.

»Ich habe dir erzählt, dass ich die Kontrolle verloren habe, aber was ich dir nicht erzählt habe ...« Ich bilde ein Dach mit den Fingerspitzen und halte meine Augen darauf gerichtet. »... ist, dass ich Dinge gesehen habe.«

Jennas Körper entspannt sich, aber dies signalisiert keine Erleichterung – es ist Bestätigung –, und ohne zu sprechen, sagt sie: *Ich hab's kapiert.*

Ein paar Sekunden des Schweigens gehen vorüber, und die brauche ich auch, denn ich weiß nicht so recht, was ich sagen soll, denn die Angst, von der ich vorher gesprochen habe, macht sich jetzt erst richtig bemerkbar.

»Schatz«, flüstert Jenna, »du bist nicht dein Vater.«

Alles, was ich tun kann, ist, den Kopf schütteln.

»Es ist nicht dasselbe.« Sie greift nach meiner Hand und drückt sie. »Er ist es nicht.«

»Er *ist* es. Er ist es immer.«

»Du bist aufgeregt. Das lässt alles nur noch schlimmer erscheinen.«

»Ich weiß ...«

Und dessen bin ich mir tatsächlich bewusst. Ich weiß, dass meine Erschöpfung von der Arbeit eine Rolle bei dem gespielt haben könnte, was ich vorhin beim Unfall gesehen habe, und meine Kopfverletzung hat dann die visuellen Verzerrungen verursacht. Aber dies zu wissen macht es nicht leichter. Jenna ist sich meiner Angst bewusst und weiß, dass ich sie tagtäglich bekämpfe. Die Befürchtung, dass die kleinste Sinnestäuschung, irgendetwas Seltsames, ein Flüstern aus der Vergangenheit sein könnte, um einen sehr unwillkommenen Besuch abzustatten. Das, was meinem Vater passiert ist, wird auch mir passieren.

»Nur ein winziger Augenblick«, sage ich, »mehr braucht es nicht. Nur wenige Momente der Unsicherheit, und ich bin wieder dort.«

»Der Unfall hat mit deinem Verstand gespielt.«

Ich nicke.

»Bitte versprich mir, dass du dich morgen untersuchen lässt.«

»Ja, mache ich.«

»Aber du hättest es mir wirklich sagen müssen.«

»Ja, ich weiß.«

»Ich kenn auch mittlerweile deine Reaktionen.«

»Ich mache dicht. Ich verschließe mich.«

Sie lächelt ein wenig. »Lass uns daran arbeiten, okay?«

Ich versuche zurückzulächeln.

»Und kannst du mir noch einen Gefallen tun? Nie wieder mit einem verbeulten Kopf Auto fahren. Niemals. Verstanden?«

»Ich verspreche es.«

»Und wenn du wieder solche Angst bekommst, sagst du es mir.« Jenna beugt sich vor, gibt mir einen Kuss, und ich fühle mich ein wenig besser.

Das heißt, bis ich über ihre Schulter hinweg Jake erblicke, der völlig unbeweglich und mit stoischem Ausdruck die Haustür fixiert. Als ob er auf jemanden warten würde.

Oder auf etwas.

Kapitel 15

Der Mann im Abfluss

Unruhe schwelte in unserem Haus und zog sich durch unser Leben.

Mein Vater begann, merkwürdige Dinge zu tun. Zunächst erschien es nicht alarmierend zu sein. Ich hörte ihn gelegentlich während der Arbeit im Haus vor sich hin murmeln, aber es schien eher lautes Denken als etwas anderes zu sein. Also dachte ich nicht weiter drüber nach.

Bis sich dieses Murmeln plötzlich in etwas verwandelte, das wie ein Gespräch mit einer Stimme klang, die nur er hören konnte. Dann nahmen seine Kommentare nach und nach eine beunruhigende Wendung an, die weit über die Grenzen der Normalität hinausging und immer finsterer wurde.

Meine Mutter behauptete wie immer, dass alles in Ordnung wäre. Sie schrieb diese Kommentare seinem schrägen Humor zu. Aber eines Abends, während des Essens, bewegte sich die Erde unter unseren Füßen, und wir befanden uns plötzlich auf einem ganz anderen Planeten.

»Da ist jemand im Abfluss«, erklärte mein Vater sachlich und nüchtern mit einem Mund voll Kartoffeln.

»Wie bitte, Liebling?« Meine Mutter betrachtete ihn kurz, und ihr Lächeln signalisierte wenig Interesse, während sie eine Schüssel auf den Tisch stellte.

Nachdem er das Essen hinuntergeschluckt hatte, sagte er: »Im Abfluss.«

»Es ist etwas im Abfluss?«

»*Jemand.*«

»James, nimm etwas Blattkohl. Den magst du doch so gern.« Das war ihre Antwort darauf.

Mein Vater zuckte mit den Schultern und schöpfte Kohl auf seinen Teller. »Er ist im Badezimmer. In der Wanne. Ein Mann – oder ich bin mir eigentlich ziemlich sicher, dass es einer ist. Egal. Es ist manchmal schwer zu sagen.«

»Hör doch mit dem Unsinn auf«, sagte meine Mutter mit einem abweisenden Kichern, dann setzte sie ein ermutigendes Grinsen auf und gestikulierte zum Teller: »Probier den Kohl! Sag mir, was du denkst!«

»Ich habe ihn dort zweimal gesehen«, sagte er und warf mir ein vertrauliches Zwinkern und Lächeln zu, als ob er ein Geheimnis enthüllen würde, das wir beide geteilt hätten.

Ich lächelte nicht. Meine Nerven lagen blank. Nicht nur wegen seiner unsinnigen Beobachtung, sondern weil etwas in seinem Verhalten zu erkennen war, das ich nicht verstand – als gäbe sich ein Fremder als mein Dad aus.

»Ehrlich James«, bemerkte meine Mutter, »du sagst aber auch manchmal Sachen.«

Dad nahm eine Scheibe Brot und zuckte erneut mit den Schultern. »Er ist aber da. Du wirst schon sehen.«

»Ich hab die Klöße vergessen!« Und damit verschwand sie aus dem Raum.

Nachdem sie zurückgekommen war, saßen wir noch für ein paar Minuten schweigend beim Abendessen, bis mein Vater die Stille brach.

Er schob den Teller zur Seite und lehnte sich zurück. »Er sagt, dass er uns alle töten wird.«

Es war, als wäre jede Glühbirne im Zimmer durchgebrannt, denn ich kam mir vor, als säße ich im Dunklen. Mein Vater hatte wohl den Verstand verloren und ihn mitten auf dem Esstisch abgelegt. Sogar Mutter konnte diese Anmerkung nicht ignorieren, wofür ihr bleiches, fast blutleeres Gesicht der beste Beweis war.

Aber der Horror beim Abendessen war nichts gegen das, was ich ein paar Stunden später sah.

Ich ging ins Bad und dachte, man würde mir den Boden unter den Beinen wegziehen.

Ich beobachtete meinen Vater, wie er in der Wanne über dem Abfluss hing.

Er sprach mit ihm.

Er flehte.

Kapitel 16

Meine Kopfschmerzen weigern sich nachzulassen.

Die Rippen kooperieren auch nicht viel mehr, wechseln von starkem zu schwachem und von stechendem zu brennendem Schmerz. Obwohl ich mich lausig fühle, gehe ich noch in Devons Schlafzimmer, um ihn zuzudecken.

Als ich eintrete, sehe ich, wie er auf dem Bauch liegt und etwas unter dem Bett sucht.

»Was suchst du da, Kleiner?«

Er hebt den Kopf, um mich anzusehen. »Meinen Schlafanzug.«

»Soweit ich mich erinnere, bewahrt Mom ihn nicht da unten auf.«

»Aber er lag gerade noch auf dem Bett.«

»Dann muss er auch noch irgendwo sein.« Ich durchsuche oberflächlich das Zimmer.

Devon steht auf und runzelt die Stirn.

»Keine Sorge, Kleiner.« Ich ziehe die Kommodenschublade auf, greife nach einem anderen Schlafanzug und reiche ihn Devon. »Ich bin sicher, es gibt eine logische Erklärung dafür.«

Als er beginnt, in den Schlafanzug zu schlüpfen, setze ich mich aufs Bett und sehe Jake, der nur wenige Meter davon entfernt mit dem Kinn auf der Pfote ruht und mit ahnungsvollen Augen zu mir rüberschaut.

Ich bin erneut verdutzt. Lange bevor mein Sohn das Laken berührt, ist Jake schon zur Stelle und wartet. Das geht schon seit Jahren so. Es ist ihr Ritual.

Aber nicht heute Abend.

Devon krabbelt ins Bett, und ich nicke in Richtung Hund. »Geht es ihm gut?«

Ohne Jake einen Blick zu schenken, antwortet er: »Ja, ja.«

»Bist du sicher?«

»Ja, ja«, sagt er erneut.

»Weil er ein wenig schlapp wirkt.«

»Es geht ihm gut.« Devon zieht die Decke nach oben, bis über die Brust.

»Und normalerweise wäre er jetzt schon bei dir im Bett.«

Mein Sohn zuckt mit den Schultern, langt übers Bett, nimmt Jakes Lieblingsspielzeug, einen Gummiknochen, in die Hand und wirft ihn auf den Boden. Der Knochen fällt neben Jakes Kopf. Jake scheint nicht im Entferntesten daran interessiert zu sein. Ich wundere mich über die seltsame Dynamik, die sich zwischen den beiden abspielt, und frage mich, ob Devon mehr weiß, als er mir erzählt.

»Daddy?«

Ich schaue schnell zu meinem Sohn zurück.

»Der Unfall hat dich sehr verletzt.«

»Ist nicht so schlimm«, sage ich und stelle fest, dass Jake jetzt quer vor Devons Tür sitzt und darauf starrt. So wie vorhin. Als warte er auf etwas.

»Daddy?«, sagt Devon erneut, und ich blicke zu ihm zurück.

»Wir haben letzte Nacht vergessen abzuheben«, informiert er mich.

»Du hast recht.« Ich beobachte erneut Jake, dessen Verhalten mich beunruhigt.

Das Abheben ist unser geheimes Abendritual. So habe ich Devon ins Bett bekommen, als er noch jünger war. Wir sagten niemals ›Zeit, ins Bett zu gehen‹ oder ›schlafen‹, weil dies für die meisten Kinder schmutzige Wörter sind. Stattdessen machten wir eine ›Zeitreise‹, und er schlief nicht, sondern wurde in einen besonderen Verbrechensbekämpfer verwandelt, dessen Aufgabe es war, die Welt vom Bösen zu befreien. Es funktionierte wie ein Zauber, und obwohl er mein Spiel im Lauf der Zeit durchschaut hatte, ist es unsere kleine Routine geblieben. Ich habe jetzt eigentlich keine Lust darauf, in Anbetracht dessen, wie ich mich gerade fühle, aber sein begieriger Blick macht es mir schwer, Nein zu sagen.

»Fertig?«, frage ich.

»Fertig«, antwortet er durch ein breites Zahnlückenlächeln.

Ich wickele ihn in die Bettdecke ein und stimme an: »Achtung, Achtung, Bodenkontrolle an Spartan Newberg.« Er liebt es noch immer, wenn ich ihn bei seinem Codenamen als Verbrechensbekämpfer nenne. »Haben Sie verstanden?«

»Verstanden!« Er windet sich und liegt schließlich ruhig da.

»Sie sind zum Abheben bereit.«

Devon macht mit seinem Mund Geräusche wie eine startende Rakete.

Und ich beginne mit dem Countdown. »Fünf … vier … drei … zwei …«

»Eins!«, schreit er voller Vorfreude hinaus und macht dann das Abhebgeräusch.

»Schnapp dir die bösen Jungs, Kleiner. Die Uhr tickt, Spartan, und nur Sie allein können die Ordnung in der Welt wiederherstellen.«

Ich ziehe die Bettdecke gerade, küsse ihn auf die Stirn und schleiche mich zur Tür.

Vorher werfe ich noch einen letzten Blick auf Jake, der noch immer an derselben Stelle liegt, immer noch mit demselben traurigen, nervösen, ahnungsvollen Ausdruck.

Kapitel 17

Ich verbringe den Großteil dieser Nacht im Eilzug der Schlaflosigkeit, wechsle abrupt zwischen kurzen Abschnitten turbulenten Schlafs und schlaflosen, unruhigen Abschnitten, in denen ich mich im Bett hin und her werfe. Mein Kopf und die Rippen tun ihr Bestes, mich zu schikanieren.

Und wieder geht die Sonne auf, ich schaue Jenna an, die neben mir ruhig schlummert, küsse ihre Wange, und sie öffnet benebelt die Augen.

»Komm näher«, sagt sie mit einem kleinen, verschlafenen Lächeln und streichelt mit der Hand über meine Wange.

Ich nähere mich, und sie gibt mir ein verschlafenes Küsschen.

»Fühlst du dich besser?«, fragt sie.

»Ein wenig.« Ich ringe mir ein tröstendes Grinsen ab.

Sie sagt nichts, aber ich kenne diesen Blick. Meine Frau ist besorgt. Zur Beruhigung küsse ich sie zurück, ziehe dann meinen schmerzenden Körper aus dem Bett, dusche und erhoffe mir Linderung durch das warme Wasser.

Leider ist das erwartete Ergebnis nur geringfügig. Ich bin ein bisschen wacher, aber dadurch empfinde ich den Schmerz nur noch mehr.

Ich trockne mich ab und prüfe meine Verletzung im Spiegel. Die Schwellung an der Stirn ist weg, aber …

Da stimmt was nicht.

Ich gehe etwas näher heran, um mich genau anzusehen, und entdecke das Problem. Mein Haar sieht seltsam und fremd aus. Irgendwie anders, aber ich habe keine Ahnung, warum. Je mehr ich in den Spiegel sehe, umso schrecklicher fühle ich mich.

Ich versuche, mich aufs Zähneputzen zu konzentrieren, aber das Unbehagen bleibt. Ich schaue weiter in den Spiegel, aber mein Anblick macht mich nervös. Schließlich halte ich es nicht mehr aus. Ich drehe den Wasserhahn auf, halte meine Hände unters laufende Wasser und fahre mir mit den Fingern durchs Haar. Ich nehme einen Kamm, frisiere mich, aber das Ergebnis ist genau dasselbe.

Etwas stimmt nicht mit meinem Haar.

»Schatz, du wirst dich verspäten«, ruft Jenna aus dem Schlafzimmer.

Ich schaue auf die Uhr und erkenne, dass sie recht hat. Ein weiterer Blick in den Spiegel sorgt nur noch für mehr Frustration, sodass ich erneut den Kamm nehme, einen Teil des Haars auf die andere Seite lege und so ein wenig Ruhe habe vor meinem schlechten Haartag.

Es geschehen seltsame Dinge.

Und sie jagen mir eine Todesangst ein.

Kapitel 18

Die erneute Besichtigung einer Unfallstelle hat etwas Eigenartiges, vor allem wenn es die eigene ist. Man wird sich bewusst, dass man innerhalb eines Herzschlags nur einen winzigen Eindruck bekommen hat, wie kostbar und zerbrechlich das Leben ist und wie schnell man es verlieren kann. Diese schwelenden emotionalen Überbleibsel sprechen oftmals lauter, als Bremsspuren oder zerklüftetes, verbogenes Metall es je könnten. Die körperlichen Spuren können weggewischt werden, jedoch bleibt die Erinnerung fest ins Gehirn eingebrannt, und die Zeit macht sie nur noch wirkungsvoller.

All das fühle ich und vielleicht noch viel mehr, was ich noch nicht einmal ansatzweise beschreiben kann, während ich mich auf der Fahrt zur Arbeit dem Baum nähere. Obwohl es langsam hell wird, hat man den Eindruck, als ob die Dunkelheit noch immer in den Bäumen weile, nur ein paar helle silberne Sonnenstrahlen bahnen sich einen Weg durch den rotblau glühenden und ramponierten Himmel und streifen die Äste wie feurige Dolche.

Als mein Auto einen Punkt der Straße erreicht, dem der Baumstamm am nächsten ist, werde ich immer aufgeregter. Jetzt hat der Baum eine bedrohlichere Aura angenommen, steht aufrecht und stramm, als würde er kühn seine Macht demonstrieren. Ich studiere seine immensen Zweige, die wie gigantische, mythische Waffen ausgebreitet sind, mich ergreifen und in einen wirbelnden Strudel böser Mächte ziehen wollen.

Gerade als sich unsere Wege kreuzen, sehe ich die durch den Aufprall entstandene bloße Wunde, die er wie ein gotteslästerliches Ehrenabzeichen zur Schau stellt. Ich trete aufs Gaspedal, mein Auto spurtet vorwärts und nimmt an Geschwindigkeit zu.

Nicht schnell genug.

Denn ich mag diesen Baum nicht. Ich mag ihn kein verdammtes bisschen.

Kapitel 19

Ich drücke den Türgriff des Loveland, und meine Rippen leisten grausamen Widerstand. Dann schließt sich mein Schädel mit einem rücksichtslosen und bohrenden Schmerz an. Ich ziehe eine Grimasse, versichere mir, dass dies zu erwarten war und dass nichts davon irgendwelche Anzeichen für etwas Ernsthaftes sind. So weit sieht alles um mich herum normal aus, aber ich halte wachsam Ausschau nach irgendwelchen seltsamen Zeichen oder Geräuschen.

Kaum habe ich das Gebäude betreten, ist es, als hätte ich einen Schalter in meinem Verstand angeknipst, und der Gedanke an Donny Ray tritt in den Vordergrund.

Ich wünsche Ihnen eine sichere Nacht, Christopher.

Nicht wirklich!

Rückblickend und aus offensichtlichen Gründen geht mir sein Kommentar wie Nadeln unter die Haut. Aber da ist noch etwas anderes, das an mir nagt – etwas weniger Offensichtliches, etwas, das ich nicht einmal ermessen kann.

Ich versuche, den Gedanken zu vertreiben, rede mir ein, lächerlich zu sein, und setze meinen Weg zum Büro durch den Korridor fort. Aber ähnlich wie die Schmerzen, die in meinem Körper kämpfen, tut Donny Rays Nachricht genau dasselbe mit meinem Verstand. Also lege ich meine Sachen ab, um ein letztes Mal zu entscheiden, dass es endlich an der Zeit ist, zu beweisen, dass er nicht der Bösewicht ist, den ich aus ihm gemacht habe. Ich gehe zu Alpha Zwölf, um nach meinem rätselhaften Patienten zu sehen.

Aber nachdem ich einen Fuß auf den Boden gestellt habe, stehe ich inmitten einer unterbrochenen Stille, und es ist nicht die beruhigende Art – es ist die sonderbare.

Alpha Zwölf ist selten ruhig zu dieser Tageszeit, und auch wenn die Dinge relativ ruhig sind, kann ein einziger Besucher alles durcheinanderbringen – denn bevor man sichs versieht, kleben Gesichter an den Fenstern, Stimmen schreien und das Chaos nimmt seinen Lauf. Aber heute ist das anders. Kein Hüpfen auf Matratzenfedern oder Knarren, kein Schlurfen von Füßen über den Fliesen. Nicht eine einzige Stimme zu hören. Selbst als ich den Flur betrete, bleibt jedes Fenster leer, jeder Patient dahinter verloren in einer Art gebieterischer Totenstille.

Ich blicke voraus durch das Plexiglasfenster der Schwesternstation. Auch hier keine Spur von irgendjemandem, und meine Besorgnis steigt in Sekundenschnelle. Es gibt ein weiteres Problem, ich kann es nicht beschreiben, aber ganz eindeutig fühlen: Die Luft, die mich umgibt, ist nicht nur leise – sie ist still. Unnormal still, als ob sie jemand oder etwas in Schlaf versetzt hätte. Alpha Zwölf ist nie berechenbar, aber es weist in der Regel etablierte Muster des Wahnsinns auf, und was ich gerade erlebt habe, liegt weit davon entfernt. Wenn ich hier etwas gelernt habe, dann, dass Schweigen mehr als jedes Chaos oftmals eine Vorstufe zu Schwierigkeiten darstellt. Zumindest kann man sie kommen sehen.

Ich bewege mich nervös vorwärts. Der Boden unter meinen Füßen fühlt sich atypisch uneben an, die Wände um mich herum atypisch eng. Ich wage einen Blick in den ersten Raum und sehe, dass mein glühender Verehrer, Gerald Markman, im

Moment auf gar nichts scharf zu sein scheint. Er steht in einer schattigen Ecke mit dem Gesicht zur Wand, mit steifem Körper und Füßen, als wären sie im Boden verschraubt.

»Gerald«, sage ich.

Er gibt keine Antwort.

Eine weitere beunruhigende Abnormität. Wie die Station selbst haben die meisten unserer Patienten festgelegte Grundmuster, die das medizinische Personal dokumentiert und auf die es sich als Anzeichen verlassen kann, nicht nur bei der Pflege, sondern auch, um potenzielle Gefahren zu erkennen. Gerald hat eine deutliche und gegensätzliche Haltung eingenommen.

Ein nicht wahrnehmbares Flüstern zieht mich von Gerald weg. Ich drehe mich um, damit ich besser hören kann, und erkenne, dass es aus Nicholas Hartleys Zimmer kommt.

Ich gehe hin, und der Ton wird deutlicher, aber nicht die Worte. Er wandert fantasierend hin und her und hat eine heisere Stimme, als hätte er zu laut und zu lange geschrien.

Ich finde Nicholas im Bett, wobei seine Hände nicht mehr seinen Lustbereich bearbeiten; tatsächlich gibt er ein geradezu verzweifeltes Bild ab: Kopf an der Brust, Arme um die Beine geschlungen. So schaukelt er stetig und rhythmisch hin und her. Er flüstert noch immer, aber immer schneller, als ob meine Anwesenheit danach verlangen würde. Ich versuche zu verstehen, was er sagt, und ein Satz tritt aus dem Geschwätz zutage.

»*Dieser Todesschlaf, Christopher.*«

Eiswasser läuft mir den Rücken hinunter.

Ich überprüfe die restlichen Zimmer, aber alles, was ich finde, sieht genauso aus: gebändigte und gleichgültige Patienten, die mich nicht ansehen wollen.

Mit einer Ausnahme.

Kapitel 20

Donny Ray Smith starrt mich durch sein Fenster an.

Ich gehe zu ihm hinüber, und diese kalten blauen Augen strahlen in meine wie ein Leuchtfeuer. Plötzlich verändern sie sich, und etwas blinkt darin – ein flüchtiger Moment starker Transparenz, ein Portal zu einem dunklen Ort, an den ich nicht gehen möchte.

Fast genauso wie das, was ich in diesem Videoclip gesehen habe.

Ich fühle Unbehagen, jedoch weiß ich zu diesem Zeitpunkt nicht, ob ich meinen Wahrnehmungen vertrauen soll, und das sollte ich tatsächlich nicht. Ich bin verunsichert, und es ist mir bewusst, dass es in diesem Stadium von Verzerrungen nur so wimmeln kann.

Und was immer ich in Donny Rays Augen gesehen habe oder nicht, ist jetzt verschwunden. Sein Gesicht ist ruhig und leer, als er sich vom Fenster entfernt.

Ich lange an den Türgriff, aber er leistet keinen Widerstand und dreht sich frei im Schloss herum. Ich weiche zurück. Jetzt bin ich mehr als nur unruhig – eigentlich bin ich ziemlich nervös. Jeremy hat überdeutlich klargemacht, dass Donny Ray unter strengsten Schutzmaßnahmen gefangen gehalten wird. Eine entriegelte Tür fällt definitiv nicht unter diese Norm.

Und wo ist Evan?

Ich schnappe mir mein Handy und rufe den Sicherheitsdienst an, um Hilfe anzufordern.

Wenige Minuten später kommt Evan.

»Wo waren Sie?«, frage ich.

»Was?«

»Warum steht niemand Wache vor Donny Rays Zimmer?«

»Schichtwechsel.«

»Und in der Zwischenzeit lasst ihr ihn allein?«

»Normalerweise nicht, aber uns fehlt eine Person. Man hat mich heute früh geholt, weil Peters seit zwei Tagen nicht zur Arbeit gekommen ist.«

»Was meinen Sie damit? Ist er krank?«

Evan schüttelt den Kopf. »Niemand weiß was. Er hat sich nicht auf dem Handy gemeldet, und als wir jemanden zu ihm nach Hause geschickt haben, war alles leer.«

»Leer, wie in …«

»Alles. Keine Möbel, kein Auto … kein Peters.«

Ich schaue Evan gute fünf Sekunden lang an und nicke in Richtung Donny Rays Tür. »Sie ist nicht verriegelt. Das hätte schwerwiegende Folgen haben können.«

Evan prüft sofort die Tür, aber als er versucht, den Knopf herumzudrehen, gibt dieser nicht nach. Er sieht mich an.

Ich mache einen Schritt nach vorn und versuche es selbst.

Verriegelt.

»Ich schwöre, dass dieses Ding noch vor Kurzem entriegelt war.«

Evan kratzt sich am Kopf. »Könnte es ein Problem mit dem Mechanismus geben?«

Ich starre immer noch auf die Tür.

»Ich bitte per Funk um Verstärkung«, sagt er, »und versuche herauszufinden, was mit dem Schloss geschehen ist.«

Ich erzähle Evan von dem merkwürdigen Verhalten der anderen Patienten, dann betritt er Donny Rays Raum, um ihn zu überprüfen.

»Nichts Verdächtiges mit dem Patienten, soweit ich das beurteilen kann«, berichtet er mir draußen und geht dann mit vorsichtigen Schritten den Flur entlang, um sich sorgfältig in den anderen Zimmern umzusehen.

Evan kommt zurück und sagt: »Es scheint ihnen allen gut zu gehen.«

Ich bin fassungslos und sprachlos.

»Sie können sich gern selbst davon überzeugen«, sagt er und nimmt seinen Schlüsselbund in die Hand.

Vorsichtig und wachsam betrete ich Donny Rays Raum.

Er sitzt auf dem Bett. Ein paar Leuchtstoffröhren hängen über seinem Kopf und baden sein Gesicht in ein blaues, schwefeliges Licht. Ich nähere mich und stelle fest, dass er keine Fesseln mehr trägt. An und für sich nichts Ungewöhnliches. Wir lassen Patienten nicht festgebunden, sofern sie nicht für sich selbst oder andere eine Gefahr darstellen. Offenbar ist er ruhig genug, um dies zu garantieren, aber diese wackelige Türverriegelung gefällt mir nicht sonderlich.

Ich trete einen Schritt näher, und noch etwas strapaziert meine Nerven, denn Donny Ray befindet sich ganz eindeutig in einem anderen Zustand als gestern. In einem weitaus besseren. Er sitzt gerade, und das Haar ist ordentlich gekämmt. Er hat ein frisches Gesicht, und die Haut ist nicht mehr so fleckig. Seinem stark verbesserten Aussehen nach zu urteilen, könnte man meinen, dass, was auch immer Alpha Zwölf letzte Nacht heimgesucht hat, dieses Zimmer ausgelassen hat – entweder das oder Donny Ray Smith hat nicht ins Profil gepasst.

Hat er vielleicht irgendwas damit zu tun?

Der Gedanke ist flüchtig, aber ich ziehe ihn genauer in Betracht.

»Stimmt etwas nicht?«, fragt er mit seinem Südstaatenakzent.

»Dieselbe Frage sollte ich eigentlich Ihnen stellen«, sage ich und beobachte ihn immer noch, um meine gemischten Gefühle zu sortieren.

Er schüttelt den Kopf, scheint verwirrt.

»Donny Ray«, sage ich und stehe jetzt nur noch ein paar Meter von ihm weg, »was ist mit Ihrer Tür los?«

»Meiner was?«

»Sie war nicht verriegelt, als ich ankam.«

Er gibt der Tür einen verdutzten Blick. »Das kann ich Ihnen nicht sagen.«

»Was soll das heißen?«

»Ich wusste nicht, dass sie nicht abgeschlossen war«, sagt er.

Ich studiere seinen Affekt, schwierig zu erkennen, ob er die Wahrheit sagt.

»Was ist passiert, bevor ich gekommen bin?«

»Ich weiß nicht, was Sie meinen.«

»Draußen. Auf dem Flur. Ist irgendetwas vorgefallen? Eine Störung irgendeiner Art? Vielleicht etwas, was die anderen Patienten aufgeregt hat?«

»Ich glaube nicht.«

»Sie klingen, als ob sie sich dessen nicht sehr sicher sind.«

Donny Ray schaut mit leerem Gesicht an mir vorbei, während die Augen wie blaue tanzende Flammen hin und her schießen. »Ich weiß es wirklich nicht. Ich habe geschlafen wie ein Toter, Christopher.«

Dieser Todesschlaf, Christopher.

Ein scharfer und feuriger Blitz durchfährt mich.

»Aber Nicholas hat die ganze Nacht schlecht geträumt«, fügt er relativ schnell hinzu.

»Donny Ray, ich habe Nicholas mit keinem Wort erwähnt. Warum denken Sie, dass ich speziell über ihn spreche?«

»Ich habe ihn gehört.« Er zuckt mit den Schultern. »Jeder konnte das.«

Nicholas' Zimmer ist gut fünfzehn Meter von hier entfernt. Würde sein murmelndes Flüstern wirklich durch diese dicken Betonwände dringen? Ich nicke zögerlich. Da ich nicht früher gekommen bin, habe ich keine Möglichkeit, die Richtigkeit seiner Aussage zu überprüfen.

Bevor ich weiter drängen kann, sind Lärm und Tumult durch das Fenster in Donny Rays Tür zu hören. Evan und einige andere Mitglieder unseres Sicherheitspersonals reden miteinander, und einer von ihnen dreht den Türknopf, um ihn zu inspizieren.

Ich fühle mich ein wenig verloren im Kopf.

»Christopher?«

Meine Aufmerksamkeit kehrt schlagartig zurück zu Donny Ray, aber dann sehe ich, dass das Bett vor mir leer ist. Ich blinzle ein paarmal und schwenke meinen Blick nach links. Jetzt steht er auf der gegenüberliegenden Seite des Raums. Ich hatte ihn nicht aufstehen sehen, geschweige denn gehört oder gespürt.

Sein Gesicht ist so lesbar wie eine leere Seite.

»Sie haben etwas verloren.« Er hält meinen Kugelschreiber nach oben.

Ich fasse an mein Hemd. Die Hemdtasche ist leer. Das hebt mich aus den Angeln, ich frage mich, was hier vor sich geht.

»Wir dürfen die nicht haben«, erzählt er mir, als ob ich nicht schon längst wüsste, dass es Patienten verboten ist, scharfe Gegenstände zu besitzen.

Meine Finger fühlen sich ein wenig taub, ein wenig kalt an, als ich ihm den Stift abnehme. Dann blicke ich wieder zum Fenster zurück. Evan und der Sicherheitsbeamte sind verschwunden. Ich habe sie weder weggehen sehen noch gehört.

»Vielen Dank für die Aufklärung«, sagt er anerkennend. »Es war sehr hilfreich.«

Wovon spricht er?

»Sicher …«, sage ich, und meine Antwort vibriert vor Angst. Ich habe keine Ahnung, welcher Aufklärung ich hier zustimme, aber zu diesem Zeitpunkt wäre es nicht sehr professionell, wenn ich meiner Verwirrung Ausdruck verliehe. »Ich komme bald wieder.«

»Okay.« Er lächelt höflich. »Fahren Sie in Zukunft vorsichtig auf dieser Straße. Sie scheint es in sich zu haben.«

Rasiermesserscharfe Furchttorpedos fahren durch meinen Körper. »Wovon reden Sie?«

Er deutet auf meine Stirn. »Das Autowrack.«

»Woher wissen Sie davon?«

»Sie haben mir gerade davon erzählt.«

»Nein, das habe ich nicht.«

»Doch, Sir, das haben Sie.« Er nickt, aber nicht in einer herausfordernden Weise. Eher wie eine freundliche Erinnerung. »Sie sagten, Sie hätten die Kontrolle verloren und einen schrecklichen Unfall gehabt.«

Das habe ich ihm mit Sicherheit nicht erzählt. Vielleicht stichelt er nur, nachdem er meine Beule bemerkt hat?

Oder ist es mein lädierter Verstand? Habe ich es ihm vielleicht doch erzählt?

Als ich in diesem Augenblick in dieses blaue Inferno blicke, kann ich meine Neugier nicht mehr zurückhalten.

»Donny Ray«, sage ich, »wo haben wir uns schon einmal getroffen?«

Er gibt keine Antwort, aber sein ausdrucksloser Blick zerrt an meinen Nerven, und subtile Schatten des Zweifels bestätigen mir, was ich bereits weiß.

Ich hätte nicht fragen sollen.

Ich fühle Druck auf der rechten Kopfseite. Ich lange nach oben und fühle etwas hinter dem Ohr. Ich ziehe den Gegenstand heraus und schaue ihn mir an.

Mein Kugelschreiber.

Aber den hielt ich doch gerade noch in der Hand.

Ich drehe mich auf dem Absatz um und haste aus der Tür, aber etwa fünfzehn Meter weiter halte ich abrupt an. Hier passieren zu viele merkwürdige Dinge, und ich kann nicht weggehen, ohne die Ursache herauszufinden.

Nachdem ich wieder zu Donny Rays Zimmer zurückgekehrt bin, schaue ich durch die Tür und sehe, wie er an der hinteren Wand vor dem Fenster mit dem Rücken zu mir steht. Die Arme hängen locker an den Seiten hinunter, der Körper ist bewegungslos. Ich nähere mich wackeligen Schrittes.

Donny Ray macht einen Schritt in Richtung Fenster.

Meine Nackenhaare beginnen, sich zu sträuben – ich fahre mit der Hand darüber.

Donny Ray tut dasselbe.

Bilde ich mir das ein?

Ich schüttle vor Verblüffung den Kopf.

Er schüttelt den Kopf.

Dafür muss es eine einfache Erklärung geben. Er sieht mein Spiegelbild im Glas.

Nein, das ist nicht möglich.

Es ist taghell draußen – es gibt keine Spiegelung. Außerdem befindet sich Donny Rays Fenster auf der linken Seite, wodurch ich nicht gespiegelt werden kann.

Es schaudert mich. Ich muss sofort hier raus, und meine Füße können nicht schnell genug laufen.

Kapitel 21

Es passiert etwas sehr Seltsames, aber ich habe keinen Plan, was das sein soll.

Allerdings weiß ich eines: Ich habe eine fürchterliche Gänsehaut, und sie bohrt sich immer tiefer unter meine Haut.

Was hat Donny Ray an diesem Fenster gemacht?

Dann war da auch noch mein Kugelschreiber.

Der schien von einem Ort zum anderen zu wechseln, völlig unabhängig von meinem Willen oder Bewusstsein. Ich kann mich nicht daran erinnern, dieses Ding aus meiner Hemdtasche genommen, geschweige denn fallen gelassen zu haben. Viel beunruhigender ist, dass dieser in den Händen eines gewalttätigen Patienten gelandet ist und er mich damit hätte erstechen können – ein folgenschwerer Fehler, den ich mir erst gar nicht ausmalen will. Dass er mich daran erinnert hat, kommt zu all den anderen seltsamen Dingen noch hinzu.

Ich erreiche meine Etage und sehe Adam aus seinem Büro kommen. Er sieht sofort meinen benommenen Ausdruck und sagt: »Oha. Was ist denn mit dir passiert?«

»Es gibt da ein Problem in Alpha Zwölf«, sage ich umständlich und versuche, meine durcheinanderwirbelnden Gedanken zu verlangsamen.

Adam wirft mir einen verwirrten Blick zu.

Ich schicke ihm einen zurück.

Er sagt: »Eigentlich fragte ich wegen deiner Stirn.«

»Oh, das.« Ich blicke den Flur entlang. »Ich hatte gestern Abend eine Art Autounfall.«

»Eine Art? Sieht aus, als ob da jemand gute Arbeit geleistet hätte. Warum kommst du nicht rein und lässt mich einen Blick darauf werfen?«

Ich bin jetzt absolut nicht bereit dafür, aber er lässt mir keine andere Wahl, also folge ich ihm ins Büro. Er zeigt auf den Besucherstuhl.

Ich setze mich und erkläre ihm das mit dem Unfall. Aber ich sage nichts über den verschwindenden Regen und definitiv nichts über den Jungen und seinen Ball. Ich vertraue Adam, möchte ihn aber nicht alarmieren, geschweige denn ihn durch diese Merkwürdigkeiten an meiner Zurechnungsfähigkeit zweifeln lassen. Ich bin immer noch davon überzeugt, dass meine audiovisuellen Verzerrungen durch Stress verursacht worden sind, die sich dann noch durch die zwei Schläge auf den Kopf verstärkt haben.

Er betrachtet den Schnitt über meiner Stirn. »Besorgt?«

»Ein wenig. Ich kriege diese Kopfschmerzen einfach nicht los.«

»Vielleicht hast du eine Gehirnerschütterung.« Er greift in die Tasche nach seiner Kugelschreiberlampe, klickt sie an und sagt: »Geradeaus schauen.«

Er prüft die Pupillen und macht ein paar Koordinations- und Gleichgewichtstests.

»Es scheint alles in Ordnung zu sein«, sagt er, nachdem er fertig ist. »Wenn es eine Gehirnerschütterung ist, dann wahrscheinlich nur geringfügig, und sie wird von selbst verschwinden. Ich sehe keinen Anlass zur Sorge.«

»Super und vielen Dank.« Ich fahre sanft mit einem Finger über die Wunde. »Jenna hat sich Sorgen gemacht.«

Adam starrt mich wieder an. Er nickt nach oben zum Kopf. »Probierst du eine neue Frisur aus?«

»Was?«

»Deine Haare.«

Ich schaue weg und fahre mit einer Hand über meinen Kopf. »Das ist keine große Sache. Ich habe nur diese Stelle anders frisiert.«

Als ich ihn wieder ansehe, schaut mich Adam noch einmal merkwürdig an, er zieht eine Augenbraue hoch und grinst. Ich erwidere den Blick, nur meiner ist nicht ganz so freundlich.

Er kapiert den Hinweis, hebt die Hände kapitulierend in die Luft und macht einen geringfügigen Versuch, das Grinsen zu bändigen. »Also, was ist los mit Alpha Zwölf?«

»Da ging etwas sehr Seltsames vor.«

»Seltsam ist das doch alles, was die dort unten machen, oder nicht?«

»Aber es war so ungewöhnlich. Ich bin auf der Etage entlanggegangen, und es war alles unheimlich ruhig. Kein Piep von irgendeinem der Patienten – sie waren alle so gebändigt, dann flüsterte mir Nicholas Hartley was zu.«

»Nicholas wer?«

»Der Mann, den wir am ersten Tag gesehen haben. Du erinnerst dich.«

»Ich war zu beschäftigt damit, bei Jeremy nach einem Anzeichen von Leben zu suchen. Wie auch immer, was hat er gesagt?«

»Etwas über diesen ›Todesschlaf‹?«

Adam schüttelt verwirrt den Kopf.

»Seltsam, nicht wahr?«

»Wenn du mich fragst, klingt es wie ein ganz normaler Tag im Loveland.«

»Aber er nannte mich auch noch beim Vornamen.«

Adam zuckt mit den Schultern. »Er könnte gehört haben, wie Jeremy ihn gesagt hat, oder?«

»Und keiner der Patienten hat mich auch nur angesehen. Sie befanden sich irgendwie in einem seltsamen und veränderten Zustand. Ich bin unzählige Male auf dieser Etage gewesen und habe sie noch nie so gebändigt erlebt.«

»Aber du bist auch nicht ständig da, stimmt's?«

»Na ja, nein …«

»Außerdem, seit wann ist es ein Problem, wenn die Patienten still statt widerspenstig sind?« Adam lächelt amüsiert, und jetzt fühle ich mich albern, das überhaupt angesprochen zu haben.

Das Gespräch verstummt. Dann sagt er: »Hast du Donny Ray gesehen, während du da unten warst?«

»Ja, hab ich.« Das ist alles, was ich darauf antworte.

»Und? Irgendetwas Neues über ihn?«

»Nur seine ganze Haltung.«

»Ehrlich …« Er setzt sich aufrecht. »Inwiefern?«

»Als ob er viel zufriedener wäre als beim ersten Mal, als wir ihn gesehen haben.«

Adam verschränkt die Arme vor der Brust und lehnt sich zurück.

»Kann er vielleicht nicht mehr länger das verschreckte Hündchen spielen?«

»Vielleicht.«

»Ich kann nicht sagen, dass mich das völlig überrascht.«

»Das kann ich mir denken. Es klingt, als stündest du recht nahe vor einer Entscheidung, was ihn anbelangt.«

»Eigentlich habe ich bereits eine gefällt. Ich habe gerade meine Beurteilung abgeschlossen.«

»Jetzt schon?«

»Ja. Für mich ist das im Grunde ein einfach lösbares Problem. Ich bin alle Tests und Ammons Notizen durchgegangen und habe meine physische Untersuchung von Donny Ray beendet, die mir alle verbleibenden Fragen beantwortet hat.«

Ich schaue auf seinen Computerbildschirm und dann wieder auf ihn. »Also glaubst du, dass er simuliert.«

Adam lacht. »Du siehst überraschter aus, als du sein solltest, Kumpel. Was ist los?«

»Nein … nichts, wirklich. Es scheint nur, als ob du das ziemlich schnell auf die Rolle gekriegt hast.«

»Mit nur fünf Tagen bis zur Frist ist Zeit ein Luxus, Partner.« Er tippt seine Uhr an. »Du hast gesehen, wie Jeremy mit der Peitsche geknallt hat.«

»Vielleicht hättest du mich zuerst einmal konsultieren sollen.«

Adam glotzt mich an.

»Entschuldigung …« Ich versuche, meine Besorgnis abzuwinken. »Ich vermute mal, ich fühle mich nur unter Druck gesetzt, weil du so schnell warst.«

Aber ehrlich gesagt, wegen all dieser gemischten Nachrichten, die Donny Ray gesendet hat, fühle ich mich noch weiter von der Wahrheit entfernt als zuvor.

Und ich bin noch etwas irritiert darüber, wie Adam gerade eben das, was ich in Alpha Zwölf gesehen habe, so bagatellisiert hat.

Er mustert mich. Er kennt mich nur allzu gut, kann leicht erkennen, wenn es in mir brodelt.

»Chris«, sagt er mit einem schrägen Blick. »Ist da noch etwas anderes, was du mir nicht erzählst?«

»Nein, wieso?«

»Du wirkst – ich weiß nicht – ein bisschen angespannt?«

»Ich hatte letzte Nacht einen Autounfall«, erinnere ich ihn.

»Richtig … richtig. Natürlich«, sagt er mit einem Lächeln, jedoch mit einer kleinen Spur der Unsicherheit.

Er weiß es.

Weiß was?

»Oh mein Gott.« Ich schaue auf die Uhr, aber diese Handlung war ein wenig zu abrupt und oberflächlich. »Ich hab gar nicht gemerkt, wie lange ich schon hier bin. Ich mache mich wohl lieber an diese Beurteilung.«

Ich warte nicht auf Adams Reaktion, während ich zur Tür gehe. Aber als ich mich umdrehe und zum Abschied lächle, sehe ich den gereizten Gesichtsausdruck.

Kapitel 22

Ich habe mich geirrt.

Der Baum sieht nachts noch schlimmer aus, und während ich mich ihm nähere, könnte ich schwören, dass dieses große hässliche Ding mich anstarrt, dessen knorrige Wurzeln wie riesige Arterien voller Gift aus dem Boden heraussprießen, nur darauf wartend, mich zu packen und zu umschlingen.

Mich zu verschlingen.

Während meine Autoscheinwerfer den Baumstamm erleuchten und sich unsere Schatten kreuzen, kribbelt es in meinem Bauch. Zunächst kann ich dieses Gefühl nicht beschreiben, aber nachdem ich um die Kurve gefahren bin und diese widerliche und magnetische Anziehung vorüber ist, nehmen meine Emotionen Gestalt an.

Ich empfinde Wut.

Eine solch düstere, fleischliche Wut, dass ich schon die Ranzigkeit auf der Zunge schmecke. Wut, die mich packt und rüttelt, Wut, die sich weigert, loszulassen, und in diesem Augenblick komme ich mit mir überein.

Ich hasse diesen bösen Baum.

Ich hasse ihn mehr, als ich jemals zuvor etwas gehasst habe. Eine neue Art des Hasses, ätzend, korrosiv wie Batteriesäure.

Hass, der tiefer sitzt, als diese Wurzeln jemals reichen, weiter, als sich diese Äste jemals strecken können.

Ich weiß, dass das Gefühl auf Gegenseitigkeit beruht, dass wir ein Verständnis teilen, dieser Baum und ich.

Wir sind erbarmungslose und gefährliche Feinde.

Und sobald diese Schlacht vorüber ist, wird nur noch einer von uns stehen.

Kapitel 23

Bevor ich das Haus betrete, nehme ich mir ganz fest vor, den heutigen Stress vor der Tür zu lassen. Zu Hause ist mein sicherer Hafen, mein fernes Ufer, und ich lasse nicht zu, dass das Loveland mir das raubt. Ich habe zu hart daran gearbeitet, diese Grenze zu ziehen. Ich werde nicht jetzt damit aufhören.

Jenna entdeckt mich und schaut mich eindringlich an. Ich werde ein wenig zittrig und frage mich, ob mein Versuch, ruhig zu erscheinen, vielleicht zu durchschaubar ist. Dann bin ich erleichtert zu sehen, dass sie eigentlich nur auf meine Stirn blickt.

Ich versuche, mich zu beruhigen, rede mir ein, dass alles in Ordnung ist, denn wenn sie merkt, dass ich verwirrt bin, würde sie dies mit dem Unfall in Verbindung bringen und sich noch mehr Sorgen machen.

Ich küsse sie auf die Wange. »Sieht besser aus, nicht wahr?«

Sie zieht sich zurück, um die Wunde zu prüfen. »Noch nicht gut, aber ja, besser. Es braucht eben ein wenig Zeit.«

»Nicht sicher, dass der Typ, der auf meinem Kopf Bongos spielt, dieses Memo bekommen hat.«

»Oje. Hast du Adam gebeten, einen Blick darauf zu werfen?«

Ich öffne den Kühlschrank, um eine Cola herauszuholen. »Er sagte, es wäre alles in Ordnung.«

Als ich mich wieder umdrehe, sehe ich Erleichterung auf Jennas Gesicht. Sie lächelt, lässt aber dann die Mundwinkel spürbar sinken.

»Etwas nicht in Ordnung?«, frage ich, während mir die Unsicherheit wieder einen unwillkommenen Besuch abstattet.

»Was hast du mit deinen Haaren gemacht?«

Oh Gott. Nicht das schon wieder.

Ich löse mich von ihrem Blick, gehe zum Küchentresen und schaue gedankenlos einen Stapel Briefe durch. »Ich habe den Scheitel gewechselt.«

»Wie kommt's?«

»Ich weiß es nicht. Mal was anderes ausprobieren?« Ich blicke sie wieder an.

»Warum fragst du? Magst du es nicht?«

Sie zuckt zögerlich mit den Schultern.

Heute Morgen schien mir mein Frisurwechsel angemessen, aber jetzt, im Nachhinein, komme ich mir irgendwie lächerlich vor.

»Keine Corvette als Nächstes«, sage ich und versuche, mit ein wenig Humor abzulenken, »ich verspreche es.«

Mein Witz war wohl etwas flach. Jennas Lächeln wirkt erzwungen.

»Liebe Güte«, sage ich und gehe schnell ins Esszimmer, »ich bin wirklich hungrig.«

Ich gehe ohne weitere Konflikte zum Esstisch, wobei mir mein Sohn dabei eine kleine Hilfe ist, denn er sorgt schon wieder selbst für Probleme.

Die Essensauseinandersetzung geht weiter.

Im Moment übt er sich in räumlichem Denken, indem er die Nahrungsmittel auf dem Teller sorgfältig verschiebt, um eine Illusion der Leere zu schaffen. Das Gemüse, das er am wenigsten mag, das heißt Erbsen – aber eigentlich mag er gar kein Gemüse –, wird an den äußeren Rand des Tellers verbannt und zu einem hübschen kreisrunden Kranz angeordnet. Das, was er am zweitwenigsten mag, ist Reis – aber in der Regel jede stärkehaltige Speise, mit Ausnahme von Spaghetti oder Makkaroni und Käse –, und der wurde fachgerecht verteilt und in einer fast perfekten symmetrischen Balance angeordnet.

»Ich kann die Erbsen immer noch sehen, mein Schatz«, sagt Jenna mit geduldigem Lächeln.

»Erbsen sind scheiße!«, schreit mein Sohn.

Jenna runzelt die Stirn, und ich muss versuchen, jeden Konflikt im Keim zu ersticken. Mit einem strengen Blick als Warnung sage ich: »Devon, es gibt bessere und nettere Arten, deine Vorlieben und Abneigungen kundzugeben. Deine Mutter gibt sich die größte Mühe, um jeden Tag für uns ein köstliches Abendessen vorzubereiten, und es verletzt ihre Gefühle, wenn du solche Dinge sagst.«

»Tschuldigung«, murmelt er. Nicht unbedingt die ernsthafteste Entschuldigung, aber hoffentlich ausreichend, um wieder Frieden herzustellen.

Jenna blickt immer noch leicht irritiert. Ich biete ihr ein warmes diplomatisches Lächeln: Er ist doch noch ein Kind.

Sie rollt die Augen. *Mannomann, das weiß ich sehr wohl.*

Wir lächeln uns beide an. Mission erfüllt.

Leider hält dies nur vier Minuten an, denn plötzlich verkündet Devon vergnügt mit noch vollem Teller: »Okay. Ich bin satt.«

»Nein«, sagt Jenna, »das bist du nicht.«

»Aber Moooom!«

Gerade als ich wieder eingreifen will, schießt mir ein solch starker Schmerz in den Kopf, dass meine Zähne klappern. Ich schließe die Augenlider und versuche alles, um die Qual zu ertragen.

Jenna und Devon diskutieren noch immer, aber ich kann es nicht hören. Ich bin zu sehr damit beschäftigt, diese erdrückende Qual zu überstehen. Ein paar tiefe Atemzüge später wird es besser, und ich kann für einen Augenblick wieder am aktuellen Geschehnis teilnehmen. Devon schenkt Jenna ein böses Gesicht und zieht eine Grimasse in Richtung Teller. Er setzt seine künstlerische Tätigkeit mit dem Essen fort. Jenna schimpft. Er heult. Der gemeinsame Tonfall wird immer hitziger. Mit offensichtlicher Frustration macht mein Sohn endlich einen symbolischen Versuch, sich dazu zu zwingen, eine einzige Erbse zu essen, während er sich die Nase zuhält und auf das beanstandete Gemüse schielt.

»Ich habs gegessen«, sagt er.

»Nicht nur eine Erbse. Alle.«

»Mom!«

»HALT VERDAMMT NOCH MAL DIE SCHNAUZE!«

Meine wilde, unangemessene Obszönität macht mich selbst perplex. Ich habe es gehört, jedoch keine Ahnung, woher es kam. Ich schaue Devon an, dessen Augen weit aufgerissen sind und sich mit Tränen füllen.

»Chris!«

Ich drehe den Kopf zu Jenna. Bevor ich reagieren kann, explodiert ein blendender weißer Blitz, gefolgt vom Lärm zerbrechenden Glases, was mir höllisch Angst einjagt. Nachdem das Licht etwas schwächer wird, erscheint meine Frau wieder, aber ihr Gesichtsausdruck hat sich verändert. Obwohl sie anscheinend das Licht nicht gesehen hat, hat sie doch meine Reaktion darauf beobachtet, und nun spiegelt ihre Mimik meine Verwirrung wider.

»Es tut mir so leid«, sage ich mit schüchterner Stimme, während ich immer unsicherer werde.

Jenna sieht besorgt aus. Devon schweigt, starrt mich mit ungewöhnlicher und herzzerreißender Furcht an.

Ich bin genauso erschrocken von meinem Verhalten wie die beiden. Nein, ich bin entsetzt, weil die Worte so schnell herausgeplatzt sind, dass mein Bewusstsein nie eine Chance gehabt hat, sie zu verhindern. Es kam mir vor, als redete jemand anderes an meiner Stelle. Ich bin nicht nur schockiert, sondern auch verängstigt.

Ich schaue Jenna an.

Auch ich bin in großen Schwierigkeiten.

»Wow«, sagt sie ruhig zu Devon, fixiert dabei aber meine Augen. »Daddy ist gerade sehr verärgert. Es wird aber alles wieder gut«, sagt sie. »Warum schaust du dir nicht einen Film an, damit ich mit ihm darüber reden kann?«

Mein Sohn begibt sich in Richtung Treppe, aber zu meiner Überraschung geht Jake nicht mit. Ähnlich wie gestern Abend liegt er auf dem Boden, und der Kopf ruht mit dem gleichen trostlosen Blick auf den Pfoten.

Er starrt mich an.

Und ich bin noch verwirrter, das scheint in letzter Zeit an der Tagesordnung zu sein. Jake folgt Devon überallhin, scheint sich aber irgendwie von ihm abzusondern, und ich verstehe nicht, warum.

»Was hatte das gerade eben zu bedeuten?«

Jennas Stimme verblüfft mich, und alles, was ich herausbringe, ist: »Ich weiß es nicht.«

»Was soll das heißen, du weißt es nicht?«

»Genau das, was ich gesagt habe.«

»Das ist keine akzeptable Antwort«, erwidert sie, und ihr Blick ist so heiß, dass er mir fast die Haare auf den Armen versengt. »Wir hatten eine Abmachung, Chris.«

»Ich weiß.«

»Dass wir niemals auf diese Weise vor unserem Sohn sprechen, insbesondere nicht ihn direkt so ansprechen und vor allem nicht mit diesen Worten.«

Plötzlich werde ich unglaublich wütend. »Du brauchst mir die Regeln nicht zu zitieren! Ich bin kein Kind. Ich habe es nicht vergessen!«

»Na ja, offenbar hast …«

»Es war ein Ausrutscher, okay?« Ich schlage mit einer solchen Gewalt die Faust auf den Tisch, dass Besteck und Geschirr klappern. Jenna verstummt, und ich weiß sofort, ohne jeden Zweifel, dass ich es geschafft habe, dieses Durcheinander in ein Desaster zu verwandeln. Und das Schlimmste daran ist, dass ich mich bei alldem, was mir durch den Kopf schießt, absolut nicht erinnern kann, wie alles begann. Ich lasse wieder ein paar Entschuldigungen los, aber bevor ich damit fertig bin, erhebt sich Jenna und verlässt den Raum.

Und da sitze ich nun, vollkommen aus dem Gleichgewicht gebracht, fassungslos, aber vor allem zutiefst beunruhigt.

Ein paar Sekunden später gehe ich die Treppe hinauf. Obwohl ich nicht verstehe, was gerade passiert ist, kann ich meinen Sohn nicht in diesem Zustand lassen.

Als ich Devons Zimmer erreiche, liegt Devon im Bett und schaut sich einen Film an. Er sieht mich an, aber bevor ich sprechen kann, werde ich fahl im Gesicht und mein Magen krampft.

Auf der Bettdecke meines Sohnes steht ein gekritzeltes Wort.

SCHLAMM.

Mit Schlamm geschrieben.

Kapitel 24

Mit einem Wedeln ihres Zauberstabs

Meine Mutter und ich beobachteten das Auftauchen eines seltsamen Fremden. Eines Eindringlings. Eines Diebs, der allmählich dabei war, mir den Vater zu stehlen. Es war erschreckend und verängstigend, aber vor allem war es äußerst brutal.

Am Tag, nachdem ich gesehen hatte, wie Dad mit dem Abfluss sprach, erhielten wir eine neue und beunruhigende Überraschung.

Meine Mutter trat ins Badezimmer, drehte die Dusche auf, ging ins Schlafzimmer und zog sich den Bademantel an. Als sie zurückkam, war der Boden überflutet.

»Was ist passiert?«, fragte ich und beobachtete, wie sie das Wasser mit dem Aufnehmer aufsog.

Sie drückte einen Wasserfall in den Eimer, schob den Mopp auf dem Boden herum, als ob er dieses Chaos verursacht hätte, und antwortete lächelnd: »Es ist ja nur ein wenig Wasser.«

Ich strich an ihr vorbei und warf einen Blick in den Abfluss. Darin steckte ein Handtuch, und zwar so tief, dass wir einen

Klempner rufen mussten, um es zu entfernen. Offenbar hatte mein Vater eine Meinungsverschiedenheit mit dem Mann gehabt, der dort seinen Wohnsitz behauptete. Nachdem der Klempner gegangen war, zeigte ich das Handtuch meiner Mutter.

»Ich frage mich, wie das geschehen ist« war ihre Antwort mit einem erzwungenen Ausdruck der Überraschung.

Der ganz normale Wahnsinn.

Leugnen, leugnen, leugnen.

Fast dasselbe passierte, als wir unsere Familienfotos umgedreht im Wohnzimmer fanden. Wie ein Roboter drehte meine Mutter die Fotos einfach wieder richtig rum. Nachdem sie die Fotos abermals umgedreht gefunden hatte, fing sie einfach wieder von vorn an. Aber während sie ihr Bestes tat, es nicht zu zeigen, stellte ich fest, dass ihre Fassade der Normalität Risse bekam.

Eines Abends beim Tischdecken sah ich in die Besteckschublade und blickte dann meine Mutter an. »Wo sind die Messer?«

»In der Spülmaschine, mein Lieber«, antwortete sie, ohne mich eines Blickes zu würdigen. »Wo sie immer sind, wenn sie schmutzig sind und jemand vergisst, die Maschine einzuschalten.«

Ich öffnete die Tür, spähte hinein und sah sie dann wieder an. »Da sind sie auch nicht.«

Sie ging zur Spülmaschine und schaute selbst hinein. »Dann müssen alle oben sein, wo du sie gelassen hast. Obwohl ich dich gebeten hatte, nicht im Schlafzimmer zu essen.«

»Aber ich habe nicht …«

»Weil sich da oben immer alles stapelt.« Sie schenkte mir ein zynisches Lächeln. »Ehrlich, Christopher, hast du tatsächlich geglaubt, sie würden von selbst wieder herunterkommen?«

Kein einziges Mal hatte ich Essen in mein Zimmer mitgenommen. Im Prinzip war das eigentlich egal. Die Realität stand in unserem Haus nicht zur Diskussion.

Typisches Beispiel: Zum nächsten Abendessen ließ sie einfach eine Pizza kommen.

Problem gelöst.

Zumindest in ihrem Kopf.

Am nächsten Tag hatte meine Mutter eine andere Strategie und schickte mich in den Keller, um das dort gelagerte Hochzeitssilber zu holen. Ich knipste den Lichtschalter ein, sah meinen Vater an seiner Werkbank und blieb wie angewurzelt stehen.

Kunstvoll zu einem Metallturm gewunden, waren dort alle fehlenden Küchenmesser, deren Spitzen in jede Richtung und jeden Winkel zeigten und mit farbigen Drähten verbunden waren. Und ganz oben zielte ein Vorlegemesser direkt auf mich.

Es war das seltsamste Gebilde, das ich jemals gesehen hatte.

Ich näherte mich und fand Seiten über Seiten von Notizen, Zeichnungen und Diagrammen – alle in der willkürlichen Handschrift meines Vaters. Pläne für sein Metallmonster. Kaum lesbare Karten unseres Hauses mit Pfeilen, die auf alle Türen und Fenster zeigten. Irgendeine Art bizarres und beängstigendes elektrisches Gerät, das er offenbar entworfen hatte, mit Stahlschellen und scharfen Zähnen.

»Nimm ihn runter.«

Ich schnellte herum und sah meine Mutter unten an der Treppe stehen. Ihr Gesichtsausdruck war so nüchtern, dass ich sie fast nicht erkannt hätte.

»Ich sagte: Nimm ihn runter.« Sie deutete auf einen kleinen Eimer in der Ecke. »Und wenn du fertig bist, bringst du das Silberbesteck nach oben in die Spülmaschine.«

Dann marschierte sie die Stufen mit harten und schnellen Tritten hinauf, die aussagten, was sie niemals ausgesprochen hätte.

Einen Tag später, als ich versuchte, über meine Besorgnis zu sprechen, sagte sie: »Es ist nichts passiert.«

»Aber du hast es doch mit eigenen Augen gesehen.«

»Habe ich nicht und du auch nicht. Ende der Geschichte.«

Und so ließ sie mit nur einem Wedeln ihres Zauberstabs die Realität verschwinden.

Aber dieses Kaninchen wollte sich nicht vom Fleck rühren. Mom hatte zumindest ihr Ebenbild gefunden. Meines Vaters Wahnsinn nahm erschreckende Ausmaße an und war dabei, unsere Mauern einstürzen zu lassen.

Sowohl die meiner Mutter als auch die um uns herum.

Kapitel 25

Ich wache auf einem Stuhl auf.

Warte mal. Was für ein Stuhl?

Ich schaue mich um.

Das Wohnzimmer?

Ich reibe mir die trüben Augen, versuche, meinen Gleichgewichtssinn oder so etwas Ähnliches zu finden.

Es läuft gerade eine Dauerwerbesendung im Fernsehen, in der ein Apparat verkauft wird, der verspricht, dass man mit ihm innerhalb von zehn Tagen zehn Pfund verliert. Sieht eher aus wie ein mittelalterliches Foltergerät.

Der Nebel vor meinen verschlafenen Augen legt sich so langsam, jedoch macht er nur Platz für weitere Verwirrung. Vor wenigen Augenblicken ging ich noch in das Zimmer meines Sohnes, habe jedoch keine Erinnerung an das, was danach passiert ist, und keine Ahnung, wie ich hier gelandet bin. Oder ist es vielleicht Einbildung? Bin ich überhaupt ins Zimmer meines Sohnes gegangen?

Ich weiß es nicht … Ich weiß es einfach nicht …

Ich habe rasende Kopfschmerzen. Ich schaue auf die Uhr.

Warte mal. Vor ein paar Augenblicken?

Es ist nach Mitternacht. Nicht nur, dass ich nicht weiß, wie ich hierhergekommen bin, ich habe auch null Ahnung, was in den letzten Stunden passiert ist.

Der Verlust des Zeitgefühls ist ein Problem. Drastische Stimmungsschwankungen sind ein Problem.

Gewaltige und untypische Gefühlsausbrüche … die haben's auch in sich. Jedes einzelne dieser Symptome wäre schon allein ein Grund zur Besorgnis, aber alle zusammen …

Dieser Todesschlaf, Christopher.

Ich fahre zusammen, fahre herum und blicke mich um. Dann stelle ich fest, dass ich jetzt mitten im Zimmer stehe. Ich erinnere mich nicht, dorthin gegangen zu sein. Ein weiteres Problem, das mir aber im Augenblick wesentlich mehr Sorgen bereitet, ist die Stimme in meinem Kopf. Obwohl sie so echt zu sein schien, ist mir bewusst, dass sie es nicht war.

Der Zustand meines Verstands verschlimmert sich.

Ich beuge mich vor, vergrabe das Gesicht in meinen Händen und suche nach Klarheit an einem Ort, den es offensichtlich gar nicht gibt. Adam sagte, mein Gesundheitszustand wäre in Ordnung, aber was ist, wenn ich eine schwere Hirnverletzung erlitten habe? Sollte dies der Fall sein, ist das Risiko eines sekundären Traumas jetzt noch viel größer, dessen Auswirkungen noch gravierender sein könnten. Das kann ich nicht gebrauchen. Letztlich könnten diese Symptome meine Arbeitsfähigkeit infrage stellen, und dann bin ich beeinträchtigt und wirklich in Schwierigkeiten.

Aber diese Stimme hört und hört nicht auf und könnte ein Hinweis auf eine weitere Möglichkeit sein – eine, die noch viel schlimmer ist.

Das darf nicht sein. Das wird es nicht sein.

Ich werde mich unter keinen Umständen meiner Vergangenheit hingeben. Der Vergangenheit meines Vaters. Ich habe es jetzt so weit geschafft, viele Jahre gekämpft, um mich von den

Folgen zu erholen, die ich durch seine Geisteskrankheit erlitten habe. Verflucht soll ich sein, wenn ich ihn jetzt die Oberhand gewinnen lasse.

Schlamm.

Die Erinnerung kommt an die Oberfläche, und alles, an das ich jetzt denken kann, ist Devon. Ich bin ungewiss, ob er dasselbe auf der Bettdecke gesehen hat wie ich, aber eines weiß ich: Ich kann es mir nicht leisten, es darauf ankommen zu lassen, wenn es um die Sicherheit meines Sohnes geht. Es könnte immer noch jemand im Haus sein und versuchen, ihm etwas anzutun.

Ich eile zur Treppe.

Auf dem Weg nach oben versucht mein Verstand verzweifelt, sich die Ereignisse des Abends in Erinnerung zu rufen. Dann frage ich mich, warum Jenna nicht heruntergekommen ist, um mich zu wecken.

Weil du ihr Furcht eingeflößt hast, du Idiot, erzählt mir diese neue Stimme, *und weil du deinen Sohn in Angst und Schrecken versetzt hast.*

Ich versuche mit all meiner Kraft, die Stimme zu ignorieren, und steige die Treppe immer schneller hinauf.

Ich bin kein Idiot, aber ich *bin* ein Arsch, und mein Verhalten beim Abendessen war verurteilungswürdig. Das ist mir vollkommen klar, nicht nur wegen des Horrors, der im Gesicht meiner Frau gestanden hat, sondern weil sie in all diesen Ehejahren kein einziges Mal wütend auf mich war, wenn sie schlafen gegangen ist. Ich werde das mit ihr in Ordnung bringen, aber jetzt muss ich erst einmal nach meinem Sohn sehen. Ich muss mich vergewissern, dass er in Sicherheit ist, und muss das, was ich vorhin angerichtet habe, wiedergutmachen – zumindest das, was mein Kopf glaubt, angerichtet zu haben, bevor er einiges an Zeit übersprungen hat.

Als ich Devons Schlafzimmer betrete, fällt mein Blick sofort auf die Bettdecke. Obwohl es dunkel ist, dringt genügend

Mondlicht durch das Fenster ein, um mich zu versichern, dass kein Schlamm auf der Bettdecke liegt.

Schon wieder eine Halluzination. Schon wieder ein Anzeichen von Problemen.

Jake liegt auf dem Boden.

Natürlich tut er das.

Ich jage den Gedanken zum Teufel und konzentriere mich auf Devon, der friedlich schläft. Ich beuge mich vor, küsse seine Stirn und fürchte noch immer, mich aus unerklärlichen Gründen wieder im Erdgeschoss zu befinden.

Devon regt sich leicht und versucht, mich mit seinen verschlafenen Augen anzusehen.

»Ich liebe dich, Kleiner«, flüstere ich, »und das vorhin tut mir sehr leid. Es war nicht deine Schuld. Es war meine.«

Er schenkt mir ein Lächeln mit halb geschlossenen Augen, und ich merke, dass er das Ereignis bereits vergessen hat. Alles ist gut. Ihn so zu sehen, macht mich sprachlos. Es ist, als hätte dieser Vorfall nie stattgefunden, als ob irgendjemand einen riesigen Hebel gezogen hätte, um unsere turbulente Welt wieder ins Lot zu bringen. Dieses erstaunliche Kind kann durch seine Liebe so schnell vergeben.

»Ist schon in Ordnung, Daddy«, antwortet er im Halbschlaf. »Es war nur ein Unfall, das ist alles.«

Ich streichle ihm über den Kopf und beobachte, wie er wieder ins Land der Träume zurückkehrt.

Und ich lächle – es ist stärker als ich –, denn trotz allem, was ich heute Abend durchgemacht habe, trotz allem ist er noch immer bei mir. Gerade in diesem Augenblick scheint das mehr als genug.

Ich genieße diesen Anblick noch ein paar Sekunden lang, um mich von dem Gefühl überfluten zu lassen, und gehe zur Tür.

»Daddy?«

Ich drehe mich um.

»Ich möchte, dass es dir jetzt wieder gut geht«, sagt Devon.

Ich bin mir nicht sicher, ob er den Unfall oder meinen Ausbruch im Esszimmer meint, und habe Angst zu fragen, also sage ich einfach: »Ich auch, Kumpel … ich auch.«

Er gleitet schon wieder davon, atmet sanft und gleichmäßig und fällt in einen ruhigen, tiefen Schlaf.

Ich begebe mich mit einer übermäßigen Informationsflut im Kopf in unser Schlafzimmer. Es ist so viel passiert, und ich verstehe kaum etwas davon.

Ich möchte, dass es dir jetzt wieder gut geht.

Wenn es nur so einfach wäre.

Nur ein Unfall.

Von dieser Art Unfall hat es in letzter Zeit eine Menge gegeben. Ich klettere zu Jenna ins Bett, lege mich um sie herum und genieße ihren Duft.

Die Wärme des Körpers meiner Frau fühlt sich beruhigend an. Sie regt sich, und ich flüstere: »Das mit heute Abend tut mir leid, mein Schatz. Ich hatte unrecht, und es … nun … es tut mir einfach furchtbar leid.«

Sie erwidert meine Umarmung, legt ihre Hände auf meine und schaut mich an. Durch das gedimmte Licht sehe ich Vergebung in ihrem halb wachen Lächeln. Ich grabe meinen Kopf in ihre Schulter, fühle, wie sich ihr Körper dehnt und in meinen Armen entspannt. Ich werde eins mit ihr.

Und da haben wir es wieder. Warum ich jeden Tag unweigerlich und mit erstaunlicher Kraft immer mehr Gründe finde, meine Frau auf eine Art zu lieben, die Worte nicht annähernd beschreiben können.

Ich küsse ihre Lippen, und sie erwidert den Kuss, und in diesem Moment ist alles zwischen uns wieder gut. Nein, besser als gut.

Es ist fantastisch.

Kapitel 26

Nur ein paar Meter vom Krankenhausparkplatz entfernt zerrt etwas an meinen Nerven. Zuerst komme ich nicht damit zurecht, dann fahre ich in die Parklücke und fühle ein eigentümliches Gefühl der Abwesenheit.

Ich schaue aus dem Fenster auf so viele leere Parkplätze, wie ich niemals zuvor gesehen habe.

Seltsam.

Zumindest zu dieser Tageszeit. Ich denke, dass ich vielleicht ein bisschen früher als sonst gekommen bin, und schaue auf die Uhr. Stattdessen bin ich tatsächlich ein paar Minuten zu spät dran. Ich prüfe den Parkplatz noch einmal eingehend, steige aus dem Auto und eile in Richtung Gebäude.

Dort angekommen, gehe ich direkt in Adams Büro.

»Hast du eine Minute?«, sage ich und trete mit unstabilen Schritten ein.

Er schaut vom Bildschirm hoch und schließt abrupt einen roten Ordner auf dem Schreibtisch. »Na klar, zieh mal einen Stuhl heran.«

Ich begutachte den Ordner, setze mich und versuche nachzudenken, bevor ich etwas sage.

»Ich brauche deine Hilfe«, sage ich.

»Alles klar. Was ist los?«

Ich blicke nach unten, gestikuliere mit den Händen und sehe ihn an. »Ich wollte dich eigentlich nicht da mit hineinziehen, aber du bist die einzige Person, der ich trauen kann.«

Adams Augenlider flattern teilweise vor dunkler Vorahnung, teilweise aus Besorgnis. Er beugt sich vor und schenkt mir seine volle Aufmerksamkeit.

»Was wir gestern gesprochen haben – meine Nervosität wegen des Unfalls –, das stimmt alles, aber da ist noch etwas anderes. Ich habe einige Bedenken wegen meiner Kopfverletzung. Es haben sich da noch andere Symptome bemerkbar gemacht. Ich habe sie gestern nicht erwähnt, weil ich dachte, sie wären dabei zu verschwinden, aber dann, gestern Nacht …«

Adam lehnt sich ein wenig zurück und betrachtet mich genau. »Welche Symptome? Und wie ernst?«

Ich erzähle ihm von meinem plötzlichen Wutausbruch beim Abendessen. Ich gestehe den Grund für meine veränderte Frisur, weil meine Haare irgendwie verdreht ausgesehen hätten. Ich erkläre ihm, wie verwirrt meine Gedanken manchmal sind. Dass ich Angst habe. Aber ich verharmlose die Halluzinationen, die störenden Geräusche und die Lichtblitze. Den Zeitverlust und die Stimme in meinem Kopf. Ich mag es nicht, vor Adam die Wahrheit zu verbergen. Ich vertraue ihm wie einem Bruder, aber es geht hier nicht nur um Selbstschutz. Obwohl ich weiß, dass er die Dinge streng vertraulich behandelt, möchte ich ihn nicht mit einem solchen Druck belasten. Wenn mein Zustand in der Tat ernst oder permanent sein sollte, dann werde ich derjenige sein, der meine Vorgesetzten davon unterrichtet. Ich möchte ihn wegen unserer Freundschaft nicht in eine Konfliktsituation bringen.

Adam schweigt, aber ich sehe Besorgnis in seinem Gesicht und vielleicht noch ein paar andere Dinge, die ich nur schlecht abwägen kann. Winzige Furchen formen sich um den Mund herum, als er sagt: »Wir müssen ein MRT machen lassen.«

Ich nicke. »Ja, das denke ich auch. Ich wollte gerade Steve Miller in der Radiologie darum bitten, aber ich dachte, das ist vielleicht nicht die beste Idee.«

»Steve ist nicht mehr da«, sagt Adam und schüttelt den Kopf.

»Wo ist er hin?«

»Er hat gekündigt.«

»Einfach so? Er ist doch schon seit über zwanzig Jahren hier.«

»Ich hab die Informationen aus zweiter Hand, aber Gerüchte sagen, er hätte außerhalb der Stadt eine Familienkrise, um die er sich kümmern müsse.«

»Also ist er dauerhaft weg?«

»Da steckt womöglich mehr dahinter. Wie auch immer, ich kann dich zu Rob Jennings schicken«, sagt er mit fester Stimme. »Rob ist ein guter Freund und hat eine neurologische Praxis außerhalb des Krankenhauses. Ich rufe ihn sofort an.«

»Das wäre großartig, aber wenn du damit einverstanden bist, würde ich es lieber … du weißt schon …«

»Für uns behalten«, beendet er den Satz an meiner Stelle. »Selbstverständlich.«

»Im Moment jedenfalls. Es kann sich als banal herausstellen, aber ich bin verpflichtet, sicherzugehen.«

»Verstanden.« Sein Lächeln ist stabil und beruhigend, als wüsste er genau, was ich jetzt hören muss.

»Ich bin dir wirklich dankbar, dass du das für mich tust.«

»Wir sind Freunde, und mal davon abgesehen, bin ich ziemlich zuversichtlich, dass dein Problem nicht von Bedeutung ist.«

Ich antworte nicht, weil ich weiß, dass er gute Absichten hat und weil ich mich nicht dabei wohlfühle, ihn zu enttäuschen.

»Ich gebe dir unmittelbar Bescheid, wenn ich von Rob Nachricht habe«, sagt Adam. »Okay?«

Ich ringe mir ein Lächeln ab, drehe mich um und gehe.

Sei vorsichtig. Er weiß es.

Weiß was?

Du wirst schon sehen …

Die Stimme ist zurückgekehrt. Diejenige, die ich gerade kennengelernt habe, das befehlende und böse Geflüster, das niemals etwas Gutes zu sagen hat.

Diejenige, die ich zu verachten und fürchten lerne.

Kapitel 27

Ich versuche, weder auf Dingen herumzukauen, die meine geistige Gesundheit betreffen, noch die Besorgnis eskalieren zu lassen, aber ich weiß zu viel über dieses Thema, sowohl aus professioneller als auch aus persönlicher Perspektive. Durch mein Studium weiß ich, dass keine Anzeichen dafür vorhanden sind, dass der Autounfall ein Schädel-Hirn-Trauma verursacht hat, insbesondere weil ich nur kurzzeitig bewusstlos war, was ausschlaggebend für die Diagnose neurologischer Schädigungen ist. Aber was, wenn er das doch hat?

Und mit diesem Gedanken kommt meine größte Befürchtung, die ich seit der Kindheit mit mir herumtrage, wie ein Höllenfeuer zurück.

Wie ein Monster.

Ich habe versucht, es letzte Nacht zu leugnen, aber nachdem ich mit meiner Mutter aufgewachsen bin und als Psychologiestudent sollte ich es eigentlich besser wissen. Verleugnung schürt Angst, macht sie stärker und gewaltiger. Adam weiß nichts über meinen Vater – niemand weiß davon, außer Jenna. Als Psychologe dient es mir nicht, die Vergangenheit meiner Familie an die Öffentlichkeit zu bringen. Viele Fachleute in meinem Bereich haben psychische Erkrankungen in ihren

Genen, und einige sprechen sogar öffentlich darüber, wie sie diese Krankheiten besiegt haben. Aber nicht ich. Niemals.

Statistisch gesehen bin ich dreimal mehr für die gleiche psychische Erkrankung anfällig, unter der mein Vater gelitten hat, und die Kopfverletzung erhöht diese Chancen nur noch. Sosehr ich es auch versuche, ich kann mich nicht vor der Tatsache verstecken, weil sie mir direkt ins Auge blickt.

Ich dachte, du würdest nicht darauf herumkauen.

Ich ignoriere die Stimme.

Ich konzentriere mich auf die Arbeit. Ich muss mich auf die Arbeit konzentrieren. Ich drehe den Computerbildschirm zu mir herum und versuche, an Donny Ray Smith zu denken. Unsere nächste Sitzung rückt immer näher. Ich muss meine Erkenntnisse sortieren, noch mehr über dissoziative Amnesie lesen und meine Gedanken sammeln.

Mein Telefon klingelt.

Ich schaue auf das Display und erkenne Jennas Nummer.

»Hallo, Liebling«, sage ich, und versuche, den Müll zu verbergen, der mir gerade durch den Kopf schwirrt.

»Wollte nur mal hören, wie's dir geht«, sagt sie mit einem Kloß im Hals, den sie wahrscheinlich immer noch von der gestrigen Nacht hat. »Alles in Ordnung?«

»Ja … prima.«

»Du klingst aber nicht so prima.«

»Du kennst mich zu gut.«

»Das ist mein Job«, sagt sie mit einem Lächeln, das ich nicht nur hören, sondern auch vor meinem inneren Auge sehen kann.

Während wir miteinander sprechen, nehme ich mir vor, ihr nichts von meinem Gespräch mit Adam zu erzählen. Jenna würde sich nur noch mehr Sorgen machen, und das braucht sie jetzt wirklich nicht. Ich werde ihr von dem MRT erzählen, wenn der Termin dafür steht.

Erneut bekomme ich entsetzliche Kopfschmerzen, die sich anfühlen, als würde mir jemand gnadenlos seinen Stiefelabsatz in die Stirn rammen. Mit zusammengebissenen Zähnen versuche ich, es still zu ertragen, in der Hoffnung, dass Jenna nichts merkt. Während es unaufhörlich in meinem Kopf hämmert, bekomme ich einen Schwindelanfall, und der Raum scheint sich um mich herum zu bewegen. Ich halte die Augen geschlossen und suche nach Balance, Stabilität, nach irgendetwas in meiner Welt, die immer mehr aus den Fugen gerät.

Nach dieser unerträglichen und unermesslichen Schmerzattacke erfahre ich endlich Erleichterung. Ich öffne die Augen. Jenna hat zwar gesprochen, aber ich habe nicht gehört, was sie gesagt hat. Ich schaue auf das Handydisplay. Etwa vier Minuten sind vergangen. Vier Minuten, an die ich mich überhaupt nicht erinnere.

Noch mehr Zeitverlust. Noch mehr Sorgen. Es hört und hört nicht auf.

»Chris?«

»Was?«, sage ich und versuche, mich wieder einzukriegen.

»Hast du gehört, was ich gerade gesagt habe?«

»Ja … Entschuldigung. Ich wurde gerade eine Minute lang abgelenkt.«

Vier Minuten, nicht eine.

Hör auf damit! Okay?

»Also, mein Schatz«, sage ich, »ich muss jetzt wirklich Schluss machen. Ich habe eine Menge Arbeit zu erledigen.«

»Natürlich«, erwidert sie, und es bleibt so vieles unausgesprochen zwischen uns. »Wir sehen uns heute Abend.«

Kapitel 28

Ich betrete den Untersuchungsraum und stelle sofort fest, dass Donny Ray auf dem besten Wege ist, Fortschritte zu machen. Seine Wangen sind zwar noch ein wenig blass, haben aber schon bedeutend mehr Farbe angenommen. Noch interessanter ist seine veränderte Haltung. Er ist ruhig, verschiebt die Lippen zu dem Beginn eines Lächelns, als hätte er auf mich gewartet. Seine Gelassenheit hilft mir zwar nicht, mein Unbehagen im Zusammenhang mit dem gestrigen Vorfall in Alpha Zwölf zu unterdrücken, aber ich muss diese Gefühle beiseiteschieben. Ich habe noch vier Tage, um meine Beurteilung abzuschließen, und obwohl Donny Ray seltsam zu sein scheint, hilft diese Tatsache nur wenig bei der Erstellung einer Diagnose, und sie bedeutet nicht, dass er es verdient, lebenslänglich im Gefängnis zu sitzen oder zum Tode verurteilt zu werden.

Ich setze mich, rufe seine Akten auf dem Computer im Untersuchungsraum auf und werde plötzlich von einem sonderbaren Geräusch sowie einer schnellen und kaum spürbaren Bewegung neben mir abgelenkt. Ich werfe einen Blick nach links, dann zur Decke, aber nichts ist zu sehen. Ich drehe mich schnell zu Donny Ray um, der vor allem angesichts meiner Nervosität verwundert scheint.

War da nichts?

Konzentrier dich, Chris.

Ich richte meine Aufmerksamkeit wieder auf Donny Ray. Bereit, ihn objektiver zu betrachten, beobachte ich, dass er nun neugierig und eher gemächlich seine Umgebung mustert.

Heute ist seine attraktive Erscheinung noch deutlicher als sonst. Obwohl dies natürlich keinen Einfluss darauf hat, ob er simuliert, ist es dennoch bemerkenswert. Körperliche Schönheit kann interessante Effekte auf die Psyche haben, nicht zu vergessen auf diejenigen, die – freiwillig oder unfreiwillig – seinen Weg kreuzen.

Ich kehre zu seinen Akten zurück. Kurze Zeit später schaue ich auf und erkenne, dass er mich mit Interesse beobachtet hat. Ich starre zurück, und er wendet seinen Blick schnell, vielleicht sogar verschämt, ab.

»Wie fühlen Sie sich heute?«, frage ich.

»Wie fühlen Sie sich heute?«, fragt er zurück.

»Gut, danke«, antworte ich etwas zögerlich. Es war nicht, was er gesagt hat, sondern vielmehr, wie er es gesagt hat. Sein Tonfall klang, als hätte er meine Frage nachgesprochen, anstatt eine eigene zu stellen.

Ich glaube, ich interpretiere viel zu viel hinein. Nachdem ich noch einmal in seine Akten geschaut habe, setze ich mich ihm gegenüber.

»Ich möchte gern mit dem fortfahren«, sage ich, »was wir beim letzten Mal diskutiert haben.«

»Beim letzten Mal«, wiederholt er.

»Ja. Kehren wir zu Ihrer Kindheit zurück.«

»Kehren wir zurück.«

»Donny Ray«, sage ich, »haben Sie Schwierigkeiten, mich zu verstehen?«

Er schüttelt den Kopf. Er schaut harmlos drein, und dennoch …

»Können Sie mir eine Minute Zeit geben?«, frage ich.

Er nickt.

Ich kehre an den Computer zurück und überfliege seine Akten. Das automatische und wiederholte Vokalisierungsmuster hört sich irgendwie nach Echolalie an. Da diese Handlung das Nebenprodukt einer geschlossenen Kopfverletzung sein kann, lohnt es sich, dies zu untersuchen. Ich habe bei unserer letzten Sitzung nicht darauf geachtet, aber bei diesem recht auffälligen Verhalten bin ich mir dieser Diagnose relativ sicher. Habe ich etwas dazu in den Berichten verpasst?

Aber nachdem ich Dr. Philips' Akte noch einmal durchgegangen bin, habe ich nichts zu einer Art sprachlicher Anomalie gefunden. Keine differenzielle Diagnose von Autismus, Tourettesyndrom, Epilepsie oder anderen Erkrankungen, die auch dafür verantwortlich sein könnten.

Seltsam.

»Stimmt etwas nicht?«, fragt er, als ob er sich keines Problems bewusst wäre.

Ich möchte sein Verhalten nicht weiter beeinflussen, bevor ich kein besseres Verständnis davon bekommen habe, also lächle ich und antworte: »Nein. Ich überprüfe nur ein paar Informationen zu Ihrem Fall.«

»Oh.« Er lächelt zurück.

Ich rolle mit dem Stuhl zu ihm zurück und fahre fort. »Sie erwähnten, dass Sie sich als Kind alleine gefühlt haben. Ich frage mich, welche Rolle Ihre Schwester dabei gespielt hat. Haben Sie sich gut mir ihr verstanden?«

»Ich habe sie vergöttert«, antwortet er sofort.

Ich höre diese Bemerkung, erfasse aber sofort einen Unterton – nicht denselben, mehr oder weniger gleichgültigen Ton, mit dem er von den Haustieren sprach, die er nicht haben durfte. Natürlich könnte das Verschwinden Mirandas und die Tatsache, dass sein Vater der Hauptverdächtige war, bei Donny

Ray tragische Gefühle in Bezug auf seine Schwester ausgelöst haben.

»Wie nahe standen Sie sich?«, frage ich. »Können Sie mir mehr darüber erzählen?«

»Mehr darüber …«, wiederholt er.

Ich formuliere die Frage neu. »Sie haben gesagt, dass Sie Ihre Schwester vergöttert haben. Wie waren ihre Gefühle Ihnen gegenüber?«

»Ich vermute mal, genau dieselben«, antwortet er, und ich merke, dass seine Hand die Stuhllehne umschließt.

»Sie vermuten?«

»Nein, es waren dieselben. Wir haben uns prächtig miteinander verstanden.«

»Hat Ihnen dieses gute Verhältnis geholfen? Bei der Einsamkeit?«

»In gewisser Weise ja. Aber sie war wesentlich jünger als ich, verstehen Sie?«

»Was ist denn mit Ihrem Vater? Wie war das Verhältnis zwischen Ihnen beiden?«

»Okay …«

»Nur okay?«

Donny Ray ist für einen Moment still, dann sagt er: »Er arbeitete viel.«

»Was meinen Sie?«

»Nur, dass er nicht oft da war.«

»Und Miranda? Wie ist sie mit ihm zurechtgekommen?«

»Sie war immer sein Liebling«, sagt er durch ein Lachen, das ein wenig hart klingt.

»Wissen Sie, warum?«

Donny Ray zuckt mit den Schultern und schüttelt den Kopf mit einem nicht zu entschlüsselnden Gesichtsausdruck.

»Störte Sie das? Dass Ihre Schwester und Ihr Vater so ein gutes Verhältnis hatten und Sie nicht?«

»Ich weiß es nicht.« Er reibt sich den Nacken. Er tippt nervös mit dem Fuß auf den Boden. »Es war nun mal so, das ist alles.«

»Aber Sie haben gesagt, dass Sie sich als Kind einsam gefühlt haben, und dieses gute Verhältnis soll Sie wirklich nicht gestört haben? Ich meine, eine gewisse Eifersucht zu verspüren, wäre doch durchaus normal.«

Er schaut auf seine Füße und fährt damit an der Fliese entlang. »Vielleicht war das manchmal auch so.«

»Gab es bestimmte Momente, in denen es sich schlimmer anfühlte als in anderen?«

»Ich bin mir wirklich nicht sicher, ob ich mich an alles erinnern kann.«

Mit einer angehobenen Braue warte ich auf eine Antwort.

»Nun … da gab es etwas«, sagt er ein oder zwei Augenblicke später.

»Sie gingen oft zusammen weg und ließen mich zurück.«

»Wo gingen sie denn hin?«

»Ich weiß es nicht.«

»Haben Sie nie gefragt?«

»Nein.«

»Wieso?«

»Weil es ihr Ding war. Ich gehörte nicht dazu.«

»Okay. Wie haben Sie sich gefühlt, wenn sie ohne Sie weggingen?«

»Irgendwie einsam.«

»Wie noch?«

»Vielleicht wütend?«

»Wut ist eine ziemlich starke Emotion.« Mein Lächeln fordert ihn heraus. »Mit *vielleicht* hat das nicht viel zu tun.«

»Ich denke, Sie haben recht. Es hat mich irgendwie verrückt gemacht.«

»Was hat Sie verrückt gemacht?«

Ein Grübchengrinsen erscheint, und er schüttelt den Kopf, als ob er sich für den nächsten Gedanken rügen würde.

»Was war es?

»Es ist wirklich zu blöde.«

Ich gebe ihm ein Zeichen, trotzdem fortzufahren.

»Es ist nur … na ja … jedes Mal, wenn sie zurückkamen, hatte sie eine Eistüte in der Hand. Ich war doch nur ein Kind, und dann wurde ich eifersüchtig. Sie hat mich damit wirklich sauer gemacht, verstehen Sie, was ich meine?«

»Also, Ihre *Schwester* hat Sie sauer gemacht. Hat Ihre Schwester irgendetwas Bestimmtes getan, dass Sie sich so gefühlt haben? Hat sie … Ich weiß nicht … Hat sie damit geprahlt, etwas zu bekommen, was Sie nicht bekamen?«

»Nein. Ganz und gar nicht.«

»Also warum waren Sie wütend auf sie und nicht auf Ihren Vater? Schließlich war es doch seine Entscheidung, ihr ein Eis zu kaufen, nicht wahr? Er wollte doch mit ihr und nicht mit Ihnen etwas Zeit verbringen, oder?«

»Ja … aber es war nicht wirklich seine Schuld«, sagt Donny Ray, und jetzt umfasst er nicht nur die Stuhllehne – er umklammert sie krampfhaft.

»Wieso nicht? Er war der Erwachsene, und er hat die Wahl getroffen.«

»Weil sechsjährige Mädchen eben so sind. Sie wissen ganz genau, wie sie bekommen, was sie wollen.«

Ich spüre Gänsehaut auf meinen Armen. Das Haar auf meiner Kopfhaut kribbelt. Donny Ray windet sich auf seinem Stuhl.

»Ich verstehe nicht ganz«, sage ich. »Was wollen sechsjährige Mädchen?«

»Alles.« Nachdem er das Wort ausgespuckt hat, sieht er unmittelbar meine unruhige Reaktion und versucht, Reue zu zeigen. Er bewegt die Lippen, aber es kommt nichts heraus.

Die Luft ist spannungsgeladen.

Er bricht die Spannung. »Oder zumindest dachte ich das.«

Durch mein Schweigen gebe ich ihm zu verstehen, dass er fortfahren soll.

»Weil ich erkannte, dass ich mich geirrt hatte … So sehr geirrt …«

»Geirrt, inwiefern?«

»In allem«, sagt er wieder, aber diesmal auf eine so schwache und zerbrechliche Weise, als würde er bröckeln und innerhalb von Sekunden zerfallen können. Auf eine Weise, die mich überrascht, denn blitzschnell war Donny Ray von einem Ende des emotionalen Spektrums zum anderen übergegangen, hat dann abgeschaltet, und plötzlich ist er das genaue Gegenteil. Das einzige Problem ist, dass alles so überzeugend ist, dass ich nicht mehr weiß, was ich glauben soll.

»Ich bin ein wenig verwirrt«, sage ich.

»Stellen Sie sich vor, wie ich mich gefühlt habe.« Ich warte auf seine Erklärung.

»Eines Tages«, fährt er fort, »saß ich auf einer Schaukel im Vorgarten. Mein Vater und Miranda hatten wieder einmal vor, wegzufahren.« Donny Ray blickt zur Seite, als würde sich die Szene genau dort abspielen. »Gerade als sie einen Fuß in die Einfahrt gesetzt hatte, fing es stark an zu regnen, und sie drehte sich sofort zu mir um. So langsam …«

»Was?«

»Wie sie mir zuwinkte … und so traurig.«

»Wussten Sie, warum?«

»Nein …« Er sieht an mir vorbei, in die Ferne, offenbar in seiner Erzählung verloren. »Sie hat mir nie zum Abschied zugewinkt, bevor sie mit ihm wegfuhr. Es war so merkwürdig. Dann waren sie weg.«

»Was passierte dann?«

»Der Regen fiel stärker, aber ich saß einfach auf der Schaukel. Ich muss dort zwei Stunden gesessen haben. Ich hatte mich noch nie zuvor in meinem Leben so verloren gefühlt. Als sie endlich zurückkamen, stieg Miranda aus dem Auto. Diesmal …« – ein trauriges Lächeln huscht über sein Gesicht – »hatte sie zwei Eistüten in der Hand. Sie ging auf mich zu und gab mir eine. Dann ging sie ohne ein Wort zu sagen weg.«

»Schien sie aufgebracht?«

»Nein … Sie machte einen leeren Eindruck.«

Er verfällt in eine Stille, als würde er darüber nachdenken.

»Ich saß da und hab beobachtet, wie sie ins Haus verschwand. Wasser lief mir übers Gesicht, und die Eistüte schmolz im Regen. Eiskrem tropfte meine Handgelenke runter und in meinen Schoß, aber ich war nicht in der Lage, auch nur einen einzigen Muskel zu bewegen.«

»Haben Sie jemals erfahren, was los gewesen ist?«

Donny Ray schaut mich an. Eine Träne kullert seine Wange hinunter.

»Leider bekam ich nie die Gelegenheit.«

Kapitel 29

Die Eistütengeschichte hatte einen verstörenden, aber noch nicht nachgewiesenen Unterton, der auf Mirandas sexuellen Missbrauch hinweisen konnte. Wenn das stimmte, könnte es der Polizei helfen, die Verdachtsmomente gegenüber dem Vater als Mörder zu bekräftigen. Und obwohl Donny Ray kurz vor der Enthüllung dieser dunklen Umstände stoppte, kam er doch recht nahe heran. Mein Ziel wird es nun sein, diese Informationen aus ihm herauszubekommen und zu bestimmen, ob diese Tatsache einen Einfluss auf Jameys Mord oder die angebliche Unfähigkeit meines Patienten hat, sich nicht mehr daran zu erinnern.

Dennoch war Donny Rays Kommentar über sechs Jahre alte Mädchen erschreckend, nicht nur, weil es etwas unanständig wirkte, sondern auch, weil Miranda und Jamey Winslow im gleichen Alter waren, als sie verschwanden. Dann – bevor ich auch nur die Gelegenheit hatte, mir eine Meinung zu bilden – brachte er mich aus dem Konzept mit seiner herzergreifenden Geschichte über den armen Jungen, der an diesem Tag ganz allein im Regen saß.

Aber ist die Geschichte wahr?

Ich weiß es einfach nicht. Wieder einmal kam seine emotionale Reaktion aufs Stichwort – und wieder einmal fühle ich mich verloren und suche nach der Wahrheit zwischen den einzelnen Schichten des Zweifels.

Nachdem ich den Untersuchungsraum verlassen habe, gehe ich durch Alpha Zwölf, und etwas Helles, rechts von mir, weckt meine Aufmerksamkeit.

Was ich da sehe, mag ich überhaupt nicht.

Nicholas' Tür steht sperrangelweit offen, und ein fluoreszierendes Licht fällt auf den Boden wie etwas Giftiges. Ich schaue hinein: leer, weder eine Spur von ihm noch von seinen Sachen.

Was zum Teufel ist hier los?

Ich beschleunige mein Tempo in Richtung Schwesternzimmer. Melinda Jeffries, die Oberschwester, arbeitet am Computer, und obwohl ich lauten Schrittes hereinkomme, schaut sie nicht auf.

»Hallo?«, sage ich, als ich den Empfangstresen erreiche, und meine Stimme überschlägt sich vor Dringlichkeit und Ungeduld.

Melinda hebt den Kopf, aber als sich unsere Augen treffen, sehe ich etwas Eigentümliches – sie macht einen kalten und losgelösten Eindruck. Ich nicke in Richtung des Zimmers und sage: »Was ist mit Nicholas passiert?«

»Er ist nicht mehr hier«, ist alles, was sie mir als Erklärung anbietet, und dann tippt sie weiter. Ich blicke zu Nicholas' Zimmer, dann zu Melinda und wieder zum Zimmer zurück. »Aber ich habe ihn doch gestern noch gesehen.«

»Und nun nicht mehr.«

»Ja, das habe ich auch schon gemerkt. Ich habe gehofft, dass Sie mir den Grund dafür nennen können.«

Sie tippt schneller. »Er wurde verlegt.«

»*Wohin* wurde er verlegt? Und warum?«

»Smithwell-Institut.«

Ich schüttle den Kopf. »Ich habe noch nie davon gehört.«

»In Billings, Montana.«

»Warum wurde er in eine Einrichtung in Montana verlegt?«

»Ich weiß es nicht.«

»Und warum hat man mich nicht darüber informiert?«

»Sie sind nicht sein Arzt.«

»Das weiß ich selbst, aber ich frage mich, ob …«

»Das müssen Sie mit dem eigentlichen Arzt besprechen.«

Informationen aus dieser Frau herausbekommen zu wollen, gleicht dem Versuch, eine Nadel im Heuhaufen zu suchen. Sie ist respektlos – ich weiß nicht, warum, aber mir reicht's jetzt.

»Ich hätte da noch eine Frage, Schwester Jeffries«, sage ich. »Wurden Sie dazu ausgebildet, *eigentliche* Ärzte mit Geringschätzigkeit zu behandeln oder haben Sie sich das selbst beigebracht?«

Ich habe Melindas volle Aufmerksamkeit, aber die zunächst apathischen Augen sehen jetzt aus, als wären sie dabei, aus ihren Höhlen zu schießen.

»Werden Sie jetzt nicht woanders gebraucht?«, bellt sie.

Ich gebe keine Antwort – ich bin drauf und dran, vor Wut an die Decke zu gehen.

Sie ist bereits zu ihrer Tipperei zurückgekehrt. Ich habe jetzt die Wahl, entweder einen Aufstand zu proben oder aber einen Beschwerdebericht über sie zu verfassen, jedoch wird alles, was Jeremy daraufhin machen wird, sein, eine Augenbraue hochzuziehen und zu sagen: »Sie würden auch wahnsinnig werden, wenn Sie den ganzen Tag da unten sitzen müssten.« Stattdessen verschwinde ich aus dem Schwesternzimmer und lasse meinen Frust mit einem schnellen Gang durch Alpha Zwölf ab.

»Pssst! He, Christopher!«, sagt eine flüsternde Stimme.

Ich drehe mich um. Stanley Winters schaut mich begierig durch sein Fenster an.

»Das Schlampengesicht im Schwesternzimmer wird dir nicht weiterhelfen.« Er schaut heimlichtuend den Flur entlang und fragt mit entsprechender Stimme: »Du willst Antworten? Ich habe sie.«

Ich mache einen Schritt in seine Richtung.

Er schenkt mir ein Lächeln mit vergilbten hervorstehenden Zähnen. »Kostet ein Päckchen Kippen.«

»Stanley, Sie kennen die Regeln«, sage ich mit einem Schaudern in der Stimme, das ich nicht zügeln kann. »So läuft das hier nicht.«

»Nichts läuft hier!«

Ich schüttle den Kopf.

»Wir müssen weg von diesem Ort!«, sagt er laut. »Er ist kaputt!«

Ich trete von Stanley zurück, und er lässt ein scharfes Jaulen los, so laut, so bedrohlich, dass es durch den gesamten Flur getragen wird.

»DIESER TODESSCHLAF, CHRISTOPHER!« Er explodiert in ein manisches Gelächter. »ES IST DIESER TODESSCHLAF!«

Die anderen Patienten imitieren Stanleys Nachricht, schreien, heulen und hämmern so stark an ihre Zimmertüren, dass ich den Widerhall an meiner Brust spüre.

Ich eile zum Ausgang und verlasse Alpha Zwölf mit brummenden Nerven und Stanleys nagender Bemerkung im Hinterkopf.

Kapitel 30

Die Patienten sprechen mit mir.

Dieser Todesschlaf, Christopher.

Eine Mitteilung, die jetzt an meiner Psyche nagt wie die spitzen Zähne eines Welpen. Dass einer anfängt, herumzubrüllen, weil er den Verstand verloren hat, will ich ja noch akzeptieren, aber das ganze Stockwerk?

Und jetzt ist Nicholas auch noch auf mysteriöse Weise verschwunden.

Was wollen mir die Patienten mitteilen? Die einzige Möglichkeit, zur Ruhe zu kommen, ist, rational zu bleiben und nach Informationen zu suchen. In meinem Büro angekommen, versuche ich noch immer, mein Schaudern zu unterdrücken. Ich beginne, wahllos das Internet zu durchforsten, und zu meiner Überraschung lande ich sofort einen Treffer.

Shakespeare?

Aha, wir haben ein paar Liebhaber der klassischen Literatur unter den Männern von Alpha. Der Satz ist Teil von Hamlets Monolog aus der Klosterszene.

Sterben, schlafen –
schlafen, vielleicht träumen … ja, da hakt es:
Denn was in jenem Todesschlaf für Träume kommen mögen,

das muß uns zögern machen.

Eine ganze Menge Gerede über den Tod, aber wessen? Meine Shakespeare-Kenntnisse sind ein wenig eingerostet, also untersuche ich die Worte einzeln, in der Hoffnung, dass sie eine Art versteckte Bedeutung offenbaren.

Schlafen.

Tod.

Träume.

Ich habe geschlafen wie ein Toter, Christopher … Aber Nicholas hat die ganze Nacht schlecht geträumt.

Jetzt fällt mir wieder Donny Rays Kommentar ein, und obwohl die Verbindung möglicherweise etwas locker und weit hergeholt erscheint, komme ich nicht umhin, sie in Betracht zu ziehen.

Ich verlasse meine relative Sicherheit im Büro und begebe mich erneut zu Alpha Zwölf. Dort herrscht eine Menge Unruhe, die ich erst einmal verstehen, geschweige denn durchschauen muss. Aber eines scheint mir doch mehr als offensichtlich. Eine aggressive und unheilvolle Seuche schlängelt sich durch das Untergeschoss des Loveland.

Etwas, das sich erschreckend prophetisch anfühlt.

»Die Patienten versuchen, mit mir zu kommunizieren«, erzähle ich Adam, während wir uns an der Selbstbedienungstheke der Cafeteria entlangbewegen.

Er bleibt stehen und fragt: »Wie bitte?«

»Sie drücken sich in einer Art Massenreaktion aus. Es ist, als ob sie versuchen würden, mir eine Nachricht zu übermitteln.«

Adam schiebt sein Tablett weiter, reagiert aber nicht. An der Kasse angelangt, dreht er sich zu mir um und sagt: »Eine Nachricht …«

»Ja, dieses ›Todesschlaf‹-Ding, das ich erwähnt habe. Ich habe es zwei verschiedene Patienten sagen hören, zunächst

Nicholas und vorhin Stanley. Kurz danach haben die anderen damit angefangen.«

»Die Patienten sagen ständig verrücktes Zeug. Deshalb sind sie ja hier.«

»Alle? Und sie wiederholen alle denselben Satz?«

»Sie sprechen sich ständig alles nach.«

»Okay, aber jetzt ist Nicholas verschwunden.«

Ich suche nach meiner Brieftasche, aber Adam ist schneller. Nachdem er an der Kasse bezahlt hat, sagt er: »Verschwunden, wie, was?«

Ich erzähle es ihm auf dem Weg zu einem Tisch.

»Ich denke nicht, dass man das *Verschwinden* nennen kann«, sagt Adam, während wir uns setzen. »Ich meine, unsere Patienten werden andauernd woandershin verlegt.«

»Nach Billings, Montana?«

»Wieso denn nicht? Sie könnten einen Spezialisten haben, der qualifizierter ist, ihn zu behandeln.«

»Ich habe noch nie davon gehört. Smithwell-Institut. Und außerdem scheint es, als hätten sie ihn in Windeseile von hier entfernt.«

»Seine Verlegung war bestimmt schon lange vorgesehen. Solche Dinge werden viele Monate im Voraus geplant. Du weißt ja selbst, wie das funktioniert.«

»Ich habe den Eindruck, dass mir diese Informationen absichtlich vorenthalten wurden.«

Adam schaut vom Mittagessen auf.

»Und Nicholas gehört doch schon seit Jahren fast zum Inventar. Warum jetzt?«

»Kann viele Gründe haben. Neue Komplikationen, neue Behandlungen.«

Wir essen weiter.

Wenige Minuten später sage ich: »Es ist aus Shakespeare.«

»Was?«

»Dieses ›Todesschlaf‹.«

»Okay …« Er kaut, sagt aber nichts mehr.

»Adam, jeder auf dieser Etage hat gestern etwas merkwürdig reagiert. Ich habe dir davon erzählt.«

Er hört auf zu kauen, starrt ein paar Sekunden lang aufs Essen und blickt mich dann an. »Chris, das sind Geisteskranke.«

Das Gespräch ist damit beendet, und für den Rest des Mittagessens spricht keiner mehr von uns.

Kapitel 31

Als ich das Gebäude verlasse, um nach Hause zu fahren, vibriert mein Handy. Auf dem Display sehe ich, dass ich zwei Anrufe von Jenna verpasst habe.

Augenblick mal.

Warum ist mein Rufton ausgeschaltet?

Halt! Jennas Handy?

Normalerweise ruft sie um diese Tageszeit von dem Festnetz zu Hause an, weil sie dann das Abendessen vorbereitet. Ich nehme den Anruf an, aber bevor ich sprechen kann, sagt sie: »Wo bist du?«

»Ich mache gerade Feierabend.« Ich werfe einen Blick auf die Uhr und frage mich, ob ich schon wieder einen Zeitverlust erlitten habe. Nein. Alles in Ordnung.

»Feierabend«, wiederholt sie.

»Ja. Was ist los?«

»Warum fährst du denn jetzt erst los?«

»Weil ich das immer mache, wenn ich meine Arbeit erledigt habe?«

»Aber du solltest doch schon längst hier sein.«

»Wo sollte ich sein?«

»Chris, wir haben doch heute Nachmittag darüber gesprochen. Am Telefon? Das kannst du doch nicht vergessen haben. Du wolltest doch früher aufhören. Adam ist bereits hier.«

Ich weiß immer noch nicht, wo *hier* ist, also frage ich.

»Bei Adam und Kayla. Zum Abendessen.« Ihre Stimme klingt besorgt. Ich kann es ihr nachfühlen. »Chris, was ist los?«

Keine Ahnung. Ich erinnere mich weder daran, dass sie mir davon erzählt hat, noch, dass ich zugestimmt habe, früher zu gehen; aber ich erinnere mich daran, während unseres Gesprächs einige Minuten verpasst zu haben.

»Hast du heute Nachmittag Adam gesehen?«, fragt sie. »Er sollte dich daran erinnern.«

»Ja, ich habe ihn getroffen. Zum Mittagessen. Aber er hat nichts erwähnt.«

Es war Absicht.

Was jetzt?

Adam hat es dir absichtlich nicht erzählt. Er wollte dich nicht bei sich zu Hause haben. Denn dort bewahrt er die Akten auf.

Welche Akten?

Mit all den Informationen, die er bisher über dich gesammelt hat.

»Es tut mir wirklich leid, mein Herz«, sage ich und versuche, die innere Stimme zu blockieren und wieder meiner Frau zuzuhören. »Nachdem wir gesprochen haben, war ich wirklich beschäftigt. Es ist mir vollkommen entfallen.« Nicht unbedingt eine Lüge, aber vielleicht meine größte Untertreibung des Jahres.

Jenna seufzt. »Ist schon in Ordnung. Beeil dich, okay?«

»Bin schon auf dem Weg.« Ich beende das Gespräch und haste über den Parkplatz.

Kapitel 32

Der Zeitverlust während meines Gesprächs mit Jenna.

Stanleys erschreckende und hysterische Aussagen.

Nicholas' unerklärliches und geheimnisvolles Verschwinden.

Die Liste wächst, meine Nerven sind gespannt wie Drahtseile, und jeder Versuch, meinen Verstand zusammenzuhalten, scheint eine Herausforderung zu sein.

Ich versuche, mich auf die Straße zu konzentrieren und mich zu sammeln, vor allem, den Irrsinn zu verdrängen, der sich gerade in meinem Verstand niederlassen will. Gleichzeitig ist mir durchaus bewusst, dass mir dieses Abendessen nur noch mehr Steine in den Weg legen wird, denn dort wartet bereits ein weiteres Problem auf mich.

Als ich Adam kennengelernt habe, war er Junggeselle. Wenige Jahre später stürmte Hurrikan Kayla in sein Leben, und bevor ich michs versah, hatte sie ihn schon eingefangen. Nicht, dass ich ein Problem damit gehabt hätte, dass Adam die Liebe seines Lebens fand – aber leider hatte er sich darin geirrt: Kayla ist eine Frau, die weder etwas geben noch nehmen kann. Es ist meine ganz professionelle Meinung als Psychologe, dass Kayla unter einer akuten Persönlichkeitsstörung leidet. Diagnose: theatralische Sexbombe.

Anabolika konsumierende hysterische Tussi trifft so ziemlich den Nagel auf den Kopf. Kayla lechzt nach Aufmerksamkeit, ist unangemessen demonstrativ, und wenn Überheblichkeit und Oberflächlichkeit ihre Ziele sind, dann ist sie marktbeherrschend. Sosehr ich Adam auch mag, ich hätte es vorhersagen können, dass Kayla – oder eine ähnliche Person – ein Problem war, das passieren musste. In den meisten Aspekten des Lebens hat er ein gutes Urteilsvermögen, aber ganz tief in ihm eingebettet befindet sich ein emotionaler Knick, ein psychischer Makel, der sich beträchtlich auf seine Beziehungen zu Frauen auswirkt. Aufgrund dieses Defizits fällt er immer wieder auf das gleiche, unglückselige Muster herein, macht dieselben Fehler, aus denen er niemals lernt. Um es klar zu sagen, verwandelt sich Adam für jede attraktive Frau mit wackelndem Hintern zum Knetmännchen. Kayla ist genau das, und sie nutzt es geschickt aus – oder wie andere Freunde reichlich derb bemerkt haben, hat Kayla Adams Schwanz in einem eisernen Schraubstock eingespannt. Aber weil mir Adam viel bedeutet, versuche ich, tolerant zu sein und die Mätzchen seiner Frau zu ignorieren.

Das ist allerdings nicht immer einfach.

Ich gehe durch den Flur und sehe, wie sich Jenna und Kayla unterhalten. Eigentlich spricht nur Kayla, und meine Frau hört tapfer zu. Jenna sieht mich auf die uns eigene Weise an, die unserer persönlichen, universellen Sprache entspricht: *Hol mich hier raus!*

»Christopher!«, ruft Kayla in einem ohrenbetäubend schrillen Ton. Sie fährt aus dem Ohrensessel hoch, als hätte er einen eingebauten Auswurfmechanismus mit Raketenmotor, der sie mir direkt vor die Füße schleudert. Sie landet an meiner Brust, wirft die Arme um mich und küsst rechts und links von meinem Kopf die Luft. Über ihre Schulter hinweg erblicke ich ihr kitschiges Beinanheben, wie man es nur im Film, aber nie im echten Leben sieht.

Jenna sieht aus, als müsse sie sich übergeben.

Ich zwinge mich dazu, ein Lächeln auf mein Gesicht zu zaubern, wobei mir fast die Galle hochkommt.

Ich versuche auch, ein boshaftes Lachen über Kaylas Abendgarderobe – oder sagen wir mal eher, ihre Verkleidung – zu unterdrücken. Ein Angorapullover, pink, flauschig und in einem öffentlichen Umfeld wohl eher unanständig. Das Gleiche gilt für den Rock – oder was immer das darstellen soll – mit einem Saum, bei dessen Anblick jedem Matrosen die Pferde durchgehen würden.

Eine rosafarbene Tellermütze. Brille mit Fensterglas.

Adam betritt den Raum und damit das Schlachtfeld.

»Liebling, Chris ist da!«, verkündet Kayla und betont die Silben so, als wäre ihr Mann entweder schwerhörig oder ein kompletter Idiot.

Adam nickt und lächelt. So ist er nun mal. Immer wenn Kayla etwas völlig Offensichtliches erklärt, dann geht er darüber hinweg und entschuldigt damit ihr überhebliches und eitles Verhalten.

»Hallo, Chris«, sagt er. »Ein wenig durcheinander heute?«

Der hat ja keine Ahnung, wie durcheinander ich bin, aber ich frage ihn trotzdem, was er damit meint.

»Na, unser heutiges Abendessen. Jenna meinte, ich hätte es dir nicht gesagt.«

»Das hast du auch nicht.«

Er zieht den Kopf überrascht zurück. »Doch, doch, habe ich. Ich habe es dir beim Mittagessen gesagt.«

»Ich erinnere mich absolut nicht daran.« Und das tue ich wirklich nicht, aber da Änderungen ohne Vorbehalt bei mir neuerdings scheinbar an der Tagesordnung sind, füge ich hinzu: »Vielleicht war es nur ein Missverständnis.«

Es war kein Missverständnis. Es war Absicht.

Lass das!

Er kann dich nicht schnell genug loswerden.

Halt die Klappe!

Adam will etwas sagen, zieht es aber vor, es nicht auszusprechen, und macht ein bekümmertes Gesicht. Womöglich Folgen unserer Diskussion beim Mittagessen, die sich jetzt durch ein Gespräch, das wir hatten oder auch nicht hatten, verschlimmert haben.

»Es war bestimmt meine Schuld«, füge ich hinzu und versuche, die unausgesprochene Spannung zwischen uns zu lösen.

Es war seine Schuld.

Kayla flattert zu uns herüber und flötet: »Kommt schon, Jungs! Abendessen ist fertig!«

Adam lächelt sie glückselig an.

Kayla flattert davon.

Und ich frage mich, ob verrückt zu sein als Ausrede reicht, um so schnell wie möglich hier wegzukommen.

Kapitel 33

Das Abendessen ist serviert.

Kayla führt wieder mal ein Selbstgespräch, an dem alle anderen teilnehmen müssen, während Jenna und ich versuchen, uns aufs Essen zu konzentrieren, und Adam versucht, wie immer, in Vergessenheit zu geraten. Meine Nerven schreien, ebenso wie üblich, nach Erlösung. Es ist nicht nur das, was Kayla sagt oder wie viel – es ist ihre Stimme, ein schriller nasaler Ton mit einer Handvoll Kies, für zusätzliche Reizung. Die enorm hohen Decken verstärken nur den Ton und machen das Ganze schwer erträglich. Es ist wie ein Abendessen mit zehn Kaylas, auch wenn eine schon zu viel ist.

Das Essen zieht sich hin und kommt glücklicherweise irgendwann zu einem Ende. Adam führt Jenna nach draußen, um ihr die neuen Rosen zu zeigen, die er gepflanzt hat, und lässt mich mit Kayla allein. Erbarmen! Es ist heikel und angespannt, zumindest für mich, weil ich offen gestanden nicht weiß, was ich sagen soll, obwohl ich mir sicher bin, dass sie schon für Gesprächsstoff sorgen wird.

»Also, Chris«, beginnt sie, »ich habe mich schon immer gefragt … Stört es dich denn nicht, den ganzen Tag mit Irren reden zu müssen?«

»Eigentlich ziehen wir es vor, sie nicht als …«

»Sich all diese schrecklichen, schrecklichen Geschichten anhören zu müssen? Von Kriminellen? Vielleicht sogar von Mördern?« Sie schaudert, und ein kleines Stöhnen entweicht ihren dünnen Lippen. »Ach, ich weiß nicht, ob ich das könnte.«

»Nun, dann ist es wahrscheinlich gut, dass du es nicht tust«, sage ich mit schwindender Geduld. »Aber was denkst du eigentlich, was dein Mann den ganzen Tag tut?«

»Oh, das ist doch etwas völlig anderes. Er ist *Mediziner.*« Sie nimmt einen Schluck Kaffee und nickt, als würde sie sich selbst zustimmen. Sie schaut mich kurz an. »Aber hast du schon jemals daran gedacht, etwas nicht so Gruseliges zu tun?«

»Ich finde es absolut nicht gruselig. Ich biete Menschen Hilfe, die sie dringend brauchen.«

Mit dem affektierten Lächeln eines Kleinkinds sagt Kayla: »Schön für dich.« Sie schnappt sich ein paar Teller vom Tisch und geht in die Küche.

Ich beuge mich vor, um in ihren Kaffee zu spucken.

Wenige Augenblicke später kommt Kayla zurück. Sie macht es sich wieder auf dem Stuhl bequem, schlürft den Kaffee und setzt ein gekünsteltes Lächeln auf.

Ich lächle zurück.

Jenna und Adam kommen wieder rein. Kaylas Mund steht wieder einmal nicht still, und ich muss unbedingt eine Möglichkeit finden, um zu verschwinden, bevor sie noch das letzte Fleckchen Sauerstoff aus diesem Raum aufgesaugt hat.

Ich stehe auf.

Kayla ignoriert mein Abreisesignal und fragt mit einem verspielten Grinsen: »Hat jemand heute etwas Verändertes an mir bemerkt?«

Hat jemand heute daran gedacht, dieser Tussi den Hahn abzudrehen?

»Nein, aber wenn ich eine Waffe hätte, würde ich gern die erste Kugel abfeuern.«

Oh. Mist.

Schweigen im Walde.

Kayla ist zum ersten Mal sprachlos. Jenna ist eindeutig schockiert. Adam steht wie angewurzelt da, aber ich habe das Gefühl, dass es nicht nur wegen meiner Unhöflichkeit gegenüber seiner Frau ist. Irgendetwas anderes läuft hier, irgendetwas, das sich eher wie ein schleichender Verdacht anfühlt, ähnlich wie das, was ich während unseres vorangegangenen Gesprächs wahrgenommen habe, nur weitaus stärker.

Jetzt habe ich es getan.

Und ich weiß nicht, woher diese schreckliche Bemerkung kam, geschweige denn, wie ich dieses Missgeschick jetzt wieder in Ordnung bringen soll. Trotzdem starte ich einen Versuch.

»Setzt euch doch wieder!«, sage ich und zwinge mich zu einem Lachen als verzweifeltem Versuch, alles wieder rückgängig zu machen. »Es war ein Scherz!«

Niemand versteht diesen Humor.

Ich schäme mich, und jetzt muss ich wirklich von hier verschwinden, sodass ich abrupt den Tisch verlasse und zum Badezimmer stürme.

Ich verriegele die Tür von innen. Ich schaue in den Spiegel. Ich lasse Wasser ins Waschbecken laufen und halte die Hände unter den Wasserhahn. Ich zerre ein Papiertuch aus der Box und werfe es in die Toilette. Ich spüle ab.

Ich versuche, wirklich herauszufinden, was mit mir los ist. Es ist, als ob ein Fremder mein Handeln, meine Sprache und, noch schlimmer, meine Gedanken steuern würde. Ein Fremder, der Wutanfälle bekommt, unangebrachte und jetzt sogar angsteinjagende Kommentare abgibt. Jemand, der kein Zeitgefühl hat.

Ich lehne mich an die Wand und rutsche nach unten auf den Boden. Unten angekommen, lasse ich mein Gesicht in die Hände fallen. Ich habe ja solche Angst. Ich fühle mich so gedemütigt. So verdammt zerstört.

Da sitze ich nun, tue das Gleiche, was meine Mutter getan hat und was ich am meisten an ihr gehasst habe. Ich versuche, vor dem Schmerz davonzulaufen, indem ich das Unvermeidliche wegschließe, obwohl ich mich ernsthaft damit befassen sollte. Diese Strategie hat nie bei ihr funktioniert, und am allerwenigsten half sie meinem Vater – und mir auch nicht. Ich muss wieder zu den anderen und mich entschuldigen. Kayla hat eine Menge an sich, was ich nicht mag, aber mein Verhalten macht mich nicht besser und in gewisser Weise noch weitaus schlimmer.

Während ich den Flur in Richtung Esszimmer entlanggehe, weckt der Schimmer eines pulsierenden Lichts mein Interesse. Ein Dekorationsgegenstand aus Glas glitzert oben auf einem Regal, ein Globus, nicht größer als ein Golfball. Ich hole den Gegenstand herunter, um ihn zu inspizieren, und bewundere die fadenförmigen, irisierenden Farbspritzer auf jedem Erdteil. Diese Welt aus Glas ist wunderschön in vielerlei Hinsicht und dennoch so empfindlich und anfällig.

So belastet mit schmerzender Wahrheit.

Ich lächle traurig, halte den Globus höher und ein Lichtstrahl schießt hindurch, der ihm noch mehr Farbe und Leben verleiht. Es ist der schönste Gegenstand, den ich je gesehen habe.

Also stecke ich ihn in meine Tasche und kehre wieder zu den anderen zurück.

Kapitel 34

Adam und Kayla machen einen ernsthaften Versuch, mein Angebot der Wiedergutmachung zu akzeptieren, dann beginnt Kayla mit ihrem nächsten Thema, aber ich höre nicht viel davon. Ich bin zu sehr von Jennas immer besorgter werdendem Gesichtsausdruck abgelenkt. Unsicherheit. Furcht. Der Blick eines Menschen, der sich zurückzieht.

Stille weitet den Riss zwischen uns, als wir zu Hause ankommen. Jenna geht nach oben und lässt mich in einem Vakuum der Unsicherheit stehen. Das ertrage ich keine Minute länger. Es erdrückt mich, meine Frau so verletzt zu sehen.

Als ich ins Schlafzimmer komme, sitzt sie vollständig bekleidet auf dem Bett, mit stoischem Gesichtsausdruck, die Knie an die Brust gezogen und die Arme um sie herumgeschlungen. Ich schließe die Tür, und dieses Geräusch macht sie für einen Moment auf mich aufmerksam, bevor sie wieder nach unten schaut.

Ich gehe einen Schritt auf sie zu, setze mich behutsam mit dem Rücken zu ihr auf die Bettkante.

Wieder herrscht Stille. Und wieder ist dieses Schweigen erstickend.

»Ich weiß nicht, was ich sagen soll.« Ich drehe mich zu ihr um und schaue sie an. »Alles, was ich weiß, ist, dass es mir furchtbar leidtut.«

Jenna sucht meine Augen. »Chris, sag mir, was los ist. Sag mir die Wahrheit.«

Für ein paar Augenblicke bin ich unentschlossen. »Ich bin mir selbst nicht sicher.«

»Gestern Abend hast du Devon einen solchen Schrecken eingejagt, und heute Abend habe ich dich überhaupt nicht mehr wiedererkannt.«

Wie eine Axt spaltet ihr Kommentar mich vertikal in der Mitte, bricht mich in zwei Teile, denn sie ist die letzte Person auf der Welt, von der ich das hören möchte. Es öffnet eine alte, tiefe Wunde. Eine so tiefe, klaffende Wunde wie ein faules, stinkendes Stück Fleisch. Ich wende mich ab, weil es für mich unerträglich ist, meine Frau so zu sehen – und ich weiß nicht, wie ich mich heilen soll. Ich fühle mich so machtlos.

Jenna muss meine Qual empfunden haben, denn sofort fühle ich ihre Hand auf meiner Schulter. Dennoch schaffe ich es nicht, sie anzusehen.

»Chris«, sagt sie. »Schau mich an.«

Ich schüttle den Kopf. Meine Hände zittern.

»Tu das nicht«, sagt sie flehentlich und verstärkt ihren Griff auf meiner Schulter. »Schließ mich nicht aus. Nicht jetzt. Nicht, wenn du mich am meisten brauchst. Ich weiß, das ist deine alte Verhaltensweise, die du annehmen musstest, um die Situation mit deinem Vater auszuhalten, aber …« Ich höre ihre sanften, tiefen Atemzüge. Ich höre ihr Leid – nein, ich fühle es –, was mir schließlich den Mut verleiht, mich zu ihr zu drehen. Sie beißt sich auf die Unterlippe und schüttelt den Kopf. Ihre Augen füllen sich mit Tränen.

Ich rutsche zu ihr hinüber, lege einen Arm um sie herum, ziehe sie an mich, aber ich weiß immer noch nicht, was ich sagen soll, weiß nicht, ob es etwas in mir gibt, das alles wiedergutmachen kann. Stattdessen halte ich meine Frau ganz fest. Ich klammere mich an sie, in der Hoffnung, dass unsere körperliche Nähe auf irgendeine Weise das ausbessern kann, was so furchtbar zerrissen erscheint.

»Ich habe diese Schlacht jahrelang an deiner Seite gekämpft«, sagt Jenna, nachdem wir eine Zeit lang ruhig gewesen sind, »und ich verstehe es … und ich fühle deinen Schmerz genau so, wie du ihn fühlst … und ich hasse den Schmerz, Chris. Ich hasse ihn genauso wie du, und Gott weiß, dass ich alles tun würde, um ihn dir abzunehmen. Aber was ich nicht verstehe – was ich einfach nicht verstehen kann, auch wenn ich es noch so sehr versuche –, ist, warum du nach all dieser Zeit noch immer glaubst, dass du dieses Elend alleine durchmachen musst.«

»Das möchte ich ja gar nicht«, entgegne ich flüsternd. »Ich versuche, es nicht zu tun.«

»Schätzchen, ich weiß, ich weiß, aber du musst es noch stärker versuchen.«

»Aber wie?«

»Beginn einfach mit der Wahrheit. Was auch immer das sein mag.«

»Was dann?«

»Dann setzt du einen Fuß vor den anderen. Glaub daran, und die Antworten kommen wie von selbst. Das tun sie immer.«

Ich untersuche Jennas zuversichtlichen Gesichtsausdruck, als ob es mir in irgendeiner Weise Kraft verleihen würde, ihrer Weisheit zu vertrauen. Ich schüttle meinen Kopf, fühle Verzweiflung in meinem tragischen Lächeln, als ich antworte: »Ich glaube, dass es Ernst sein könnte. Ich glaube, dass ich den Verstand verliere.«

Jenna scheint nicht überrascht. Es ist, als hätte sie es bereits gewusst, als hätte sie nur noch darauf gewartet, dass ich es ihr sage.

»Wir müssen herausfinden, warum«, sagt sie.

»Es macht mir Angst.« Meine Antwort kommt so schnell und fast instinktiv heraus, als hätte sie verzweifelt nach Luft gesucht.

»Dann machen wir das auch gemeinsam.«

»Adam kümmert sich um ein MRT für mich.«

»Gut.«

»Wenn er noch mit mir redet.«

»Adam wird mit dir reden.«

»Woher willst du das wissen?«

»Ich weiß es. Du wirst ihm die Wahrheit sagen, und er wird es verstehen.«

Ich sage nichts.

»Er wird«, versichert sie, »und bei alldem, was dir danach passiert, wirst du nicht alleine sein. Das werde ich nicht zulassen. Verstehst du?«

Mein Kopfnicken ist kaum überzeugend, nicht, weil ich ihr nicht glauben würde, noch nicht einmal, weil ich ihrem Engagement nicht vertrauen oder es fühlen könnte. Das Problem ist nicht, was ich weiß, es ist vielmehr, was sie nicht weiß und nie wissen darf.

Nämlich, dass mein durchdrehender Verstand als Einziges stärker sein könnte als wir beide zusammen.

Kapitel 35

»Ich will die Enten sehen, wenn wir dorthin gehen, Daddy! Können wir zu den Enten gehen, so wie beim letzten Mal?«

»Selbstverständlich.« Ich werfe einen Blick auf meinen Sohn und lächle.

Es ist Sonntag. Devon, Jake und ich sind auf unserem Weg zum Anderson Lake. Nach meinem Ausbruch bei Adam und Kayla hoffe ich, dass diese Fahrt das Gleichgewicht wiederherstellen und, wenn ich Glück habe, mein Leben beruhigen kann. Aber es ist viel mehr, denn ich schulde es Devon, weil ich ihn neulich abends so erschreckt habe, und ich möchte unser Verhältnis wieder auf eine solide Basis zurückbringen.

»Ob die weiße Ente wohl noch da ist?«, fragt Devon und wippt aufgeregt auf und ab. »Meinst du?«

»Vielleicht. Wir müssen einfach mal schauen.«

Mein Sohn beobachtet, wie die Welt im Fluge an seinem Fenster vorüberzieht, mit einer Faszination, die nur ein Kind aufbringen kann. Ich liebe es, ihn in diesen ruhigen Momenten zu beobachten, und ich brauche das jetzt so sehr.

»Gut«, sagt er und dreht sich mit einem zustimmenden Nicken zu mir um. Er zieht die Beine an und legt die Arme um sie herum. »Ich mag die weiße, Daddy.«

»Ich auch, Kleiner«, antworte ich und betrachte die Socken, die er heute angezogen hat.

Devon schaut auch komisch drein, aber bestimmt nicht aus demselben Grund.

»Deine Socken«, teile ich ihm mit. »Sie passen nicht zusammen.«

Er untersucht sie und sagt: »Ja. Ich weiß.«

»Gibt es dafür einen besonderen Grund? Vielleicht eine Art modische Erscheinung?«

Er schaut wieder aus dem Fenster und sagt: »Äh, äh.«

»In Ordnung. Willst du es mir erklären?«

»Keine passt mehr zur anderen.«

»Keine? Du hast doch bestimmt über dreißig Paar. Was ist damit passiert?«

»Keine Ahnung.«

»Nun, was machst du denn mit den Socken, nachdem du sie ausgezogen hast?«

»Ich werfe sie in den Wäschekorb, so wie es Mom mir gesagt hat.«

»Hm, ich nehme mal an, dass sie nicht besonders glücklich darüber ist.«

»Nee. Sie sagt, dass sie mir neue kauft.«

Wir erreichen den Eingang zum Anderson Lake. Bevor ich abbremse, blicke ich durch die Heckscheibe, aber es ist nicht wie erwartet die Straße, die ich sehe. Es ist Jake, der aufrecht auf der Rückbank sitzt. Seine Augen sind auf meine fixiert. Als ob er die ganze Zeit dort gewartet hätte, dass ich ihn bemerke.

Tausend kleine Streifen bernsteinfarbenen Sonnenlichts tanzen über das plätschernde Wasser. Ich bin entspannt und genieße die Zeit mit meinem Sohn. Am liebsten würde ich die Hände ausstrecken und diesen Augenblick einfangen und für immer festhalten, weil dieses Gefühl so authentisch, so rein ist. Aber ich weiß, dass es nicht möglich ist, und mit diesem Verständnis kommt ein anderes, viel beunruhigenderes. Wenn meine Verletzung ernste Folgen hatte oder wenn sich diese Geschichte ständig wiederholt, dann weiß ich nicht, wie viel Zeit mir noch bleibt, bis mein Verstand vollkommen aussetzt, bis ich an einen anderen, wesentlich finsteren Ort verschwinde.

Bevor ich meinen Sohn verliere und er mich verliert.

Ich verbanne diesen Gedanken und ermahne mich ernsthaft, diesen einzigartigen Moment, den ich gerade erlebe, nicht zu vergeuden. Ihn zu genießen, weil dieser Moment das Einzige ist, was zählt.

Mit diesem Vorsatz setze ich mich auf eine Parkbank und teile Devons Freude, schaue zu, wie er am Ufer entlangrennt, überall Wasser verspritzt und sich vergnügt. Er kniet, um die Enten beim Spielen zu beobachten, und die Begeisterung in seinen Kinderaugen fesselt mich. Es ist, als ob sich ein Zauber vor mir bewegt und ich von ihm eingenommen werde.

Ich knie neben meinem Sohn und lege einen Arm um seine Schulter. Er schaut zu mir hoch, blinzelt im Sonnenlicht, und nun lächeln wir beide, denn wir wissen, dass wir diese wunderbare Erinnerung gemeinsam erschaffen.

»Ich bin gern hier, Daddy«, sagt er und spricht damit meinen Gedanken aus. »Lass uns doch für immer so bleiben, okay? Einfach so.«

Ich ziehe Devon näher an mich heran und schließe ihn in die Arme.

Aber die Freude löst sich sofort auf, als über seiner Schulter auf der gegenüberliegenden Seite des Sees dieser Baum des Bösen auf einem entfernten Hügel emporragt. Ein Symbol des drohenden Verhängnisses, das seine blutrote Decke des Unheils wie eine gigantische Giftwolke ausbreitet. Er macht sich über mich lustig, sagt mir, dass es keinen Ausweg mehr aus seiner bösartigen und unheilvollen Macht gibt.

Ich drehe den Kopf, komme aber vom Regen in die Traufe, denn dort befindet sich ein weiterer Unruheherd. Jake sitzt mit stocksteifem Körper am Ufer und schaut geradewegs auf den Baum. Dann schaut er in meine Richtung, und ein kalter Schauer läuft mir über den Rücken, und die Luft in meinen Lungen wird dick und klebrig.

Der Hund spricht mit mir.

Nicht mit Worten. Nicht einmal mit seinem Blick. Es ist anders und viel mächtiger. Keine mentale Verschlechterung, keine Verzerrung. Dies ist authentisch. Es ist primitiv, und es ist vor allem brandeilig. Wie eine Art der Kommunikation nur für mich nach Maß geschneidert, leider verstehe ich immer noch nicht, was er mir zu verstehen geben will.

Ich werfe einen beschützerischen Blick auf Devon, dann in Richtung Jake. Als ich ungefähr einen halben Meter von ihm entfernt bin, versteift er sich, lässt ein tiefes Stöhnen heraus, und es schaudert mich erneut, aber diesmal dringt die Kälte in meine Knochen ein. Ich bin immer noch nicht in der Lage zu entschlüsseln, was er mir sagen will, aber bestimmt nichts Gutes. Die Nachricht ist finster, Unheil verkündend und gefährlich. Sie lässt mir die Haare zu Berge stehen.

»Daddy! Hilf mir!«

Devons verzweifelte Stimme rüttelt mich wach. Ich drehe mich um.

»Ich kann meine Schuhe nicht anziehen«, sagt er und blickt auf seine nicht zusammenpassenden, nassen und mit Sand bedeckten Socken.

Ich atme erleichtert aus. Aber dann schaue ich zu Jake, und meine Erleichterung schwindet, denn dort, wo er zuvor stand, ist jetzt eine leere Stelle.

Ich schaue mich um und sehe ihn ein paar Meter von mir entfernt, wie er wieder auf den Baum starrt.

Er macht einen Rückzieher davor.

Mit angelegten Ohren und eingezogenem Schwanz.

Als rieche er Angst.

Kapitel 36

Wir gehen mit Jennas Lunchkorb zu einem bewaldeten Picknickbereich, aber die seltsame Begegnung mit Jake geht mir nicht aus dem Kopf. Der Hund schleppt sich einige Meter hinter uns her, und obwohl er nicht mehr ganz so angespannt erscheint, ist seine Stimmung noch immer spürbar. Ich wage einen neugierigen Blick auf meinen Sohn, aber genau wie vorher scheint ihn Jakes Verhalten nicht zu beunruhigen.

»Devon?«, sage ich.

Er sieht mich an.

»Ich habe das Gefühl, dass du mir etwas über Jake verschweigst.«

Er sieht mich ernst an und schüttelt den Kopf. »Das würde ich niemals tun, Daddy.«

»Weißt du, was mit ihm los ist?«

»Er ist nur etwas aufgeregt.«

»Weswegen?«

»Er kann es mir nicht erzählen.«

»Ich weiß, aber ich frage mich, ob du vielleicht eine Ahnung hast.«

Mit nach vorn gerichtetem Blick zuckt er nur leicht mit den Schultern. »Es ist nun mal so.«

Ich hebe meine Augenbrauen. »Was meinst du damit?«

»Es ist seit dem Unfall«, sagt er. »Von diesem Augenblick an hat sich alles verändert.« Dann rennt er zu einem Picknicktisch und schreit: »Daddy, können wir an diesem hier sitzen?«

Nach dem Mittagessen tue ich mein Bestes, um mich zu entspannen und um die Schönheit um uns herum zu genießen, die Sonne, die sich einen Weg durch die Bäume bahnt, den Geruch von feuchtem Waldboden vermischt mit einem Hauch Kiefernduft.

Plötzlich unterbricht ein knisterndes Geräusch meine Ruhe. Ich blicke nach oben und entdecke zwei Vögel, die nebeneinander auf einem Zweig über mir sitzen. Ohne Vorwarnung verliert einer von ihnen sein Gleichgewicht. Der Vogel schlägt mit den Flügeln, flattert und landet wieder sicher auf dem Zweig. Der andere Vogel nähert sich ein wenig mehr, und sie schauen sich in die Augen. In diesem kurzen Augenblick spüre ich eine absolute Einheit zwischen diesen zwei Kreaturen, die mir fast den Atem verschlägt. Für sie sind Ungleichgewicht und Unsicherheit bereits Vergangenheit. Zusammen ist ihre Welt perfekt und genau so, wie sie sein sollte. Ich drehe mich zu Devon um und stelle fest, dass auch er die Szene beobachtet hat.

Als wir später zusammen am See sitzen, scheint Devon nachdenklich zu sein, er schaut ins Wasser und malt darin Kreise mit den Füßen. Ich warte, bis er bereit ist, mit mir zu sprechen.

Schließlich dreht er sich zu mir um.

»Daddy?«, sagt er, »wir sind wie diese zwei Vögel, nicht wahr …«

Es ist keine Frage, sondern eher eine Aussage, der er mit seiner Stimme Überzeugung verleiht, das unmissverständliche Vertrauen, das mein Herz so anschwellen lässt, dass meine Brust es kaum in sich halten kann. Er sieht uns als unerschütterlich an, und ich könnte ihn nicht mehr lieben, als ich es in diesem Moment tue.

»Ja«, sage ich, »wir sind genau wie die beiden.«

Kapitel 37

Du schon wieder.

Der böse Baum liegt vor uns auf der Lauer.

Gäbe es einen anderen Weg, Alternativen, einen Schallgeschwindigkeitspfad oder eine Zeitspirale, ich würde mich sofort draufstürzen. Aber es gibt nur einen Weg zum Loveland hin und wieder zurück, daher muss ich an diesem Monster vorbei, ob ich will oder nicht.

Während ich mich ihm nähere, taxiere ich meinen Gegner, und es scheint sich nichts verändert zu haben – er ist immer noch hässlich und bedrohlich, und das Böse sickert aus jedem Ast wie giftiger Saft.

Ich hasse dieses Ding.

Brenn es nieder.

Bist du wahnsinnig?

Ich nicht, aber du bist es, also brenn dieses Scheißding nieder.

Ich reiße das Lenkrad herum. Angst und Schweiß lassen meine Handflächen daran kleben wie Harz. Nun ist der Baum weniger als drei Meter entfernt, er fordert mich heraus, zieht mich an wie ein Magnet.

Ich versuche, der mächtigen, bösartigen Anziehungskraft zu entgehen, drücke das Gaspedal durch, und wie eine Rakete macht das Auto einen Satz nach vorn und schießt von dem mit Sicherheit höllischsten Flecken auf Erden davon. Obwohl ich in den nächsten Kilometern ein gleichmäßig schnelles Tempo beibehalte, spüre ich, dass dieser böse Baum immer noch seine schädlichen Schwingungen auf der Jagd nach mir aussendet.

Nun bemerke ich, dass diese Bestie viel mehr Kontrolle über mich hat, als ich zunächst dachte, dass sie ihre Fühler viel weiter als über den verwünschten Ort hinausstreckt, an dem sie aus der Erde kam, um verheerende Folgen für mein Leben zu verursachen.

Kapitel 38

Der Morgen kann oft Klarheit bringen. Er kann Perspektiven bringen. Aber an diesem Morgen gibt es weder das eine noch das andere. Genau genommen fühle ich mich an diesem Morgen wesentlich unruhiger, während ich zur Arbeit zurückkehre und mir klar wird, dass ich Adam nicht vermeiden kann, vor allem wenn ich an das peinliche Theater denke, das ich bei ihm zu Hause veranstaltet habe. Demütigung hat sich in Bedauern verwandelt, Schock in schmerzende Unruhe, und das Ganze pumpt wie schmutziges Blut durch meine Adern.

Es geht nicht nur um mein krankes Verhalten, noch nicht einmal darum, dass ich unfähig bin, es zu kontrollieren. Was mich fertigmacht, ist, dass ich meinen besten Freund verletzt habe. So durchgedreht und schwierig, wie Kayla auch sein mag, auch wenn ich weiß, dass sie nicht die Richtige für Adam ist, habe ich bisher immer alles getan, um ihr Verhältnis zu respektieren. Neulich nachts habe ich jedoch das Gegenteil davon getan und mutwillig eine Freundschaft zerstört, die mir eine Menge bedeutet.

Ich habe die Grenzen wirklich überschritten.

Ich bin mir vollkommen bewusst, dass meine Bemühungen vergeblich sein mögen, aber ich muss versuchen, meinen Fehler zu reparieren und mit Adam wieder Frieden zu schließen.

Ich stehe auf, atme tief durch, um Mut zu fassen, und gehe den Flur entlang. Ich klopfe zaghaft an Adams Tür, öffne sie und stecke den Kopf hinein. Er schaut von der Arbeit auf, zunächst mit konzentriertem Blick, dann eher unangenehm berührt, als er mich erblickt.

Ich habe dasselbe Gefühl, wenn nicht sogar ein noch schlimmeres.

Ich räuspere mich und frage: »Hast du eine Minute Zeit?«

»Sicher.« Adam nickt. Mit einer herzlichen Geste gibt er mir zu verstehen, hereinzukommen, was mich ermutigt.

Ich setze mich auf den Besucherstuhl. Ich versuche nachzudenken.

»Adam, es gibt keine Entschuldigung für mein Verhalten neulich abends«, sage ich reumütig, was mir die nötige Entschlossenheit gibt, die ich in diesem Moment brauche, »also versuche ich es noch nicht einmal. Alles, was ich dazu sagen kann, ist, dass ich zutiefst bedauere, was ich getan habe, und ich wünschte, es gäbe eine Möglichkeit …«

»Chris«, unterbricht er mich in einem Ton des Mitgefühls, den ich überhaupt nicht erwartet habe. »Ist schon in Ordnung.«

»Ist es nicht.«

»Nein, eigentlich nicht.« Er lacht ein wenig. »Es ist nicht *okay,* aber meine Sorge um dich ist wesentlich größer. Schau Chris, ich kenne dich. Ich kenne dich schon seit vielen Jahren, aber dieser Kerl von neulich abends? Das warst nicht du.«

Er hat ja keine Ahnung.

Er hat sehr wohl Ahnung. Er nimmt dich auf den Arm.

»Der Kerl war jemand anderes«, setzt Adam fort. »Chris, du bist einer der freundlichsten, rücksichtsvollsten Menschen, die ich kenne. Also … nun, was ich versuche zu sagen, ist, dass … ich mache mir ernsthafte Sorgen um dich, Kumpel.«

Ich senke den Kopf und schließe die Augen. »Ich mir auch.«

»Und obwohl ich weiß, dass du versucht hast, stark zu sein, deine Gefühle im Zaum zu halten, kenne ich dich gut genug, um das alles zu vergessen.«

»Diese Situation ist mir so furchtbar unangenehm. So, wie ich Kayla verletzt habe.«

Er blickt mir direkt in die Augen. »Kayla wird das schon verkraften. Vertrau mir. Sie sollte im Moment deine letzte Sorge sein. Wenn du das Problem wirklich lösen willst …« Er zögert. »Am wichtigsten ist jetzt, dass wir uns um *dich* kümmern, und ich möchte dir helfen.«

»Das tust du gerade. Du hast ein MRT angeordnet.«

»Darum geht es jetzt gar nicht. Ich spreche von etwas viel Wichtigerem. Schau mal, ich verstehe, wie du bist, manchmal vielleicht besser, als ich mich selbst verstehe. Ich weiß, was du tust, wenn du Angst hast. Dieses Verkriechen, wenn du dich in Gedanken an diesen Ort versetzt, an dem du glaubst, die härtesten Schlachten alleine kämpfen zu müssen. Tu das nicht. Nicht jetzt, nicht in Momenten wie diesem.«

Seine Ansicht klingt schmerzhaft vertraut.

»Ich werde es versuchen«, sage ich.

»Schau mal, wir werden dieses MRT morgen machen, aber bitte hör mir sehr aufmerksam zu, was ich dir jetzt sage. Bitte lass diese Untersuchung nicht meine letzte Bemühung sein, dir zu helfen. Ich möchte für dich da sein. Ich möchte, dass du Vertrauen zu mir hast, wenn du es brauchst, okay?«

»Okay.«

»Das klingt nicht sehr überzeugend, Partner«, sagt er mit einem feinen Unterton von Humor. »Kannst du diese Phrase ein wenig emotioneller von dir geben?«

Ich versuche es noch einmal. »Okay.«

»Besser, aber immer noch nicht überzeugend. Das wird sich entsprechend auf deine Beurteilung auswirken.«

Ich lache ein wenig.

»Adam?«

»Ja?«

»Danke.«

»Bitte pass auf dich auf, Chris.«

Ich versuche, meine Zustimmung zu lächeln. Er kennt mich in der Tat gut genug, um meinen Schmerz zu erkennen, auch wenn ich versuche, ihn zu verbergen, und vor allem, ihn sich nicht zwischen uns drängen zu lassen.

Ich bin so glücklich, einen Freund wie Adam zu haben.

Adam versucht, dich zu zerstören.

Kapitel 39

Ich betrete die Kantine – oder will es gerade tun –, als ich mich plötzlich schwach auf den Beinen fühle und sich mein Magen zusammenzieht. Ich schaue auf die Uhr und sehe, dass es fünf nach zwölf ist.

Ich blicke durch den Speisesaal.

Nun wird mir wirklich mulmig. An jedem Tag ist es um diese Uhrzeit proppenvoll, aber heute ist dies nicht der Fall. Obwohl auch jetzt viele Tische besetzt sind, ist eine ungewöhnlich hohe Anzahl leer.

Ich bewege meine Füße vorwärts, spüre jedoch kaum den Boden unter ihnen. Ich drehe meinen Blick zur Schlange mit Krankenhausangestellten und Besuchern, die normalerweise weit vor der Eingangstür warten, aber heute steht noch nicht einmal die Hälfte an Leuten da.

Ich versuche, mich davon zu überzeugen, dass es wahrscheinlich daran liegt, dass das Pflegepersonal zu einer Schulung außerhalb des Krankenhauses gefahren ist. Womöglich hat ein Grippevirus die Anzahl des Pflegepersonals stark beeinträchtigt.

In Wirklichkeit denke ich alles andere als das.

Aber keine dieser Erklärungen erscheint mir plausibel.

Am Tresen schiebe ich mein Tablett vorwärts und lasse die Augen hin und her wandern. Ich beobachte.

»Sir?«

Ich folge der Stimme und stehe plötzlich vor einer Kantinenangestellten, die mich anstarrt.

Ich räuspere mich. »Nur die Suppe, bitte.«

Sie taucht die Kelle in einen eingelassenen Topf, kippt die braune Flüssigkeit in eine Schüssel und schleudert sie auf die erhöhte Theke. Ich nehme mir die Suppe und stelle sie aufs Tablett.

Iss das nicht.

Was?

Sie ist mit Gift gewürzt. Was glaubst du denn, was mit all den Leuten hier passiert?

Ich taumle zurück und schlage mir dabei das Tablett vom Band. Die Schüssel fliegt hinunter. Glas zerbricht, und die Suppe spritzt überallhin. Das Besteck gleitet über das Linoleum.

Ich schaue mich nervös um. Jeder starrt mich an.

»Es … es tut mir furchtbar leid. Ich wollte nicht …«

Tu's nicht!

Tu was nicht?

Rede nicht mit diesen Leuten.

Warum nicht?

Sie gehören dazu. Sie wurden darauf angesetzt, dich zu beobachten.

Wie von der Tarantel gestochen, lasse ich alles stehen und liegen und rase zum Ausgang.

Kapitel 40

Wie kann ich meinen Verstand zusammenhalten, wenn sich alle Einzelteile nicht nur außer Reichweite befinden, sondern mir auch um die Ohren fliegen? Meine Frist für Donny Rays Beurteilung läuft in nur zwei Tagen ab, daher habe ich jetzt keine Zeit, verrückt zu werden. Ich muss mich auf diesen einzigen Moment konzentrieren. Ich bin so nahe dran, Donny Rays Vertrauen zu gewinnen und herauszufinden, ob er simuliert oder nicht.

Auf meinem Weg zum Untersuchungsraum atme ich mehrmals langsam ein und aus und versuche, mich zu sammeln. Kurze Zeit später erlange ich Klarheit, indem ich mir einrede, dass ich am besten unter Druck arbeite, dass ich kompetent bin und weiß, wie ich meinen Job zu machen habe.

Nun kann ich wieder denken.

Ich muss denken … Bei unserem letzten Treffen war Donny Ray zaghaft an die Enthüllung eines bedeutenden Stücks aus seiner Vergangenheit herangekommen – dann machte er wieder einen Rückzieher. Miranda war seine wunde Stelle, und ich drückte drauf. Hoffentlich würden ihn diese Emotionen heute nicht verraten, und wir könnten es noch einmal versuchen.

Als ich den Raum betrete, erscheint mir Donny Ray überschwänglich und ausgelassen. Seine Haut ist nicht nur heller, sie leuchtet förmlich, sie hat Farbe, und das Licht bringt sein markantes Kinn und die kantigen Wangenknochen zur Geltung. Selbst die Lippen, die bei unserem ersten Treffen so blass waren, sind jetzt richtig rosig. Aber es ist nicht nur sein Gesicht: Donny Rays Gesamterscheinung ist kräftiger, wobei das T-Shirt, das er trägt, seine wohlgeformte Brustmuskulatur erahnen lässt. Er steht stramm und hält den Kopf gerade.

Und dann diese Augen.

Immer noch durchdringend scharf, immer noch undefinierbar vertraut, und – um ganz ehrlich zu sein – man schafft es kaum, sich von ihnen abzuwenden.

Ich beobachte ihn, während er sich mir gegenüber auf einen Stuhl setzt. Nie zuvor war der Kontrast zwischen Körper und Geist – zwischen äußerer Schönheit und innerer Finsternis – so deutlich. Mit diesem verboten guten Aussehen und dem athletischen Körper könnte er durch und durch ein amerikanischer Junge sein. Man klemme ihm ein paar Schulbücher unter den Arm und man könnte ihn zur nächsten Schulstunde rennen sehen. Setzt man ihm eine Baseballmütze auf und zieht man ihm ein Sweatshirt an, sieht er aus, als ginge er am Nachmittag zum Training. Dann ermahne ich mich, dass Donny Ray Smith ganz und gar kein typischer amerikanischer Junge ist. Unabhängig davon, ob er sich an seine Verbrechen erinnert oder nicht, ist Donny Ray Smith ein tief gestörter junger Mann.

Ein Mörder.

Ich versuche, mir dies vor Augen zu halten, um an dieser Aura der Reinheit und Unschuld vorbeizusehen. Um zu verstehen, dass seine ganze körperliche Erscheinung dazu dient, zu bezaubern und zu verführen.

Zu manipulieren?

Ich bin mir immer noch nicht sicher, und während ich ihn beobachte, scheint es mir fast unmöglich, dies zu glauben. In der Tat scheint Donny Ray absolut keine Ahnung zu haben, dass er so gut aussieht, ganz zu schweigen von der Macht, die er damit besitzen könnte.

Ich werde von einem wellenförmigen Geräusch über mir abgelenkt, gefolgt von einem Schatten, der sich von oben quer über den Tisch bewegt. Ich folge dem Ende bis auf den Boden, wo er sich auf meinem Schuh vergrößert und schnell verblasst. Ich werfe einen Blick an die Decke: nichts.

»Christopher? Alles in Ordnung?«

Donny Ray starrt mich an.

Reiß dich zusammen.

Ich kann es mir nicht leisten, dass mein Verstand gerade jetzt einen Aussetzer hat. Ich muss meine Arbeit tun.

»Es scheint Ihnen heute viel besser zu gehen«, sage ich.

Er schaut an sich hinab und sieht mich dann an.

»Also … als Sie … als wir uns zum ersten Mal gesehen haben, erwähnten Sie, dass Sie aus Texas kommen, richtig?«

»Ja, Sir. Geboren und aufgewachsen.«

»Ich frage das, weil auch ich von dort stamme.«

»Ehrlich?« Sein Gesicht erhellt sich ein wenig. »Woher da?«

»Johnson City.«

»Hill Country, stimmt's?«

»Stimmt«, erwidere ich erleichtert und bin wieder auf dem Boden der Realität gelandet. »Aber Real, Texas kenne ich eigentlich nicht sehr gut. Wie war es dort so?«

»Es war eine Kleinstadt … Tja, das ist es immer noch.«

Ihm entweicht ein zaghaftes Lachen. »Meine Mutter sagte immer, dass es ein Ort ist, an dem jede Minute nichts passiert und jede Minute zählt. Aber so war sie nun mal.«

»Wie, so?«

»Ich weiß nicht … so, wie sie die Dinge sah.«

»Ach so, sie hatte immer eine positive Haltung.«

»Nein … nein, das war es absolut nicht.« Er senkt den Blick, schüttelt den Kopf und unterdrückt ein Grinsen, als würde er versuchen, etwas zu erklären. »Es war eher, dass sie vorgab, eine positive Haltung zu haben. Sie wissen, was ich meine, nicht wahr?« Ich zögere, weil ich es nur zu gut weiß, aber auch, weil ich es nicht zulassen kann, einen wichtigen kommunikativen Moment durch meine Vergangenheitserfahrungen, meine persönliche Voreingenommenheit in den Hintergrund zu drängen.

»In welcher Weise hat Sie das berührt?«, frage ich. »Die Art Ihrer Mutter?«

»Manchmal war es okay.«

»Können Sie mehr über die Momente erzählen, in denen es nicht okay war?«

»Na ja, es störte mich ganz einfach.«

»In welcher Hinsicht?«

»Wie sie die Dinge gern unter den Teppich kehrte. Wissen Sie, wenn Dinge schiefliefen.«

»Welche Art von Dingen lief schief?«

Donny Ray dreht den Kopf in Richtung eines billigen Bildes, das an der Wand hängt. Ich schaue auch. Irgendeine stinknormale Straßenszene. Ein kleines Mädchen in blauem Kleid steht in einem offenen Eingang und macht einen nachdenklichen, fast traurigen Eindruck.

Ich gebe ihm Zeit und Raum, seine Gedanken zu sortieren, aber seine Augen scheinen sich nicht auf das Bild zu konzentrieren. Sie scheinen eher ein wenig ausdruckslos. Ähnlich wie bei unserem letzten Treffen scheint er in die Vergangenheit zu reisen, um einen Ort zu besuchen, der sehr weit zurückliegt. Ich beobachte seine Hände, die sich öffnen und schließlich an seinen Seiten herunterhängen. Ich beobachte sein Atmen, langsam, immer flacher. Sein Gesicht ist ausdruckslos. Obwohl ich keinen Hinweis auf seine spezifischen Gedanken habe, ist meine Vermutung, dass sie nicht besonders glücklich sind. Ich habe auch das Gefühl, dass sie sich möglicherweise um Miranda drehen.

»Donny Ray?«, sage ich. »Alles in Ordnung?«

Er reagiert nicht.

Ich beuge mich vor und spreche lauter. »Donny Ray.«

Er sieht mich wieder an, und als sich unsere Augen treffen, stelle ich fest, dass all das, woran er gerade gedacht hat, verschwunden ist, beabsichtigt oder unbeabsichtigt.

Ich bohre weiter in Richtung eines Punkts, von dem ich glaube, dass er seine Schwachstelle ist, und frage: »Was ist mit Ihrem Vater? Wie ist er mit schwierigen Dingen umgegangen? Ist er auch darüber hinweggegangen?«

Donny Ray bewegt sich langsam und vorsichtig. Er wirkt aufmerksamer, aber auch deutlich gequälter.

»Äh, äh«, sagt er schließlich. »Mein Vater war absolut nicht so.«

»Wie war er?«

Keine Antwort.

Ich bohre weiter. »Wie war es für Sie, nachdem er gestorben war?«

Auch hier keine Antwort.

Und jetzt weiß ich, dass wir den Knackpunkt in Donny Rays Panzer gefunden haben. Nicht völlig überraschend, wenn man bedenkt, was er bei unserem letzten Gespräch gesagt hat. Meine Aufgabe ist es nun, ihn von diesem steinigen Weg herunterzuholen.

»Und Ihr Familienleben?«, frage ich. »Wie war das?«

»Da war nicht viel.« Er wirkt angespannt. »Wir waren asozial. Wir lebten in einem Wohnwagenpark. Am Stadtrand.«

»Wie war das Leben *in* diesem Wohnwagen?«

»Nicht so besonders, aber ich glaube, ich habe das gar nicht gemerkt. Zumindest nicht zu Beginn.«

»Können Sie das erklären?«

»Na ja, wenn man jung ist, braucht man Zeit, um herauszufinden, dass es noch mehr auf dieser Welt gibt als das, was Sie um sich herum sehen.«

»Was haben Sie denn um sich herum gesehen?«

Wieder keine Antwort.

»Donny Ray«, sage ich, und ich weiß, dass es an der Zeit ist, ihn an diesen finsteren Ort zu geleiten. »Wie war Ihre Beziehung zu Ihrem Vater so?«

Plötzlich wird er wieder bleich im Gesicht, und ich schaue wieder auf den verängstigten jungen Mann, den ich bei unserem ersten Treffen kennengelernt habe.

»Ein Vorarbeiter«, sagt er abrupt. »Mein Vater war ein Vorarbeiter.«

»Okay …«

»Und wir hatten nicht viel, aber es stand immer Essen auf dem Tisch. Wir waren nie hungrig. Wir waren immer anständig gekleidet.«

»Klingt, als ob Ihr Vater ein sehr guter Mensch war.«

Donny Ray reagiert nicht. Er senkt den Kopf, ballt die Hände zu Fäusten und macht sie auf und zu.

»*War* Ihr Vater ein guter Mensch?«

»Es … Darüber möchte ich wirklich nicht sprechen.«

»Können Sie mir erklären, warum?«

»Wenn es Ihnen nichts ausmacht, Sir, dann …« Seine Stimme zittert, und die Worte kommen nur gepresst heraus. »Ich möchte jetzt wirklich nicht.«

Ich warte und beobachte.

Mit langsamem Zögern schaut er mich an, als ob ihm die Stille letztendlich den nötigen Mut dazu gegeben hat. Und in seinen Augen sehe ich nicht mehr die durchdringende Intensität, dieses unbeschreibliche transparente Blau. Jetzt sehe ich Verletzlichkeit. Tief sitzende innere Furcht.

Eine Furcht, die ich nur zu gut kenne und bei unzähligen Patienten gesehen habe. Die Art von Furcht, die einen, wenn man sie einmal gespürt hat, niemals verlässt und sich wie ein Schmarotzer in Körper und Geist einnistet.

Die Art von Furcht, die auch immer noch in meinen eigenen Augen lebt.

Kapitel 41

Reflexionen der Angst

Das Blatt hatte sich schließlich gewendet.

Ich liebte diesen Mann in unserem Haus nicht mehr, weil dieser Mann in unserem Haus zu einem Fremden wurde. Nun fürchtete ich ihn nur noch.

Dieser Mann war sowieso nicht mein Vater. Auch wenn ich ein paar mir vertraute und flüchtige Eindrücke von ihm erhaschte, waren sie so zerbrochen und oberflächlich, dass ich ihn kaum noch erkannte. Es war wie das Betrachten des Bildes eines Bildes. Ein beunruhigender Ausschnitt aus Pappe. Ein Schwindel.

Mit seinen immer häufigeren und widerspenstigeren Ausbrüchen – und trotz Mutters Entschluss, die Augen davor zu verschließen, als wäre nichts geschehen – gab es keine andere Wahl, als ärztliche Hilfe für ihn zu finden. Kurz danach schlug die Diagnose ein wie eine Bombe: Altersschizophrenie. Und was meine Mutter anging, nahm ihre schon frühzeitig aufgetretene ›Ich seh was, was du nicht siehst, und das ist nichts‹-Krankheit von Tag zu Tag ihren Lauf, was alles nur noch schlimmer machte. Sie fügte noch mehr Schmerz hinzu, und ich war derjenige, der all das zu spüren bekam.

Vaters Sprache war häufig zusammenhanglos, ausschweifend und unsinnig. Er hatte auch ein ganz eigentümliches Kichern entwickelt, das als ein kaum hörbares Grunzen begann und sich dann zu einem schrillen Gackern entwickelte.

»Was ist so lustig, mein Lieber?«, fragte meine Mutter eines Tages, als wir alle aus dem Supermarkt nach Hause fuhren.

Er gab keine Antwort, aber von meinem Platz auf dem Rücksitz konnte ich in der Fensterscheibe sein gespiegeltes Lächeln sehen. Dann begann das Grunzen wieder, und ich wusste, was folgen würde.

Meine Mutter anscheinend auch. »Oh, Christopher!«, sagte sie laut genug, um meines Vaters Gegacker zu übertönen: »Schau nur all die schönen Vanilleblumen auf diesem Zaun! Ich liebe Vanilleblumen. Sie haben ein herrliches Aroma, genau wie Kirschvanilleauflauf. Sie bringen mir so viele glückliche Erinnerungen an mein Leben als junges Mädchen zurück. Die Natur hat eine solch wunderbare Art, uns Schönheit zu zeigen!«

Und manchmal auch Ironie.

Mein Vater starrte ruhig aus dem Fenster und sah seine Welt an sich vorüberziehen – was auch immer das war –, er lächelte und schüttelte den Kopf.

Ich hätte beim besten Willen nicht lächeln können. Ich fühlte mich so erschüttert und beunruhigt angesichts seines Wahnsinns und der Tatsache, dass Mutter es einfach ignorierte und verdrängte.

Gerade als ich wegschauen wollte, sah ich, wie das Spiegelbild meines Vaters sich veränderte. Sein Lächeln verschwand, und er kniff die Augen zusammen, während er mich anstarrte und den Mund so gemächlich und präzise bewegte, als wollte er, dass ich ihm von den Lippen ablese.

Mach, dass du hier rauskommst, sonst töte ich dich.

Mir rutschte vor Schreck das Herz in die Hose, als wir auf die nächste Straße abbogen. Draußen hatte sich die Landschaft verändert, und eine dunkle Baumzeile verstärkte noch das Spiegelbild meines Vaters. Seine Stimmung war nicht zu verkennen: böse, feindselig und voller Zorn.

Wenige Sekunden später kehrte sein Lächeln zurück, aber ein solches, das bei mir Gänsehaut auslöste. Nie zuvor hatte er mich so angesehen, immer nur mit Güte und Liebe. Jetzt starrte mich dieser Eindringling, dieser Schwindler mit Hass und Verachtung an.

Während wir weiter die Straße entlangfuhren, lenkte ich meine Aufmerksamkeit von diesem bösen Blick ab und starrte stattdessen auf meine verschwitzten Handflächen. Tränen, ausgelöst von Angst und Kummer, rollten meine Wangen hinunter.

Ich schaute durch die Windschutzscheibe, aber alles, was ich sehen konnte, war die unvermeidliche Wahrheit.

Gefahr voraus.

Kapitel 42

Ich versuche, die empathischen Gefühle zurückzuweisen, die Donny Ray in mir auslöst.

Ich kann und darf sie mir nicht leisten. Sie gefährden die Objektivität und stehen der laufenden Diagnose im Wege, die entscheidend ist, wenn ich meinen Job professionell und einwandfrei durchführen will. Und dieser bestimmte Patient ist mehr als alle anderen ein äußerst wichtiger.

Aber es ist schwierig für mich zu ignorieren, was ich gesehen und gefühlt habe. Jede Reaktion, die ich bei Donny Ray bezeugt habe – die implizite Angst, die er zeigte, als ich seinen Vater zitierte –, klang ganz einwandfrei wie das Produkt eines tief verwurzelten psychischen Leidens. Menschliche Emotionen, Schmerzen, so souverän, so instinktiv und so unglaublich mächtig. Schmerzen, die ich auf einer persönlichen Ebene nachvollziehen kann. Während die Angst, die Donny Ray vor seinem Vater hatte, nicht mit der Angst zu vergleichen ist, die ich vor meinem hatte, kann ich sie dennoch verstehen. Ich weiß, wie es sich anfühlt.

Aber vielleicht kann ich unsere Gemeinsamkeiten zu meinen Gunsten nutzen und aufdecken, was andere womöglich übersehen haben. Ich muss nur etwas neben mich treten, meine eigenen Gefühle von seinen trennen. Ich muss meine persönliche Erfahrung als Sprungbrett nutzen, um ein besseres und vollständigeres Verständnis der Geschehnisse in Donny Rays Verstand zu erleichtern.

Ich passiere Alpha Zwölf, und es ist, als ob die geistige Klarheit, die ich mir vorher so hart erarbeitet habe, wie eine Sicherung durchgebrannt wäre. Ich stolpere durch die Gegend, und als es mir bewusst wird, halte ich auf der Stelle an. Zunächst frage ich mich, ob ich doppelt sehe, weil es in meinem augenblicklichen Zustand kein Wunder wäre, aber ein schnelles Sondieren meiner Umgebung lässt die Theorie wanken, denn ich schaue nicht nur auf eine, sondern auf zwei offen stehende Türen.

Zunächst Nicholas' und jetzt Stanleys.

Hier ist in der Tat etwas sehr Schlimmes im Gange.

Ich bewege mich auf Stanleys Zimmer zu, schaue hinein, und es wirkt wie die Wiederholung derselben Szene wie neulich. Dasselbe Szenario, verschiedene Patienten. Dieser Ort ist vollkommen leer, kein einziges Zeichen von menschlichem Bewohnen.

Schon wieder einer weg.

Dieser Todesschlaf, Christopher.

Ich rase zum Schwesternzimmer. Melinda hatte es beim letzten Mal geschafft, mich unvorbereitet k. o. zu schlagen, aber dieses Mal wird sie nicht mit meiner Entschlossenheit rechnen.

Sie schaut vom Computerbildschirm hoch und wirkt eher verwundert als entgegenkommend, jedoch wieder einmal seltsam entrückt.

»Was ist mit Stanley passiert?« Eigentlich ist es keine Frage, sondern eine Aufforderung zur Antwort.

Melinda schaut gelangweilt auf den Flur und kehrt wieder zu ihrer Arbeit zurück. »Er wurde ins St.-Mary's-Krankenhaus gebracht.«

»Weswegen?«

»Er hatte einen Herzinfarkt.«

»Zwei Patienten, die diese Station verlassen haben. Innerhalb von ein paar Tagen.«

Sie sagt nichts.

»Und erneut bin ich nicht benachrichtigt worden.« Offensichtlich, ich weiß, aber hier geht es ums Prinzip. »Warum informiert mich niemand über solche Dinge?«

Sie tippt noch immer. »Es ist erst heute Morgen passiert. Vielleicht hat Sie die Nachricht noch nicht erreicht.«

»So wie sie mich neulich auch nicht erreicht hat?«

Keine Antwort.

»Um wie viel Uhr, sagten Sie noch, ist es passiert?«

»Habe ich nicht erwähnt«, murmelt sie und tippt weiter. »Gegen drei Uhr morgens.«

»Es kommt mir vor, als ob man mir absichtlich Informationen vorenthält.« Ich spüre Zorn in mir aufsteigen. »Das ist nicht korrekt. Ich möchte Antworten.«

»Ich habe keine.«

»Finden Sie welche«, sage ich immer lauter. »Und wenn Sie gerade dabei sind, finden Sie heraus, warum Nicholas in dieses gottverlassene Montana verlegt wurde.«

Melinda greift nach einem Notizblock und kritzelt etwas.

Ich eile davon.

Aber als ich wieder durch Alpha Zwölf zurückgehe, starren mich diese beiden geöffneten Türen an wie bedrohliche Wegweiser. Ich habe keine Ahnung, wohin sie zeigen, aber eines weiß ich.

Hier stimmt etwas nicht.

Kapitel 43

Mein Handy klingelt, während ich zum Büro zurückgehe.

»Es ist dein Glückstag, Partner«, sagt Adam zu mir.

»Mann, wenn ich bloß jemals einen davon benutzen könnte.«

»Was?«

»Nichts. Was ist los?«

»Dr. Rob kann dich in seinen Terminplan einschieben. Kannst du bis um zwei Uhr da sein?«

Er muss mich nicht zweimal bitten. Ich lege auf und gehe zum Ausgang.

»Du tust das Richtige«, sagt Jenna, als ich sie vom Auto aus anrufe, um ihr Bescheid zu geben.

»Das hoffe ich.«

»Doch, doch. Lass ihn seine Arbeit tun, und wir übernehmen dann den Rest, okay?«

»Okay«, antworte ich steif und lege auf.

Ich will ihr glauben, möchte die Wahrheit konfrontieren und dann zuversichtlich sein. Aber die Schienen sind wackelig, wenn du von einem rasenden Zug zum anderen springst.

Ich warte im Untersuchungsraum auf Dr. Rob. Etwa fünf Minuten später kommt er durch die Tür.

»Dr. Kellan«, sagt er und streckt mir die Hand entgegen.

»Vielen Dank, dass Sie mich eingeschoben haben, Doktor. Ich schätze es wirklich.«

Er winkt ab und lächelt. »Kein Problem. Adam ist ein prima Kerl.«

Adam ist rachsüchtig und böse.

»Ich bin glücklich, einem Kollegen und dessen Freund zu helfen.« Rob zieht sich einen Stuhl heran und setzt sich mir gegenüber.

»Also, was kann ich für Sie tun?«

»Ich schätze, dass Adam meine Situation ein wenig erklärt hat.« Ich verlagere mein Gewicht. »Ich hatte vor einigen Tagen einen Autounfall.«

»Wie viele Tage genau?« Er blickt auf die verheilende Prellung über meinem Auge.

»Fünf. Ich habe mir den Kopf zunächst an der Seitenscheibe, dann am Lenkrad angeschlagen.«

»Ich nehme an, dass Sie immer noch Symptome haben.«

Ich gebe ihm dieselben an, von denen ich auch Adam erzählt habe. Ich muss es runterspielen. Wenn die Nachricht umgeht, dass ich Zeitlücken habe und Dinge sehe, die gar nicht da sind, setze ich mich einer Katastrophe aus. Ich habe bereits zu Hause Chaos geschaffen; jetzt darf ich nicht noch meinen Job verlieren und dadurch finanzielle Probleme verursachen. Mein heutiges Ziel ist es, das MRT durchzuführen, um festzustellen, ob der Unfall Hirnschäden verursacht hat, damit ich meine erblich bedingten Probleme als Ursache für die ganzen abartigen Dinge, die ich sehe und höre, ausschließen kann.

»Sie haben lange gebraucht, bis Sie sich entschlossen haben, zu mir zu kommen«, sagt er.

»Ja.« Ich nicke. »Am Anfang schienen die Auswirkungen nicht besorgniserregend zu sein.«

»Und jetzt?«

»Jetzt gehen diese Symptome nicht mehr weg, also möchte ich sicher sein, dass nichts Ernsthaftes vorliegt. Ich vermute das nicht. Es ist eher eine Vorsichtsmaßnahme. Sie wissen schon, um mich zu beruhigen.«

Rob untersucht mich. Irgendetwas gefällt mir nicht daran.

Er glaubt dir nicht.

»Ich möchte gern ein MRT haben«, sage ich etwas zu schroff und stelle fest, dass ich mit den Händen herumfummle.

Er äußert sich nicht. Je mehr er mich beobachtet, desto ängstlicher werde ich. Der Arzt leuchtet mir mit einer Stablampe in die Augen und bittet mich, von einer Seite zur anderen zu schauen. »Irgendwelche anderen Probleme?«

»Nein.«

Er klickt das Licht aus und tritt zurück. »Haben Sie nach dem Unfall irgendwann das Bewusstsein verloren?«

»Sehr kurz.«

»Wie kurz?«

»Sekunden. Nicht länger als eine Minute.«

Das scheint ihm sichtbar Sorgen zu bereiten. Er macht ein paar Tests, um meinen Gleichgewichtssinn, meine Koordination und Reflexe zu prüfen.

Er wird keinem MRT zustimmen.

»Nun, ich sehe nichts, was auf einen neurologischen Scha…«

»Dennoch möchte ich die Tomografie machen lassen.«

»Allerdings«, so setzt er mit einem geduldigen Lächeln fort, »da Sie noch Symptome haben, wäre es keine schlechte Idee, dieses MRT durchzuführen. Ich sende die Anweisung an Ihre Krankenversicherung, zur Genehm…«

»Ich möchte sie heute machen lassen. Ich zahle sie aus eigener Tasche.«

»Okay, aber …«

»Ich möchte es jetzt tun, bitte.«

Rob hält inne und scheint Zweifel zu hegen.

»Es ist nur, dass ich in den nächsten Tagen eine Menge Arbeit habe«, sage ich, und versuche, ihn mit einem Lächeln zu besänftigen. »Meine Frau ist sehr besorgt darüber, also je früher, desto besser. Es würde mir wirklich helfen.«

Rob blinzelt einige Male, nickt, spricht aber nicht.

Er wird deinen Fall melden.

Er wird allen erzählen, dass du dabei bist, bekloppt zu werden.

Kapitel 44

Ich liege flach auf dem Rücken unter der MRT-Hauptmagnetspule, umgeben von einer Plastikröhre, und die runde Decke ist nur ein paar Zentimeter von meinem Gesicht entfernt. Mein Kopf ruht auf etwas, das als Kopfkissen getarnt ist, hauchdünn, von der Größe, Gestaltung und dem Gefühl einer Backform. Unter mir befindet sich eine frostige Platte – das Einzige, was mich davon trennt, ist der faserige Hauch eines Lakens, das meine Haut jucken lässt. In diesem engen Raum und mit seitlich fixierten Armen könnte ich mich noch nicht einmal kratzen, selbst wenn ich es wollte. In meiner Hand halte ich einen Gummiball. Die Technikerin sagte mir, ich solle ihn drücken, wenn ich Beklemmungen bekäme oder Hilfe benötigte. An meinem Kopf ist ein Kopfhörer festgeklemmt, aus dem Musik trudelt, die mich entspannen soll.

Funktioniert aber nicht.

Ich hatte noch niemals zuvor ein MRT. Mir war nicht bewusst, wie nervenaufreibend diese Erfahrung ist. Ich mag das nicht hier drinnen, ich will hier raus, aber es ist sehr wichtig. Also bleibe ich in dieser Kunststoffhöhle eingesperrt.

Die Geigen dringen durch die Kopfhörer.

»Halloooo …«, sage ich zu niemandem, und meine Stimme klingt dumpf.

»Ja? Ist etwas nicht in Ordnung?« Die Stimme der Technikerin dröhnt durch die Kopfhörer.

Ich räuspere mich. »Ich wollte nur wissen, ob es gleich losgeht.«

»Noch ein paar Minuten«, sagt die Lautsprecherstimme mit einer Mischung aus Sicherheit und diplomatischer Irritation.

Ich warte.

Ich habe keine Ahnung, was Rob ihnen erzählt hat, dass sie mich so schnell drangenommen haben, aber mein Gefühl sagt mir, dass er es besonders dringend hat klingen lassen, denn während mich die Technikerin festzurrt, sagt sie ständig: »Machen Sie sich keine Sorgen. Alles wird gut.«

Ich bin mir da nicht so sicher.

Die Maschine sendet eine Reihe von dröhnenden, mechanisierten Klicks aus und reißt mich aus meinen Gedanken.

Die Lautsprecherstimme verkündet: »Wir können jetzt beginnen. Noch alles in Ordnung da drinnen?«

Ich erinnere mich nicht daran, jemals gesagt zu haben, dass ich okay wäre, aber ich antworte einfach mit Ja.

»Prima. Machen Sie sich keine Sorgen. Alles wird gut.«

Ich wünschte, sie würde endlich aufhören, das zu sagen.

»Denken Sie daran, wenn Sie etwas brauchen, drücken Sie einfach den Gummiball.«

»Fuck Gummiball!«

Da ist sie schon wieder, diese Stimme, die mir nicht aus dem Kopf geht und mir Worte in den Mund legt.

»Wie bitte?«, fragt sie.

»Ich sagte, ich hab den Gummiball.«

»Okay.« Sie klingt, als ob sie an der Glaubwürdigkeit meiner letzten Antwort zweifelt. Sie unterbricht den Vorgang für ein paar mörderisch lange Sekunden. »Wir beginnen jetzt. Als

Nächstes hören Sie ein wenig Lärm und ein paar Vibrationen. Bitte bleiben Sie ganz ruhig.«

Ich bin angeschnallt wie ein gefangenes, wildes Tier.

Hampelmänner zu machen, steht jetzt nicht zur Debatte.

Wie sich herausstellt, sind die Mengenangaben ›wenig‹ und ›ein paar‹ Untertreibungen. Dieses Raumschiff schaukelt, als wäre es auf einer Mission zum Mars, es hämmert, klappert und rasselt, sodass die Geigenmusik durch diesen tobenden Lärm kaum hörbar ist. Ich beiße mir fest auf die Zähne, schließe die Augen und versuche, es zu ertragen.

Oha. Was zum Teufel war denn das?

Hat dieses Ding gerade …? Nein, nein, das kann nicht sein. Aber es kam mir vor, als ob …

Heilige Scheiße!

Die ganze Maschine hat gerade vom Boden abgehoben.

Oh mein Gott.

Nun hebt sie nicht nur ab – sie kippt nach oben.

Oh nein … oh nein … OH NEIN!

Meine Brust wird schwer und schwellt an. Blut fließt mir ins Gesicht, als sich die Maschine extrem neigt, sodass ich auf dem Kopf stehe. Meine Reflexe treten in Aktion, und ich fühle, wie meine Hand schnell und wiederholt den Gummiball drückt.

»Falscher Ball«, ruft Donny Ray über den Kopfhörer in einem spöttischen, leiernden Ton.

Beim Klang seiner Stimme schrecke ich zusammen. Die Maschine hebt sich weiter. Schweiß läuft mir von der Brust zum Gesicht bis zu den Haaren, da ihn die Schwerkraft stark nach unten zieht.

»HOLT MICH HIER RAUS!«, brülle ich von Panik erfasst. »SO HELFT MIR DOCH!«

Die Maschine kommt zum Stillstand und zeigt jetzt direkt an die Decke. Lärm und Vibrationen haben aufgehört, und um mich herum ist Stille. Mein Körper steht völlig auf dem Kopf. Mein Puls hämmert übermäßig schnell.

»Christopher«, sagt eine neue Stimme.

Moment mal, diese Stimme kenne ich doch. Sie klingt wie …

Ich spüre Bewegung über mir. Mit dem Kinn auf die Brust gesenkt strecke ich mich, um durch das Röhrenende zu schauen; in diesem Augenblick pocht es mir bis zum Hals, und ich sehe schwarze Punkte vor den Augen.

»Dad?«

Mein Vater schaut auf mich herab.

»Dad, was machst du …? Wo ist …?«

»Du hast die Dinge von der falschen Seite betrachtet«, verkündet er über den Kopfhörer.

»Ich verstehe nicht.«

»Das wirst du bald.«

»Fahren Sie vorsichtig auf dieser Straße«, wirft Donny Ray ein. »Sie ist mörderisch.«

Dann höre ich Gelächter. Es ist mein Vater. Das entsetzliche Lachen, an das ich mich so gut erinnere. Dieses Gegacker und Gekicher, das immer in einem manischen Gekreische endete, das spät in der Nacht im ganzen Haus widerhallte und sich wie gezackte Korkenzieher durch meine Ohren bohrte.

Ich schließe meine Augen und schreie.

Durch die Kopfhörer höre ich Glas zerbrechen.

Das weiße Licht explodiert.

Und im Nu kehrt die Maschine wieder auf den Boden zurück, ich befinde mich außerhalb der Magnetspule und blicke auf …

»Jenna?«, frage ich, indem ich mich ans Blech klammere. »Was tust du hier?«, fragt sie mit einem emotionslosen Gesichtsausdruck, oder … Nein, da stimmt etwas nicht. Irgendetwas ist da, irgendetwas glaube ich, ist …

»Ich muss jetzt gehen«, sagt sie.

»Gehen, wohin?«

»Ich kann hier nicht bei dir bleiben.«

»Bleiben, wo? Was meinst du damit?«

Jenna antwortet nicht – und nun kann sie mich noch nicht einmal ansehen. Sie dreht sich um. Sie geht davon. Und während der Abstand zwischen uns größer wird, materialisiert sich Devon neben ihr, und sie schweben Hand in Hand zum Ausgang und verschwinden.

»Devon! Jenna!«, schreie ich mit Tränen in den Augen. »Wartet! Bitte geht nicht! *Bitte!* Verlasst mich nicht!«

Und sie sind verschwunden.

Ich höre wieder Glas zerbrechen. Das weiße Licht explodiert. Und dann sehe ich plötzlich die Technikerin.

»Alles in Ordnung?« Sie wirkt besorgt.

»Ich habe gerade …« Meine Stimme ist dumpf, mein Verstand total im Eimer. Ich kämpfe um Gelassenheit. »Ja. Alles in Ordnung. Ich habe nur ein wenig Panik bekommen. Bitte … lassen Sie uns das Ganze schnell beenden.«

Aber ich weiß, dass es nie vorbei sein wird. Die schreckliche Verwirrung, der Wahnsinn. Nicht jetzt. Niemals.

Dies ist erst der Anfang.

Kapitel 45

Alles um mich herum bewegt sich in welligen Kreisen.

Wenige Augenblicke später wird meine Sicht klarer, und plötzlich finde ich mich … auf dem Parkplatz des Loveland wieder.

Das Letzte, woran ich mich erinnere, ist, wie die MRT-Technikerin auf mich herabblickt. Ich schaue auf die Uhr im Armaturenbrett.

Das war vor fast vierzig Minuten.

Noch mehr Unheimlichkeiten, noch mehr Dinge, die ich sehe und höre und eigentlich nicht sollte. Noch mehr Besorgnis. Die Zeit biegt sich immer weiter, genau wie meine Wahrnehmungen, und ich weiß nicht mehr, worauf ich mich noch verlassen kann.

Es ist, als ob ein Teil von mir dabei wäre, zu sterben.

Oder vielleicht bin ich schon tot.

In diesem Zustand sollte ich nicht arbeiten. So schnell, wie mein Verstand die Konturen verliert, scheint mir das immer einleuchtender. Aber ich kann jetzt nicht aufhören. Immerhin stehe ich kurz vor einem Durchbruch mit Donny Ray. Genauso dringend ist es, herauszufinden, was mit Nicholas und Stanley geschehen ist. Ich muss unbedingt ein wenig länger durchhalten und auf die Testergebnisse warten. Wenn ich dann weiß, was nicht mit mir stimmt, kann ich eine Art Strategie ausarbeiten.

Das MRT.

Auf einmal bin ich wieder zurück und durchlebe den Albtraum noch einmal. Mein Magen fährt Aufzug, und meine Haut wird kalt. Mein Körper zittert.

Das Handy klingelt. Ich fummele herum, um es zu finden.

Jenna sagt: »Ich wollte nur mal hören, wie es gelaufen ist.«

»Du bist noch da«, sage ich wie aus der Pistole geschossen. »Du bist nicht …« Ich unterbreche mich selbst, und etwa fünf Sekunden lang herrscht Totenstille.

»Natürlich bin ich hier«, sagt sie mit einem gezügelten Lachen. »Wo soll ich denn hingehen?«

»Nirgendwo. Ich habe nur … Ich dachte, der Anruf wäre unterbrochen worden.«

»Oh … wie ist es mit dem MRT gelaufen?«

»Es war nervenaufreibend«, antworte ich und versuche, das Beben in meiner Stimme zu steuern, obwohl ich mir bewusst bin, dass der Versuch allein nicht ausreicht. »Es ist, als ob man in einen Wäschetrockner gestopft wird.«

»Klingt nicht sehr lustig.«

»Du hast ja keine Ahnung.« Und die hat sie tatsächlich nicht.

»Haben sie dir gesagt, wann du mit dem Befund rechnen kannst?«

»Wenn alles gut geht, in zwei Tagen.«

»Na dann müssen wir eben warten.«

»Ja … wir werden warten.«

»Chris.«

»Was?«

»Da ist doch noch etwas anderes. Raus mit der Sprache.«

»Da ist nichts.«

»Süßer, ich kenne dich besser.«

Ich sage nichts mehr. Es hat keinen Zweck, es zu versuchen.

»Und ich liebe dich viel zu sehr, um dich in aller Stille leiden zu lassen, also bitte rede mit mir.«

Ich habe meinen Wendepunkt erreicht. Der Boden unter mir versinkt. Ich ertrinke. Ich ringe nach einem Mundvoll Sauerstoff, kämpfe um mehr, aber es ist, als wäre keiner mehr für mich übrig. Die Luft ist wie eine dicke, kochend heiße Suppe, und je mehr ich es versuche, umso weiter schließt sich meine Kehle.

»Chris«, höre ich meine Frau sehr sanft sagen.

»Was?«

»Hör mir gut zu.« Ihre Stimme klingt nun entschlossen, mit dem richtigen Maß an sanfter Überzeugungskraft. »Ich möchte, dass du dich auf mich stützt.«

»Ich kann nicht.« Ich spreche undeutlich, und es klingt eher wie ein Hilferuf.

»Du kannst. Stütz dich auf mich, mein Schatz. Das tun wir doch gegenseitig, das haben wir doch immer getan.«

»Ich weiß nicht mehr, wie.«

»Doch du weißt es, du hast es nur vergessen. Ich helfe dir. Erinnerst du dich, was wir gemacht haben, wenn wir vor etwas Angst hatten?«

Und auf einmal erinnere ich mich. Im College, als wir die Nachricht bekommen hatten, dass ihr Vater an einem schweren Schlaganfall gestorben war. Der kurzzeitige Schrecken, als die Ärzte einen verdächtigen Schatten auf meiner Leber gefunden hatten. Die langen Nächte, die wir so wachsam im Krankenhaus an Devons Bett verbrachten, nachdem er eine Lungenentzündung hatte und unsicher waren, ob er die Nacht überleben würde. Jenna hatte ihren Kopf an meine Brust gelegt, auf meine Atemzüge gehört und ihre mit meinen synchronisiert. Gemeinsam atmeten wir, und gemeinsam fühlte sich alles viel besser an. Die ganze Angst, alle Sorgen in unserem Leben schmolzen dahin, und wir beide wurden eins.

»Chris«, sagt sie, »mach schon. Tu es jetzt. Atme mit mir.«

Ich versuche einzuatmen.

»Genau so«, sagt sie und atmet tief mit mir ein und wieder aus. »Du schaffst es.«

Meine Atmung ist laut und hektisch, ihre ist sanft und ruhig, aber wir machen weiter. Wir atmen zusammen, und nach und nach beruhigt sie mich.

»Mach weiter«, sagt Jenna und atmet tiefer ein. »Du machst das ganz prima.«

Ich spüre, wie sich meine Kehle zu öffnen beginnt, der Sauerstoff langsam seinen Weg zurückfindet und meine Lungen füllt. Bald passt sich mein Rhythmus ihrem an, und wir stimmen uns aufeinander ab.

Wir sind eins.

In genau diesem Moment öffnet sich etwas in mir, das stärker ist als ich, und da ist keine Angst mehr, kein Zweifel, sondern nur noch Wahrheit.

»Ich habe solche Angst«, sage ich mit zitternder Stimme.

»Ich weiß, Schatz. Ich weiß.«

»Es ist dasselbe. Es ist genau dasselbe wie bei meinem Vater.«

»Ist es nicht«, sagt sie ein wenig leiser, als ob sie es kaum ertragen könnte, es zu hören.

»Das ist es schon. Ich verliere meinen Sohn, und das Schlimmste, das Quälendste von allem ist, dass ich weiß, dass er mir das niemals verzeihen wird, dass er mich letztendlich genauso hassen wird.« Ich unterbreche meine Rede, denn ich möchte das Messer nicht noch tiefer in die Wunde stoßen.

»Das wird nicht passieren. Das wird es nicht.«

»Woher willst du das wissen?«

»Weil«, sagt sie, »du nicht Devon um Vergebung bitten musst.«

»Wen denn dann?«

»Dich selbst.«

Ich gebe keine Antwort, nicht, weil ich keine parat habe, sondern weil ich weiß, dass sie gerade die Wahrheit ausgesprochen hat.

Die Wahrheit, die ich versucht habe, fast mein ganzes Leben lang zu vermeiden.

»Komm nach Hause, Chris«, bittet mich meine Frau. »Komm nach Hause in dein friedliches Nest.«

Kapitel 46

Die Nacht war brutal.

Ich habe die meiste Zeit damit verbracht, an die Decke zu starren, aber alles, was ich sehen konnte, war ein Leben, das dabei war, sich aufzulösen. Ein schwindender Verstand. Eine Familie, die zerbröckelt.

Während ich Jenna dankbar bin, mich nach meinem gestrigen Albtraum in der MRT-Röhre beruhigt zu haben, wird mir gleichzeitig klar, dass selbst sie nicht in der Lage ist, diese Bilder und Töne, die durch meinen wirren Verstand gereist sind, auszulöschen. Noch etwas anderes weiß ich: Wenn diese Symptome mehr als nur das Ergebnis eines Schädeltraumas sind, dann ist Jenna genauso machtlos, wie es meine Mutter und ich in meiner Kindheit waren.

Ich fahre mit der Angst zur Arbeit, dass mir dieser neue Tag nur noch mehr Konflikte bringen wird.

Kaum im Loveland angekommen, erweisen sich meine Bedenken als begründet: Der Parkplatz ist jetzt nur noch zu zwei Dritteln besetzt. Bei so vielen leeren Parklücken laufen meine Gedanken auf Hochtouren, allerdings im Rückwärtsgang.

Stanley und Nicholas.

Die Kantine.

Dieser Parkplatz.

Mein Verdacht beruhte keineswegs auf einer Überreaktion, und damit offenbart sich eine neue Realität, deren Ausmaß und Umfang wesentlich größer ist, als ich zunächst wahrhaben wollte.

Das Loveland-Krankenhaus löst sich vor meinen Augen auf.

Ich muss mit jemandem sprechen.

Tu es nicht. NEIN.

Aber etwas Schreckliches ist im Gange.

So schrecklich wie dein Arsch, der als Nächstes ausgelöscht wird?

Eine Hitzewelle überkommt mein Gesicht.

Kümmere dich um deinen eigenen Dreck. Halt den Mund.

Ich stolpere über meine Füße. Nachdem ich mich wieder gesammelt habe, beschleunige ich den Schritt und eile zum Gebäude.

Am Ende des Korridors, in der Nähe meines Büros, werde ich von Unruhe gepackt, und ich weigere mich, dorthin zu gehen. Ich muss nachsehen, ob Melinda mir die gewünschte Information gemailt hat, damit ich diesen seltsamen Ereignissen auf den Grund gehen kann. Aber auf halbem Wege sehe ich Jeremy aus einer Badezimmertür kommen. Er wirft einen Blick auf mich und kommt mir entgegen. Ich habe jetzt keine Zeit für ihn, aber sein fragender Blick sagt mir, dass mir wohl keine andere Wahl bleibt.

»Christopher«, sagt er. »Etwas sehr Seltsames geht hier vor.«

»Wie bitte?« Ich versuche zu vermeiden, an meinen Worten zu ersticken.

»Ich habe schon mehrmals meine E-Mails durchgesehen, aber aus mir unerklärlichen Gründen finde ich einfach keine Nachricht von Ihnen bezüglich Donny Rays Beurteilung.«

»Oh ja.« Ich zwinge mich zu einem Lachen. »Ach das.«

»Ja, *das.* Irgendeine Ahnung, warum *das* so sein könnte?«

»Aus gutem Grund«, antworte ich. »Ich glaube, ich hatte einfach zu viel zu tun und habe es vergessen. Ich mache in der Tat große Fortschritte mit ihm.«

»Ich brauche Sie nicht daran zu erinnern, wie wichtig dieser Fall ist, nicht wahr?«

»Nein, Sir. Das brauchen Sie ganz sicher nicht.«

»Und dass morgen unsere Frist abläuft.«

»Nein, auch daran brauchen Sie mich nicht zu erinnern. Ich halte den Termin ein.«

»Ausgezeichnet. Sie halten mich also auf dem Laufenden, okay?«

»Absolut, und ich entschuldige mich noch einmal.«

Jeremy lächelt, aber es sieht kein Stück zufrieden aus. Er geht weg, und ich eile in mein Büro.

In einer Hinsicht kann ich nachvollziehen, wie er sich fühlt. In der Hoffnung, eine E-Mail von Melinda erhalten zu haben, schaue ich auf den Bildschirm.

Nichts.

Jetzt bin ich ausgesprochen gereizt.

Als ich Alpha Zwölf betrete, bin ich schlagartig desorientiert. Von einem Ende zum anderen betreten und verlassen Patienten die Zimmer. Andere wandeln über die Korridore. Einige wiederum stehen zwanglos herum und unterhalten sich miteinander.

Was in Gottes Namen ist hier los?

Diese Etage ist mit der größten Sicherheitsstufe ausgestattet, die das Loveland bieten kann. Niemals wird es Patienten erlaubt, die Zimmer ohne Begleitung eines Krankenhausangestellten zu verlassen. Hier geht es nicht nur um Bedenken, es handelt sich um ein Sicherheitsrisiko, eine Verletzung der Sicherheitsbestimmungen, durch die jetzt alles drunter und drüber geht.

Eine feuchte und feste Hand umschlingt meinen rechten Ellenbogen. Ich drehe mich abrupt um. Kaum ein paar Zentimeter trennen mich von Gerald Markman.

»Wir sind alle Bildhauer und Maler«, sagt er mit gierigem, lustvollem Blick, »und unser Material ist unser eigenes Fleisch und Blut und die Knochen.«

Er leckt sich die Lippen. Ich ziehe meinen Arm zurück und renne in Richtung Schwesternzimmer. Empörung, Übelkeit und Entsetzen durchfahren mich wie blank liegende Stromleitungen.

Und dort mache ich direkt Bekanntschaft mit einer weiteren Merkwürdigkeit, denn ich kenne die diensthabende Krankenschwester nicht: um die zwanzig, rosa Wangen und ziemlich eifrig.

»Kann ich Ihnen helfen?«, fragt sie.

»Ist Melinda da?«

Die geheimnisvolle Krankenschwester steckt eine Haarsträhne hinters Ohr und neigt den Kopf.

»Melinda Jeffries«, wiederhole ich.

»Tut mir leid, aber ich weiß nicht, wer das ist.«

Ich fixiere sie. »Was soll das heißen, Sie *wissen* es nicht? Sie ist die Oberschwester auf dieser Etage.«

»Ich wurde gerade erst hierherversetzt«, erklärt sie, als ob das meine Frage beantwortet. Sie wirft mir ein seichtes Lächeln zu, das annähernd rechtfertigend aussieht.

»Hat Ihnen irgendjemand erklärt, warum Sie *gerade erst hierherversetzt* worden sind?«

»Nein, es tut mir leid. Das haben sie nicht.« Ihr Lächeln verblasst. »Kann ich Ihnen irgendwie behilflich sein?«

Ich deute um mich herum. »Können Sie mir sagen, was da draußen auf der Etage los ist?«

»Ich weiß nicht, was Sie meinen.«

»Die Patienten. Warum sind sie nicht in ihren Zimmern eingeschlossen? Warum laufen sie hier frei herum?«

Sie schaut verwirrt. Noch mehr als zuvor.

»Ich kann das nicht glauben!« Ich suche mein Handy.

»Ich brauche einen Sicherheitsbeamten hier unten in Alpha Zwölf. *Sofort*«, sage ich zum Sicherheitsdienst. »Hier herrscht das komplette Chaos. Alle Patienten sind aus den Zimmern ausgebrochen!«

Ich sehe die Krankenschwester an und werfe einen Blick auf die Zeitanzeige meines Handys. Ich komme zu spät zur Sitzung mit Donny Ray.

»Haben Sie denn wenigstens den Versuch gestartet, jemandem von diesem Durcheinander zu berichten? Oh, schon gut!«, blöke ich sie an. »Sie werden von Ihrem Vorgesetzten hören!«

Sie blinzelt und zieht sich von mir zurück.

Kapitel 47

Ich gönne mir noch einen Moment außerhalb des Untersuchungsraums, um mich zu entspannen, und ermahne mich, dass ich mich in meinem beruflichen Element befinde. Dort fühle ich mich am wohlsten. Dass ich weiß, wie ich meinen Job zu machen habe, und dass die Beurteilung morgen fällig ist.

Ich schaffe das.

Ich gehe hinein. Donny Ray sitzt bereits am Tisch. Erneut scheint etwas an ihm verändert zu sein, aber diesmal ist es nicht nur seine physische Erscheinung – es ist feiner –, eine leichte Veränderung seines Verhaltens, als hätte er eine weitere Schicht des Unbehagens abgelegt.

Ich wünschte, ich würde mich genauso fühlen.

Ich muss meine Bedenken hinsichtlich Alpha Zwölf und der schrumpfenden Krankenhausbelegschaft vor dieser Tür ablegen und sehr umsichtig handeln. Ich habe zu hart daran gearbeitet, Vertrauen aufzubauen, und genauso schnell kann man dieses Vertrauen auch wieder verlieren. Die Ebenen des menschlichen Leidens sind rutschige Hänge. Jeder Reisende ist so zerbrechlich und unsicher, so anfällig für den kleinsten Zweifel oder für Ungewissheit. Mein Ziel ist es, sein emotionales

Klima zu verändern. Um die Gefühle, die er gegenüber seiner Vergangenheit hat, in den Griff zu bekommen, damit er in der Lage ist, darüber zu reden.

Ich lehne mich ein paar Zentimeter zurück, sammle meine sieben Sinne zusammen und schenke Donny Ray ein neutralisierendes Lächeln. »Ich habe darüber nachgedacht, was Sie gestern erwähnt haben.«

Er schüttelt den Kopf.

»Über Ihre Mutter. Wie Sie sie beschrieben haben. Irgendwie hat es mich an meine eigene Mutter erinnert.«

»In welcher Hinsicht?«

»Das, was sie Ihnen erzählt hat? Dass Ihre Stadt klein ist?« Ich senke den Blick und reibe mir die Stirn. »Etwas darüber, dass es keine Minute etwas zu tun gibt?«

»Aber jede Minute zählt?«

»Ja.« Ich deute zu ihm hin und nicke. »Genau das ist es.«

»Hat Ihnen Ihre Mutter dasselbe erzählt?«

»Nein. Ich dachte eher an das, was Sie danach gesagt haben, zu ihrer Lebensauffassung.«

»Hat Ihre dieselbe gehabt?«

»Oh Mann, ja, immer und immer wieder. Eigentlich habe ich immer versucht, darüber Witze zu reißen – na ja, eigentlich war es eher ein als Humor verkleideter Kummer. Genauso, wie sie immer alles banalisierte, wenn schlimme Dinge passiert sind.«

»Also, wo war da der Witz?«

»Dass ich mir immer vorgestellt habe, wie sie auf die Welt gekommen ist: Der Arzt hat ihr einen Klaps auf den Po gegeben, und anstatt loszuschreien, hat sie den Kopf weggedreht und einen mutlosen Seufzer ausgestoßen.«

Donny Ray unterdrückt ein Kichern und blickt beschämt auf den Boden.

»Sie können ruhig lachen«, ermutige ich ihn, »es war lustig gemeint. Ich meine, so habe ich persönlich all diese elenden Jahre überlebt.«

»Sie hatten wohl auch eine schwere Kindheit.« Er macht einen überraschten Eindruck.

»*Schwer* wäre milde ausgedrückt – in der Tat, wenn ich nicht gelacht hätte, wäre mir ständig zum Weinen zumute gewesen.«

Er beobachtet mich nachdenklich und schweigt. »So schlimm?«

Ich nicke bedächtig. »Ja … so schlimm.«

Er spricht nicht, aber sein Gesichtsausdruck entspannt sich. Ich lasse das Schweigen ein wenig im Raum stehen. Nicht nur, weil es das ist, was ein guter Psychologe tut, sondern, weil ich es selbst brauche. Weil ein paar Sekunden lang mein eigener Schmerz an die Oberfläche getreten ist.

Als ich Donny Ray wieder ansehe, sondiert er mich.

»Wie auch immer«, sage ich, »es geht hier wirklich nicht um mich. Was ich versuche zu sagen, ist, dass ich nicht wusste, dass wir dies gemeinsam hatten.«

»Was ist Ihnen passiert?«, fragt er abrupt, als hätte seine Neugier das Unbehagen durchbrochen und ihm den Mut gegeben zu fragen.

»Das ist eine lange Geschichte, Donny Ray, und deshalb sind wir nicht hier.«

»Ich weiß, warum wir hier sind«, sagt er mit einer mich verblüffenden Entschlossenheit. »Was ist Ihnen passiert?«

Mir entgleisen fast die Gesichtszüge. Ich lasse diesen aufmerksamen Blick auf mich wirken, diese stahlblauen Augen, die Anteilnahme ausstrahlen. Als ob etwas an ihm nagen und durch diesen schmalen, engen Raum hindurchkriechen würde, um seinen eigenen Schmerz zu offenbaren.

Obwohl es sehr unprofessionell wäre, Donny Ray von meiner tragischen Vergangenheit zu erzählen, kann ich nicht leugnen, dass mich etwas in mir drängt, es zu tun. Ein Teil von mir, der seinen Schmerz so sehr versteht und ihm vielleicht sogar helfen kann, einen Ausweg zu finden. Wenn ich könnte, würde ich ihm erzählen, wie gut ich verstehe, dass der Schmerz, der durch einen Elternteil hervorgerufen wurde, niemals verschwindet. Wie er den größten Teil deines Daseins beherrscht.

Aber das kann ich nicht. Ich kann es nicht, weil wir nicht hier sind, um über meine problematische Kindheit zu sprechen. Dennoch verliere ich mich für einen Augenblick in meiner Vergangenheit. Die Erinnerungen. Die Emotionen …

Als ich mich wieder Donny Ray zuwende, betrachtet er mich besorgt, schüttelt langsam den Kopf, und ich sehe Traurigkeit. Ich sehe Verständnis und Mitgefühl. Aber vor allem kommt es mir vor, als wüsste er, was ich gedacht habe. Er öffnet die Lippen leicht, als wolle er etwas sagen und könne es nicht.

Ich stelle fest, dass diese Sitzung außer Kontrolle geraten ist. Ich muss das wieder korrigieren. Aber als ich nach dem Notizblock greife, ist er nicht mehr da. Ich schaue verblüfft auf meinen leeren Schoß und schaue mich im ganzen Raum um.

Mein Notizblock liegt drei Meter vom Computer entfernt.

Erneut höre ich dieses komische Geräusch und sehe einen Schatten über die Wand und meinen Schoß huschen. Ich blicke an die Decke, und im Bruchteil einer Sekunde erhasche ich den Blick von …

Das gibt's doch gar nicht. Nein, nein, das kann nicht sein.

»Was ist los, Christopher?«

Ich drehe mich zu Donny Ray um.

Was ist gerade passiert?

Kapitel 48

»Christopher?«, fragt Donny Ray erneut.

Ich kämpfe mich wie ein Löwe durch den Nebel der Verwirrung, um wieder zur Normalität zurückzukehren, obwohl ich mir durchaus bewusst bin, dass diese Situation alle andere als normal ist.

Wage es jetzt bloß nicht, vom Gleis abzukommen, ermahne ich mich. Jeremy wartet. Die MRT-Ergebnisse warten. Konzentrier dich. Verrückt werden kannst du später noch.

Donny Ray starrt mich immer noch an.

»Ich dachte nur …« Ich stabilisiere meine Stimme und versuche, den verlorenen Redefluss wiederherzustellen, sodass ich mit dieser Sitzung fortfahren kann. »… ich war dabei, darüber nachzudenken, was wir gerade diskutiert haben.«

»Über Ihren Kummer?«

»Nein«, flüstere ich und sehe ihn an. »Über Ihre Mutter. Ich frage mich, was es war, dass sie sich geweigert hat zu sehen.«

Donny Rays Stimme offenbart nichts außer Qual, als er antwortet: »Viele Dinge.«

»Können Sie mir etwas mehr darüber erzählen?«

Er konzentriert sich auf die Tür und fährt mit der Hand über den länger werdenden Fünf-Uhr-Schatten. »Ich weiß nicht, ob ich das will.«

»Wie wäre es denn dann mit nur einem der Dinge?«

»Ich … Ich bin … Ich glaube nicht, dass ich …«

»Ist schon in Ordnung. Sie müssen das jetzt nicht«, antworte ich und bin dankbar, wenigstens wieder ein klein wenig zu mir zurückgefunden haben. »Ich möchte Sie nur wissen lassen, dass Sie es können.«

»Es ist nur, dass … Ich bin so …«

»Ich weiß«, versichere ich ihm. »Ich hab's kapiert. Wirklich.«

»Er hat Dinge getan«, sagt Donny Ray.

»Wer, er?«

»Mein Vater.«

»Dinge welcher Art?«

»Mit uns beiden. Er tat sie uns beiden an …«

»Ihnen und Ihrer Schwester«, bestätige ich.

Donny Ray dreht den Körper von mir weg.

Jetzt kämpft er buchstäblich um jeden Atemzug, seine breiten Schultern heben und senken sich. »Zunächst war es nur Miranda, aber ich wusste es nicht. Ich … Ich wusste nicht, was er mit ihr anstellte.«

»Wenn sie Sie allein gelassen haben.«

Ein schnelles Kopfnicken.

Erneut denke ich an diese Eistüte, und ich fühle mich unwohl im Magen.

»Dann, nachdem sie gegangen war … nachdem das passiert war … fand ich es heraus, denn er begann, dasselbe mit mir zu tun. Ich wurde zu ihrem Ersatz.« Donny Ray dreht sich wieder zu mir um; mit tränenerfüllten Augen und mit bebendem Geflüster sagt er: »All diese Wut auf Miranda … Ich hatte so verdammt unrecht, und es war zu spät, es ihr zu sagen.«

»Wo ist es passiert?«

»Im Schuppen. Ich erinnere mich an den Schuppen.« Er stockt und stoppt.

Ich akzeptiere dieses Schweigen. Er ist kurz davor, die Tür zum Albtraum seiner Kindheit zu öffnen, und ich möchte ihn nicht davon abhalten.

»Es war mein geheimer, sicherer Ort, an den ich immer ging«, fährt er fort, »und es war ein guter Ort, aber er verwandelte sich in einen wirklich schlechten.«

Behutsam. »Was hat Ihr Vater in diesem Schuppen getan, Donny Ray?«

»Da war diese Glühbirne … und sie … hing an einer Kette von der Decke herunter. Und ich konzentrierte mich auf diese schmutzige, nackte Glühbirne, die hin und her schwankte, während er es mir antat. Und ich zählte … Ich zählte jedes Schwingen, bis er fertig war. Einmal habe ich bis zweitausendsiebenundfünfzig gezählt.«

Fast eineinhalb Stunden lang sexueller Missbrauch, rechne ich zusammen. Eineinhalb Stunden tiefe seelische und körperliche Verstümmelungen, die einem unschuldigen Kind zugefügt wurden. Verstümmelungen, die so lange wiederholt worden waren, bis der Verstand des Kindes ruiniert war. Zerstört. Ich schlucke heftig, um meine Übelkeit zu bekämpfen.

Donny Ray beugt sich vor, legt das Gesicht in die Hände und schaukelt seinen Körper in einem langsamen und stetigen Rhythmus. Hin und her … hin und her. Ich weiß, dass er noch immer an diesem schrecklichen Ort ist, und ich muss ihn unbedingt herausholen.

Ganz sanft frage ich: »Was ist mit diesen Empfindungen, dass Sie sich allein fühlten? Sie müssen danach noch viel schlimmer gewesen sein.«

Seine Schultermuskeln straffen sich – sie sind voller Anspannung.

»Vor allem nach dem Verlust Ihrer Schwester …«

»Ich habe meine Schwester geliebt. Ich vermisse sie so furchtbar.«

In diesem neuen Kontext, mit Donny Rays eigenem sexuellen Missbrauch, denke ich wieder über die banale Art nach, wie er Miranda beschrieben hat. Es ist nicht unüblich, dass Opfer Gefühle von sich weisen, die mit dem Vorfall verbunden sind. Erst nach intensiver therapeutischer Arbeit sind sie wieder in der Lage, diese Gefühle zu empfinden. Was mir Kopfzerbrechen bereitet, ist, dass Donny Ray eine solch starke emotionale Reaktion in Bezug auf seinen Missbrauch gezeigt hat, aber wenn es um Miranda ging, so gut wie nichts. Und jetzt gehe ich sogar noch weiter zurück zu meinen ersten Gedanken bezüglich einer möglichen unbewussten Pathologie und dem Auslöser des Traumas. Gibt es etwas im Zusammenhang mit Miranda, das weit schmerzhafter als Donny Rays Missbrauch ist? Etwas, das er noch nicht in der Lage ist, mir zu erzählen? Vielleicht sogar etwas, an das er sich nicht erinnern kann?

Ich weiß es nicht … ich bin mir nicht sicher.

Ich versuche, eine Antwort darauf zu bekommen, und frage: »Wo war Ihre Mutter, als das alles passiert ist?«

»Sie hat sich versteckt«, keift er wütend zurück. »Versteckt, so wie sie es immer tat. Sie tat so, als ob nichts davon jemals passiert wäre.«

Ich versuche, meine persönliche Identifikation mit ihm abzusondern, da ich ihn und seine Geschichte aus eigener Erfahrung verstehen kann, aber auf eine völlig andere Weise. »Und nachdem Sie den Schuppen verlassen hatten? Was tat er dann?«

»Danach war es noch schlimmer.«

»Schlimmer, in welcher Weise?«

»Ich bekam keine Eistüte.«

»Was haben Sie bekommen?«

»Bestrafung«, sagt er mit einer Stimme voller Verachtung. »Er bestrafte mich dafür, ihn verführt zu haben, nannte mich einen schmutzigen, ekelhaften Hurenjungen.«

Ich schließe die Augen und öffne sie wieder. »Es tut mir so leid, Donny Ray. Ich möchte mir erst gar nicht vorstellen …«

»Nein. Das können Sie sich nicht vorstellen. Niemand konnte das, bis …« Er beißt seine Zähne zusammen, als ob das dabei helfen würde, die Demütigung, den Zorn zurückzuhalten. »Aber das war nicht die Bestrafung.«

»Wie hat er Sie bestraft?«

»Er fuhr mich ins Stadtzentrum, warf mich aus dem Auto und fuhr davon.«

»Dann fühlten Sie sich noch einsamer als zuvor.«

»Es war dieses Kleid«, sagt er würgend.

»Das was?«

»Er hat mich …« Donny Ray knirscht mit den Zähnen und lässt ein kaum hörbares Stöhnen heraus. »Mein Vater hat mich durch die Stadt nach Hause gehen lassen … und ich musste dabei das Kleid meiner toten Schwester tragen.«

Es ist, als würde ich zum ersten Mal wieder Sauerstoff aufnehmen, seit er begonnen hat, diese furchtbare Geschichte zu erzählen.

»Ich fühlte mich wie in einer Monstrositätenschau. Ich schämte mich. Ich war wütend. Ich war so …« Ein kleines, dennoch gequältes Gewimmer entweicht seinen Lippen. »Ich wollte nur noch in einem Loch verschwinden und sterben.«

»Aber Sie konnten es nicht.«

»Es gab keine Glühbirne, in die ich schauen konnte«, sagt mir Donny Ray Smith. »Jeder hat mich angestarrt. Sie lachten mich aus.«

Und in diesem Augenblick kehren seine Augen in ihren vorherigen Zustand zurück.

Blaue Rage. Kalt wie Stahl.

Kapitel 49

Eines der ersten Dinge, die ich während meiner frühen klinischen Studien gelernt hatte, war, dass ein Trauma ein anderes anzieht. Obwohl meine Kindheitserfahrungen keinerlei Ähnlichkeit mit denen von Donny Ray aufweisen, fühlt sich die Familiendynamik dennoch schrecklich vertraut an: ein Vater, der einem Kind tiefen, psychologischen Schmerz zufügt, und eine Mutter, die ihre Augen davor schließt, nur um weiteren Schaden damit anzurichten.

Für jeden Psychologen wäre es schwierig, eine Geschichte wie die von Donny Ray zu hören und sich nicht von ihr betroffen zu fühlen. Schließlich sind wir alle nur Menschen. Wir haben emotionale Schwachstellen wie jeder andere, und obwohl wir daraufhin geschult wurden, Dinge zu kategorisieren, um anderen zu helfen, treffen wir doch oftmals auf einen Patienten, der uns einen Spiegel vorhält. Wenn das passiert, kann es schwierig werden zu ignorieren, was uns ins Gesicht starrt.

Dennoch weigere ich mich zu glauben, dass ich bei Donny Ray die Objektivität verliere – ich benutze einfach nur meine eigene menschliche Erfahrung als Werkzeug, um die Informationen zu erhalten, die ich brauche.

Das ist ein Unterschied.

Es bedeutet nicht, dass ich meine eigenen Gefühle nicht trennen kann. Es bedeutet nur, dass ich mir meiner eigenen Vergangenheit bewusst sein muss, während ich ihn beurteile.

Und vielleicht war mein Instinkt nach unserer letzten Sitzung richtig. Vielleicht kann ich mir unsere Gemeinsamkeit zunutze machen, um das fehlende Glied zu finden: Erinnert sich Donny Ray daran, Jamey Winslow ermordet zu haben?

Ich beginne, meine Gedanken zu sortieren, in der Hoffnung, neue Erkenntnisse mit den alten zu verbinden. Ich glaube, dass es außer Frage steht, dass Donny Rays Vater Miranda ermordet hat. Er hatte die Mittel und die Gelegenheit dazu, und genau das steht auch in den Polizeiakten. Hatte sie an diesem Tag ihrem Bruder absichtlich zum letzten Mal zum Abschied gewunken? Nachdem ich zweimal Donny Rays gleichgültige Reaktion gesehen habe, während er von Miranda gesprochen hat, frage ich mich, ob er womöglich ihre Ermordung miterlebt haben könnte. Dies könnte erklären, warum er so gleichgültig erschien.

Was mich wieder zu Dr. Philips' Notizen zurückbringt. Sie zog die Möglichkeit in Erwägung, dass eine Art seelisch bedingte Erkrankung im Spiel ist, hatte jedoch keine Chance, die Pathologie zu identifizieren. Da die Ärztin weder Angaben zum sexuellen Missbrauch von Donny Ray gemacht hat noch zur darauffolgenden Bestrafung durch seinen Vater, muss ich annehmen, dass sie nicht in der Lage war, eine Antwort von ihm zu bekommen. Das könnte der wichtige Grundstein sein, den sie nicht bloßlegen konnte.

Aber was bedeutet diese neue Information?

Ich erlaube meiner Intuition, umherzuschweifen. Junge Inzestopfer empfinden nicht nur Leblosigkeit während ihres Missbrauchs: Die Leblosigkeit wird zu ihrer eigenen Welt. Ich führe mir erneut dieses grauenvolle Bild der Glühbirne vor

Augen, die alles war, worauf sich dieser kleine Junge konzentrieren konnte, und wie besessen er zählte, wie oft sie an dieser Kette hin und her schwang, während ihn sein Vater vergewaltigte.

Ein gewaltiger und unerträglicher Schauer fährt durch meinen ganzen Körper.

Donny Rays Beschreibungen nach erscheint es mir sehr plausibel, dass er während dieser Momente in einen dissoziativen Zustand verfallen ist. Aber viele Kinder sondern sich während traumatischer Ereignisse von der Realität ab, sie werden deshalb aber nicht unbedingt zu Mördern.

Da muss mehr sein.

Welches Ereignis könnte Donny Ray zu einem solch raubtierhaften Verhalten gebracht haben, an das er sich nicht erinnern kann? Der wiederholte sexuelle Missbrauch wäre mit Sicherheit ein guter Grund. Danach in der Öffentlichkeit ausgesetzt zu werden, das Kleid der toten Schwester tragen zu müssen war der Tropfen, der das Fass zum Überlaufen gebracht hat, und war Grund genug, ihn zum Ausflippen zu bringen.

Aber würden die Folgen dessen an die Oberfläche treten? Wird man dadurch in jedem Fall zum Serienmörder? Ich weiß es noch nicht, aber ich tendiere zu der Idee, dass das andere Opfer bei dieser Geschichte, das heißt Donny Rays Schwester, die Antwort auf diese Frage hat.

Ich gehe ins Internet und suche Artikel zu Miranda Smiths Verschwinden. Als Erstes erscheint ein Schulfoto von ihr. Ich vergrößere es und stelle fest, dass sie, wie auch Donny Ray, eine äußerst positive Erscheinung war. Das gleiche pechschwarze Haar, die gleichen markanten Gesichtszüge. Doch waren Mirandas Augen das Gegenteil von Donny Rays: Sie waren so schwarz wie die Nacht, aber dennoch auf ihre Art genauso intensiv.

Ich beginne, einen Artikel zu lesen, und erfahre, dass sie eines Morgens auf dem Weg zur Schule verschwunden ist.

Augenblick mal.

Ich blättere zurück zu den Notizen über Donny Rays letztes Opfer, Jamey Winslow, die auch auf dem Weg zur Schule verschwunden ist. Nachdem ich den Artikel über ihre Ermordung gelesen habe, denke ich zunächst, dass ich auf dem Holzweg bin. Dann zieht sich mein Magen zusammen.

Das gibt's doch gar nicht.

Jamey Winslow hatte eine bemerkenswerte Ähnlichkeit mit Miranda Smith.

Ich rufe mehr Artikel über Donny Rays andere Opfer auf, und während ich die Fotos jedes einzelnen Opfers betrachte, fällt es mir wie Schuppen von den Augen. Jede von ihnen ähnelte Miranda Smith – einige nicht so frappierend, aber alle mit der gleichen Haarfarbe, den dunklen, intensiven Augen –, und jedes Mal sind sie auf dem Weg zur Schule verschwunden.

Jedes Mädchen trug ein blaues Kleid.

Wie konnten mir diese Zusammenhänge beim Lesen der Akten entgangen sein? Dann erinnere ich mich … Ich hatte vorgehabt, mir noch einmal die Fotos der Mädchen anzusehen, wurde aber abgelenkt, da mir der Bericht zu Donny Rays Jugendstrafregister fehlte. Dann wurde plötzlich sein Anwalt als vermisst gemeldet und kurz danach Dr. Ammon.

Diese Fotos hatte ich mir nie angeschaut.

Ich denke noch ein wenig weiter zurück, an eine frühere Sitzung, die ich mit Donny Ray hatte. Wie er so gedankenverloren dasaß und dieses Bild an der Wand anstarrte. Ein Gemälde, auf dem ein kleines Mädchen mit einem blauen Kleid abgebildet war. Er war nicht nur in Gedanken versunken – er hatte sich in seiner eigenen kleinen Welt verloren.

Ein klares Muster: unerbittlicher und wiederholter Missbrauch, gefolgt von einem Verhalten, das dies auf eine sehr bemerkenswerte und bestürzende Weise widerspiegelt.

Eine kausale Beziehung.

Dr. Ammon hatte Donny Rays Unfähigkeit, sich an die Ermordung von Jamey Winslow zu erinnern, unberücksichtigt gelassen, weil sich seine Kopfverletzung als belanglos erwies. Und während Dr. Philips definitiv an etwas dran war, flogen jegliche Fortschritte zusammen mit ihrer Glaubwürdigkeit aus dem Fenster, als der Sexskandal im Krankenhaus an die Oberfläche trat. Aber die Quintessenz ist, dass Donny Ray Smith vielleicht damit die Wahrheit sagt, dass er sich nicht an die Tötung von Jamey erinnert.

Mögliche Diagnose: dissoziative Amnesie, nicht durch eine Kopfverletzung verursacht, sondern vielmehr durch ein akutes und wiederkehrendes psychologisches Trauma.

Kapitel 50

Sag es Adam nicht.

»Wovon sprichst du? Wir arbeiten gemeinsam an diesem Fall. Natürlich werde ich es ihm sagen.«

Das geht nicht. Er gehört zu dem großen Plan, er mit seinen Stiefel leckenden Untergebenen – sie arbeiten alle daran, dich zu zerstören.

»*Was?*«, sage ich und ziehe die Tür auf.

»Genau das hätte ich gern gewusst«, sagt Adam stirnrunzelnd von seinem Schreibtisch aus. »Ich habe gerade erfahren, dass du vor etwa einer Stunde einen Sicherheitsvorfall unten in Alpha Zwölf gemeldet hast? Ohne ersichtlichen Grund?«

»Was meinst du damit, *ohne Grund?* Selbstverständlich hatte ich einen Grund.«

Er deutet mir an, die Tür zu schließen, und sagt: »Wir müssen reden.«

Ich nehme mir einen Stuhl und setze mich ihm gegenüber. »Als ich da unten ankam, gingen sämtliche Patienten in den Zimmern ein und aus und liefen durch die Flure. Keine einzige verschlossene Tür, kein einziger Sicherheitsbeamter in Sicht. Es war das Seltsamste, was ich jemals gesehen habe. Daher habe ich *selbstverständlich* diesen Vorfall gemeldet.«

Adams Augen sind mit Zweifel getrübt, und er schaut mich an.

»Was ist?«, frage ich. »Was ist los?«

»Chris, die Zimmer in Alpha Zwölf sind nie verschlossen, es sei denn, ein Patient befindet sich unter besonderer Bewachung.«

»Was zum Teufel erzählst du da?«, frage ich lachend, aber es liegt keinerlei Humor darin. »Natürlich sind sie das!«

Er schüttelt den Kopf. »Das wäre illegal.«

»Aber es ist eine Sicherheitsmaßnahme. Sie dürfen nicht … Warte mal. Denkst du, dass ich mir diese Vorschrift gerade *ausgedacht* habe?«

»Das habe ich nicht behauptet.« Aber sein Blick sagt mir etwas anderes.

Ich starre ihn etwa fünf Sekunden lang an. Er starrt zurück, und eine knisternde Spannung erstreckt sich zwischen uns.

»Wie auch immer, ich bin sicher, dass dieses ganze Durcheinander jetzt wieder unter Kontrolle ist.«

Adam hat die Stirn in Falten gelegt, was bedeutet, dass mein versichernder Kommentar nur wenig Erleichterung bietet.

»Ich habe dir etwas viel Wichtigeres zu sagen«, setze ich schnell fort, »etwas Enormes und Überraschendes im Fall Donny Ray. Wir hatten gerade einen Durchbruch. Ich habe den Auslöser für das Trauma, das Philips übersehen hat. Donny Ray hat einen krankhaften Zwang, seine Schwester immer wieder neu zu töten und sie dann verschwinden zu lassen. Ich glaube fest daran, dass es das ist, was seine dissoziative Amnesie verursacht hat, als Jamey verschwunden ist.«

Adams Augen zucken.

Ich erzähle ihm die Geschichte von Donny Rays Missbrauch, zusammen mit einer Erklärung zum Bild an der Wand, auf dem ein Mädchen mit einem blauen Kleid zu sehen ist. Wie jedes Opfer Miranda ähnelt. Er schüttelt den Kopf, während ich fortfahre, aber es ist schwer zu sagen, ob er mir folgt.

»Also ich stelle mir vor, dass sich die Ereignisse vielleicht folgendermaßen abgespielt haben.« Ich beuge mich zu ihm vor. »Er sieht ein Mädchen, das wie seine Schwester aussieht, das zufällig auch ein blaues Kleid trägt, wahrscheinlich dieselbe Farbe wie das Kleid, das er gezwungen war zu tragen.«

»Du sagst *wahrscheinlich.*«

»Na ja, wir sind noch nicht so weit ins Detail gegangen. Er war so geplagt von seinem tiefen, emotionalen Schmerz, dass ich nicht in der Lage war, ihn zu fragen.«

»Okay, red weiter …«, sagt Adam und beginnt, den Ring an seinem Finger zu drehen.

»Das blaue Kleid stellt einen starken Zusammenhang zu seinem psychischen Trauma her. Er erlebt die Demütigung und Scham noch einmal, und das aktiviert die Wut, die er nicht in der Lage ist, zum Ausdruck zu bringen. Und in diesem Zustand, da er die Wut nicht an seinem Vater auslassen kann, überträgt Donny Ray sie stattdessen auf Miranda, weil er sie im Unterbewusstsein und durch sein verzerrtes Denken womöglich dafür verantwortlich macht, ihn allein gelassen und ihn den Torturen ausgesetzt zu haben.«

»*Womöglich …*«

»Ja. Ich bin mir natürlich noch nicht ganz sicher. Ich stelle nur Vermutungen an.«

Adam räumt dies mit einem vorläufigen Nicken ein.

»Wie auch immer, er tötet die Mädchen ihretwegen. Und da gibt es noch etwas anderes. Donny Ray sagte, dass seine Kopfverletzung nach einem Sturz vom Schaufellader eines Traktors aufgetreten ist, aber er kann sich nicht an das genaue Datum erinnern, nur, dass es in dem Sommer geschah, als seine Schwester verschwunden ist. Traktoren können doch verwendet werden, um Leichen zu vergraben, nicht wahr? Vielleicht hat

Donny Ray beobachtet, wie seine Schwester ermordet wurde. Vielleicht wurde er sogar dazu gezwungen, Miranda zu entsorgen, und erinnert sich nicht mehr daran, seinen Kopf angeschlagen zu haben. Das würde drei Traumaschichten darstellen. Und es könnte erklären, warum er die Leichen der Mädchen versteckt.«

Adam zuckt zusammen und blinzelt ein paarmal. »Chris, du lehnst dich da aber stark aus dem Fenster.«

»Was meinst du damit? Wieso?«

»Zunächst einmal, dieses Ding mit dem Schaufellader. Glaubst du nicht, dass die Kommissare diese Möglichkeit in Betracht gezogen haben?«

Ich sage ihm, dass ich durchaus darüber nachgedacht habe, wieso nichts davon im Bericht steht, dass die Polizisten aus Texas beim örtlichen Krankenhaus das genaue Datum von Donny Rays Kopfverletzung angefragt hätten, was bedeutet, dass sie diesen Zusammenhang wahrscheinlich übersehen und sich nicht weiter darum gekümmert haben.

»Die Kommissare konnten nicht genügend Beweise finden, um den Vater zu belasten«, erkläre ich. »Also was ist, wenn sie nicht in der Lage waren, die Kette von Ereignissen zu vervollständigen? Ich meine, der Vater war deutlich verwirrt, und er könnte schlau genug gewesen sein, die Spuren zu verwischen.«

»Aber du vermutest noch immer eine ganze Menge«, sagt Adam lächelnd ohne irgendein Zwinkern in den Augen. Er sieht frustriert und ein wenig besorgt aus. »Und du spielst schon wieder den Polizisten.«

»Was soll das heißen, ich spiele den Polizisten?«

»Indem du spekulierst, dass Donny Rays Kopfverletzung passiert ist, während er seinem Vater half, die Leiche zu verbuddeln? Außer einem Schaufellader gibt es nichts, was diese Theorie unterstützt. Du musst zugeben, das ist ziemlich fantasievoll.

Es klingt eher so, als ob du bei der Aufklärung von Mirandas Mordfa…«

»*Fantasievoll?*«

»Und du benutzt irgendein Bild an der Wand als Sprungbrett zu einer Dissoziation, obwohl du noch nicht einmal weißt, ob Donny Rays Vater ihn ein blaues Kleid hat tragen lassen. Außerdem habe ich im Polizeibericht niemals Angaben dazu gesehen, dass die anderen Opfer blaue Kleider getragen haben, als sie verschwunden sind. Also wie kommst du zu dieser Schlussfolgerung?«

»Ich habe es beim ersten Mal auch übersehen, aber sieh es dir doch selbst noch einmal an. Die Informationen befinden sich im Polizeibericht.«

»Okay, aber warst du nicht derjenige, der mich daran erinnert hat, dass es nicht unsere Aufgabe ist, andere Fälle miteinzubeziehen?«

»Adam« – ich merke, wie mir sein Name als Kloß im Hals stecken bleibt – »sie haben uns diese Informationen zu Hintergrundzwecken gegeben. Ich bin nur dabei, mit Ideen um mich zu werfen. Ich denke über mögliche Szenarien nach. Und du hast das Wesentliche nicht begriffen. Philips konnte von Donny Ray nichts über diesen Missbrauch in Erfahrung bringen. Es war genau das, was sie versucht hat, und genau *das* ist der springende Punkt, denn es erklärt viele Dinge.«

»Aber was ich versuche, dir zu sagen, ist, dass du ohne solide Grundlagen für diese Argumentation immer noch nicht beweisen kannst, ob sein Bedürfnis, die Mädchen zu töten, von Dissoziation oder Psychopathie angetrieben wird. Das bringt uns wieder zur ursprünglichen Frage zurück, ob Donny Ray Simulant ist – und wie kannst du in diesem Sinne so sicher sein, dass er dir bezüglich dieses sexuellen Missbrauchs die Wahrheit erzählt? Woher weißt du, dass es nicht nur ein Versuch ist, seinen Schlachtplan mit dir voranzubringen, nachdem beim Miller-Institut alles in die Binsen gegangen ist?«

Er meint wohl, dass du einen Haufen Scheiße erzählst.

»Warum zweifelst du permanent an mir? Ich bin Psychologe. Ich weiß, was ich tue.«

»Ich sage ja nicht, dass du es nicht weißt.« Adam unterbricht sich und fährt dann fort: »Nein, ich zweifle nicht an dir.«

»Also, was tust du dann? Was genau versuchst du, mir zu verklickern?«

»Dass du mit einer Theorie, die nicht wasserdicht ist, durch die Gegend hüpfst. Das bist nicht du, Chris. Normalerweise bist du so …«

»Das stimmt nicht! Es hängt alles zusammen. Es ist sogar extrem relevant. Ich muss nur herausfinden, wie und warum.«

»Okay … okay.« Adam hebt abwehrend die Hände. »Gut. Aber in deinem Puzzle fehlen noch eine Menge Teile, und deine Beurteilung ist morgen fällig.«

»Ich werde sie finden«, sage ich scharf, »*bevor* ich eine überstürzte Entscheidung treffe.«

»Chris, hör auf damit.«

Mit den Armen fest vor der Brust verschränkt, wende ich meinen Blick von ihm ab.

»Hör zu«, sagt er, »ich wollte dich nicht aufregen. Du bist nur mit Informationen hier hereingeplatzt, von denen du todsicher überzeugt warst, und nachdem du mir alles erklärt hast, haben mich ein paar Ungereimtheiten etwas verwirrt. Das ist alles. Wir sind Freunde, schon vergessen? Das ist es doch, was wir füreinander tun. Wir unterstützen uns gegenseitig.«

Ich sondiere ein paar Sekunden lang Adams Gesicht, um festzustellen, ob er auch meint, was er sagt.

Er bevormundet dich.

Ich mag das nicht.

Er urteilt über dich.

Es wird sehr still im Raum. Dann fragt Adam: »Also, wie lief es gestern bei Rob?«

»Wow, das kam aber blitzschnell aus dem Nichts.«

»Nicht unbedingt. Du hast mich danach nicht zurückgerufen, um mir Bescheid zu geben. Ich frage nur nach. Ich bin besorgt.«

Aber seine Sorge scheint eher meiner mentalen und professionellen Fähigkeit zu gelten.

»Er hat ein MRT gemacht«, antworte ich.

»He, das ist großartig. Ist alles gut gelaufen?«

»Ich habe es überstanden.« Ich zucke mit den Schultern. »Das ist das Beste, was ich dazu sagen kann.«

»Weißt du schon, wann du die Ergebnisse bekommst?«

»Morgen.«

»Informierst du mich, sobald er angerufen hat?«

Ich zögere. Und da ist er wieder, dieser Unterton. Ein bisschen zu viel Dringlichkeit. Als ob er misstrauisch ist.

Er weiß, dass dir gleich der Kragen platzt.

Ich versuche, meine Körperhaltung zu entspannen, aber es scheint, als merke Adam, dass es gezwungen ist.

»He.« Er lässt ein kleines Lachen heraus und hofft wohl, mich damit zu entwaffnen. »Ist es denn nicht normal, dass sich dein bester Freund Gedanken um dich macht, nachdem du diese Kopfverletzung erlitten hast?«

Das ist eine Falle.

Kapitel 51

Auf der Fahrt nach Hause denke ich verärgert über diese unbehaglichen Momente mit Adam nach.

Es war mir durchaus bewusst, dass die Theorie über Donny Ray noch nicht gefestigt war; es war nicht nötig, mich darauf hinzuweisen. Er sagte, er wolle mir nur helfen, aber stattdessen war er überkritisch.

Es ist eine Tatsache, dass Donny Rays vorherige Psychologin, obwohl sie eine Ahnung von dem hatte, was vor sich gegangen war, nicht kompetent genug gewesen war, um die richtigen Fragen zu stellen, also hatte sie auch nie die richtigen Antworten erhalten. Ich habe wesentlich mehr praktische Erfahrung auf dem Gebiet der forensischen Psychologie als sie. Ich habe schon seit Jahren damit zu tun, und ich mache meine Arbeit gut. Wenn ich an das Gespräch mit Adam zurückdenke, könnte man meinen, ich wäre ein Grünschnabel, der frisch von der Uni kommt und ein Zebra anstelle eines Pferdes sieht. Es geht mir wirklich auf die Nerven, dass Adam meinen Fähigkeiten so respektlos gegenübergetreten ist, anstatt meine Entdeckung anzuerkennen. Er zweifelt an mir.

Der Grund dafür ist, dass Adam dich verachtet.

Ich kann mir nicht helfen, aber ich stelle mir die Frage, ob sein Zweifel nicht bösartig war, denn dieser besorgte Unterton klang eher wie eine Art Konkurrenzverhalten. Er hat bereits seine Beurteilung abgeschlossen und mit Ammon übereingestimmt, dass Donny Ray simuliert. Wenn meine Theorie stimmt – wenn Donny Ray während des Mordes von Jamey Winslow dissoziierte und seine Amnesie nicht durch die Kopfverletzung, sondern vielmehr durch sein früheres emotionales Trauma verursacht wurde –, würde das die Meinung der beiden irrelevant machen. Meine würde sich durchsetzen.

Adam hat sich schon immer von dir bedroht gefühlt.

Das ist sehr enttäuschend.

Ich werde alles tun, um die Ungereimtheiten, die er erwähnt hat, aufzuklären, und dann wird Adam erkennen, dass er unrecht hatte. Es wird ihm peinlich sein, und dann werde ich ihm meinen Erfolg ins Gesicht protzen. Ich werde derjenige sein, der *ihn* beschämt. Mal sehen, wie ihm das gefällt.

Vergiss nicht die Frage, die er dir über das MRT gestellt hat. Es war ein gemeiner Schachzug.

Als würde er denken, dass der Unfall mein fachliches Urteilsvermögen in irgendeiner Weise beeinträchtigt hat. Das ist einfach nicht wahr. Die Verletzung hat zwar einiges beeinträchtigt, aber nicht meine Fähigkeit, Donny Rays Fall einwandfrei zu beurteilen, und ich nehme ihm diese Schlussfolgerung übel.

Ich verstehe einfach nicht, was in Adams Kopf vor sich geht.

Kapitel 52

Ich gehe ins Haus und finde dort Jenna, die gerade telefoniert. Schon beim ersten Blick merkt sie, dass ich immer noch vor Ärger am Dampfen bin. Ich gehe zum Kühlschrank und versuche, es herunterzuspielen, aber auch nachdem ich hineingeschaut habe, spüre ich noch die Wärme ihres Blickes auf mir.

»Ich weiß nicht, was ich sagen soll«, sagt Jenna und setzt das Gespräch fort. Etwa eine Minute später legt sie auf.

Ich schaue wieder meine Frau an und sehe jetzt mehr als nur Besorgnis. Sie starrt auf das Telefon, als ob es der Grund für ihre Verwirrung ist.

»Es war Kayla«, sagt sie.

»Kayla?«, wiederhole ich und fühle Unbehagen. Sie ruft nie hier an. Wir haben nicht unbedingt ein gutes Verhältnis zu ihr, vor allem nach meinem unmöglichen Auftritt neulich bei ihr zu Hause. »Was wollte sie?«

»Es ging um einen Globus?«

Oh Mist. Der Globus.

Dieses verdammte Ding habe ich total vergessen. Es ist immer noch oben im Schrank in einer Hosentasche.

Du musst dieses Ding loswerden, Kumpel.

Ich bin nicht dein Kumpel.

Jenna wartet auf meine Reaktion.

»Ein Globus …«, wiederhole ich und weiß, dass diese Aussage nichts weiter als eine schwache Hinhaltetaktik ist. Dann schüttle ich den Kopf, denn dazu kann ich wirklich nichts mehr sagen. Alles andere könnte möglicherweise fatale Folgen haben.

»Sie hat bemerkt, dass er aus ihrem Wohnzimmer verschwunden ist, und zwar sofort, nachdem wir gegangen waren. Sie hat tagelang überlegt, ob sie es erwähnen soll oder nicht.« Jenna rümpft die Nase. »Das ganze Gespräch war wirklich peinlich.«

»Also denkt sie, dass wir ihn gestohlen haben?«

Du hast ihn gestohlen.

»Das hat sie nicht gesagt, aber ich kann mir keinen anderen Grund vorstellen, warum sie deshalb anrufen sollte.«

»Wahrscheinlich ist sie immer noch sauer deshalb, wie ich sie behandelt habe. Du weißt, wie theatralisch Kayla ist«, antworte ich und denke gleichzeitig darüber nach, wie ich es schaffe, dieses Ding unbemerkt zurückzubringen. Davon abgesehen habe ich absolut keine Ahnung, warum ich es überhaupt gestohlen habe. Zu riskant, sage ich mir. Wenn es urplötzlich wiederauftaucht, nachdem ich ihnen einen weiteren Besuch abgestattet habe, würde ich den Verdacht noch mehr auf mich lenken.

Jenna scheint über meinen Kommentar nachzudenken, ich stelle aber keine Anzeichen fest, ob sie einverstanden ist oder nicht.

»Er wird schon wiederauftauchen«, versuche ich erneut.

Ihr Kopfnicken erscheint mir spekulativ.

Ich schaue auf den Boden, aber mein Unbehagen verstärkt sich nur noch, denn Jake hat seinen Fressnapf nur halb geleert. Normalerweise ist er sauber geleckt, wenn ich nach Hause komme. Aber nicht heute Abend.

»Liebling«, sage ich, »hast du bemerkt, dass sich Jake in letzter Zeit irgendwie komisch verhält?«

»Komisch, inwiefern?«

»Er scheint ein wenig lethargisch und zurückgezogen.«

Jenna schüttelt den Kopf und zuckt mit den Schultern. »Ich habe den Eindruck, dass es ihm gut geht.«

»Er hat aber nicht alles aufgefressen.«

Sie schaut nach unten und prüft den Inhalt des Fressnapfs.

»Seltsam«, sage ich, »nicht wahr?«

Jenna hebt langsam den Kopf und schaut mich merkwürdig an. Sie antwortet immer noch nicht, aber wir waren schon immer in der Lage, ohne Worte miteinander zu kommunizieren, und im Moment spricht ihr Gesicht Bände.

Der Napf ist leer.

Kapitel 53

»Der Hund weiß es.«

Ich schrecke aus dem Schlaf hoch.

Schon wieder diese Stimme, allerdings könnte ich schwören, dass sie nicht aus meinem Kopf kam. Diesmal klang es, als ob mich jemand direkt neben mir anspricht.

Neben mir?

Ich sondiere meine Umgebung. Ich bin im Wohnzimmer. Ich schaue auf die Uhr. Das Abendessen ist fast eine Stunde her.

»Jake weiß es.«

Ich falle fast vom Stuhl, weil die Stimme jetzt aus einer ganz anderen Ecke des Raums kommt. Ich springe auf die Füße und prüfe jeden Zentimeter jener Ecke.

»Nein, nicht da«, spottet die Stimme, und sie bewegt sich schnell über mich hinweg zu einer anderen Ecke.

»Wo zum Teufel bist du?« Ich verschiebe Möbel, suche unter Tischen, hebe den Teppich hoch, um sie zu finden. »Hör mit diesem Versteckspiel auf!«

Jetzt höre ich sie aus dem Dielenboden kommen, direkt unter meinen Füßen: »Ich verstecke mich nicht. Du tust es.«

Ich springe auf wie von der Tarantel gestochen.

»Hör auf, mich zu jagen! Verflucht noch mal, lass mich in Ruhe!«

Die Stimme lacht im Eingangsbereich.

Ich drehe mich in diese Richtung. Jenna steht da und ist sichtlich kummergeplagt, denn sie hat lang genug beobachtet, wie ich panisch im ganzen Zimmer umhergelaufen bin und ein unsichtbares Wesen angeschrien habe. Ihr Mund ist leicht geöffnet. Ihre Arme kleben an ihrem Oberkörper.

Ich komme mir vor, als wären meine Füße mit Blei im Boden verankert. Ich kann nicht sprechen. Ich bin beschämt und gedemütigt. Ich bin erschüttert, denn auf einen Schlag ist der ganze Trost, den mir Jenna gestern nach dem MRT gespendet hat, die ganze Hoffnung, mich wiederaufzubauen, verloren. Nicht nur für mich, sondern ganz offensichtlich auch für sie.

»Mommy!«, ruft Devon aus seinem Zimmer. »Wo sind meine Baseballkappen?«

»Wahrscheinlich da, wo du sie hingelegt hast, mein Schatz«, brüllt Jenna zurück, und lässt mich nicht aus den Augen.

»Sie lagen alle auf meiner Kommode«, sagt er, »ich hab sie heute Morgen noch dort gesehen!«

Jenna lenkt ihre verdrießliche Aufmerksamkeit zum Treppenhaus. »Zehn Baseballkappen?«

»Ja, und jetzt sind sie alle weg!«

»Ich helfe dir in einer Minute«, sagt sie und dreht sich wieder zu mir um.

Gnadenfrist vorüber.

»Morgen bekomme ich die Ergebnisse vom MRT«, sage ich schnell und nervös.

»Wir müssen das hier noch ein wenig länger durchstehen, aber dann haben wir die Antworten.«

Bevor Jenna reagieren kann, lenkt mich eine Bewegung hinter ihr ab. Jake durchquert den Eingangsbereich.

Er trägt eine von Devons Baseballkappen im Mund.

Ich sehe Jenna an, und meine Angst spiegelt sich auf ihrem Gesicht wider. Sie versteht nicht, was ich denke, aber es spielt keine Rolle – ich weiß, sie fühlt es. Meine Frau macht einen Schritt zurück, und ihr Gesicht spricht Bände. So etwas wie Unsicherheit. So etwas wie Ungewissheit liegt darin. Nein, es ist mehr als das. Es ist …

»Chris«, sagt sie mit zitternder Stimme und unruhigen Augen. »Ich weiß nicht, was gerade passiert ist, aber es macht mich sehr nervös.«

Damit ist sie nicht allein.

Kapitel 54

Ich sehe was, was du nicht siehst, und das ist nichts

Mein Vater begann, Dinge zu hören und zu sehen, die gar nicht da waren. Manchmal Menschen, manchmal kleine Tiere und manchmal auch Wesen, die jeglichen Gesetzen der Biologie trotzten.

Er begann sogar, sie anzuschreien.

Nach diesem speziellen Tag im Auto kannte ich bereits das Ergebnis und wusste ganz genau, wohin uns das führen würde. An einen Ort ohne Versprechen auf einen neuen Tag, ohne Entkommen, nur neue Arten, dieselben alten und beunruhigenden Gefühle zu erleben. Ein Leben zwischen Extremen, wobei sich hinter keinem davon etwas Gutes verbarg.

Mein Vater war sehr krank, und das war ein Geheimnis, das meine Mutter vor den anderen nicht mehr länger verbergen konnte, selbst als sie den Kampf fortsetzte, es vor sich selbst zu verbergen. Eines Tages ging Vater im Schlafanzug aus dem Haus und schlenderte zur Nachbarstür. Nachdem man ihn hineingebeten hatte, pflanzte er sich auf ihr Sofa und startete eine laute und erschreckende Rede über sechsbeinige, nicht menschliche Kreaturen, die in Sockenschubladen zusammenlebten und sich dort reproduzierten. Entsetzt und genervt riefen sie meine Mutter an, die hinübereilte, um zu erklären, dass er nach einer Grippeimpfung durcheinander sei: Sie haben es ihr nicht abgekauft, und die Neuigkeit über meines Vaters Irrsinn machte schnell die Runde durch die Nachbarschaft. Ab diesem Zeitpunkt schaute uns jeder argwöhnisch an.

Wir kämpften alle gegen dieselbe Wahrheit, jeder auf seine Weise: Meine Mutter bemühte sich vehement, sie zu ignorieren, ich fühlte mich davon bedroht und mein Vater war hoffnungslos darin verloren. Je schwieriger mein Vater wurde, desto mehr sprang meine Mutter zwischen zwei unsicheren Zuständen hin und her – entweder suchte sie in ihrer Werkzeugkiste nach einer anderen mentalen Erfindung oder sie isolierte sich innerhalb ihrer eigenen dunklen Wolke der Depression. Wenn es dann wirklich unerträglich wurde, ließ sie meinen Vater zur ›Beurteilung‹ einliefern. Dann wurde er in eine Klinik innerhalb des Landkreises geschickt.

»Sie werden ihm helfen!«, sagte sie jedes Mal mit einem tragischen Lächeln und verzweifelten Tränen. »Du wirst schon sehen. Sie werden ihn heilen, und dann kommt er wieder zu uns zurück!«

Aber es war, als klebte man ein Pflaster auf eine Schusswunde. Er kam immer wieder zu uns zurück, aber nichts hatte sich an ihm geändert, und in gewisser Weise hatten es die Krankenhausaufenthalte nur noch schlimmer gemacht. Wenn er nach Hause kam, stand er unter Medikamenten, war abgestumpft und für kurze Zeit etwas fügsamer, aber sein gestörtes Verhalten kam wieder an die Oberfläche und eskalierte erneut. Selbst wenn er weg war, empfand ich keine große Erleichterung, nur ein durchdringendes Gefühl eines nahenden Untergangs, das in mir wie eine schnell wachsende Saat keimte. Zahlreiche

Nächte weinte ich mich in den Schlaf und fühlte mich in meiner Hilflosigkeit verloren. Verloren mit ihm auf diesem mentalen Karussell, mit dem wir uns schnell durch eine tragische Hoffnungslosigkeit nach nirgendwo drehten.

Unser Zusammengehörigkeitsgefühl als Familie löste sich schnell auf und wurde zu einem Strudel, der uns immer tiefer zog, während mein Vater immer weiter zerfiel.

Und dabei nahm er uns alle auf seinem Weg mit.

Kapitel 55

Während mein Auto in Richtung Arbeit fährt, schwebt ruhelose Sorge über meinem Kopf wie eine schwarze Wolke.

Ich habe Jenna gesagt, dass die MRT-Ergebnisse Antworten bringen würden, aber um ehrlich zu sein, habe ich ihr das eher aus einem Akt der Verzweiflung als der Sicherheit heraus gesagt. Ein MRT kann keine Schizophrenie erkennen, sodass ich bete, dass es sich um eine Hirnverletzung handelt, weil diese zumindest behandelbar sein könnte. Gegen Schizophrenie habe ich nicht den Hauch einer Chance.

Es ist traurig – wenn nicht sogar völlig ironisch –, darauf zu hoffen, dass ein beschädigtes Gehirn mich davor retten könnte, verrückt zu werden, aber um meinen Verstand zu kämpfen, erscheint mir eher wie ein Balanceakt auf der Spitze einer zweischneidigen Klinge. Jeden Tag rutsche ich ein wenig näher ans Ende, versuche, meinen Geist davon abzuhalten, meine Familie zu zerstören, bevor er mich zerstört. Ich weiß nicht, wie lange ich das noch durchhalte. Wenn ich an Jennas Reaktion von gestern Abend denke, scheint es, als ob auch sie beginnt, sich Fragen zu stellen. Ich konnte schon fast die Risse sehen, die sich durch den Mut ziehen, den sie mit so viel Mühe versucht aufrechtzuerhalten.

Mein abwrackender Geist ist auch dabei, meine Frau zu zerstören.

Ich versuche, diesen Gedanken zu ignorieren, aber er lässt mir keine Ruhe. Als ich in die Einfahrt vom Loveland einbiege, sehe ich etwas, das ich lieber nicht sehen würde.

Mein Fuß rutscht kurz vom Bremspedal.

Oh nein, um Himmels willen, nein.

Gestern war der Parkplatz noch zu zwei Drittel voll, aber heute ist er noch leerer.

Noch mehr Sorgen.

Steck deine Nase nicht da rein.

»Raus aus meinem verdammten Kopf!«, schreie ich, halte mir mit den Händen die Ohren zu, während ich durch das Gebäude in Richtung Untersuchungsraum gehe. »Ich muss es jemandem erzählen!«

Erzähl es niemandem. Zu viele Leute arbeiten hier gegen dich.

»Unsinn! Wenn andere verschwinden, kann nicht jeder daran beteiligt sein.«

Diejenigen, die verschwinden, wissen nichts, und der Rest gehört dazu.

»Ich gehe jetzt mit dem Problem zu Jeremy.«

Jeremy ist der Letzte, dem du das erzählen solltest. Welchen Beweis hast du in der Hand? Er wird erfahren, dass du dabei bist, den Verstand zu verlieren. Er wird dich wegbringen lassen.

Als ich um eine Ecke biege, kneife ich die Augen zusammen und greife mir in die Haare. »Aber es muss etwas getan werden!«

»In Bezug auf was?«

Ich schaue nach oben. Evan McKinley steht vor dem Untersuchungsraum. Er beugt sich zu einer Seite, schaut an meiner Schulter vorbei und dreht sich wieder zu mir zurück.

»Nichts«, sage ich und kämpfe damit, meiner inneren Stimme einen Deckel aufzusetzen. »Ich habe nur laut gedacht.« Ich ringe mir ein Lächeln ab.

Evan ringt sich eines zurück.

Er entfernt sich ein paar Schritte von der Tür, und ich arbeite hart daran, meine zuckenden Nerven zu bändigen. Ich rede mir ein, dass ich konzentriert bleiben muss, dass die Beurteilung in nur wenigen Stunden fällig ist. Ich muss herausfinden, welche Farbe das Kleid hatte, in das Donny Ray von seinem Vater gesteckt wurde, um zu bestätigen, dass dies der Traumaauslöser für seine Dissoziation ist. Aber beim Betreten des Zimmers scheint Donny Ray nicht mit meinem Plan einverstanden zu sein.

Noch nicht einmal annähernd.

Er starrt vor sich hin, völlig ziellos, und sitzt fast unbeweglich da. Ich folge seinem Blick, aber dessen Ziel bereitet mir Schüttelfrost. Erneut ist er auf das Bild des Mädchens im blauen Kleid fixiert. Keine Reaktion auf meine Anwesenheit – in der Tat, er reagiert auf gar nichts. Ich trotte vorwärts, lasse ihn nicht aus den Augen und setze mich. Glasige Augen, die Arme hängen schlaff am Körper hinunter, die Finger sind lasch und gespreizt.

»Donny Ray?«, sage ich und versuche, seine Aufmerksamkeit zu erwecken.

Nichts.

Ich schaue zum Bild und dann wieder zu ihm. Er ist an einem fernen Ort, und wo auch immer das sein mag, ich muss ihn zurückholen.

»Donny Ray«, sage ich mit lauter und dringlicher Stimme.

Und wieder zeigt er keine Reaktion.

Ich beuge mich weiter vor, sodass wir von Angesicht zu Angesicht sitzen, schnipse mit dem Finger und spreche lauter. »Donny Ray. Hören Sie mich?«

Er blinzelt ein paarmal, sieht erschrocken aus, als bemerke er gerade erst, dass ich da bin oder dass er da ist oder …

Ich lehne mich ein paar Zentimeter zurück und beobachte ihn weiter. Seine Augen scheinen etwas klarer, aber immer noch von Verwirrung getrübt, sodass ich eine Minute warte, damit er sich akklimatisieren kann, bevor ich sage: »Donny Ray, wissen Sie, wo Sie sich gerade befinden?«

Er lässt seinen Blick durch den ganzen Raum wandern und schaut mich wieder an. Er nickt, sieht aber immer noch ein wenig unsicher aus.

»Können Sie sich an das Letzte erinnern, das Sie gesehen haben, bevor Sie mich entdeckten?«

Er blickt in die Leere.

»Sie müssen bei mir bleiben«, sage ich ihm. »Schaffen Sie das?«

Ein weiteres, jedoch träges Nicken.

Er ist noch immer deutlich von seiner Umgebung abgesondert, und ich muss ihn wieder auf den Boden der Realität zurückbringen. Ich suche herum und sage: »Donny Ray, können Sie mir in diesem Raum drei Dinge nennen, die rot sind?«

Er sucht, nennt mir diese Dinge und kommt sichtlich zu sich.

Ich bin begeistert. Überzeugt.

Donny Ray war gerade in einem Zustand der Dissoziation, die durch das blaue Kleid auf dem Bild hervorgerufen worden ist – eine Bestätigung, dass meine Theorie exakt zutrifft. Bei der knappen Zeit hätte der Beweis nicht zu einem perfekteren Zeitpunkt kommen können.

Ich nehme eine Flasche Wasser vom Computertisch und reiche sie ihm. »Ich muss Sie fragen, was gerade passiert ist, und Sie müssen dabei aufmerksam bleiben. Sind Sie dazu in der Lage?«

Er nimmt einen gierigen Schluck aus der Flasche, schnappt nach Luft und gibt mir das Okay, fortzufahren.

»Bei unserem ersten Treffen erwähnten Sie, dass Sie Dinge vergessen. Dass sie nicht zusammenpassen. Haben Sie genau das gerade erlebt?«

Donny Ray räuspert sich und sagt: »Ja … klar.«

Er lügt. Glaub ihm nicht.

Was? Nein. Das ist das fehlende Beweisstück, nach dem ich gesucht habe. Ich habe jetzt keine Zeit für dich. Halt den Mund und lass mich meine Arbeit machen!

Ich kehre zu der Frage zurück, die er vorher nicht beantworten konnte, und stelle sie erneut: »Was ist das Letzte, an das Sie sich erinnern, bevor Sie mich hier gesehen haben?«

Er schaut zur Tür und kratzt sich am Kopf.

»Ich erinnere mich daran, dass Evan mich hierhingesetzt hat.«

Ich zeige zur Wand. »Erinnern Sie sich daran, zu irgendeinem Zeitpunkt dieses Bild gesehen zu haben?«

Er kneift beim Anblick des Mädchens im blauen Kleid ein wenig die Augen zu und nickt.

»War es bevor oder nachdem Evan Sie hingesetzt hatte?«

»Danach.«

»Okay. Wenn Sie ein wenig in der Vergangenheit graben, können Sie mir ungefähr sagen, wann Sie diese Art Erlebnis zum ersten Mal hatten?«

»Ich war jung.«

»Wie jung?«

»Ich weiß nicht genau.«

»Absolut keine Ahnung? Vielleicht ein ungefähres Alter?«

Er greift sein Hemd mit einer Hand, und mit der anderen beginnt er, es zu verdrehen. Dann schüttelt er den Kopf.

»War es vor oder nach Mirandas Verschwinden?«

»Danach.«

Genau genug. Diese Dissoziation begann wahrscheinlich im selben Zeitraum wie sein Missbrauch, aber da er eine Menge davon verdrängt hat, wäre es nicht ungewöhnlich, dass er ein wenig im Trüben fischt bezüglich dessen, was danach passiert ist. Ich fühle mich sicher genug, um fortzufahren.

Aber während ich mich vorbereite, höre ich wieder dieses tosende Geräusch von oben, nur noch viel lauter. Ein donnerartiges Getöse, gefolgt von schnellem und hektischem Stampfen, das mich fast vom Stuhl haut. Als Nächstes kommt der Schatten, so groß, dass er fast den ganzen Raum mit Dunkelheit bedeckt. Ich schaue nach oben, mein Körper schreckt sofort zurück, und ich sitze da wie gelähmt.

Der Teenager mit dem roten Kapuzenshirt kriecht an der Decke hinter seinem Gummiball her.

Ich drehe mich zu Donny Ray um. Er beobachtet mich mit kraus gezogener Stirn und geneigtem Kopf.

Ich kann es mir nicht leisten, die Realität aus meinen Händen gleiten zu lassen oder das Vertrauen meines Patienten zu verlieren. Ich muss mich zusammenreißen, zumindest bis ich hier fertig bin.

Ich schiebe meine Gedanken zur Seite und finde meinen Weg zu unserem Gespräch zurück.

»Können Sie sich irgendwie daran erinnern, einen Zeitverlust erlitten zu haben, als Jamey Winslow ermordet wurde?«

»Ja.«

»An was genau erinnern Sie sich?«

»Ich bin im Bett aufgewacht. Mit Blut an meinen Sachen.«

»Woher wissen Sie, dass es am gleichen Tag war?«

»Weil ich Panik bekommen hab und zu spät zur Arbeit gekommen bin, und ich hab es später in den Nachrichten gesehen.«

»Okay.« Ich schiebe die Ärmel zurück und beuge mich zu ihm vor. »Ich werde Ihnen heute eine Menge Fragen stellen. Wir müssen wieder über Ihren Missbrauch reden.«

Donny Ray schluckt schwer. Sein Adamsapfel steigt und fällt.

»Das Kleid, das Sie Ihr Vater gezwungen hat zu tragen. War es mehr als eines?«

Er schließt die Augen und schüttelt langsam den Kopf.

»Können Sie es mir beschreiben?«

Er öffnet die Augen und kämpft gegen die Tränen. Seine Lippen öffnen sich und zittern leicht. »Ich … Ich möchte nicht … Ich kann nicht …«

»Ich muss es wissen, Donny Ray.«

Er blickt zur Seite, dann zur Decke, und das Licht reflektiert die Tränen, die sich in den unteren Lidern sammeln. »Es ist zu …«

»Was? Raus mit der Sprache.«

»Es ist so …« Er hält wieder inne. »Erniedrigend!«, sagt er mit eingeschnürter Stimme und weigert sich noch immer, mich anzusehen.

»Ich weiß … Ich verstehe, aber ich würde nicht fragen, wenn es nicht wichtig wäre. Ich brauche diese Informationen für Ihre Beurteilung. Sie müssen mir helfen.«

Donny Ray lässt sich nach vorn fallen, umfasst seine Beine und zieht sie fest zusammen. Mit den Wangen auf den Knien ragt eine große Halsvene hervor, und er beginnt, mit dem Körper zu schaukeln. Als kehre er in Gedanken wieder dorthin zurück und müsse die unerbittliche Grausamkeit seines Vaters ertragen. Als wäre all das hier zu schmerzhaft.

Ich lehne mich wieder zurück und warte, denn es ist mir bewusst, wie schwer das für ihn sein muss. Nach einem solch schrecklichen Missbrauch eine derartige Scham zu erleiden. Wieder an diesen dunklen Ort zurückgeschleudert zu werden und solch schmutzige und abstoßende Einzelheiten beschreiben zu müssen.

Donny Ray versucht, sich zusammenzureißen – zumindest denke ich, dass er das gerade tut. Nun sitzt er aufrecht und steif da, aber er kann mich noch immer nicht ansehen.

»Spitze«, kommt es schließlich durch seine Lippen. »Es war Spitze.«

»Ich muss wissen, welche Farbe es hatte.«

»Ich … Ich weiß … Ich kann nicht.«

»Bitte versuchen Sie es. Es ist extrem wichtig.«

Er beugt sich wieder vor und schaukelt immer mehr. Die eine Gesichtshälfte, die ich sehen kann, ist mit Tränen bedeckt, die schnell und endlos hinunterlaufen.

»Weiß.«

Unter mir öffnet sich der Boden. Innerhalb von Sekunden stürzt meine Theorie in sich zusammen. Adam hatte recht. Ich bin geliefert.

Mit bebender Stimme frage ich: »War … war das Kleid durch und durch weiß?«

Endlich schaut mich Donny Ray an. Er schiebt Haarsträhnen aus dem Gesicht und wischt eine Träne ab. »Nein, das Kleid war nicht weiß.«

Ich bin verwirrt. Ich bitte ihn, das zu erklären.

Aber er hat Probleme damit, Worte zu bilden, als blieben sie ihm im Halse stecken. Er klammert sich mit beiden Händen an den Stuhl. Die Muskeln sind sichtbar angespannt. Eine Schweißperle rollt vorn am Hals hinunter und verschwindet unter seinem Hemdkragen. Jetzt sieht er wütend aus – nein, es ist mehr als das. Ich bin Zeuge von Rage, einer rauen und beißenden Rage, die sich fast wie meine eigene anfühlt.

Und in Sekundenschnelle reißt Donny Ray die Augen so weit auf, dass ich das Weiße darin sehen kann. Seine feurigen blauen Augen ruhen in der Mitte und starren mich mit einer Hitze an, die so intensiv ist, dass ich sie kaum ertragen kann.

Ein kehliges Geräusch rumpelt tief aus seinem Hals hervor, dann knurrt Donny Ray: »Du. Scheiß. Monster!«

Ich versuche, Ruhe zu bewahren – oder zumindest so auszusehen –, weil ich weiß, dass er sich nicht daran erinnern wird, was passiert ist. Er spürt endlich die Wut in sich, die er niemals herauslassen durfte.

»Was war weiß?«, frage ich sanft, aber bestimmt. »Erzählen Sie mir, was weiß war.«

Genauso schnell, wie er aufgetaucht war, verwandelt sich sein Zorn in eine neue Emotion. Durch seine halb geöffneten Augenlider sehen die vorher zornigen Augen jetzt dumpf und unscharf aus. Er lässt die Schultern fallen und krümmt sich.

Dann murmelt Donny Ray mit der Stimme eines Kindes schwach, bittend und kaum hörbar: »Die Schleife … Die Schleife war weiß.«

Und es ist nichts anderes als schmerzhafte Stille in diesem Raum.

Donny Ray schaut nach unten. Tränen tropfen in seine leeren Handflächen, als er sagt: »Eine riesengroße Schleife … in purem Weiß. Es war das einzige Mal, das ich jemals etwas Sauberes in den Händen meines Vaters gesehen habe. Er stand über dem Badezimmerwaschbecken – er stand da und schrubbte sie – zwanzig Minuten lang, bevor er die Schleife vorn auf dem Kleid befestigt hat, und … und ich wusste jedes Mal, was als Nächstes kam … dann hat er sie mit Stärke eingesprüht, und ich durfte noch nicht mal den Sicherheitsgurt anschnallen, wenn wir aus der Stadt rausfuhren.«

Donny Ray starrt während dieser Ausführungen leer in den Raum und sagt: »Jeden Tag bete ich zu Gott, dass dieser Mann in der Hölle keine einzige Sekunde Frieden bekommt. Nicht eine verfluchte Sekunde.«

Ich kann ihm nicht widersprechen. Ich atme ein und aus. Mein Herz zerbricht, aber die Zeit geht im Fluge vorbei. Ich muss unbedingt Fortschritte machen. Das Bild an der Wand sieht aus, als würde es mich anschreien. Ich hebe den Kopf, um mir das Mädchen im blauen Kleid anzusehen, und verschlucke mich fast an der Galle, die mir hochkommt. Das Mädchen auf dem Bild ist nicht mehr friedlich. Jetzt rieselt ein dünner Streifen Blut ihr Bein hinunter und endet in einer immer größer werdenden Lache vor ihren Füßen.

Plitsch, platsch, plitsch, platsch.

Überwältigt von einer Mischung aus Übelkeit und Grauen, habe ich keine andere Wahl, als die Augen zu schließen und sie wieder zu öffnen, in der Hoffnung, dass mein Irrsinn so lange Pause macht, bis ich aus Donny Ray herausbekommen habe, was ich brauche. Langsam verdunstet das Blut vor den Füßen des Mädchens und am Bein. Die Ordnung des Bildes ist wiederhergestellt, und zumindest im Moment bin ich in der Lage, die Realität in Angriff zu nehmen.

So, jetzt muss ich fragen. »Das Kleid, Donny Ray. Welche Farbe hatte das Kleid?«

»Meine Lieblingsfarbe. Er tat es absichtlich.«

»Donny Ray, welche *Farbe* hatte das Kleid?«

Er spuckt das Wort aus, als ob es faul schmeckt.

»Blau.«

Kapitel 56

Ich sitze im Büro und starre auf den Computerbildschirm.

Beurteilung abgeschlossen. Diagnose: dissoziative Amnesie, hervorgerufen durch ein akutes und wiederkehrendes psychologisches Trauma.

Obwohl ich weiß, dass jedes fehlende Mädchen mit Donny Rays Schrecken der Vergangenheit verbunden ist, habe ich sie aus diesem Fall herausgehalten, wie angeordnet, und mich nur auf Jamey Winslow konzentriert. Den Rest habe ich in einer separaten Datei gespeichert, falls ich es zu einem späteren Zeitpunkt benötigen sollte.

Nun muss ich nur noch auf die Schaltfläche ›Abschicken‹ klicken.

Nach all den Jahren, in denen ich eine Vielzahl von Beurteilungen abgeschlossen habe, habe ich stets dieselbe Reaktion im selben Moment. Ich kritisiere mich im Nachhinein selbst. Ich schwanke. Nicht ein einziges Mal, nicht einmal für einen Moment habe ich das Gewicht meiner Verantwortung auf die leichte Schulter genommen, und dieser Fall ist keine Ausnahme.

Ich weiß, dass ich recht habe – das ist nicht das Problem –, trotzdem bin ich mir der Auswirkungen dieses Klicks voll bewusst. Donny Ray wird wieder vor Gericht gestellt, und obwohl sein Schicksal in den Händen von Richter und Geschworenen liegt, hat meine Diagnose einen erheblichen Einfluss auf diesen Prozess.

Ich schaue auf die Uhr. Die Frist ist fast abgelaufen. Die Zeit ist bald vorüber.

Ich denke über Adams Zweifel nach, aber da jetzt die Verbindung mit dem blauen Kleid hergestellt ist, haben wir auch den Beweis für Donny Rays Pathologie. In einem Punkt hatte Adam recht: Ich muss nicht den Polizisten spielen. Ob Donny Ray gezwungen war, den Mord an seiner Schwester zu vertuschen, ist bei der Erstellung meiner Diagnose eigentlich irrelevant.

Und damit haben wir eine weitere Bestätigung. Da mich Adam gut genug kennt, hätte er nicht an meiner professionellen Urteilsfähigkeit zweifeln dürfen und mir vertrauen müssen. Er hat mich beleidigt, und ich bin jetzt wirklich davon überzeugt, dass seine Motivation tatsächlich von professioneller Eifersucht angetrieben wurde.

Adam will deinen Misserfolg sehen.

Er hat leichte Besorgnis bezüglich meiner MRT-Ergebnisse angeführt, aber der Schatten, den er damit hervorgerufen hat, legt sich über unsere langjährige Freundschaft und stellt unsere Verbindung infrage.

Wut und Traurigkeit überkommen mich, denn ich drücke mit mehr Kraft als nötig auf ›Abschicken‹.

Kapitel 57

Beurteilung abgeschickt. Auftrag erledigt.

Auf dem Weg zu Alpha Zwölf habe ich Zeit, etwas zu verarbeiten, das durch den Druck und die drohende Frist vorher nicht möglich war.

Adam hat mir nicht geglaubt, aber ich glaube Donny Ray.

Als Profi habe ich das bekommen, was ich brauchte, aber als Mensch habe ich das Gefühl, als hätte ich einer niemals heilenden Wunde noch mehr Schmerz hinzugefügt. Ich habe Donny Ray Smith etwas genommen. Ein weiteres Stück seiner bereits zerbrochenen Psyche.

Ich möchte es ihm zurückgeben.

Oder es zumindest versuchen. Mir ist vollkommen bewusst, dass ihm meine Entscheidung mitzuteilen seinen Schmerz nicht heilen wird – diese Art verheilt niemals –, aber vielleicht helfen meine Neuigkeiten ein ganz klein wenig.

Warte. Was zum …?

Ich schaue den Flur von Alpha Zwölf entlang. Mit Ausnahme der Zimmer, die einst von Nicholas und Stanley besetzt waren, sind jetzt alle Türen geschlossen und verriegelt. Von was, in Gottes Namen, hat Adam gesprochen, als er mir sagte, dass die Patienten niemals in ihren Zimmern eingesperrt wären?

Wenn ich es mir recht überlege, waren denn nicht auch vorhin alle Türen verschlossen, als ich zum Untersuchungsraum gegangen bin?

Adam spielt mit deinem Verstand.

Ich marschiere wütend weiter und habe die Absicht, Donny Ray die gute Nachricht zu überbringen.

Du darfst solche Informationen nicht mit Patienten teilen.

»Meinst du, ich wüsste das nicht? Es wird keinen Schaden anrichten.«

Ich erreiche Donny Rays Zimmer. Evan steht mit einem Blick vor der Tür, den ich nicht deuten kann.

»Denken Sie immer noch laut, Doktor?«, fragt er.

Ein Blick über meine Schulter sagt mir, dass, obwohl ich mich nicht in seinem Sichtfeld befand, meine Stimme weiter zu hören war, als mir lieb ist.

»Ich stehe im Moment nur ein wenig unter Druck, Evan«, murmle ich und deute ihm an, dass er die Tür entriegeln soll.

Er öffnet sie, und ich gehe abgelenkt an ihm vorbei.

Drinnen sitzt Donny Ray auf dem Bett und starrt aus dem Fenster, Hände leicht im Schoß gefaltet, und er bewegt einen Daumen über dem anderen hin und her, als wolle er eine alte und hartnäckige Verletzung lindern.

Ein Schritt vorwärts. Er dreht den Kopf zu mir und versucht zu lächeln, aber die nach unten gezogenen Mundwinkel verraten ihn. Ich nehme mir den Stuhl vor seinem Tisch, drehe ihn in seine Richtung und setze mich. Donny Ray wartet darauf, dass ich spreche.

»Ich möchte, dass Sie wissen, dass ich mir durchaus bewusst bin, wie viel Mühe es Sie gekostet hat, mir alles zu erzählen, und ich schätze das sehr, und …« Ich unterbreche mich, weil das so selbstverständlich klingt und unter diesen Umständen alles so sinnlos erscheint. »Lassen Sie mich sofort auf den Punkt kommen. Ich habe Ihre Bewertung abgeschlossen und sie zum Gericht geschickt.«

Donny Ray nickt, wobei Spannung und Unsicherheit schnell zu Sorge werden.

»Meiner Meinung nach litten Sie unter dissoziativer Amnesie, nachdem Jamey Winslow als vermisst gemeldet wurde.«

Er öffnet den Mund weiter, während er beginnt zu verstehen, was ich sage. »Ich dachte nicht, dass Sie … Ich hätte nie gedacht, dass mir jemand …«

»Ihnen glauben würde?«

Er schließt die Augen und nickt.

»Es ist immer noch Sache des Gerichts, zu entscheiden, ob Sie wegen Geisteskrankheit unschuldig sind oder nicht.«

»Aber darum geht es gar nicht. Es ging nie darum.«

Ich schaue ihn neugierig an.

»Es geht um die Wahrheit. Es geht darum zu wissen, dass sich irgendwo in Ihrem Verstand die Wahrheit versteckt und dass Sie sie nicht finden können, weil dort all diese Spiegelungen sind, die Sie blenden. Wir haben uns gegenseitig geholfen, die Wahrheit herauszufinden.«

Vielleicht können wir sie beide herausfinden.

Donny Rays Aussage am Tag, an dem wir uns getroffen haben – eine Aussage, die jetzt ganz klar ist.

Die Tür öffnet sich. Evan steckt den Kopf hindurch und verkündet: »Zahnarzttermin in zehn Minuten. Ich komme Sie in fünf Minuten abholen.«

Donny Ray nickt Evan zustimmend zu, steigt aus dem Bett und geht hinter die Wand, die den Wohnbereich vom Waschraum trennt. Sekunden später höre ich Wasser laufen, und ich werfe einen Blick auf die Uhr: Es ist schon spät. Da meine Angst vor der Beurteilung vom Tisch ist, hoffe ich, dass mein Verstand jetzt ein wenig Ruhe gibt. Ich stelle den Stuhl wieder an seinen ursprünglichen Platz, drücke eine untere Schublade zu und bewege mich zur Tür.

Aber kaum habe ich ein paar Schritte gemacht, halte ich an, schaue über meine Schulter, kehre zur Schublade zurück und ziehe sie auf. Ich hole das Buch heraus, das ganz an den Rand geschoben war, und lese mit zittrigen Händen den Titel.

Shakespeares *Hamlet.*

Ich schlucke schwer, öffne die Seite, in der das Lesezeichen steckt, und zwei Worte schreien mich förmlich an. Zwei sehr bedrohliche und vielsagende Worte.

Dieser Todesschlaf.

Das Zimmer beginnt, sich zu drehen, meine Sicht wird getrübt und mein Brustkorb zieht sich so sehr zusammen, dass ich kaum noch Luft bekomme. Ich schnelle herum und sehe Donny Ray vor mir stehen. Im Nullkommanichts lasse ich das Buch aus seiner Sicht verschwinden.

»Christopher, was ist los?« Er beugt den Körper und neigt den Kopf zur Seite.

Ich versuche, meine Hand vom Zittern, meinen Verstand vom Schreien und jeden einzelnen meiner Muskeln vom Springen abzuhalten. »Sie haben mich gerade erschreckt, das ist alles. Ich habe Sie nicht kommen hören.«

Donny Ray schenkt mir ein Grübchenlächeln. »Gütiger Gott. Ich war wirklich besorgt, weil ich für einen Bruchteil einer Sekunde dachte, es hätte vielleicht mit dem Buch zu tun, das Sie hinter Ihrem Rücken festhalten.«

Ich erstarre.

Er sagt nichts mehr. Muss er auch nicht, weil mir diese Augen einen solch bösen, feurigen Blick zuwerfen, dass er fast Löcher in die Haut brennt. Ich lasse das Buch auf einer Seite sinken, weiche ein Stück vor ihm zurück, und er lässt das Lächeln eines Killers aufblitzen.

»Sie waren das also. Die ganze Zeit waren Sie das. *Sie* haben ihnen diesen Satz eingebläut.«

»Ich hab hier wirklich ein paar total bekloppte, abgefuckte Nachbarn um mich herum«, antwortet Donny Ray mit einem hämischen Lachen, sodass sich mir die Zehennägel aufrollen. »Und was ist mit diesen verrückten Türen in Alpha Zwölf? Wie Ihr Verstand die ständig ver- und entriegelt?«

Ich muss unbedingt weg von diesem Monster, und zwar so schnell und weit wie menschlich irgendwie möglich.

Auf halbem Weg zur Tür höre ich: »Christopher?«

Ich kann nicht umhin, ich muss mich einfach umdrehen.

Er hält mein Handy in einer Hand. »Sie haben etwas verloren. Wieder einmal.«

Ich blicke nach unten und betaste mein Hemd. Das Telefon ist nicht in der Hemdtasche. Wie kam es in seine Hände?

»Wer ist das?«, fragt Donny Ray und betrachtet mit Interesse meinen Begrüßungsbildschirm, was mir absolut nicht gefällt.

Ich sage nichts.

»Ihr Sohn, stimmt's? Er ist ein sehr hübscher Junge«, erzählt mir der Kindermörder. »Das dunkle Haar, diese tiefen, braunen Augen …«

Aber es klingt nicht wie ein Kompliment.

»Sie lieben ihn bestimmt mehr als alles andere auf der Welt.«

Es hört sich wie eine Drohung an.

»Kommen Sie ihm ja nicht zu nahe, Donny Ray«, knurre ich. »Ich warne Sie.«

»Wenn es die Situation rechtfertigt, Christopher.«

»Die *Situation* ist irrelevant. Befestigungsmauern und eine Armee von Sicherheitsbeamten in diesem Krankenhaus machen Ihre Drohung nutzlos.«

»2320, Hillsborough Lane«, sagt er mit einem Schmunzeln so ekelhaft wie verdorbener Essig. »Grünes Haus, weiße Fensterläden.«

Seine Beschreibung nimmt mir den Atem. »Woher wissen Sie das?«

An der Tür fummelt Evan mit dem Schlüssel im Schloss. Ich werfe Donny Ray einen bösen Blick zu. »Sie werden niemals von hier wegkommen. Niemals.«

»Gerald könnte da anderer Meinung sein.«

»Was hat er damit zu tun?«

»Wenn ich die anderen kriegen kann, kriege ich Sie auch.«

Evan tritt ein, aber das Schweigen, das in diesem Raum wie ein nasser, stinkender Sack verweilt, bringt ihn unmittelbar zum Stehen. Er sieht mich, schaut auf den Patienten und scheint sogar noch verwirrter.

Gerade als Donny Ray an mir vorbeigeht, blinzelt er mich an und schenkt mir dieses bübische Grinsen, in tausend finstere Farben gehüllt.

Kapitel 58

Es durchfährt mich ein fürchterlicher Schauer, während ich beobachte, wie Donny Ray den Raum unter Evans Aufsicht verlässt.

»Evan«, rufe ich impulsiv, und er kommt zurück zu mir. Donny Ray wartet geduldig auf dem Flur und blickt mich höhnisch an.

Ich gebe Evan ein Zeichen, er solle näher kommen. »Bitte behalten Sie ihn heute besonders gut im Auge.«

Evan sagt: »Ich kann ihm einen Sicherheitsbeamten rund um die Uhr zuweisen.«

»Nein, bewachen Sie ihn bitte selbst.« Er schaut überrascht. Ich versuche, ganz vertraulich mit Evan zu reden. »Ich vertraue Ihnen, Evan, und dieser Patient ist im Moment ganz besonders gefährlich. Er muss scharf bewacht werden.«

»In Ordnung, Doktor«, sagt er und kehrt wieder dorthin zurück, wo Donny Ray steht. Ich beobachte, wie sie gemeinsam weggehen.

Ich bin allein.

Jetzt kann ich meinem Zittern freien Lauf lassen.

Mein Anfangsverdacht war richtig. Donny Ray hatte all diese seltsamen Ereignisse in Alpha Zwölf eingefädelt.

Donny Ray ist ein Psychopath.

Er versuchte, mich aus dem Gleichgewicht zu bringen. Aber warum? Warum hat er mir Verwirrung aufgezwungen, wo ich doch die einzige Person war, die ihm helfen konnte?

Weil er deine Hilfe nicht braucht.

»Was zum Teufel erzählst du da? Natürlich braucht er sie.«

Dich aus dem Konzept zu bringen ist der einzige Weg, dir die Wahrheit zu zeigen.

»Welche Wahrheit?«

Die Stimme antwortet nicht, aber Donny Rays Kommentar von vorhin stößt mir jetzt übel auf.

Darum geht es gar nicht. Es ging nie darum. Es geht um die Wahrheit.

Die einzige Wahrheit, die ich im Augenblick kenne, ist, dass Donny Ray Smith vor Gefahr stinkt. Er ist nicht irgendein Psychopath – er ist ein äußerst cleverer. Nachdem Philips Ärger am Miller-Institut bekommen hatte, wurde ich zu seiner nächsten leichten Beute, und er hat mich seither verdammt gut manipuliert.

Das Bild an der Wand. Das Mädchen im blauen Kleid. Seine Momente der Loslösung. Die tragische Geschichte des Missbrauchs. Sie waren alle Bausteine für seinen sorgfältig inszenierten Plan. Und er wäre fast erfolgreich gewesen, hätte er nicht versäumt, die Schublade zu schließen.

Oder hatte er das gar nicht?

Ich kapiere jetzt immer schneller, dass Donny Ray Smith keine Fehler macht. Das führt mich zu der Frage, ob er wollte, dass ich das Buch finde. War es nur ein weiterer Schritt in seinem Plan, mich um den Verstand zu bringen?

Ich gehe noch einmal alles durch, was während unserer Sitzungen passiert ist. Die Geschichte über seine Mutter, die meiner glich. Mir dämmert jetzt, wie er sie benutzt hat, um mich zu manipulieren, um Sympathiepunkte zu sammeln, sodass ich noch schneller mit ihm in einem Boot sitzen würde.

Aber woher weiß er so viel über mich?

Ich rekonstruiere meine Erinnerung an unsere Sitzungen. Der fehlende Kugelschreiber. Meine vollkommen aus dem Gleichgewicht geratenen Aktionen und Bewegungen. Die Pausen in unseren Gesprächen.

Der Zeitverlust.

Ich war zu Beginn zu sehr von meiner Verwirrung geblendet, später von meinem Mitgefühl, aber nun sehe ich klarer. Ich verstehe nun, wie Donny Ray so viele Informationen über mich bekommen konnte. Weil ich sie ihm unwissentlich gegeben habe. Er hat meine Gedächtnislücken ausgenutzt, um die Informationen zu extrahieren. Aber mit dieser Erkenntnis kommt eine weitaus beunruhigendere hinzu.

Meine Adresse.

Oh Gott. Wie habe ich das nur zulassen können? Was habe ich in diesen Gesprächen, an die ich mich nicht erinnere, diesem hungrigen Monster, das zehn Kinder verschwinden lassen kann, noch alles erzählt? Was habe ich ihm erzählt, dass es ihm ermöglichen könnte, das Leben meines eigenen Sohnes in Gefahr zu bringen?

Sie lieben ihn bestimmt mehr als alles andere auf der Welt.

Die Art und Weise, wie er Devons Foto ansah.

Er ist ein sehr hübscher Junge.

In dem Augenblick, als mein Telefon in seine Hände geraten war, wusste Donny Ray, dass er den Goldschatz eines jeden Psychopathen gefunden hatte: Informationen, die er verwenden konnte. Ein perfektes Werkzeug, um einzuschüchtern und sein Geheimnis zu bewahren.

Sein Geheimnis.

Ich habe gerade die Räder für den Antrag auf Unzurechnungsfähigkeit eines Psychopathen ins Rollen gebracht. Wenn die Jury glaubt, dass sich Donny Rays Verstand während der Tötung von Jamey Winslow in einem dissoziativen Zustand befand, schickt man ihn in eine andere psychiatrische Einrichtung, die weit weniger sicher sein wird als ein Gefängnis. Ich kann noch nicht einmal auf die anderen Fälle setzen, um ihn aus dem Weg zu räumen, denn es wird niemals genügend Beweise geben, um ihn zu belasten.

Ich muss etwas tun. Ich muss sicherstellen, dass dieser gefährliche Täter für den Rest seines Lebens ins Gefängnis geschickt wird – oder, noch besser, hingerichtet wird – und niemals eine Chance hat, auch nur in die Nähe meines Sohnes zu kommen.

Aber wie?

Ich werde es zunächst Jeremy sagen und dann dem Gericht. Genau, das ist die Lösung. Ich werde ihnen sagen, dass ich neue Erkenntnisse habe, die meine Entscheidung infrage stellen.

Und welche Erkenntnisse wären das?

Ich fahre mir durch die Haare, fühle Schweiß auf Stirn und Kopfhaut. »Ich weiß es nicht!«

Du hast nichts in der Hand. Donny Ray hat dich an der Nase herumgeführt. Sieh es doch ein. Du wurdest hinters Licht geführt.

»Es muss aber etwas geben. Ich werde es finden!«

Zu spät. Beschlossene Sache. Die Frist ist abgelaufen. Wenn du deinen Bericht widerrufst, wird jeder erfahren, dass dich ein Psychopath überlistet hat.

»Aber ich muss ihn stoppen!«

Wie? Indem du zulässt, dass ihm das Gericht einen anderen Psychologen schickt, den er sich vorknöpfen kann? Du warst seine Laborratte. Es wird ihm noch leichter fallen, jemand anderen zu überzeugen.

»Heilige … Du hast recht. Ich stecke fest. Ich habe keine Zeit, weitere Beweise zu suchen, und ohne stehe ich wie ein noch größerer Idiot da, wenn ich versuche, zu erklären, was passiert ist.«

Du hast ein viel dringenderes Problem zu lösen.

»Was soll das sein?«

Ihn im Loveland zu behalten.

»Er hat geblufft. Er kommt hier nicht raus.«

Ich wette, Gerald wäre anderer Meinung.

Ich renne zu Geralds Zimmer.

Und ich stehe erneut vor einer weit geöffneten Tür; alles ist leer, kein Gerald, der Schäler, der die Haut von Menschen abzieht, und seine Sachen sind auch weg. Zu meinem größten Erstaunen schaue ich zum Empfang, an dem die geheimnisvolle Krankenschwester sitzt. Sie zu fragen, was mit dem Patienten passiert ist, erscheint mir im Augenblick nutzlos. Ihr Geist erscheint mir genauso verloren wie Gerald selbst.

Ich kehre zu Geralds Tür zurück, und es ist, als starrte ich auf ein gruseliges Fragezeichen.

Wenn ich die anderen kriegen kann, kriege ich Sie auch, Christopher.

Ich denke an Stanley und Nicholas und grübele über die vergangenen Ereignisse nach. Beide sagten diesen Schlaf-des-Todes-Satz zu mir, und beide verschwanden. Wenn Donny Ray dafür verantwortlich war, kann er dasselbe für sich selbst tun?

Ich schließe mich in mein Büro ein und suche nach Antworten.

Ich beginne mit dem ersten Verschwinden: Nicholas' geheimnisvolle Verlegung in ein mysteriöses Krankenhaus in Billings, Montana, von dem ich noch nie gehört habe. Nachdem ich die Rufnummer vom Smithwell-Institut nachgeschlagen habe, rufe ich dort an und erzähle der Telefonistin, was ich brauche. Sie übergibt den Anruf an eine Verwalterin des Pflegepersonals namens Trina Mullen.

»Wie war noch gleich der Name des Patienten?«, fragt Mullen, und man hört die Computertastatur im Hintergrund klappern.

Ich wiederhole ihn.

Das Klappern hört auf. »Das hatte ich mir schon gedacht. Wir haben keinen Patienten mit diesem Namen.«

»Wir haben ihn vor vier Tagen zu Ihnen geschickt. Er müsste mittlerweile bei Ihnen angekommen sein.«

»Wenn er auf diese Weise hierhergeschickt worden wäre, dann hätten wir Unterlagen über ihn, aber ich kann nichts finden.«

»Aber in *unseren* Unterlagen steht etwas ganz anderes.«

»Vielleicht ist es ein Irrtum.«

»Irgendjemand hat bestimmt einen Fehler gemacht, aber nicht bei uns!« Ich knalle das Telefon hin, und meine Nerven prickeln wie heiß glühende Nadeln unter der Haut.

Nichts funktioniert hier! Dieser Ort hier ist kaputt!

Ich frage mich so langsam, ob Stanley recht hatte.

Ich fahre mit seinem Verschwinden fort und wähle die Rufnummer vom St.-Mary's-Krankenhaus, aber die Oberschwester gibt mir keine andere Antwort. Sie hat keine Ahnung, wovon ich rede, keine Krankenakte oder sonstige Aufzeichnungen zu Stanleys Einweisung.

Ich lege auf, starre ins Leere und frage mich, was in Gottes Namen hier los ist. Eine verloren gegangene Patientenakte will ich ja noch verstehen, aber gleich zwei hintereinander? Zwei Patienten, die einer nach dem anderen von ein und demselben Stockwerk verschwinden, und dies innerhalb von zwei Tagen? Das ist kein Zufall – das ist höchst verdächtig.

Meine Finger rasen hektisch über die Tastatur, während ich nach Nicholas' Krankenakte suche, in der Hoffnung, einen kleinen Anhaltspunkt zu finden, der mir weiterhelfen könnte.

Sie ist nicht da. Weg.

Auch mit Stanleys und Geralds Akten habe ich keinen Erfolg.

Irgendjemand hat ihre Dateien gelöscht.

Es ist absolut unmöglich, dass Donny Ray das getan haben könnte.

Es sei denn, er hat interne Hilfe.

Ich denke an Melinda. Sie ist wahrscheinlich auch zu seinem Opfer geworden, daher prüfe ich den Mitarbeiterdienstplan und erhalte eine unwiderrufliche Bestätigung: Auch ihre Unterlagen sind verschwunden. Sogar auf den Arbeitsplänen, aktuellen und vergangenen, ist diese Frau nicht vermerkt, als hätte sie hier niemals gearbeitet.

Sie ist schlicht und ergreifend gelöscht worden.

Gehörte ihr Verschwinden zur Strategie? Könnte es sein, dass sie während der Suche nach Informationen, um die ich gebeten hatte, über etwas gestolpert ist, das ihr eigenes Leben in große Gefahr gebracht hat? Ich habe keinen Beweis, aber einer Sache bin ich ganz sicher: Es werden nicht nur Menschen aus dem Loveland gelöscht, sondern auch jeder Beweis ihrer Existenz.

Schweiß sammelt sich an meinem Hals. Ich weiß noch nicht, wer im Loveland im Hintergrund die Fäden zieht, aber es geschieht etwas Furchtbares hier, wesentlich schlimmer, als sogar ich es mir vorgestellt habe.

Du musst etwas tun.

Ich muss etwas tun.

Du musst die Sache selbst in die Hand nehmen.

Kapitel 59

Erzähl das bloß nicht Adam.

»Pass auf, ich sehe ein, dass er ein Arsch war, als er meine fachliche Kompetenz angezweifelt hat, aber hier gibt es sonst niemanden, dem ich vertrauen kann.«

Du kannst ihm nicht vertrauen.

»Ich muss mit jemandem darüber reden! Ich muss stoppen, was hier geschieht!«

Adam steht an seinem Bücherschrank, als ich hereinstürme. Erschreckt dreht er sich um. Mehrere Bücher fliegen aus dem Regal und stürzen zu Boden.

»Was zum Teufel soll das?« Er deutet auf den Stapel mit Büchern. »Schon mal was von Anklopfen gehört, bevor man einen Raum betritt?«

»Keine Zeit dafür«, sage ich und stürze schnurstracks auf den Stuhl zu. »Wir haben ein Problem. Ein großes Problem.«

Adam hat mich nicht aus den Augen gelassen, während ich zu seinem Schreibtisch gegangen bin, sogar nicht, nachdem ich mich auf seinen Stuhl gesetzt habe. Er ist das perfekte Abbild einer argwöhnischen, von Zweifel geplagten Person.

Ich reibe eine verschwitzte Handfläche am Hosenbein ab und schiebe den Stuhl noch ein wenig näher an den Schreibtisch heran. »Zunächst einmal möchte ich, dass du weißt, dass ich zu Beginn die Dinge verharmlost habe, weil ich nicht den Eindruck erwecken wollte, zu übertreiben. Aber jetzt bin ich auf Informationen gestoßen, die absolut klar und deutlich sind.« Ich prüfe erneut die Tür hinter ihm und spreche leiser. »Adam, etwas sehr Merkwürdiges passiert hier, etwas Schlimmes, und ich weiß einfach nicht, wem außer dir ich das erzählen kann, ich bin wirklich besorgt, und es muss etwas getan werden, bevor es …«

Adam stoppt mich mit angehobener Hand, und ich sehe Bestürzung auf seinem Gesicht, als er sagt: »Chris … was hast du?«

»Das versuche ich doch gerade zu erklären!«

»Nein, ich meine, ich habe dich noch nie in so einem Zustand gesehen.«

»Wie jetzt?«

»Schau dich doch mal an. Dein Hemd ist in Schweiß getränkt, du hast einen wilden Blick und läufst herum wie von der Tarantel gestochen. Du bist total durchgedreht. Kannst du nicht wenigstens ein wenig langsamer machen?«

»Adam, wir haben keine Zeit, langsamer zu machen! Immer mehr Menschen verschwinden!«

Er tritt zurück und neigt den Kopf.

Ich erzähle ihm, dass jetzt nicht nur Nicholas und Stanley, sondern auch Melinda und Gerald verschwunden sind, und zwar zusammen mit ihren Aufzeichnungen. Dass das Smithwell und das St. Mary's nie etwas von unseren Patienten gehört haben. Dann erzähle ich ihm im Detail von meinen Beobachtungen auf dem Parkplatz und in der Kantine, das heißt von sichtbaren Anzeichen dafür, dass die Krankenhausbelegschaft immer geringer wird.

Adam reagiert nicht. Er schaut mich mit entsetzten Augen an.

»Du glaubst mir nicht.«

»Das habe ich nicht behauptet.«

»Aber du schaust mich so an, Adam. Wirklich.«

»Es ist nur … alles, was ich damit sagen will, ist, lass uns ein wenig auf den Boden der Tatsachen zurückkommen, okay? Es muss eine logische Erklärung geben.«

»Das ist genau das, wonach ich gesucht habe! Es gibt keine! *Das* ist das Problem!«

»Vor allem ist mir immer noch unklar, wer all diese vermissten Menschen sind, von denen du redest.«

»Die aus Alpha Zwölf! Ich habe dir bereits von ihnen erzählt!«

Adam macht ein nachdenkliches Gesicht, während er den Computerbildschirm zu sich umdreht. Er beginnt zu tippen.

Ich warte und beobachte.

Ein paar Sekunden später schaut er auf, und ich bin erleichtert, festzustellen, dass auch er überrascht ist.

»Siehst du Adam? Verstehst du jetzt, was ich meine?«

»Nein, eigentlich nicht.«

»Warte … *was?*«

Er schwenkt den Monitor langsam zu mir herum.

Ich schaue drauf.

»Chris«, sagt er, »die Leute, von denen du sprichst, die existieren gar nicht. Es gibt nichts, was auch nur im Entferntesten darauf hindeutet, dass sie es jemals haben.«

»Davon rede ich doch die ganze Zeit! Ihre Akten wurden gelöscht! Genau wie sie selbst! Jemand im Loveland versucht, sie auszuradieren. Sie wurden irgendwohin gebracht – was weiß ich –, an einen geheimen Ort oder vielleicht noch schlimmer, aber du hast doch diese Leute auch gesehen, Adam. Genau, wie ich sie gesehen habe.«

Er zerrt nervös an einem Ärmel.

»Oh, komm schon, Mann. Das hast du. Du hast diese Leute gesehen. Du warst doch mit mir dort unten. Gerald? Der gruselige Kerl, der Menschen häutet?«

Er kneift die Augen zusammen.

»Und Nicholas? Der Typ, der in seinem Zimmer an sich selbst herumgefummelt hat?«

Seine Augen weiten sich.

»Das ist …« Ich schieße vom Stuhl hoch, und er kippt um. Adam schiebt seinen Stuhl von mir weg. »Das ist doch verrückt! Ich kann einfach nicht glauben, dass du mir so was erzählst!«

»Chris«, sagt er. »Du bringst mich zum Ausflippen. Bitte setz dich wieder. Und beruhige dich.«

Ich ziehe den Stuhl zu mir heran. Ich setze mich. »Und du hattest recht mit Donny Ray Smith. Er simuliert. Er ist ein Psychopath. Er hat mich die ganze Zeit über manipuliert. Ich hab Mist gebaut, als ich meine Beurteilung abgeschickt habe. Ich hab geschrieben, dass er während Jameys Mord vollkommen dissoziativ war, aber ich habe mich geirrt.«

»Du hast *was?*« Adams Kinnlade klappt hinunter.

»Aber ich denke, dass er weiß, wo sich die vermissten Menschen aufhalten, und ich werde versuchen herauszufinden, wo. Tatsache ist, dass er für jeden gefährlich ist. Aber wir werden es nicht zulassen, dass er uns Schaden zufügt.«

Ich erwarte Zufriedenheit und Zustimmung, aber Adams nächste Reaktion erschreckt mich. Es ist mehr als Zögern, mehr als Zweifel. Mitleidvolle Traurigkeit gespickt mit tiefem Misstrauen, spürbar und irritierend, genau so, wie wenn man einen Freund, dem man vertraut, dabei ertappt, wie er hinter deinem Rücken schlecht über dich spricht.

Ich habe versucht, dich zu warnen … Er gehört dazu.

»Chris«, sagt er, »ich bin sehr besorgt um dich. Hat Rob mit den Ergebnissen vom MRT angerufen?«

»Wirklich, Adam? *Wirklich?* Du wirst das jetzt tatsächlich gegen mich verwenden?«

»Ich verwende gar nichts gegen dich. Ich versuche nur, zu sagen …«

»Was Adam? Was willst du sagen? Dass du glaubst, dass ich den Verstand verliere?«

Du verlierst tatsächlich den Verstand.

Ich schlage mit der Hand auf den Schreibtisch und starre ihn an. »Ich dachte, du wärst mein Freund! Du solltest mich unterstützen!«

Adam sagt nichts – er sitzt schweigend und fassungslos da.

Mein Handy klingelt.

»Ich muss antworten«, sage ich mit einem Ekel in der Stimme, der nicht im Entferntesten beschreiben kann, was ich gerade fühle.

Adam schaut mich kalt an, als ich gehe.

Kapitel 60

Mein Handy klingelt erneut.

Ich schaue auf das Display, meine Schultern versteifen sich und ich bekomme einen Adrenalinstoß. Es passiert so viel und alles auf einmal. So viel kommt mit gnadenloser Geschwindigkeit auf mich zu. Ich versuche, meine Angst runterzuschlucken und mich auf das vorzubereiten, das mich jetzt erwartet.

»Christopher, hier ist Rob. Ich habe gerade den Radiologiebericht von Ihrem MRT bekommen.«

»Hey«, sage ich mit bebender Stimme.

»Gute Nachrichten. Keinerlei Schäden.«

Mein Herz rutscht mir in die Knie. »Das ist wirklich toll, Rob. Vielen Dank noch mal dafür, dass Sie die Dinge beschleunigt haben. Ich schätze das sehr.«

»Kein Problem. Ich freue mich, gute Nachrichten überbracht zu haben. Oftmals, na ja … Sie wissen schon.«

»Ja, ich weiß«, sage ich und hänge abrupt auf.

Er ist Adams Freund. Du kannst ihm nicht trauen. Er lügt.

»Nein … Tut mir leid, das tut er nicht.«

Wenn Rob nur wüsste, dass gute MRT-Ergebnisse für mich eine noch viel schlimmere Diagnose bedeuten. Dass mir meine ultimative Angst ins Gesicht schreit.

Dass ich mit meinem Vater dasselbe Schicksal teile.

Ich habe gebetet, dass mir eine Hirnverletzung zumindest eine Chance geben würde, mein beschädigtes Gehirn zu reparieren. Aber es gibt keine Verletzung. Da ist nur die unerträgliche Wahrheit. Jetzt gibt es kein Verstecken mehr, keine Ausreden. Die Stimme in meinem Kopf, die Halluzinationen sind Symptome für Schizophrenie.

Ich schleppe mich den Gang entlang und versuche, meinen Kopf freizukriegen. Fast mein ganzes Leben lang habe ich mir eingeredet, dass ich die Schizophrenie wahrscheinlich überwunden hatte, sobald ich über dreißig war. Danach wird es immer unwahrscheinlicher. Jeder Geburtstag war für mich ein noch größeres Fest, aber erst nachdem ich fünfunddreißig geworden war, hatte ich es geschafft, mich etwas zu beruhigen.

Ich hätte vor dieser Krankheit sicher sein müssen – ich dachte, ich hätte es geschafft.

Der Baum ist schuld daran.

Ich bleibe stehen. Ich beiße die Zähne zusammen und schlage mit der Faust gegen die Wand.

»Der Baum!«, schreie ich in die Leere. »Der gottverdammte Baum!«

Eine Wende des Schicksals. So schnell ist es gegangen, alles umzuwerfen und mich in diese unerbittlichen Gewässer zu stoßen. Ein kleiner Moment, der mein Leben zerstört hat.

Was nun?

»Ich brauche Bestätigung und eine Diagnose. Genau. Ich brauche einen Behandlungsplan. Vielleicht ist es nicht so schlimm wie …«

Bist du wahnsinnig?

»Ja, sicher, offensichtlich.«

Du hörst einfach nicht auf, den Leuten dabei zu helfen, dich zu zerstören. Wenn du jetzt einem Arzt davon erzählst, wird man dir eine einfache Fahrkarte in die Klapse um die Ohren hauen.

Ich gehe weiter und beschleunige meinen Schritt. Eine offizielle Diagnose zu bekommen wäre das Schlimmste, was mir passieren könnte. Die Folgen wären unmittelbar und katastrophal. Ich würde meine Lizenz verlieren. Ich würde meine Arbeit verlieren. Und ich würde jede Chance verlieren, herauszufinden, was in Alpha Zwölf los ist oder ob Donny Ray tatsächlich eine Gefahr für Devon darstellt. Nein, ich kann mir jetzt weder Diagnose noch Behandlung leisten, bis ich einen Plan ausgearbeitet habe.

Wie soll er denn aussehen, dieser Plan?

Ich könnte mir Clozapin besorgen und mich in der Zwischenzeit selbst behandeln. Es ist derzeit eines der wirksamsten Medikamente. Aber wie? Ich bin kein Arzt und kann keine Medikamente verschreiben, und ich kann auch keinen der Ärzte im Loveland bitten, es zu tun. Abgesehen davon, dass es unmoralisch wäre, es würde nur die Aufmerksamkeit auf mein Problem lenken. Und da alle die Medikamente in diesem Krankenhaus so streng überwacht werden, wäre es so gut wie unmöglich, sie zu stehlen. Jede Kapsel und jede Tablette, die sich in diesem Gebäude befinden, ist abgezählt, jede einzelne wird gescannt, nachdem sie den automatischen Medikamentenspender verlassen hat. Selbst wenn Mitarbeiter eine Pille fallen lassen und sie ersetzen müssen, sind sie verpflichtet, eine schriftliche Erklärung vorzulegen.

Also bin ich im Arsch. Ich muss ohne Medikamente oder medizinische Unterstützung auskommen. Und dann gibt es da noch ein weiteres Problem, ein weitaus dringenderes.

Zeit.

»Chris, warte!«, höre ich Adam hinter mir herrufen. »Unser Gespräch ist noch nicht beendet!«

Ich drehe mich nicht zu ihm um. Ich gehe schneller.

»Chris, bitte!«

Tu es nicht. Er will dich abhören. Er versucht, Informationen aus deinem Verstand zu stehlen. Er soll abhauen. Sag ihm das.

»Hau ab!«, brülle ich, schaue nach vorn und laufe plötzlich panisch davon.

»Chris! Tu das nicht!«

NICHT antworten. Häng ihn ab!

Ich biege abrupt in den nächsten Gang ab, aber Adam läuft immer noch hinter mir her.

»Lass uns darüber reden!«, ruft er mehrere Meter hinter mir.

Du musst dir das nicht anhören.

»Ich muss mir das nicht anhören!«, brülle ich.

»Chris! Wir sind doch schon so lange befreundet. Ich mache mir einfach nur Sorgen um dich. Es ist ein Missverständnis.«

Es war kein Missverständnis.

»Es war kein Missverständnis!«

»Chris, bitte. Schau mich an!«

Du hast jetzt keine Zeit für ihn.

»Ich hab jetzt keine Zeit für dich!«, sage ich, kurz bevor ich durch die Ausgangstür haste.

Ich rase mit quietschenden Reifen vom Parkplatz, aber fahren fühlt sich an wie eine mentale Kehrtwende, die mich nur noch weiter in den Sumpf meiner Probleme hineinzieht.

Bei Adam habe ich die Kontrolle verloren.

Ich wollte das nicht. Ich bin einfach nur wütend geworden, und obwohl ich dazu jeden Grund hatte, konnte ich mich nicht beherrschen. Aber er hat doch all diese Leute gesehen, die jetzt vermisst werden.

Oder etwa nicht?

Ich weiß es einfach nicht mehr. Gar nichts mehr.

Ich muss jetzt nach Hause fahren und es Jenna erzählen. Ich muss die Nachricht überbringen, die meine Familie zerstören wird.

Mit diesem Gedanken und so vielen anderen fahre ich weiter, schaue nach vorn und bin von Kummer geplagt.

Kapitel 61

Ich trete ein in das, was einst meine heile Welt war, und bin mir vollkommen bewusst, dass ich dabei bin, alles über den Haufen zu schmeißen. Jenna wirft nur einen kurzen Blick auf die Tränen, die ich verzweifelt versuche zurückzuhalten, und damit weiß sie es auch bereits.

Ihr Lächeln ist so voller Liebe … und so traurig.

»Daddy! Daddy!«, ruft Devon und rast in den Raum mit einem Leuchten im Gesicht, als er mich erblickt.

Und ich ertrage es nicht, weil ich mein Leben um diese zwei Menschen, die da vor mir stehen, herumgebaut habe. Zwei Menschen, deren Leben, ob ich es mag oder nicht, ich dabei bin zu zerstören.

Ich knie mich hin, und mein Sohn wirft die Arme um meine Schultern. Ich drücke diesen winzigen Körper an mich, nehme den Geruch des kleinen Jungen auf – eine Mischung aus Kaugummi, Erdboden und einer Menge anderer Dinge, denen er am Tag über begegnet ist –, und niemals zuvor haben diese Dinge eine solche Bedeutung für mich gehabt, denn ich weiß, dass sie schon sehr bald Vergangenheit sein werden.

Er wird mir aus den Händen gleiten.

Jenna hat uns beobachtet, und ich kann sehen, dass sie alles genauso fühlt wie ich.

Devon zuliebe tue ich mein Bestes, diesen stechenden Schmerz nicht zu zeigen, der mich durchdringt. Es gibt Grenzen, wie viel Schmerz man verbergen kann, und ich bin mir ziemlich sicher, dass ich meine Schwelle erreicht habe. Plötzlich kann ich die Tränen nicht mehr zurückhalten, die meine Augen füllen.

Ich ziehe ihn näher an mich heran, aber es kommt mir nicht nahe genug vor. Das wird es niemals sein.

Wir werden es niemals sein.

Ich klammere mich an ihn, an diese Gefühle, denn ich weiß, dass sie in Zukunft selten sein werden. Nach ein paar Sekunden zieht sich mein kleiner Junge zurück und schaut mich sehr traurig an.

»Was ist los Daddy?«, fragt er.

»Nichts ist los«, antworte ich. »Alles ist in Ordnung.«

Und genau das ist das Problem, denn mir ist bewusst, dass bald nichts mehr in Ordnung sein wird.

Jenna kommt zu uns. Sie schaut mich beschützerisch an und sagt zu Devon: »Mein Schatz, geh doch mal nach oben, um dich vor dem Abendessen zu waschen. Und bring Daddy dieses hübsche Bild runter, das du heute in der Schule gemacht hast.«

Devon läuft zur Treppe. Sobald er nicht mehr zu sehen ist, drehe ich mich zu Jenna um. Sie legt eine Hand fest auf meine Schulter und lässt sie dort ruhen.

»Das MRT ist ohne Befund«, sage ich, und ihre Hand spannt sich an. »Jetzt ist es passiert. Mein Vater hat die Oberhand über mich gewonnen. Es muss Schizophrenie sein.«

Jenna verfällt in ein Schweigen, das alles sagt, was sie nicht ausspricht. Sie weiß, dass wir nun einen Weg beschreiten werden, den wir niemals gehen wollten. Ich weiß nicht, was ich sagen soll. Ich fühle mich in meiner eigenen Hilflosigkeit verloren.

Sie führt mich zur Couch. Wir setzen uns.

»Chris, es wird alles gut«, sagt sie. »Wir schaffen das.«

Ihre Zuversicht bricht mir das Herz. Sie bringt mich um, denn – so stark meine Frau auch sein mag, sosehr sie versucht, es für mich zu sein – ich ertrage es nicht, sie dieser Qual auszusetzen. Fakten lügen nicht. Die Vorgeschichte lügt nicht. Auch wenn Jenna all die schrecklichen Geschichten über meine Kindheit gehört hat, sie hat sie nicht durchlebt und kann sich möglicherweise nicht diese seelische Qual vorstellen, die wie eine Lawine auf uns zugerollt kommt. Es ist etwas, das ich noch nicht mal annähernd beschreiben kann, mit so vielen tiefen und komplexen Schichten, die vollkommen unverständlich sind, bis du selbst darin gefangen bist.

Ich vergrabe mein Gesicht an ihrer Schulter.

»Wir werden das durchstehen, Liebling. Ich verspreche es dir«, sagt sie mir tröstend, »und ich werde an deiner Seite sein, wenn du wieder zu Rob gehst. Er wird uns jemanden empfehlen, der dir helfen kann.«

Rob.

Ich habe seit dem Anruf nicht mehr an ihn gedacht. Wenn ich erst mal die Diagnose habe, kann ich meinem Job Ade sagen. Ich muss Vorkehrungen treffen, bevor das eintritt. Ich muss herausfinden, wer die ganzen Menschen aus dem Loveland verschwinden lässt, und, noch wichtiger, ich muss dafür sorgen, dass Donny Ray seine Drohung gegen Devon nicht wahr machen kann.

Jenna zieht sich aus unserer Umarmung zurück und schenkt mir ein warmes, ermutigendes Lächeln, das mich noch weiter an den Rand der Verzweiflung bringt.

Also tue ich das, was ich mit Rob, mit Adam und für den größten Teil meines Lebens mit mir selbst getan habe – das, was ich mir geschworen habe, meiner Frau niemals anzutun.

»Ich kann das jetzt nicht …«, sage ich mit krächzender Stimme und verwirrten Gedanken. »Es tut mir leid.«

Ich verstecke mich vor der Wahrheit, indem ich sie vermeide, und mit einer beeindruckenden Präzision nehme ich die Verhaltensweisen meines Vaters und meiner Mutter gleichzeitig an.

Kapitel 62

Der Sog zweier verkrüppelter Gehirne

Wenn ein Elternteil unvermittelt stirbt, ist das ein scharfer und plötzlicher Schmerz. Zusehen zu müssen, wie er langsam dahinsiecht, ist noch viel unerträglicher. Aber wenn der Geist vor dem Körper geht, ist es wie die tägliche Teilnahme an einer Beerdigung.

Manchmal habe ich mir gewünscht, mein Vater würde sterben und die Qual hinter sich lassen.

Gleichzeitig kämpfte ich mit mir selbst und schwankte zwischen Wut und Schuldgefühlen. Ich fühlte mich um eine anhaltende und liebevolle Beziehung mit meinem Vater betrogen, und in den Momenten, in denen ich die Kraft fand, ehrlich mit mir selbst zu sein, hasste ich ihn dafür. Aber dadurch fühlte ich mich umso schlimmer, denn ich wusste, dass er nicht darum gebeten hatte und dass seine Situation weitaus tragischer war als meine eigene.

Dass ich das Opfer eines Opfers geworden war.

Der Vater, den ich so liebte, wurde zum kompletten Gegenteil von dem, was ich am meisten bewunderte, aber leider war es nicht nur mein Vater, der dem geistigen Zerfall ausgesetzt war. Meine Mutter war in derselben Situation, sie kapselte sich von der Welt ab und lebte an einem fernen Ort. Ihre Alles-ist-in-Ordnung-Identität verdunstete wie dünner, harziger Rauch, und was übrig blieb, war das grimmigste aller Bilder: eine durch die Tragödie aufgebrochene Frau, nur um zu offenbaren, dass sie innen hohl war, dass sie es immer gewesen ist. Nun wurde ich von dem Sog zweier verkrüppelter Gehirne erfasst.

Meine Mutter konnte einen rosaroten Elefanten hinter einer Reißzwecke verstecken, aber die traurigste Ironie von allen war, dass mein Vater ihr nun die Illusion nahm. Über so viele Jahre hinweg hatte er ihr die Realität ihrer Träume bewahrt – jetzt riss er sie nieder. Meine Mutter konnte nicht mehr länger die Wahrheit in ihre Einzelteile zerlegen, denn die Wahrheit war dabei, sie selbst zu zerlegen.

Ich bekam Einblicke, wer sie wirklich war. Nicht, wie ich es immer geglaubt hatte, eine leidenschaftslose Frau, sondern fast wie ich nichts weiter als ein ängstliches Kind. Und wie ein Kind wählte meine Mutter, statt der Wahrheit ins Auge zu blicken, den einfachsten Weg.

Mit jedem Tag verfiel sie in eine tiefere, lähmendere Depression. Die südliche Schönheit, als die ich sie kannte, verschwand nach und nach, Kummer stand ihr ins Gesicht geschrieben und ließ sie alt aussehen, viel älter, als sie tatsächlich war. Meistens saß sie am Küchentisch, starrte mit leerem Blick aus dem Fenster und rauchte eine Zigarette nach der anderen. An solchen Tagen empfand ich das meiste Mitleid für sie, weil ich ganz ehrlich glaubte, dass sie meinen Vater über alles liebte. Mein Vater war ihr Ein und Alles, ihre einzige Quelle der Kraft, und ohne ihn war sie verloren. Sie begann, sich immer weiter von meinem Vater zu entfernen, ihn so gut es ging zu meiden und ihn so wenig wie möglich an ihre Seele heranzulassen.

Eines Tages kam ich von der Schule nach Hause und fand ihn eingeschlossen im Gästezimmer.

»Es ist besser für ihn«, sagte sie, als wäre er ein Welpe, den man dafür bestrafte, dass er auf den Teppich gepinkelt hatte.

Er war aber kein Welpe, und es war nicht besser für ihn – es war besser für sie.

Eines späten Abends ging ich an seinem neuen Wohnraum vorbei und beobachtete, wie er unaufhörlich vor sich hin murmelte. Meine Mutter huschte mit einem Wäschekorb voller Kleidung an mir vorbei. Sie ging ins Zimmer, warf einen auseinandergefalteten Pyjama in den Schoß meines Vaters und verschwand genauso schnell wieder, wie sie gekommen war.

Vater hielt den Pyjama hoch, schaute verwirrt, als wisse er nicht, was er damit anfangen sollte.

Es war erbärmlich anzusehen.

Ich ging hinein, nahm den Pyjama und half meinem Vater, sich bettfertig zu machen. Nachdem ich fertig war, sah er mich an, und eine einsame Träne tropfte von seiner Wange.

»Da… da-da-da-da… danke …«, stotterte mein Vater in einem Flüsterton. »Ich danke … dir.«

Ich legte sanft meine Hand auf seine Schulter, und trotz meines unsagbaren Kummers nickte und lächelte ich.

Als ich wieder auf den Flur ging, hörte ich ein seltsames Geräusch aus Mutters Schlafzimmer kommen. Die Tür stand weit offen, es war noch Licht, also ging ich näher heran.

Sie saß auf dem Bettrand, hielt ein Hemd meines Vaters an ihr Gesicht und kuschelte damit.

Sie atmete seinen Duft ein.

Ein leises Schluchzen entwich ihren Lippen.

Kapitel 63

Nach dem Abendessen ziehe ich mich ins Wohnzimmer zurück und starre auf den Fernseher, sehe aber nichts anderes als die Katastrophe, die sich vor meinen Augen abspielt, die Wände, die nach und nach näher rücken, während mein Verstand zerfällt.

Ich sehe meinen Vater.

Aber aus einer völlig neuen Perspektive. Die Seelenpein, die er gefühlt haben muss. Den Schmerz, den ich als junger Mensch nicht in der Lage war zu erkennen. Nun hat mich das Schicksal auf die grausamste Weise eingeholt, und ich kann das Gefühl nachempfinden.

Jennas nähernde Schritte reißen mich aus diesem Gedanken. Sie setzt sich neben mich, blickt aber nach vorn, als suche sie nach passenden Worten. Ich schweige ebenso, weil auch ich keine Worte finde, vielleicht weil ich weiß, dass es keine gibt.

Sie legt eine Hand auf mein Bein, lässt sie dort ruhen, und wir bleiben schweigend sitzen.

»Ich weiß, dass du um Devon besorgt bist«, sagt sie etwa eine Minute später, offensichtlich immer noch dabei, diese schlechte Nachricht zu verarbeiten.

Ich möchte ihr von Donny Rays Drohung gegen Devon erzählen, über das Verschwinden der Menschen im Loveland, aber ich fürchte, dass meine konfusen Erklärungen nur Verwirrung und Schrecken verbreiten würden. Ich kann ihr unter keinen Umständen diese Last auferlegen. Sie hatte ja noch nicht einmal Zeit genug, um die Nachricht von meiner Schizophrenie zu verdauen.

Also behalte ich diesen Teil für mich.

»Ich darf meinen Sohn nicht verlieren«, sage ich und vereinfache die Angelegenheit, die weitaus komplizierter ist, als sie ahnt.

»Das wirst du nicht.«

Ich versuche zu antworten, aber mir bleiben die Worte im Halse stecken.

»Du wirst Devon nicht verlieren, weil du ihn so abgöttisch liebst. Du liebst ihn auf eine Art, wie es dein Vater niemals konnte.«

»Aber das wird ihn nicht vor Schizophrenie retten. Nichts kann ihn retten.«

»Doch, kann es.«

»Wie?«

»Weil«, sagt sie und versucht krampfhaft zu lächeln, »weil es deine Vergangenheit ist, die ihn retten wird. Chris, du wusstest von Anfang an, dass dies passieren könnte, und du hast hart daran gearbeitet, eine starke Grundlage für Devon zu schaffen, falls es tatsächlich geschehen sollte. Die Intensität deiner Liebe ist das Ergebnis dieser Angst. Deshalb hast du dich darum bemüht, jeden erdenklichen Augenblick mit ihm zu genießen und sicherzustellen, dass er dasselbe empfindet. Egal was passiert, diese Erinnerungen werden nie vergehen – sie werden immer da sein. Sie sind unerschütterlich, und sie werden ihn in Sicherheit wiegen. Das ist so viel stärker als alles andere, was dein Vater tun konnte, weil er die Schizophrenie nie hat kommen sehen. Er hatte keine Zeit, sich darauf vorzubereiten.«

So hatte ich darüber gar nicht nachgedacht.

Jenna legt ihre Hand in meine, und diese zärtliche Wärme brauche ich jetzt ganz besonders.

»Geh mal zu Devon«, sagt sie. »Geh jetzt. Hab keine Angst. Verwehre weder ihm noch dir diese eine Sache, die euch beiden helfen wird, das Ganze zu überstehen. Und mach damit weiter, Chris. Tu das Einzige, das du jetzt tun kannst. Hör nicht auf, ihn zu lieben.«

Ich schaue ihr in die Augen und finde in ihrer Gewissheit die Wahrheit, die ich immer suche.

Eine Wahrheit, die mich jedes Mal rettet.

Kapitel 64

Ich stehe in Devons geöffneter Tür und sehe, dass er sich bettfertig macht. Er zieht das Schlafanzugoberteil über den Kopf, schaut nach unten und seufzt hilflos: auf links und verkehrt herum. Ich lächle trotz meiner Traurigkeit, denn sein Gesichtsausdruck ist so kostbar.

»Daddy«, sagt er, »ich hab es falsch gemacht.«

»Das macht nichts, Kleiner. Das passiert schon mal.«

»Kannst du mir helfen?«

»Na klar.« Ich nähere mich. Er hebt die Arme, und ich ziehe ihm das Oberteil aus.

»Fertig?«

»Fertig«, antwortet er, hält noch immer die Arme nach oben, und gemeinsam beheben wir die Schlafanzugkrise.

Devon bedankt sich mit einer großen Umarmung, aber als er meinen Gesichtsausdruck entdeckt, fragt er: »Was ist los Daddy?«

Ich schüttle den Kopf, kämpfe aber mit den Tränen.

Er schaut mich neugierig an, huscht aber dann ins Bett. Jake ist nirgendwo zu sehen, aber inzwischen habe ich mich daran gewöhnt, dass er sich fast unsichtbar macht. Ich sitze neben meinem Sohn und versuche, meine Nervosität und die Gedanken zusammenzuhalten.

»Daddy, was ist los?«, fragt er erneut.

Ich senke meinen Blick auf die Bettdecke und streiche darüber. »Es gibt da etwas, über das ich mit dir reden möchte.«

»Habe ich etwas angestellt?«

»Nein, nein, überhaupt nicht. Es ist nur …« Ich kuschle mich ein wenig näher an ihn. »Es ist nur, dass es manchmal Dinge gibt, die ich dir erzählen muss.«

»Was für Dinge?«

»Nun, zum einen, dass ich dich sehr liebe.«

»Das weiß ich schon«, sagt er, als müsste ich das auch wissen. »Du sagst es mir ständig.«

»Weil ich möchte, dass du verstehst, dass meine Liebe immer für dich da sein wird.«

Meine Beteuerung kommt so tief aus meinem Herzen. Sie ist wie ein Echo, das von weit herkommt, genau das, was mir mein eigener Vater gesagt hat, nur dieses Mal mit einem viel tragischeren Beigeschmack. »Auch wenn … auch wenn ich eines Tages nicht mehr in der Lage bin, es dir selbst zu sagen.«

»Du meinst, als wenn wir nicht mehr zusammen wären?«

»Ja, so ungefähr, oder … oder wenn es manchmal so aussieht, als ob ich dich nicht lieben würde.«

»Das wird niemals so sein, Daddy«, sagt er.

»Aber das könnte es.«

»Wie?«

»Na ja, vielleicht verletze ich versehentlich deine Gefühle, ohne es zu merken. Ich möchte, dass du dann weißt, dass es nicht deine Schuld ist. Es wird nie deine Schuld sein.«

»Aber warum solltest du das tun?«

Ich nehme eine Ecke der Bettdecke, rolle sie zwischen den Fingern und versuche, meine Worte so zu formulieren, dass sie ein sechs Jahre alter Junge versteht. »Ich habe mich in letzter

Zeit nicht gut gefühlt, und daher glaube ich, dass ich bereits ein paar dieser Dinge getan habe.«

»So wie neulich beim Abendessen?«

»Ja, genau so. Hat es dir Angst gemacht?«

Er zuckt mit den Schultern. »Ein wenig, aber jetzt nicht mehr.«

Ich lächle traurig. »Es tut mir so leid, dass ich dir das angetan habe, Kumpel.«

»Ist schon gut, Daddy. Es war nur ein Unfall.«

»Ja. Aber ich möchte nicht, dass du davor zurückschreckst, darüber zu sprechen, wenn so etwas wieder geschieht. Also wenn es wieder vorkommt, tust du mir einen Gefallen?«

Er nickt.

»Ich möchte, dass du es mir dann sagst, und wenn du dich dabei nicht wohlfühlst, dann sage es bitte Mami, dann brauchst du nicht …« Ich unterbreche meine Rede, denn es belastet mich, wenn ich nur daran denke, welch düstere Zukunft auf ihn zukommen wird. Kein Kind sollte so etwas ertragen müssen.

Devon kaut an seiner Unterlippe, was bedeutet, dass er besorgt ist, was dieses Gespräch noch viel schwieriger macht.

»Egal … die Sache ist, dass ich seitdem versuche, mich zu bessern, aber womöglich schaffe ich es nicht, Kleiner. Dieses Mal ist es vielleicht unmöglich …« Meine Stimme lässt nach, und meine Augen füllen sich mit Tränen, weil ich weiß, dass ich eigentlich dabei bin, mich von meinem sechsjährigen Sohn zu verabschieden. Ich versuche, ihm zu erklären, dass er seinen Vater bald verlieren wird.

»Gehst du denn von mir weg, Daddy?«, fragt Devon mit einer solch sanften Stimme, dass ich sie kaum hören kann.

Und das ist der Tropfen, der das Fass zum Überlaufen bringt.

Es bricht mir das Herz. Zu versuchen, ihm diese schlimme Nachricht beizubringen, ist schon unerträglich genug, aber zu hören, dass er sie versteht, ist unendlich viel schlimmer. Ich kann meinem Sohn nicht in die Augen sehen. Wenn ich das tue, werde ich das nicht durchstehen. Ich wende mich ab, und die Tränen laufen.

Ich fühle, wie Devons kleine, weiche Hand in meine Handfläche gleitet und sich seine winzigen Finger mit meinen vereinen. Ich höre seine schwachen und unruhigen Atemzüge.

»Daddy, ich liebe dich«, sagt er ganz leise.

Ich finde den Mut, ihn anzusehen, und an seinen rosa Wangen fließen die Tränen hinab.

Wir bleiben für eine lange Zeit schweigend sitzen, und ich weiß, dass dieser Moment, so schmerzhaft er auch ist, einer der wenigen sein wird, die uns bleiben, und dafür umso kostbarer ist.

Dann, als hätte er diese Gedanken gelesen, sagt er: »Lass uns doch für immer so bleiben Daddy, okay? Einfach so.«

Was er mir an diesem schönen Tag am See gesagt hat, bekommt jetzt noch eine tiefere und tragischere Bedeutung.

Devon schlingt seine Arme um meine Schultern und hängt sich so fest an mich, als wolle er nie wieder loslassen, und ich drücke meinen Sohn so fest es geht an mich.

Einige Minuten später zieht er sich von mir zurück und fragt: »Macht es dir etwas aus, wenn wir heute nicht Abheben spielen?«

»Bist du sicher?«

»Da bin ich mir sicher.«

»Wieso?«

»Weil ich nicht mehr die ganze Welt retten möchte. Ich möchte nur dich retten.«

Kapitel 65

Jemanden zu enttäuschen, ist, wie ein Streichholz anzuzünden. Es kann gefährlich und zerstörerisch sein, ja sogar tödlich, und die Menschen, die dir am nächsten stehen, sind am meisten gefährdet. Die Flamme brennt zuerst langsam, und dann, bevor du dichs versiehst, bricht sie zu einer wilden Explosion aus und verzehrt alles, was zählt. Wenn dann alles vorüber ist, stehst du in einer Rauchwolke und starrst auf die verkohlten und schwelenden Ruinen von dem, was einmal war.

An diesem Morgen sitze ich am Küchentisch und starre aus dem Fenster, sehe aber nichts außer einer Welt, die dabei ist, aus den Fugen zu geraten. Eine Welt, die rasch schrumpft und auseinanderfällt.

Ich denke an Devon und was ihm diese Krankheit antun wird, was sie mir angetan hat, als ich ein kleiner Junge war. Und ich denke an Jenna. Dass sie immer für mich da gewesen ist, mich unterstützt hat – und vor allem an ihre unfehlbare Liebe.

Wie ich ihr Vertrauen missbraucht habe.

Statt meine Familie davor zu bewahren, zu zerbrechen, habe ich den Prozess nur noch beschleunigt. Nicht mit Absicht. Nicht im Entferntesten hatte ich jemals die Absicht, Schaden anzurichten, sondern genau das Gegenteil. Aber dies ist keine

Entschuldigung dafür, dass ich Jenna gestern Abend in Unwissenheit gelassen habe, anstatt ihr die Wahrheit zu sagen. Jetzt lastet die Schuld schwer auf meinen Schultern, und dies wirkt sich nun aus wie ein Schneeballsystem. Ich muss weiter lügen, um eine offizielle Diagnose hinauszuzögern, um Zeit zu gewinnen, damit ich Devon vor Donny Ray retten kann.

Ohne darauf zu achten, blicke ich in den Garten, während ich versuche, mein seelisches Chaos in Ordnung zu bringen. Wenn ich die Zeit umkehren und alles zurücknehmen könnte, würde ich es tun, aber das Leben bewegt sich nur in eine Richtung, und was du einmal getan hast, kannst du nicht wieder reparieren. Direkt vor mir befindet sich eine Falle: Alles, was ich versuche zu tun, um diese Situation zu reparieren, bringt mich immer mehr in Schwierigkeiten.

Also starre ich weiter aus dem Fenster.

Plötzlich bewegt sich etwas, und ich erkenne ganz schwach, wie Jake aus einem Busch hervortritt und den Garten verlässt. Ich kneife die Augen zusammen und sehe den Schmutzhaufen, den er hinterlassen hat. Aber etwas anderes weckt noch mein Interesse, etwas Grünes und kaum Sichtbares, direkt unter der lockeren und aufgewühlten Erde. Ich konzentriere mich darauf, stehe langsam vom Stuhl auf und bewege mich zur Tür.

Draußen nähere ich mich diesem grünen Gegenstand, und ich komme mir vor, als würde ich unsicheren Boden überqueren.

Dort angekommen, erkenne ich, dass es sich um ein Stück Stoff handelt, das in der Erde vergraben ist. Ich falle auf die Knie, beginne zu graben, zunächst zögernd, aber mit jeder Handvoll Erde, die ich aushebe, nimmt meine Geschwindigkeit stetig zu. Ich enthülle dieses grüne Ding, reiße es heraus und halte es hoch.

Ein paar von Devons Shorts.

Ich kralle die Hände verzweifelt in die Erde, Schmutz und Schlamm fliegen um mich herum, meine Finger sind bereits aufgerissen und roh von den Körnchen, die sich unter meine Nägel setzen.

Ich hole eines von Devons T-Shirts heraus. Seinen Schuh. Eine Baseballkappe.

Ich grabe weiter.

Zum Schluss stehe ich da, mit einem Körper steif vor Schmerzen und Unsicherheit, Kleidung, Hände und Gesicht mit Schmutz überzogen. Ich starre auf den Boden, auf dem alle die Dinge liegen, die Devon gehören. Mindestens fünfzehn Paar Socken. Seine zehn fehlenden Baseballkappen. Fünf Shorts. Sechs T-Shirts. Zwei Paar Turnschuhe. Und es hört und hört nicht auf. Die ganze Kleidung meines Sohnes, die seit der Nacht verloren ging, in der ich gegen diesen Baum fuhr. Kleidung, die Jake fleißig und sorgfältig gestohlen hat, um sie an diesen speziellen Ort zu bringen.

Die er wie wertvolle Schätze vergraben hat.

Das Geheimnis ist endlich gelüftet.

Weil ich endlich weiß, warum Jake mit mir kommuniziert hat, was er die ganze Zeit versucht hat, mir zu sagen, all das ergibt jetzt endlich einen Sinn.

Mein Sohn ist in Gefahr.

Der Hund weiß es.

»Aber *woher* weiß er es?«

Ich schaue über meine Schulter und sehe, dass Jake an einer Hausecke sitzt und mich beobachtet.

»Du musst dir keine Sorgen mehr machen, mein Junge«, sage ich zu ihm. »Ich verstehe dich jetzt. Er ist in Sicherheit. Ich werde dafür sorgen, und wenn es das Letzte ist, was ich in diesem Leben tue.«

»Chris?«

Jennas Stimme erschreckt mich. Ich drehe mich um und sehe, wie sie mich mit tiefster Unruhe beobachtet. Ihre

Aufmerksamkeit wandert zwischen den Erdhaufen und den Sachen meines Sohnes hin und her.

»Was machst du da?«, fragt sie. »Was ist das?«

»Devons verschwundenes Zeug«, sage ich und nicke zu den Dingen hin. »Ich habe sie gefunden. Jake hat sie stibitzt. Er hat sie alle hier draußen vergraben.«

Jenna schaut mich mit großen, sorgenvollen Augen an. Ich möchte sie nicht erschrecken, aber sie sieht bereits so verwirrt aus, und Jake hat gerade das Maß vollgemacht. Ich kann es nicht mehr länger für mich behalten. Es ist an der Zeit, dass ich jetzt alles aufkläre, meinen Fehler korrigiere und ihr sage, dass unser Sohn in Gefahr ist.

»Da gibt es etwas, das ich dir erzählen muss, Liebling. Ich weiß, warum Jake Devons Sachen vergra…«

»Chris«, unterbricht sie mich, und es scheint nicht nur Sorge zu sein. Es ist …

»Was ist los?«

Sie macht einen Schritt näher zu den Erdhaufen, blickt darauf und dreht sich wieder zu mir um.

»Mein Herz …«, sagt sie kopfschüttelnd und mit Tränen in den Augen, »da ist nichts.«

Kapitel 66

Auf meinem Weg zur Arbeit bin ich nervös und angespannt. Nein, ich bin mehr als das – ich gehe auf dem Zahnfleisch. Ich weiß, was ich gesehen habe, aber Jennas Reaktion legt mir das Gegenteil nahe.

Sie hat gelogen.

»Sag bloß nichts gegen meine Frau! Sie würde so etwas nie tun!«

Ich weiß nicht, was ich denken soll, kann dem, was ich sehe, nicht trauen, aber ich vertraue Jenna, also hat sie recht.

Apropos Vertrauen, während ich mich dem Loveland nähere, kehren meine Gedanken zu Adam zurück – oder zumindest zu meiner extremen Wut auf ihn. Ganz gleich, was passiert ist, ich habe ihn niemals im Stich gelassen. Als er und seine erste Frau die Scheidung durchmachten – obwohl ich wusste, dass er für die meisten Probleme verantwortlich war –, stand ich an seiner Seite. Ich war für ihn da. Als er mir streng vertraulich erzählte, dass er es bei einem Patienten vermasselt hatte, was ihn den Job hätte kosten können, habe ich das verschwiegen und ihn getröstet, dass das jedem von uns hätte passieren können. Jetzt habe ich eine große Verschwörung im Loveland aufgedeckt, nämlich einen Plan, der uns alle miteinander in Lebensgefahr bringen könnte, und was tut er? Er zögert. Er weist mich ab. Er hört noch nicht einmal zu.

Das liegt daran, dass er darin verwickelt ist.

Und nachdem ich so hart gearbeitet habe, diese geheime Untergrundbewegung aufzudecken, versucht er, anstelle mir zu vertrauen, anstelle mich zu unterstützen und mich dafür zu loben, mich weiter zu diskreditieren und mich für verrückt zu erklären.

Ich bin über Adam empört. Ich bin beleidigt. Ich bin zutiefst verletzt.

Bevor ich mich abregen kann, werde ich plötzlich abgelenkt, als ich mich dem Schlimmsten nähere, das ich jemals gesehen habe.

Dem bösen Baum.

Dem bösen Baum, der mein Leben auf den Kopf gestellt hat. Seitdem ich fast mit diesem Biest zusammengestoßen bin, versucht es, mich zurückzuholen, um seine Aufgabe zu vollenden. Und in diesem Augenblick fasse ich den Entschluss, dass ich ihm nicht mehr die Gunst meiner Aufmerksamkeit schenken werde. Ich kann zwar nicht vermeiden, auf dem Weg zum Arbeitsplatz und zurück dort vorbeizufahren, aber ich kann seine kraftvolle, magnetische Anziehungskraft abschwächen, indem ich ihm meine Energie vorenthalte.

Etwa fünf Meter vor der Stelle beschleunige ich und konzentriere die Augen auf einen weit entfernten Ort vor mir.

Drei Meter davor bin ich versucht, nur einen schnellen Blick darauf zu werfen, sage mir aber, dass dies Teil seiner Macht ist und mir nur noch mehr Kummer bereiten wird.

Ein Meter davor und mir stehen Schweißperlen auf der Stirn. Meine Hände zittern.

Gerade als ich mich auf gleicher Höhe mit ihm befinde, dreht sich mein Kopf völlig willenlos zum Baum hin, und meine Augen sind auf ihn fixiert.

Und ich weiß – ohne jeden Zweifel –, dass mich dieses Ding jetzt besitzt. Schließlich hat es die Schlacht gewonnen.

Ich hätte nicht hinsehen sollen.

Kapitel 67

Der Parkplatz vom Loveland ist halb leer.

Es schreitet alles sehr schnell voran, und mein Irrsinn nimmt schlimme Formen an. Ich habe keine Ahnung, was dieses Verschwinden zu bedeuten hat, aber ich werde es heute herausfinden.

Als ich in mein Büro komme, erwartet mich eine nicht weniger unangenehme Überraschung. Adam sitzt mit traurigem Blick hinter meinem Schreibtisch, was ich nur als Anzeichen von aufkommenden Problemen deuten kann.

»Was tust du hier?«, frage ich mit Empörung und Ekel in der Stimme.

Er stützt die Hände auf meinem Schreibtisch, beugt sich leicht vor und sagt: »Du hast dich gestern geweigert, mich ausreden zu lassen. Jetzt werde ich dich dazu *zwingen*, mir zuzuhören.«

»Es sieht nicht so aus, als ob du mir die Wahl lässt.«

»Chris, lass das. Du bist der engste Freund, den ich je hatte. Du bedeutest mir etwas. Ich bin auf deiner Seite. Und ich mag nicht, was zwischen uns passiert ist.«

»Das mochte ich selbst nicht unbedingt.«

»Es ist nur … Mann, ich bin um dich besorgt.« Er pausiert einen Augenblick. »Läuft da etwas, über das ich Bescheid wissen müsste?«

Das weiß er doch bereits selbst, was da gerade läuft. Er gehört dazu.

»Das weißt du doch bereits selbst, was da gerade läuft. Du hast dich einfach nur dazu entschieden, mich nicht zu unterstützen.«

»Das ist nicht wahr. Du hast völlig falsch verstanden, was ich …«

»Was hab ich falsch verstanden?« Ich mache einen Schritt auf ihn zu und spüre, dass meine Stimme gleich sehr zornig klingen wird. »Falsch verstanden, dass du mich behandelst, als wäre ich verrückt?«

Du bist verrückt.

»Oder vielleicht, dass du die Tatsache ignoriert hast, dass ich deutlich aus der Fassung war? Oder wie wäre es damit, anstelle zuzuhören und wie ein echter Freund zu reagieren, ziehst du die Schlussfolgerung, dass dieser Schlag auf den Kopf meinen gesunden Menschenverstand getrübt hat. Auf welches *falsche* Verstehen beziehst du dich hier, Adam? Ich bin verwirrt. Klär mich auf.«

Er schweigt, starrt mich mit seinen undurchdringlichen Augen an und langt nach dem Computerbildschirm auf meinem Schreibtisch. Er dreht ihn zu mir hin.

»Das wollen wir doch nicht noch mal durchkauen, Adam. Wirklich nicht. Ich weiß, was in den Akten steht, und ich habe dir bereits erklärt, warum.«

»Lies es einfach, okay?«

Ich schaue auf den Bildschirm und sehe eine E-Mail von unserem Personalleiter. Ich lese sie.

Dr. Wiley, Bezug nehmend auf Ihre Anfrage nach Informationen über: Melinda Jeffries. Aus unseren Aufzeichnungen geht hervor, dass niemand mit diesem Namen jemals im Loveland-Krankenhaus oder in Zweigstellen davon beschäftigt wurde. Was Nicholas Hartley, Stanley Winters und Gerald Markman anbelangt, so wurden hier niemals Patienten mit diesem Namen registriert.

Meine Brust schnürt sich zusammen. Mein Magen krampft. Ich schaue vom Bildschirm hoch und erkenne, dass mich Adam die ganze Zeit beobachtet hat. Er greift unter den Tisch und holt den roten Ordner heraus, den er noch vor ein paar Tagen in meiner Anwesenheit zugeschlagen hat.

Bei dessen Anblick taumle ich zurück und fühle, wie mir die Hitze ins Gesicht steigt.

Er knallt den Ordner auf den Schreibtisch und öffnet ihn. Drinnen liegen eine Menge Fotos. Adam verteilt sie auf dem Schreibtisch und sieht mich an.

Ich studiere die Fotos der darauf abgebildeten jungen Mädchen, die ich nie zuvor gesehen habe. Ich schaue Adam an und frage: »Wer ist das?«

Sehr leise antwortet er: »Chris, das sind die vermissten Mädchen. Die Donny Ray beschuldigt wird, ermordet zu haben.«

»Das kann nicht sein. Du hast die falschen Bilder.«

Adam reagiert nicht. Er sieht einfach nur beunruhigt aus.

»Aber … aber keines von ihnen sieht Miranda Smith ähnlich.«

»Keines. Und ich habe die Polizeiberichte gelesen. Kein einziges trug ein blaues Kleid am Tag seines Verschwindens.«

»NEIN!« Ich gehe langsam rückwärts, um mich von ihm zu entfernen, ich balle die Hände zu Fäusten, so stark, dass sich die Fingernägel in die Handflächen eingraben. »Ich habe die Gesichter gesehen, Adam. Sie sahen genauso aus wie sie.«

»Chris, irgendetwas geschieht mit dir. Vielleicht ist es eine Folge des Unfalls oder … oder vielleicht sogar noch schlimmer als das. Ich weiß es nicht, denn du hast aufgehört, mit mir zu reden, und jetzt mache ich mir ernsthaft Sorgen. Du leidest unter Verfolgungswahn, und wir müssen Hilfe für dich finden.«

Hau ab von hier!

Ich renne zur Tür.

»Chris, warte!«

»Nein! Jemand oder *etwas* ist dabei, die Macht über dieses Krankenhaus zu ergreifen. Alles, was ich dir gesagt habe, ist wahr.« Ich zeige scharf mit dem Finger auf ihn. »Du versuchst, mich davon abzuhalten, dem Ganzen auf den Grund zu gehen! Du versuchst, meine Bemühungen zu sabotieren! Aber so funktioniert das nicht, Adam. Das werde ich nicht zulassen!«

»Das ist nicht wahr. Ich mache nichts dergleichen!«

»Und *ich* leide *nicht* unter Verfolgungswahn!«

Bevor er nur ein weiteres Wort sagen kann, bin ich schon gegangen.

Kapitel 68

Jemand da draussen will mich holen

Der Verfolgungswahn wurde zu einem wesentlichen Bestandteil der Schizophrenie meines Vaters.

Es begann mit Wutanfällen und Drohungen, die in stampfenden, schreienden Schimpfkanonaden endeten, die mir Furcht einjagten. Gegenstände zerbrachen und wurden zertrümmert, Vater jammerte immer lauter, und ich lief dann jedes Mal zum Schutz in mein Zimmer. Mit verriegelter Tür vergrub ich den Kopf unter dem Kissen, weinte bitterlich und krümmte mich vor Panik und Terror. Damals dachte ich, es könne nicht mehr schlimmer werden, aber das war nur wieder eine meiner fehlerhaften Überlebenstaktiken.

Eines Tages, als ich im Wohnzimmer vor dem Fernsehgerät saß, wurde das Gekreische und Gejammere bestialischer als je zuvor. Während die heftigen Klagen meines Vaters nur schwierig zu interpretieren waren, waren es seine Gefühle selbst nicht. Er war zornig und ungestüm, tobend und wahnsinnig.

Instinktive Angst trieb mich zu meiner eigenen Sicherheit ins Obergeschoss, und er war mir schnell auf der Spur. Ich taumelte ins Schlafzimmer, aber bevor ich die Tür zuschlagen konnte, stürzte er mit einem Gesichtsausdruck herein, den ich nur noch als übergeschnappt mit mörderischer Absicht interpretieren konnte. Ich saß in der Falle. Mein einziger Ausweg aus diesem Raum im zweiten Stock war ein Fenster, mit einem gnadenlosen Sprung in die Betoneinfahrt.

Er ließ einen markerschütternden Schrei heraus und brüllte: »BLEIB WEEEG. BLEIB WEEEEG!«

Ich fiel auf den Boden, rollte mich zu einer Kugel zusammen und betete um Erlösung. Ich spürte, wie sich sein Körper auf mich warf. Ich hörte, wie die Fensterscheibe zerschlug. Ich hörte ein widerwärtiges Geheule, das kaum menschlich klang.

Als ich meinen Kopf anhob, war er mit Blut bedeckt, rollte sich in den Glassplittern herum und stöhnte wie ein gequältes Tier. Nur ein paar Momente zuvor hatte mich dieser Mann zu Tode erschreckt. Jetzt hatte ich großes Mitleid mit ihm.

Ein Nachbar rief den Krankenwagen, und sie brachten ihn eilig ins Krankenhaus. Er verbrachte dort mehrere Tage, um sich von seinen Verletzungen zu erholen. Danach kam er wieder in die Psychiatrie, dann wieder nach Hause, mit Medikamenten vollgestopft und vorübergehend stabilisiert und bereit, um für neue Unruhe und Seelenpein in unserer kleinen Welt zu sorgen.

Meine Mutter war während dieses letzten Fiaskos nicht zu Hause gewesen, sodass dieses Ereignis selbstverständlich niemals passiert war. Nicht ein einziges Mal besuchte sie ihn während seiner Krankenhausaufenthalte oder rief ihn gar an, um nach seinem Befinden zu fragen.

Als er wieder nach Hause kam, Gesicht und Körper mit Stichen übersät, weigerte sie sich, ihn anzusehen.

Kapitel 69

Jeder ist gegen dich.

»Nichts funktioniert hier!«, schreie ich und rase den Gang entlang. »Dieser Ort hier ist kaputt!«

Stanley hatte recht.

Ich eile in den Waschraum und sperre mich in die Toilette ein. Mit dem Gesicht in den Händen vergraben, weine ich.

Ich bin nicht mehr gern im Loveland. Es verändert sich dauernd, entgleitet mir. Ich bin nicht mehr sicher hier, und je mehr die Realität verschwindet, umso geringer sind meine Möglichkeiten, mich vor mir selbst zu verstecken.

Vertrau niemandem hier.

»Wir müssen hier raus!«, schreie ich und höre das Echo von den Wänden abprallen, so laut, dass es sogar mich überrascht.

Seit dem Unfall bin ich vom Wahn verfolgt. Diese Stimme verfolgt mich. Donny Ray verfolgt mich. Aber das Schlimmste ist, dass mich die Zeit verfolgt.

»Sie tickt unter meiner Haut!«

Noch mehr Echos. Noch mehr Wut. Noch mehr völlige Hilflosigkeit.

»Reiß dich zusammen, Chris!«

»Aber ich weiß nicht, wie!«

Gedankenlos drücke ich die Toilettentür auf, und bevor ich michs versehe, renne ich schon in mein Büro zurück.

Ich eile hinein, knalle die Tür zu, lehne mich dagegen. Ich versuche, mich zusammenzureißen, und eine Menge Gedanken schießen mir durch den angeschlagenen Verstand.

Ich stolpere zum Schreibtisch und breche auf dem Stuhl zusammen. Ich stehe auf, laufe hin und her, fahre mir mit der Hand durch das schweißgetränkte Haar.

Ich schreie ins Nichts hinein.

»ICH MUSS MICH BERUHIGEN! ICH MUSS MICH BERUHIGEN! ABER WIE?«

Ich gehe wieder auf und ab und versuche herauszufinden, wie ich es herausfinden kann. Ich muss es herausfinden. Ich muss meinen Verstand zusammenhalten.

Ich weiß, dass meine Schizophrenie unvermeidlich ist, aber ich kann es nicht zulassen, dass sie mich in den kompletten Wahnsinn treibt, nicht, bis ich sicher sein kann, dass Donny Ray keine Gefahr mehr für meinen Sohn darstellt.

Ich habe mehrere Dinge zu tun. Ich kann mein Beurteilungsschreiben, das ich zum Gericht geschickt habe, nicht mehr ändern, aber ich kann dafür sorgen, dass dieser psychopathische Dämon nie wieder einen Fuß in die Öffentlichkeit setzt. Das bedeutet, ich muss herauszufinden, ob er tatsächlich für das Verschwinden von Menschen aus dem Loveland verantwortlich ist und ob er auch nach draußen kommt.

Meine Möglichkeiten sind auf eine einzige begrenzt. Ich muss Donny Ray konfrontieren, um festzustellen, ob er nur Blech redet oder ob er es tatsächlich ernst meint.

Ich taste mich zur Tür, aber ein sich verändernder Sonnenstrahl weckt meine Aufmerksamkeit. Ich schaue zum Fenster hin, und mir bleibt die Luft weg. Draußen flattert ein kleines blaues Kleid im Wind.

Blaue Spitze. Große weiße Schleife.

Ein Wort ist quer über die Brust gekritzelt.

SCHLAMM.

Mit Schlamm geschrieben.

Kapitel 70

SCHLAMM.

Dasselbe Wort, genauso geschrieben wie das, das ich dachte, auf Devons Bettdecke gesehen zu haben.

Wie Donny Ray davon erfahren hat, ist leicht zu erraten. Ich habe es ihm wahrscheinlich während einer unserer Sitzungen erzählt, während er meinen Verstand übernommen hatte. Seine Botschaft diente zwei Zwecken: um meine Dummheit zu verspotten, sie mir ins Gesicht zu reiben, und gleichzeitig, um meinen geistigen Verfall zu beschleunigen. Indem er dieses Kleid vor mein Fenster hing, hatte Donny Ray seine Drohung gegen Devon noch deutlicher gemacht. Er will mir mitteilen, dass ihn nichts und niemand im Loveland festhalten kann.

Das soll aber nicht heißen, dass seine Guerillataktik funktionieren wird. Er hätte diese neueste Meisterleistung in jeder erdenklichen Weise durchführen lassen können. Die offensichtlichste Möglichkeit ist Bestechung eines anderen Patienten, der das Recht hat, sich freier zu bewegen als er, indem er ihn die schmutzige Arbeit machen lässt, während ich für ein paar Minuten das Büro verlassen hatte. Unabhängig davon, wie er diesen neuesten Trick ausgeführt hat, hat Donny Ray tatsächlich die

Einsätze erhöht. Er hat mir den Fehdehandschuh hingeworfen, und ich hebe ihn auf.

Das Spiel beginnt, Arschloch.

Aber der Einsatz wird sogar noch höher, als ich zu Alpha Zwölf komme und sechs offene Türen sehe. Noch mehr leere Räume, noch weniger Patienten. Das Loveland-Krankenhaus löst sich schnell auf, das heißt, die Zeit ist mir dicht auf den Fersen. Das wird aber nicht lange anhalten, denn auch ich habe etwas dazu zu sagen. Ich werde diesem Chaos ein Ende bereiten, sofort nachdem ich Donny Ray ein Ende bereitet habe.

»Behalten Sie mich die ganze Zeit, die ich in diesem Raum bin, im Auge«, sage ich zu Evan, bevor ich eintrete. »Verlassen Sie Ihren Posten nicht für eine Sekunde. Wenn Sie etwas sehen, was Ihnen komisch vorkommt, stürmen Sie bitte sofort herein.«

»Ja, Sir.« Er überprüft seine Waffe, nimmt den Schlüssel und schließt die Tür auf.

Ich gehe hinein und schließe die Tür hinter mir. Ich drehe mich um und sehe Evan an. Dieser tritt ein paar Zentimeter vom Fenster zurück und gibt mir ein feierliches Nicken.

Donny Ray sitzt am Schreibtisch, aber mit dem Rücken dazu. Der Stuhl ist herumgedreht und nach außen gerichtet, sodass er in derselben Stellung sitzt wie ich beim letzten Mal. Dies sieht nicht wie ein Zufall aus. Es sieht aus, als hätte er auf mich gewartet und sei bereit zu spielen. Ich hebe die Hand und nehme seinen vorherigen Platz auf dem Bett ein.

Ich werde das Kleid nicht erwähnen – das nützt nichts. Ihm meine Verärgerung zu zeigen, würde seinen Vorteil nur noch erhöhen. Wir beide wissen, was auf dem Spiel steht, und Donny Ray hat ganz klargemacht, dass er alles benutzen wird – sogar meinen Sohn –, um sicherzustellen, dass ich bezüglich seines soziopathischen Verhaltens meinen Mund halte. Nun hat das Katz- und Mausspiel begonnen.

Aber es scheint, dass Donny Rays Plan fast so aussieht wie meiner. Er schaut mir in die Augen, und ich in seine, wir beobachten uns und warten darauf, dass einer von uns beiden reagiert. Das ist in Ordnung. Er mag ja einen scharfen und cleveren Verstand haben, aber ich habe die Oberhand, denn ich weiß, wie sie funktionieren. Alles, was ich tun kann, ist, jede Handlung, jede Aussage zu beobachten und zu hoffen, einen kleinen Hinweis darauf zu bekommen, wie der nächste Schritt aussehen wird.

Donny Ray schiebt den Stuhl hin und her und provoziert dadurch eine Serie langsamen, unerträglich schrillen Quietschens. Dann stoppt er abrupt.

»Ist was los?«, fragt er und macht somit den ersten Zug im Spiel.

»Vielleicht sollte ich Ihnen diese Frage stellen.«

»Vielleicht sollte ich Ihnen diese Frage stellen«, wiederholt er.

»Sie wissen verdammt gut, dass ich nicht hierhergekommen bin, um über mich zu sprechen.«

Er fixiert mich mit diesen steinernen Augen, führt noch drei Quietschserien mit dem Stuhl durch, jetzt noch langsamer, lauter und intensiver als vorher. Meine Lippen zucken. Es zerrt an meinen Nerven.

Leg dich ja nicht mit diesem Kerl an.

Halt's Maul! Ich weiß, was ich tue.

Du begibst dich auf gefährliches Terrain. Du weißt immer noch nicht, wer er wirklich ist.

Meine Wadenmuskeln zucken und straffen sich.

Er setzt diese Schaukelei noch ein paar Sekunden lang fort und hört wieder damit auf. »Sie sind ziemlich unruhig, Christopher.«

»Bewahren wir doch in Zukunft die Höflichkeitsform, okay? Ich heiße Dr. Kellan.«

Er nickt zu meinen Füßen hin.

Ich blicke nach unten und sehe meinen Kugelschreiber auf dem Boden liegen. Ich schaue Donny Ray an.

Mit einem spielerischen Grinsen hebt er die Hände abwehrend hoch. »Diesmal war ich das aber nicht.«

Ich nehme den Stift und stecke ihn in wieder in die Tasche.

»Diese Dinge bereiten Ihnen Probleme«, sagt er.

Während er mich beobachtet, legt Donny Ray ruhig eine Hand auf jede Seite des Stuhls und zieht seinen Körper nach oben, sodass sich die Muskeln unter dem dünnen, schwarzen T-Shirt dehnen. Mit einem Blick, den man als völlig unschuldig bezeichnen könnte, schiebt er die Stirnsträhnen zur Seite und setzt ein schuljungenhaftes Grinsen auf. Aber ich weiß, dass dies die verlogenen Identifizierungssignale eines Psychopathen sind und sie Gesellschaftsnormen widerspiegeln, die er in Wirklichkeit nicht erfüllt.

Ein Chamäleon.

Ein Kindermörder, und ich werde das Gefühl nicht los, dass seine Handlungen dazu dienen, mir gegenüber mit diesem Widerspruch zu protzen.

Das macht mich fuchsteufelswild.

Er setzt die Schaukelei fort, jetzt nur noch schneller, und er beobachtet mich dabei. Hin und her … hin und her. Der Stuhl zirpt mich an, und der Ton geht mir immer tiefer unter die Haut. Ich versuche, gelassen zu bleiben, aber er hat es bald geschafft. Ich halte das nicht mehr länger aus.

»Lass das!«, brülle ich.

Er grinst erneut, aber diesmal sieht er dabei alles andere als unschuldig aus. Die Maske ist gefallen. Endlich sehe ich den echten Donny Ray Smith – den Dämon –, aber nur, weil er sich entschlossen hat, ihn mir zu zeigen, und nur, weil er weiß, dass es der richtige Zeitpunkt ist, um mir den größten Schaden zuzufügen. Ich habe bereits gelernt, dass jedes Wort, das er spricht, und jeder Gesichtsausdruck eine sorgfältig berechnete Handlung ist, die dazu dient, zu kontrollieren und zu täuschen. Um zu schaden.

Donny Ray geht zur Tür. Er blickt durch das Fenster und sagt zu Evan: »Wir müssen hier raus.«

Mein Puls spielt verrückt, denn gerade hat er dasselbe gesagt wie Stanley, bevor dieser verschwunden ist.

Ich versuche, krampfhaft zu verhindern, dass sich meine Stimme überschlägt. »Donny Ray, wovon reden Sie?«

»Sie wissen schon.« Er steht mit dem Rücken zu mir und nickt ständig mit dem Kopf.

»Nein, eigentlich nicht.«

»Nicholas und Stanley sind bereits weg. Melinda und Gerald auch.«

»Ja, das ist mehr als offensichtlich. Und worauf wollen Sie hinaus?«

»Sie haben sie gehen lassen. Wir sollten jetzt auch gehen.«

»Ich habe niemanden gehen lassen, und es war niemals meine Absicht, Sie hier rauszulassen. Ich bin hierhergekommen, um die Wahrheit herauszufinden. Erinnern Sie sich? Die Wahrheit? Das, was Sie unbedingt wollten?«

»Ja, ich weiß.« Er verlagert sein Gewicht von einem Fuß auf den anderen. »Aber ich glaube nicht, dass Sie die Wahrheit wollen.«

»Ich verstehe nicht, was Sie meinen.«

Er lehnt sich näher in Richtung Fenster, winkt Evan zu, lässt ein kurzes Lachen heraus und erlaubt sich die Arroganz, einen uniformierten Polizisten zu verhöhnen.

Schließlich dreht sich Donny Ray um und schenkt mir seine Aufmerksamkeit. »Sie wissen ganz genau, was ich meine.« Er zieht eine Augenbraue hoch. »Die *Wahrheit* lag die ganze Zeit direkt vor Ihnen. Sie haben sie vermieden.«

»Reden Sie keinen Unsinn und kommen Sie auf den Punkt.«

»Reden Sie keinen Unsinn und kommen Sie auf den Punkt.«

Die ganze Zeit hat er mit viel Sorgfalt ausgesucht, welche meiner Sätze er wie ein Papagei wiederholt, um mich aus dem Gleichgewicht zu bringen, aber da spiele ich nicht mehr mit.

»Und hören Sie gefälligst auf, mich nachzuäffen«, sage ich, um klare Linien zu ziehen. »Das stört.«

»Ich versuche nur, Ihnen zu helfen.«

»Lassen Sie uns einmal etwas klarstellen, Donny Ray. Ich bin der Arzt, und Sie sind der Patient. Die einzige Hilfe, die Sie anbieten können, ist, auf diese Gedankenspiele zu verzichten.«

»Ich bin der Arzt, und Sie sind der Patient. Die einzige Hilfe, die Sie anbieten können, ist, auf diese Gedankenspiele zu verzichten«, plappert er nach. »Wo wir gerade von der Wahrheit sprechen: Haben Sie herausgefunden, was mit all den Menschen hier passiert ist?«

Ich gebe keine Antwort. Er hätte nicht gefragt, wenn er es wirklich wissen wollte. Direktheit ist nicht gerade sein Stil.

»Wer, glauben Sie, lässt sie alle verschwinden?«

Sein Gesichtsausdruck und Tonfall sind mehrdeutig genug, um zu suggerieren, dass er eine unschuldige Frage stellt, aber ich kann zwischen den Zeilen lesen. Donny Ray will, dass ich glaube, er würde diese ganzen Leute aus dem Loveland verschwinden lassen.

Ich kann das mit ihm nicht länger aussitzen. Die Dinge eskalieren zu schnell, immer mehr Leute verschwinden, und mein Verstand zerbröckelt. Es wird Zeit, das Problem in den Griff zu bekommen.

»Sie können auch mit diesem stumpfsinnigen Geschaukel und Ihrer Gaukelei aufhören«, sage ich ihm. »Ich bin absolut nicht beeindruckt, und es lässt Sie nur noch tragischer und erbärmlicher erscheinen.«

»Sie sehen in den Spiegel, Christopher«, sagt er und macht mit sehr ernstem Blick einen entschlossenen Schritt auf mich zu. Gefährlich.

»Sie riechen nach Ohnmacht und Verzweiflung, Donny Ray – eigentlich stinken Sie förmlich danach. Also hier ist mein Vorschlag: Anstatt Ihre Schwächen in den Vordergrund zu stellen, wie wär's, wenn wir Nägel mit Köpfen machen und auf den Punkt kommen. Fangen Sie damit an, mir zu erzählen, warum Sie in mein Leben getreten sind.«

Er rückt immer näher. Sein Lächeln ist verbissen und wütend. »Ich kam in Ihr Leben, um es zu ruinieren, und ich werde nicht aufgeben, bis ich es geschafft habe. Ihr so süßer, hübscher kleiner Sohn hat Sie bisher noch gerettet. Aber nicht mehr lange.«

Ich stehe auf, stelle mich kerzengerade vor ihn, und am liebsten hätte ich seinen Hals gepackt, um ihm die Luftröhre herauszureißen. Ein Hass, den ich noch nie zuvor gespürt habe, macht sich in meiner Kehle breit und kommt als tiefer, knorriger Ton heraus, den ich kaum als meinen eigenen erkenne.

»Vorher mache ich dich fertig.«

»Nur in deinen Träumen«, knurrt er zurück.

»Du hast keine Chance, Donny Ray. Hier in dieser Institution hast du absolut keine Macht.«

»Ich habe alle Macht der Welt.«

»Ehrlich? Beweis es.«

Sein verbissener Gesichtsausdruck schmilzt zu einem wissenden Schmunzeln. »Der Beweis wartet direkt vor der Tür.«

Das Fenster ist leer. Ich eile nach vorn und starre auf den leeren Fleck, auf dem Evan vorhin noch stand. Ich blicke den Korridor entlang, und ich fühle mich, als wäre ein Backstein in meine Magengrube gesunken, denn nirgendwo gibt es eine Spur von ihm.

Evan gehört jetzt zu den Vermissten.

»Christopher?«

Ich schnelle herum.

»Sie haben mich nie gefragt, was ich mit den Leichen gemacht habe«, sagt Donny Ray.

Und er spricht jetzt nicht von den vermissten Mädchen.

Kapitel 71

Donny Ray hat das Loveland geleert.

Aber wie?

Das weißt du doch schon.

»Was soll ich wissen?«

Ich habe es dir gesagt. Das wird intern erledigt. Er hat eine unterirdische Armee im Loveland. Sie haben ihm dabei geholfen, die ganzen Leute hier rauszuholen, und sie werden ihm weiterhin helfen. Du musst etwas unternehmen, und zwar schnellstens.

Ich muss schnellstens etwas unternehmen und einen Plan aushecken. Ich muss ihn stoppen.

Ich beginne, meine Möglichkeiten abzuwägen. Meine erste Priorität ist es, Devons Sicherheit zu bewahren. Das kann ich tun, indem ich Donny Ray so lange wie möglich innerhalb dieser Mauern unter Verschluss halte.

Falsch.

»Was?«

Du kannst ihn nicht im Loveland festhalten. Das könntest du niemals.

»Wieso denn nicht?«

Weil diese Mauern nur in deinem Verstand existieren. Er kann sie durchdringen, wann immer er will. Glaubst du wirklich, er könne nicht jederzeit von hier weg?

»Das ist Unsinn. Dann wäre er bereits nicht mehr hier.«

Er ist noch nicht weg, weil er es noch nicht will.

»Warum nicht?«

Das habe ich dir auch schon gesagt, und er hat es dir gerade eben bestätigt. Donny Ray kam nicht zur Beurteilung hierher – er kam hierher, um dich zu zerstören. Der große Plan. Nun, da die Arbeit fast erledigt ist, kann er abhauen, wann immer er will.

»Oh Gott. Du hast recht.«

Donny Ray hat die Macht, sofort zu gehen und Devon nachzustellen. Ich muss mich neu organisieren, eine Strategie finden, um ihn aufzuhalten. Ich sprinte den Korridor entlang, verfolgt von einer Angst und Panik wie von einem Rudel wilder Hunde, das Blut geleckt hat.

Lauf schneller.

»HALT'S MAUL! EINFACH NUR PSST … PSST.« Ich versuche, meinen Satz zu vervollständigen, aber etwas in mir kämpft dagegen. Ein Geräusch, das ich noch nie zuvor gehört habe, platzt aus meinem Mund – ein schrilles, pulsierendes Quietschen, gefolgt von einem tiefen, kehligen Lachen, das kaum menschlich klingt.

»WAS IST MIT MIR LOS?«

Ich weiß, was los ist – ich schnappe über, das ist los. Ich verliere den Verstand. Ich stehe kurz davor, aber zuerst muss ich Donny Ray aufhalten.

Du kannst ihn nicht aufhalten.

»Ich muss es aber!«

Aber du kannst etwas anderes tun.

Ich trete das Gaspedal durch. Die Reifen quietschen zornig, während ich mein Auto aus der Parklücke fahre. Donny Ray und seine unterirdische Armee mögen ihren Superplan bereits ausgeheckt haben, aber ich werde zurückschlagen.

Ich bin drastisch unterlegen, lächerlich benachteiligt, aber niemand sollte die Entschlossenheit eines Vaters unterschätzen, der seinen Sohn vor einer drohenden Gefahr beschützen will. Vielleicht kann ich Donny Ray nicht daran hindern, das Loveland zu verlassen, aber ich kann dafür sorgen, dass er nicht in Devons Nähe kommt. Ich weiß, dass ich meine Arbeit an den Nagel hängen kann, dass mein Plan monumentale Geschicklichkeit, eine genaue Planung und umfangreiche Berechnungen erfordert. Es wird fast den ganzen Abend kosten, diesen Job zu erledigen, vielleicht sogar die ganze Nacht, aber Schlafentzug ist keine Herausforderung. Angst und Verbissenheit treiben mich an, und meine Entschlossenheit ist nicht nur erbittert, sondern auch unerschütterlich.

Also haben wir unseren Plan. Wie soll er ausgeführt werden?

»Zuerst muss ich unser Haus sichern und dafür sorgen, dass Devon rund um die Uhr beobachtet wird. Zuvor benötige ich eine Fülle von Informationen, damit ich Donny Rays Schachzüge vorhersagen kann, bevor er sie macht.«

»Meinst du so etwas wie diesen hier?«

Ich bin atemlos. Meine Welt kippt zur Seite, und alles schwimmt schnell um mich herum. Ich schaue in den Rückspiegel, und Donny Ray verhöhnt mich vom Rücksitz aus. Ich teile meine nervöse Aufmerksamkeit zwischen ihm und der Straße auf und trete schrittweise auf die Bremse.

»Alles in Ordnung«, sagt er und macht eine Vorwärtsbewegung mit der Hand. »Du brauchst jetzt nicht anzuhalten. Ich werde reden. Du hörst mir zu.«

Oh Gott. Er ist bei mir.

»Ich war schon immer bei dir, Christopher. Du konntest es einfach nur nicht sehen. Aber ich bin froh. Du musstest mich aus dem Loveland rausholen.«

Sie müssen mich hier rausholen!

Das waren genau die Worte, die er zu mir sagte, als wir uns zum ersten Mal gesehen haben, nur jetzt ist es viel erschreckender, weil ich gerade eben das getan habe, was ich verhindern wollte. Ich habe in der Tat Donny Ray aus dem Loveland rausgeholt. Ich habe ihm zur Flucht verholfen.

Aber ist das alles real?

»Realität kann seltsam sein«, sagt er, »weißt du? Das hat mich mein Daddy gelehrt. Er pflegte zu sagen, dass es nicht darum geht, was du siehst, sondern darum zu entscheiden, was du nicht sehen möchtest. Natürlich hatte das für Miranda einen kleinen Nachteil. Ich konnte diese kleine Hure noch nie ausstehen, also habe ich mich entschlossen, sie nicht zu sehen, und Simsalabim! Da war sie verschwunden!«

Nein, ich weigere mich zu glauben, dass das hier real ist. Er ist nicht hier. Jetzt habe ich paranoide Wahnvorstellungen und bilde mir ein, dass mir Donny Ray folgt. Schließlich ist er in meinen Verstand eingedrungen.

»Die Gedanken in deinem Kopf haben dich geblendet, Christopher. Sie haben dich immer näher an den Rand des Wahnsinns gedrängt.« Er schaut auf die Straße vor uns und nickt, als würde er seinem eigenen Gedankengang zustimmen. »Aber genau das ist der Plan. Wir bewegen uns jetzt in die richtige Richtung. Wir kommen immer näher.«

Stück für Stück hat Donny Ray das Loveland auseinandergenommen. Nun hat er sich in meinem Verstand festgesetzt und kann auch diesen zerstören.

»Ich reiße die Mauern nieder, Christopher. Ich bringe deine Welt zum Beben.« Sein Grinsen ist aalglatt – genau wie das unterdrückte Lachen, das er ausstößt. »Und meine Arbeit ist fast beendet.«

»Du wirst meinen Sohn nicht kriegen!«, schreie ich. »Du nimmst mir Devon nicht weg!«

»Ach wirklich? Es sieht nämlich gerade so aus, als ob du mich schnurstracks zu ihm fahren würdest.«

Ich gehe in die Eisen, schleudere von der Straße und komme quietschend am Randstreifen zum Stehen. »Warum? Warum quälst du mich so?«

»Deine Qual hat schon vor langer Zeit begonnen.« Donny Ray blickt jetzt fast mitleidig oder mitfühlend oder welche verzerrte und vorgetäuschte Maske auch immer sein Verstand gerade aufgesetzt hat. »Deshalb hast du mich hierherbestellt, um dich davon zu befreien.«

»Ich will deine Hilfe nicht! Raus aus meinem Auto … oder aus meinem Kopf … oder …«

»Und jetzt, nachdem du mich reingelassen hast, werde ich dich nie mehr verlassen.«

»Du bist bösartig!«

»Ich bin die Wahrheit.«

»Du bist eine Lüge!«

»So bin ich nun mal – die Wahrheit. Sobald ich den Weg ans Tageslicht geschafft habe, kannst du mich nie mehr begraben.« Er nickt in Richtung Straße.

Ich schaue durch die Windschutzscheibe, aber bevor ich mich konzentrieren kann, splittert Glas, und das weiße Licht explodiert.

Kapitel 72

Ich bewege den Kopf ruckartig nach oben und schnappe nach Luft.

Was in Gottes …?

Ich bin immer noch im Auto. Ich blicke auf die Uhr und stelle fest, dass mir schon wieder die Zeit davongerannt ist, und zwar etwa …

Eine Stunde?

Immer mehr Minuten gehen verloren, obwohl doch jede einzelne Sekunde Gold wert ist.

Mein Verstand wird klarer, die Sicht auch, und als ich aufschaue, sehe ich …

Oh nein, um Himmels willen, nein.

Ich parke direkt vor dem bösen Baum mit seinen verflochtenen knorrigen Ästen, die über mir drohen wie ein riesiges schwarzes Netz, das mich einfangen will.

Ein starker Wind weht, und der böse Baum erwacht zum Leben, wie aus einem unruhigen Schlaf. Die Blätter zischen gehässig. Schwankende Äste werfen Schatten über mein Auto wie giftige Dämpfe. Und tief aus meinem Inneren kommt die reinste aller Wahrheiten zum Vorschein. Nämlich die, dass ich unwissentlich am Drehkreuz des Bösen dieser Welt gelandet bin.

Ich muss unbedingt von hier weg.

Ich drehe den Zündschlüssel, aber abrupte und schnelle Bewegungen draußen vor der Windschutzscheibe lenken mich ab. Ich drehe den Kopf gerade noch rechtzeitig, um in einem Lichtschein einen Gegenstand zu sehen, der sofort darauf wieder in der Dunkelheit verschwindet – einer Dunkelheit, die meine Aufmerksamkeit immer noch einnimmt, während ich mich frage, ob es mehr als nur eine Spiegelung war, die ich auf der Scheibe gesehen habe.

Schon wieder bewegt sich etwas, diesmal nach rechts. Ich drehe den Kopf in diese Richtung und finde dort die Antwort.

Heilige …

Etwa drei Meter vor mir kommt der kullernde Gummiball zum Liegen, und ein glänzender roter Streifen fällt in meinen Blick.

Das darf doch nicht wahr sein.

Vor dem Auto, inmitten der leuchtenden Scheinwerfer, steht der Teenager mit dem roten Kapuzenshirt.

Er starrt mich mit jämmerlicher Furcht an.

Ich kann sein Gesicht deutlich erkennen. Ich bin überzeugt, dass ich dieses Kind bis zu meinem Unfall nie zuvor gesehen habe.

»Wer bist du?«, schreie ich ihn an.

Er schnappt sich den Ball und will weglaufen. Genauso schnell schwinge ich die Tür auf und klettere aus dem Auto. »Keine Chance!«, brülle ich und jage ihm hinterher. »Du hast damit angefangen! Diesmal kommst du mir nicht davon!«

Er umklammert immer noch den Ball und rast einen Pfad in Richtung See hinab, als hinge sein Leben davon ab. Ich bin ihm auf den Fersen, aber dieses Kind ist so schnell wie

Speedy Gonzales, und es ist sehr schwer, mit diesem Tempo mitzuhalten.

Einige Meter voraus eilt er in ein Wirrwarr aus Buscheiche, aber ich halte den Kurs durch die zerklüfteten Zweige, die in mein Gesicht schlagen und mich zerkratzen. Ich wühle mich hindurch, aber an der Lichtung angekommen, verstehe ich die Welt nicht mehr. Keine Spur von dem Jungen, noch nicht einmal das Geräusch seiner Schritte. Ich schaue zu meiner Linken, dann zu meiner Rechten. Auf jeder Seite umgeben mich große und robuste Felsbrocken, viel zu steil und glatt, um sie zu erklimmen. Ich lege eine Hand an jede Seite meines Kopfes, blicke zum See hinunter und sehe seichtes Wasser, so glatt wie Glas.

Weg. Schon wieder.

»WAS ZUM TEUFEL VERSUCHST DU, MIR MITZUTEILEN?«, rufe ich dem Jungen zu. Aber die einzige Antwort, die ich bekomme, ist der Widerhall meiner eigenen Frage als flüsterndes Echo.

Plötzlich vernehme ich einen tosenden Lärm, mein Magen hebt sich, denn ich erkenne das Geräusch von Metall, das irgendwo mit Gewalt gegenschlägt.

»Oh Gott, mein Auto!«

Dann zerbricht Glas, und das grelle Licht explodiert.

Kapitel 73

In weniger als zwei Wimpernschlägen erkenne ich, dass ich die Straße entlangrase.

Die Straße? Was um alles in der Welt ist hier los?

Es sind nicht nur die Minuten, die Sprünge machen – es sind auch Umstände und Ereignisse, die in einem rasenden Tempo in ein heilloses Durcheinander geraten. Mit meinem so rasch zerfallenden Verstand ist jeder Versuch, die Übersicht über die Realität zu behalten, eine Aufgabe für sich. Ich muss diesen Plan durchführen, bevor meine Welt zusammenbricht.

Ich trete das Gaspedal so stark durch, dass mein Körper in den Sitz zurückgedrückt wird, und rase in einer gnadenlosen Geschwindigkeit nach Hause.

Ich biege ohne Rücksicht auf Verlust in die Straße ein, in der mein Haus steht, schlittere in die Garage und mache eine Vollbremsung. Jennas Auto ist nicht da. Wahrscheinlich holt sie Devon von der Schule ab, was mir sehr gut in den Kram passt. Ich habe jetzt keine Zeit zum Reden, keine Zeit zum Erklären, nur jede Menge zu tun.

Ich rase ins Haus hinein. Ich eile die Treppe hoch in mein Arbeitszimmer. Am Computer logge ich mich in meinen

Arbeits-Account ein, um die Informationen zu besorgen, die ich benötige.

Eine Stunde später habe ich – über den Boden verstreut und an den Wänden festgesteckt – ein unglaubliches Arsenal von Fakten, Zahlen, statistischen Daten und Karten, Details zur Infrastruktur des Loveland sowie alles andere, das ich sammeln konnte, um Donny Rays tägliches Verhaltensmuster zu verfolgen. Ich habe auch die Baupläne meines Hauses und alle Schwachstellen darin in Rot markiert. Eigentlich gleicht mein Arbeitszimmer einer Einsatzzentrale mit Informationen, die ich benötige, um Devon in Sicherheit zu bringen.

Ich gehe zum Fenster, öffne die Gardinen einen Spalt, um zu sehen, ob die Leute vom Sicherheitsdienst bereits angekommen sind. Noch nicht, aber ich erwarte sie in Kürze. Ich hole eine Metallkassette aus dem Büroschrank. Ich öffne sie, nehme meine Pistole und schiebe das Magazin heraus. Sollte es Donny Ray tatsächlich schaffen, zu diesem Haus zu kommen, dann wird dieser Bastard unsere Einfahrt nicht lebendig verlassen.

Es läuft alles glatter als erwartet. Ich freue mich. Alles, was ich jetzt noch tun muss, ist, die gesammelten Informationen zu studieren, um sicherzustellen, dass alles hieb- und stichfest ist.

Ein Auto fährt die Einfahrt herauf. Ich springe vom Stuhl, bin aber erleichtert, Jennas und Devons Stimmen in der Küche zu hören. Ich habe jetzt keine Zeit, mit ihnen zu reden, kann mir keine Unterbrechungen leisten. Bei so viel Arbeit, die ich noch vor morgen früh erledigen muss, tickt die Uhr in meinem Kopf doppelt so schnell. Ich krieche zur Tür, verriegle sie von innen und kehre an die Arbeit zurück.

Etwa zehn Minuten später höre ich Devons Getrappel auf der Treppe, begleitet von Jennas festeren Schritten. Mein Sohn huscht in sein Zimmer, und kurz darauf klopft es zweimal an meiner Tür.

»Chris?«, ruft meine Frau. »Bist du da drin?«

»Hallo, Liebes.« Ich raschele mit Papier, um den Eindruck zu erwecken, ich wäre geschäftig, dann bewegt sich die Türklinke.

»Was machst du da drin, und warum ist die Tür verriegelt?«

»Ach, das.« Ich erzwinge mir ein Lachen und hoffe, dass es lässig genug klingt. »Ich starte morgen ein großes Projekt. Auf der Arbeit. Es ist äußerst wichtig. Ich muss heute Abend noch eine Menge nachforschen. Ich möchte nicht, dass Devon hereinplatzt und mich stört.«

»Aber was ist mit dem Abendessen?«

»Zu beschäftigt. Kann jetzt unmöglich runterkommen.« Um an Glaubwürdigkeit zu gewinnen, klicke ich auf Drucken, und die Maschine spuckt rasselnd ein paar Seiten aus. Ich schlage eine Schreibtischschublade zu. »Fangt doch einfach ohne mich an, ich hole mir dann später etwas.«

»Ich kann dir einen Teller hochbringen.«

»Nein, das ist nicht nötig. Im Moment habe ich keinen Hunger, wirklich.«

Schließlich ist Ruhe, und ich bin erleichtert, aber dann klopft Jenna noch einmal.

»Schatz, bitte!«, brülle ich zur Tür. »Was ist denn? Ich versuche, hier zu arbeiten!«

»Tut mir leid, wenn ich dich noch einmal belästige, aber ich habe vergessen, dir vorhin etwas zu erzählen«, sagt Donny Ray. »Du verschwendest nur deine Zeit mit all diesem Mist. Das Loveland ist Geschichte. Der Krieg findet hier statt.«

Holz knackt, die Wände um mich herum dröhnen und verwandeln sich in ein mächtiges Beben, als Donny Ray mehrmals hintereinander seinen Körper gegen die Tür rammt.

Kapitel 74

Ich schnappe mir die Waffe vom Schreibtisch, bewege mich vorwärts und schreie: »VERSCHWINDE AUS MEINEM VERSTAND! ICH WERDE DICH VERDAMMT NOCH MAL TÖTEN! HAST DU MICH VERSTANDEN?«

Mit erhobener Waffe und schussbereit reiße ich die Tür auf, aber bei dem, was ich auf der anderen Seite vorfinde, kneift sich mein Magen zusammen.

Jenna steht mit schockbleichem Gesicht im Flur und starrt auf die Waffe in meiner Hand. Sie spricht nicht, aber ihre zitternden Lippen sagen mir alles, was ich wissen muss.

Ich senke die Pistole und sage: »Tut mir leid … Ich dachte …«

Sie schaut an mir vorbei in den Raum hinein und steht plötzlich mit weit aufgerissenen Augen da. Sie lässt eine Hand zur Seite gleiten, und der Globus, den ich aus Adams Haus gestohlen habe, fällt zu Boden und zerbricht in tausend Stücke.

»Schätzchen, ich kann das erklären. Es ist nicht so, wie du …«

Jenna geht an mir vorbei und bewegt sich mit schwankenden Schritten zur Raummitte. Sie blickt auf die Wände, die mit zahlreichen Diagrammen, Karten, Graphen, Etagenplänen und einer entsprechenden Anzahl Reißzwecken tapeziert sind. Rot gekritzelte Markierungen überall. Pfeile und spezielle Symbole, die nur für mich erkennbar sind. Hinweise, die wie Graffiti an die Wand geschmiert sind: POTENZIELLER FLUCHTWEG! HAUPTSAMMELPUNKT! DONNY RAY STOPPEN!

»Das mag dir ein wenig seltsam vorkommen«, sage ich und mache lange Schritte auf sie zu, »aber es ist nicht so, wie du …«

Ich halte abrupt an, denn in Jennas Augen, auf ihrem Gesicht, eigentlich überall, sehe ich etwas, das ich noch nie zuvor bei ihr erlebt habe. Ich sehe die nackte Angst. Ich sehe Seelenpein.

Ich sehe, wie meine Frau jemanden anschaut, den sie nicht kennt.

»Bitte hör mir einfach zu!«, sage ich mit angehobenen Händen und schlucke schwer, um gegen meine eigene Qual und meine Unruhe anzukämpfen.

Jenna sieht erneut die Wände an und dreht sich wieder zu mir um. Mit Tränen in den Augen sagt sie: »Chris, wir müssen dir sofort Hilfe holen.«

Ich starre sie ein paar Sekunden lang an, laufe dann hin und her und fixiere meinen Blick auf den Boden, während ich rede. »Nein. Du wirst mir jetzt zuhören. Es tut mir unsagbar leid, dass das alles hier erschreckend aussieht, aber du wirst es viel besser verstehen, wenn ich es dir erkläre.« Mein Körper zuckt ungewollt und abrupt. »Hör bitte sehr aufmerksam zu, was ich dir jetzt erkläre. Eine unglaublich böse Macht hat ihre Schatten über das Loveland geworfen. Menschen – jede Menge Menschen – verschwinden tagtäglich. Mitarbeiter, Patienten, einfach jeder. Sie werden an einen geheimen Ort gebracht. Ich weiß noch nicht, wohin, aber ich weiß, wer hinter alldem steckt. Donny Ray. Er bringt sie weg.«

Ich höre auf, hin und her zu laufen, schaue Jenna an, die jetzt noch erschreckter als vorher aussieht. Ich kann es ihr nicht verübeln, und ich hasse es, dass ausgerechnet ich ihr diese schreckliche Mitteilung machen muss, also gehe ich zu ihr, nehme ihre Hand und bekomme die Bestätigung für ihre Furcht. Ihr Arm ist steif und unnachgiebig, und ich werde mir bewusst, wie sehr sie diese Situation verunsichern muss.

»Süße«, sage ich, und versuche, sanfter zu klingen und sie mitfühlend anzusehen, »unser Sohn ist in ernster Gefahr, aber bitte hab jetzt keine Angst, okay? Du musst mir einfach nur vertrauen. Ich habe sehr viel darüber nachgedacht. Ich habe einen Plan. Ich werde ihn retten, ich werde ihn vor …«

»Chris«, sagt sie und beginnt rückwärtszugehen. »Bitte. Hör auf.«

»Womit soll ich aufhören?«

»Hör mit diesem Kram hier auf.«

»Ich verstehe nicht. Ich bin dabei, dir zu erzählen, was bisher …«

»Ich weiß, was passiert ist.«

»Warte … Was? Du weißt es schon? Von Donny Ray? Und von Devon?«

»Adam hat mir alles erzählt.«

»Verdammt noch mal!«, brülle ich und schaue mit einem zornigen Lächeln weg. »Ich hätte wissen müssen, dass er es dir brühwarm erzählt!« Ich drehe mich wieder schnell zu ihr um. »Aber glaub ihm nicht. Glaub ihm keine Silbe. Er lügt dich an. Adam ist mit von der Partie!«

»Adam versucht, dir zu helfen«, sagt sie, und Tränen kullern ihr Gesicht hinunter. »Chris, ich habe Angst vor dir. *Wir* haben Angst vor dir.«

»Du hast – vor *mir?*« Ein lautes, fanatisches Lachen entweicht meinen Lippen. »Wie konnte … Ich verstehe das alles nicht. Ich versuche, dich zu beschützen!«

»Bitte, du musst sofort damit aufhören, mit dem, was du dir selbst antust …« Sie holt zitternd Luft. »… mit dem, was du uns allen antust.«

Ich mache einen Schritt vor und drehe ihr den Rücken zu. »Aber es ist nicht das, was du denkst. Ich tue das alles aus einem sehr guten Grund. Ich muss Devon retten, weil …«

»Chris!«, schreit sie. »Hör mir zu! Devon ist nicht derjenige, der gerettet werden muss. Er war es nie!«

»Doch, ist er!« Ich greife mir in die Haare, schüttle energisch den Kopf und sage durch zusammengebissene Zähne: »Doch, muss er! Das muss er unbedingt! Ich muss ihn beschützen!«

»Nein, Liebling …«, sagt sie mit bebender Stimme. »Das Problem befindet sich nicht im Loveland. Hat es niemals. All das geschieht in deinem Verstand. Du bist in deinem Verstand gefangen, und jetzt bist du dabei, ihn zu verlieren. *Du* gehst kaputt.«

»Das ist nicht wahr! Nein, nein! Du musst mir einfach glauben! Devon wird sterben, wenn ich nicht etwas tue! Schau mal, ich weiß« – jetzt zuckt mein Körper immer stärker –, »ich weiß, dass ich in letzter Zeit ein paar Probleme gehabt habe, aber das hier ist die Realität.«

»Nichts davon ist real«, sagt sie mit tiefer Traurigkeit. Eine Traurigkeit, die ich überhaupt nicht verstehen kann.

»Du … Du glaubst mir nicht?«

»Nicht, weil ich es nicht will. Weil ich es nicht kann.«

»Bitte … *Bitte!* Tu mir das nicht an, nicht jetzt. Bitte gib mich nicht auf. Du bist die Einzige, die mir helfen kann. Ich brauche dich!«

Das Geräusch von kleinen Schritten unterbricht uns. Jenna blickt skeptisch zur offenen Tür, stürzt dann zur Wand und beginnt, meine Papiere herunterzureißen.

»Warte!«, schreie ich sie an. »Fass sie nicht an! Ich habe den ganzen Nachmittag daran gearbeitet! Es ist äußerst wichtig!«

Ich springe zu meiner Frau. Sie erschrickt und stößt einen so spitzen Schrei aus, dass es mich aus dem Gleichgewicht bringt. Ich stolpere vorwärts, versuche, wieder Halt zu finden, greife Jennas Arm, aber sie schiebt mich weg. Sie atmet schwer. Ihre Wangen sind tränenüberströmt.

Devon schreit.

Ich drehe mich um und werde blass.

Mein Sohn steht steif vor Entsetzen in der Tür und schluchzt schon, kurz davor, zu hyperventilieren.

Direkt hinter ihm sehe ich Donny Ray Smith stehen, mit einem schmierig breiten Grinsen.

»Nichts und niemand auf dieser Welt kann mich aufhalten, Christopher«, sagt er. »Gar nichts.«

»DU VERDAMMTES SCHWEIN, ICH BRINGE DICH UM!«, rufe ich und springe in die Richtung der beiden.

Donny Ray senkt die Hände, aber bevor er die Schulter meines Sohnes berühren kann, stürze ich mich auf ihn. Wir fallen rückwärts auf den Boden. Ich lande auf ihm, und wir ringen um die Kontrolle, aber dieser Mann ist so viel stärker. In einer kraftvollen Bewegung dreht er mich um und knallt meinen Rücken auf den Boden.

Jenna schreit.

»Gib den Jungen auf!«, sagt Donny Ray und umklammert mich mit den beiden. »Ich nehme ihn!«

Ich kann nichts sehen, noch nicht einmal meinen eigenen Körper spüren. Ich fühle nur Zorn – einen solch starken Zorn, der in mir wie tausend Flaschenraketen explodiert. Blitzschnell springe ich auf. Donny Ray fliegt zurück und knallt gegen die Wand. Bevor er sich sammeln kann, stürze ich mich wieder auf ihn und schließe meine Hände fest um seinen Hals.

»Daddy! Stopp! Ich kann nicht atmen!«

Der Klang von Devons Stimme erschreckt mich. Ich stelle fest, dass ich ihm mit den Händen den Hals zudrücke. Er ist fast am Ersticken. Er starrt mich schockiert und mit purem Entsetzen an.

»Oh nein … Gott … OH NEIN!«, schreie ich, lasse sofort meinen Sohn los, kann absolut nicht begreifen, was ich gerade getan habe und wie das möglich war. Aber ich bekomme keine Gelegenheit, es herauszufinden, weil etwas Schweres und Hartes auf meinen Nacken fällt. Das Zimmer dreht sich um mich herum, ich sehe nichts mehr und falle zu Boden.

Ich hebe den Kopf und sehe, wie Jenna zusammen mit Devon über ihrer Schulter hinausläuft. Die panischen, schluchzenden Schreie meines Sohnes hallen im Flur wider – kurz danach höre ich quietschende Reifen in der Einfahrt, und die Wände meiner einst unnachgiebigen Welt fallen rund um mich herum zusammen.

Kapitel 75

So wird es enden

Ich war immer mehr auf der Hut, nachdem mein Vater aus dem Krankenhaus gekommen war und aussah wie Frankenstein. Die Meldung auf meinem Radar war klar: Gefahr. Der Verrückte wird immer verrückter.

Eines Nachts brachte eine Reihe gewalttätiger Schläge meine Tür fast zum Zerbersten. Die Wände wackelten. Das Hartholz bebte. Dinge flogen von den Regalen und stürzten auf den Boden.

Dann kam das:

»ICH WERDE DICH VERDAMMT NOCH MAL TÖTEN! HAST DU MICH VERSTANDEN? DU VERDAMMTES SCHWEIN, ICH BRINGE DICH UM!«

Ich kroch unters Bett, hielt mein Gesicht auf dem Boden und weinte bitterlich.

Das ist es. Nun ist es so weit. So wird es enden.

Die Tür knallte auf und mit überraschender Kraft gegen die Wand, aber das war noch gar nichts im Vergleich zum Anblick der Füße meines Vaters, die wütend auf mich zustampften. Es gab nichts zu tun, außer abzuwarten, was als Nächstes kam. Ich wusste, dass es nur eine Angelegenheit von Sekunden sein würde, bevor er mich tötete.

Stattdessen verwandelte sich sein wütendes Geheul in dumpfes, hilfloses Gewimmer. Dann sprach er wieder, diesmal aber schwach und flehend.

»Bitte … Bitte …«

Ich schluckte Luft, drehte den Kopf zu ihm und versuchte, etwas zu verstehen.

»Bitte … nehmt nicht …«, murmelte er durch gequälte Schluchzer. »Bitte nehmt ihn mir nicht. Nehmt mir meinen Jungen nicht weg.«

Ich wagte einen Blick unter dem Bett hervor und sah meinen Vater auf dem Boden sitzen. Mit gebücktem Körper, die Arme um die Knie gelegt, Gesicht dagegengedrückt. Jammernd und weinend.

Und in Sekundenschnelle ergab alles einen Sinn. Das Handtuch, das in den Abfluss gestopft war. Der albtraumhafte Turm, den er aus Messern gebaut hatte. Die Karten, Pläne, Diagramme. Die ernste Warnung, die er durch die Autoscheibe abgegeben hatte.

Der Mann im Abfluss.

Trotz all seines Wahnsinns gab es nur noch einen einzigen starken Wunsch in seinem angeschlagenen Verstand. Er wollte mich nicht verlieren.

Auch wenn ich einmal nicht mehr da bin, meine Liebe wird immer bei dir sein. Du wirst sie immer tief in deinem Herzen spüren.

Ich kroch unter dem Bett hervor und kletterte zu ihm.

Er sah mich an, und hinter diesen tränengefüllten Augen sah ich sie – ich sah die Liebe, reine, wahre Liebe.

Mein Vater und ich umarmten uns, drückten uns fest aneinander in dem Bewusstsein, dass dieser Moment womöglich der letzte dieser Art sein würde.

Mit seinem Gesicht gegen meines gedrückt, unseren Tränen und Schluchzern, die sich miteinander vermischten, flüsterte er mir ins Ohr: »Christopher … du bist mein Ein und Alles.«

Kapitel 76

Ich komme wieder zu mir, liege mit dem Gesicht auf dem Boden, und es braucht ein paar Sekunden, bis ich mich wieder gesammelt habe. Ein plötzlicher Schmerz im Genick bringt mir brutal die Erinnerung zurück. Ich hebe den Kopf und blicke auf die Zettel, die immer noch die Wände bedecken und im ganzen Raum verstreut sind.

Ich bin dankbar dafür, dass es sich diesmal nur um eine Ohnmacht aufgrund der Verletzung und Erschöpfung gehandelt hat und nicht erneut um den Verlust von Minuten, die immer kostbarer werden.

Ich hebe meinen Körper vom Boden, und die Erinnerung an das, was hier geschehen ist, steigt an die Oberfläche, haut mich fast wieder um.

Ich habe an diesem Abend versucht, meinen Sohn zu töten.

Es war nicht beabsichtigt, einfach nur ein Missverständnis. Ich habe nur versucht, Devon zu schützen, aber durch die wirren Wahrnehmungen meines gestörten Geistes habe ich genau das Gegenteil getan.

Ich bin zu meinem Vater geworden.

Nein, ich war schlimmer als er, und dieses Wissen schmerzt unbeschreiblich. Es spielt keine Rolle, was ich versucht habe zu tun, sondern was ich tatsächlich getan habe. Furcht ist unauslöschlich, sie ist irreversibel, und wenn sie einmal zugefügt wurde, kann man sie nie wieder zurücknehmen. Ich weiß das sehr gut, da ich selbst Opfer dieses Schadens wurde – und zwar öfter, als ich zählen konnte. Dieses Schadens, der seither Teil meines Wesens ist. Diesen Schaden habe ich nun meinem Sohn weitergegeben. Jenna sagte, ich hätte lange und hart daran gearbeitet, Devon darauf vorzubereiten, dass ich eines Tages den Verstand verlieren könnte, aber in wenigen Minuten habe ich es geschafft, diesen Prozess umzukehren.

Das werde ich niemals verwinden. Niemals.

Donny Ray.

Ich habe ihn gesehen. Er schien so realistisch. Aber Devon plötzlich unter mir liegen zu sehen, meine Hände eng um seinen kleinen Hals gelegt, um ihm die Luft abzudrücken, bewies mir das Gegenteil.

Und die brutalste Wirklichkeit kommt jetzt: Meine Frau und mein Sohn sind weg. Sie haben mich verlassen, und jetzt bin ich wirklich und eindeutig allein. Ich und mein wirrer Geist wirbeln weiter hilflos durch diese schrecklich zerrüttete Welt und kämpfen darum, eine wenn auch hauchdünne Grenze zwischen Realität und Fiktion zu ziehen.

Ich blicke durchs Fenster auf meine Welt aus Schmerz, in der alles so einfarbig, so öde ist, in der nur noch Schatten von dem übrig sind, was ich einst geliebt habe.

Wie soll man sich auf seinen Glauben stützen, wenn keiner mehr übrig ist?

Ich versuche, einen Fuß vor den anderen zu setzen, aber während ich mich durchs Haus bewege, begrüßt mich mit jedem Schritt nichts als Leere.

Die Brücke ist abgebrannt.

Aber vielleicht nicht ganz, denn es gibt eine Sache, die ich ganz sicher weiß. Donny Ray Smith stellt nach wie vor eine echte und gegenwärtige Gefahr dar. Er war nicht in diesem Haus, aber er ist immer noch da draußen, und er ist immer noch hinter meinem Sohn her. Wenn ich Devon retten kann, schaffe ich es vielleicht, diese Familie vor dem Ruin zu retten, und vielleicht, aber nur vielleicht, wird man sich dann nicht an meinen schnellen Abstieg in den Wahnsinn, sondern an die mächtige Liebe erinnern, die mich zu solch extremen Handlungen getrieben hat. Dann werden sie wissen, dass meine Absichten die ganze Zeit über rein und gut waren.

Das wünsche ich mir wirklich von ganzem Herzen.

Nicht, dass ich es jemals erleben werde. Denn bis dahin wird man mich wahrscheinlich in einer Institution weggesperrt haben wie die verbrauchte menschliche Ware, für deren Rettung ich fast mein ganzes Leben lang gekämpft habe.

Auch dafür wird keine Zeit mehr bleiben.

Ein weiterer Punkt, den ich meiner immer länger werdenden Liste mit Fehlschlägen hinzufügen kann, den ich aber gern aufgebe. Wenn das der Preis ist, um meinen Sohn zu retten, gebe ich gern alles auf.

Es ist alles seine Schuld. Donny Ray hat dir das angetan.

»Nein … Ich habe es mir selbst angetan.«

Das möchte er dir glauben machen. Es ist nicht nur deine Welt, die Donny Ray niederreißen will.

»Was?«

Denk doch mal nach. Im Auto, hier in diesem Haus. Donny Ray bohrt sich immer mehr in deinen Verstand. Bald hat er dich vollständig unter Kontrolle.

Und blitzschnell ergibt alles einen Sinn. »Dieser Bastard … hat versucht, mich seine Drecksarbeit machen zu lassen. Genau das, was ich versucht habe, zu verhindern. Er wollte mich dazu bringen, meinen Sohn umzubringen.«

Er wusste ganz genau, dass er dich damit endgültig um den Verstand bringen würde.

»Und es hat fast funktioniert.«

Und er wird sich weiter in deine Psyche bohren, bis ihm jeder deiner Gedanken gehört.

Mich packt die Panik, und ich bin außer mir. »Ich muss ihn stoppen.«

Donny Ray hat dich letzte Nacht belogen. Die Schlacht findet nicht hier statt – sie brodelt noch immer im Loveland. Du musst deine Strategie ändern, schnell denken und noch schneller handeln.

»Aber wie?«

Du weißt, was du tun musst.

Kapitel 77

Wenn Ein und Alles nicht genug ist

Mein Vater sagte mir, dass ich sein Ein und Alles wäre, aber diese Aussage würde mehr Wirkung haben, als ich jemals geahnt hätte.

Sie war sein Adieu.

Ich fand ihn am nächsten Morgen in seiner Werkstatt im Keller, erhängt an einem Dachsparren.

Der Gerichtsmediziner sagte, er wäre schon seit Stunden tot gewesen. Wahrscheinlich hatte er sich kurz nach unserer tränenreichen Umarmung erhängt. Ein letzter Versuch, mich zu beschützen. Nicht vor dem Mann im Abfluss, aber diesmal vor seinem gefährlichen Verstand.

Die drastischste und herzzerreißendste Handlung meines Vaters.

Ungefähr sechs Monate später wurde ich im Alter von siebzehn Jahren Waise, als auch meine Mutter starb. Die Ärzte teilten mir mit, sie hätte einen massiven Herzinfarkt erlitten, aber ich bin davon überzeugt, dass sie das falsch interpretiert haben.

Sie starb an gebrochenem Herzen.

Heute verstehe ich die Qual, unter der sie wohl beide litten.

Kapitel 78

Kummer verwandelt sich in Zorn.

Er ist roh, heftig und weiß genau, wo es am meisten wehtut. Den Kummer meines Sohnes zu sehen und zu wissen, dass ich dafür verantwortlich bin – das machte das Maß voll. Ich erkläre Donny Ray Smith den Krieg mit der unwiderruflichen Absicht, als Sieger hervorzugehen.

Ich hole das Magazin aus meiner Waffe und fülle es mit Kugeln.

»Auf dieser ist dein Name graviert, du Hurensohn«, sage ich und lasse die letzte Kugel hineingleiten. »Die anderen sind für all diejenigen, die versuchen, sich mir in den Weg zu stellen.«

Ich ramme das Magazin wieder rein, schnappe mir das Gürtelholster und stecke die Waffe hinein.

Innerhalb von wenigen Sekunden fahre ich aus der Einfahrt. Während ich fahre, wird mein Verstand so klar wie schon lange nicht mehr, aber es ist nicht nur das. Jeder meiner Sinne ist plötzlich so deutlich und entschlossen, weit über den Zustand jeglicher normalen menschlichen Fähigkeit hinaus. Meine Sicht ist gestochen scharf, und obwohl die Autofenster geschlossen sind, höre ich Geräusche, die ich normalerweise nicht hören sollte.

Ein Gespräch zwischen zwei Menschen, die auf dem Bürgersteig gehen.

Ein Blatt, das über das Gras rauscht und vom Wind weggetragen wird.

Ich weiß nicht, woher diese Gabe der übersinnlichen Wahrnehmung kommt, aber ich bin für diese Hilfe dankbar.

Schneller. Du hast nicht viel Zeit. Du musst Donny Ray loswerden, bevor er deinen Verstand vollständig übernimmt.

Mein Fuß trifft auf das Gaspedal. Ich rase mit dem Auto in einem Affentempo.

Der Parkplatz ist weniger als ein Viertel voll, als ich am Loveland ankomme, und die übrig gebliebenen Wagen sind verstreut wie Spielzeugautos.

Donny Ray lässt die Menschen immer schneller verschwinden. Du weißt, was er als Nächstes tun wird.

»Keine Chance.«

Du hast sehr wenig Zeit, um das Ganze umzukehren.

Ich greife nach unten, um sicherzustellen, dass die Pistole eng an meiner Taille anliegt, und ziehe meine Jacke drüber. Ich bewege mich schnellen Schrittes und mit drängenden Gedanken zum Gebäude. Wut steigt in mir hoch.

Kurz vor dem Eingang beobachte ich ein paar Arbeiter, wie sie Maschinen auf einen Lastwagen fahren. Mit einer Vorahnung gehe ich zu ihnen und sehe, dass der Laster bereits vollgestopft ist mit Geräten, Dateikästen und Computern.

Die wollen sich mit den Beweisen aus dem Staub machen.

Ein Schweißtropfen rollt mir den Rücken hinunter. Meine Nerven klappern wie ein paar Cent in einer alten, rostigen Blechdose.

»Das ist nicht gut«, sage ich, während eine unserer Sicherheitswachen vorbeigeht. Er schießt mir einen hässlichen Blick zu.

Sieh ihn nicht an. Er ist einer von ihnen.

Ich sehe den Wachmann argwöhnisch an, drehe mich um und gehe weg. »Die Dinge werden komplizierter, als ich erwartet hatte. Ich brauche Hilfe, eine Art von Verstärkung.«

Da ist niemand.

Ein weiterer Lkw kommt hinter dem letzten hervor. Noch mehr Arbeiter steigen aus und rollen Transportwagen zum Gebäude.

Du musst dich beeilen. Die ganze Operation ist in vollem Gange. Donny Rays Armee ist im Begriff, vorzurücken und jeden aus dem Loveland rauszuholen, und dann geht er als Letztes.

Ich verfalle in einen Laufschritt zum Krankenhauseingang. Drinnen ist nur noch eine Handvoll Menschen auf der Hauptetage. Ich gehe am Aufenthaltsraum der Mitarbeiter vorbei, werfe einen Blick hinein – niemand da. Ich laufe zu den Verwaltungsräumen, aber dort arbeiten nur zwei Leute. Ich gehe zu meinem Büro, aber auf dem Weg dorthin geht nur eine einzige Person an mir vorbei. Ich muss aufpassen: Wenn ich auf die falsche Person stoße, könnte ich daran gehindert werden, zu Donny Ray zu gelangen, oder – noch schlimmer – ich könnte Devon damit unmittelbar in Gefahr bringen.

Aber ich weiß nicht, wie ich handeln soll. Ich trage eine geladene Waffe.

Bleib cool.

Adam und Jeremy kommen aus Adams Büro. Auch aus dieser Entfernung erkenne ich, dass sie nicht in ein belangloses Gespräch vertieft sind – beide Gesichter sehen ernst aus, und das bereitet mir Sorgen.

Sie reden über dich.

Ich mache ein paar vorsichtige Schritte in ihre Richtung und beobachte beide, während sie ihr Gespräch fortsetzen. Ich kann mir nicht helfen, aber ich spüre die Spannung. Ich bin nicht sicher, wodurch sie verursacht wird, aber ich habe das Gefühl, dass sie nicht zwischen ihnen liegt.

Etwa drei Meter entfernt gehe ich hinter einem Stapel Kartons in Deckung und beobachte sie weiter. Adam wirft einen Blick auf meine Bürotür und sagt etwas. Jeremy schaut auch, runzelt die Stirn und schüttelt den Kopf.

Hier braut sich etwas zusammen.

Zwei Ärzte laufen hinter mir. Sie reden zu laut und machen ein Lauschen unmöglich. Ich gebe vor, ein paar Kartons zu inspizieren, und sobald sie vorbei sind, lenke ich meine Aufmerksamkeit wieder auf Adam und Jeremy.

Adam hat Jeremy gerade den roten Ordner ausgehändigt.

Ich bin voller Zorn. Schon wieder dieser Ordner.

Er enthält all die Informationen, die Adam über dich gesammelt hat. Er hat ihm auch die Tonbänder gegeben.

»Welche Tonbänder?«

Von euren Unterhaltungen.

Ich senke meinen Blick auf Jeremys Hände – in der einen hält er den roten Ordner, in der anderen eine braune Papiertüte mit seinem Namen darauf. Ich hätte es wissen müssen. Jeremy ist auch mit von der Partie. Nun arbeitet sogar der Boss gegen mich. Die beiden Männer nicken einander zu, dann geht Jeremy weg.

Adam hat dich gerade verpfiffen. Nun weiß Jeremy, dass dein Verstand im Eimer ist. Er wird dich wegen psychischer Probleme zwangsbeurlauben.

»Dieser Bastard …«, murmle ich, und Gift brennt in meiner Kehle, während Adam in die andere Richtung läuft. Ich ziehe meine Pistole, ziele auf seinen Schädel und spanne den Abzug.

Vergeude nicht deine Kugeln. Donny Ray ist dein Ziel – alles andere hindert dich nur daran, zu ihm zu kommen.

Ich nehme die Waffe runter.

Weitere Hindernisse. Jetzt läuft mir nicht nur die Zeit davon, jetzt bin ich eine Zielscheibe. Ich springe zu meinem Büro, husche hinein und sperre die Tür hinter mir zu.

Ich bin sicher.

Aber nicht mehr lange.

Kapitel 79

Die Dinge sind erheblich komplizierter geworden, als ich erwartet habe. Ich hatte keine Ahnung, dass sie mir Daumenschrauben anlegen würden. Zu Donny Ray zu gelangen wird jetzt wesentlich schwieriger, da Adam, Jeremy und Gott weiß wer noch mich im Visier haben.

Sämtliche Kameras in diesem Krankenhaus überwachen dich.

Ich muss dieses neue Problem bewältigen, mich lautlos bewegen, damit ich nicht erkannt werde.

Ein Zielobjekt, das sich schnell bewegt, ist am schwierigsten zu treffen. Raus aus diesem Büro.

Ich taste die Waffe ab, die ich an der Hüfte trage, und glätte meine Jacke.

Ich bin einsatzbereit.

Auf in den Kampf.

Auf dem Weg zu Alpha Zwölf nähere ich mich dem Sicherheitskontrollpunkt Eins.

Ruhig bleiben. Normal verhalten.

Das Krankenhaus ist zu geizig gewesen, um in Metalldetektoren zu investieren, und die Wache weiß nicht, dass ich eine Waffe verdeckt trage. Außerdem hat Adam erst vor ein paar Minuten mit Jeremy über mich gesprochen, sodass ich bezweifle, dass die Sicherheitsbeamten bereits informiert sind.

Am Tor ziehe ich meine Karte heraus, streiche sie durch den Schlitz, und nachdem ich problemlos passieren konnte, atme ich leise erleichtert aus.

Aber nachdem ich die Tür zu Alpha Zwölf öffne, fällt mir die Kinnlade herunter. Dieser Ort wird gerade ausgeräumt. Arbeiter karren Möbel aus den Zimmern. Jemand vom Wartungspersonal steht an einem der Stromkästen, kippt Schalter hoch und runter und beobachtet, wie sich die Lampen im Flur ein- und ausschalten. Zwei Patienten schlendern langsam und ziellos mit ausdruckslosen Gesichtern durch dieses Chaos. Die geheimnisvolle Krankenschwester sitzt im Schwesternzimmer und tippt gedankenlos vor sich hin. Wie üblich bemerkt sie nicht, was hier los ist.

Ein heftiger Knall neben mir erschreckt mich. Ich springe zurück und sehe, wie Arbeiter Schutt in einen Baustellencontainer abladen, aber dahinter erkenne ich etwas viel Sorgenerregenderes.

Oh nein.

Jeremy steht etwa vier Meter von mir weg, dreht den Kopf in jede Richtung, blickt entweder den Flur entlang oder redet eifrig mit Mitgliedern der Belegschaft.

Er sucht dich.

Langsam ziehe ich mich um die Ecke zurück.

Und er kam gerade aus Donny Rays Zimmer.

»Was hat er denn da gemacht?«, flüstere ich.

Sie bereiten Donny Rays Auszug aus dem Loveland vor.

»Und übergeben diesem durchgeknallten Irren einen Freibrief zum Töten.«

Ich blicke zu Donny Rays Zimmer. Die Tür steht weit offen, Licht bewegt sich über dem Boden, und ich vernehme unbekannte Stimmen. In meinem Magen herrscht nervöse Unruhe. Meine Nerven sind bis zum Zerreißen gespannt.

Sie arbeiten eine Strategie aus, wie sie dich aufhalten können.

Ich blicke in beide Richtungen, warte auf freie Bahn, rase dann über den Flur und in ein leeres Patientenzimmer gegenüber von Donny Rays. Ich spähe hinter der Tür hervor. Ich beobachte.

Einige Minuten später bewegt sich ein Schatten durch den Flur, und dann erscheint ein Mann in Krankenpflegerkleidung. Ich bin mir ziemlich sicher, dass ich ihn noch nie hier gesehen habe; aber dass er etwas im Schilde führt, sieht man meilenweit. Er geht in Donny Rays Zimmer, und etwa drei Minuten später betritt ein zweiter den Raum, in derselben Dienstkleidung.

Verstärkung von draußen.

Ich schlucke schwer, dann verlassen ein paar Leute eilig Donny Rays Zimmer.

Beeil dich! Sie sind unterwegs!

Gerade als ich auf den Flur stürme, kommt Donny Ray selbst aus seinem Zimmer. Er trägt frisch gebügelte Jeans, ein Hemd aus Oxford-Nylon und nagelneue Schuhe. Zwei sehr große und unangenehm aussehende Schlägertypen in Zivilkleidung begleiten ihn an jeder Seite in Richtung Ausgang.

BEWEG DICH! Jeremy hat ihm seine Entlassungspapiere gegeben – sie bringen ihn durch die Hintertür raus.

Adrenalin pumpt durch meine Adern wie schmutziges Motorenöl, während ich zu ihnen stürze. Ich werde es nicht zulassen, dass Donny Ray dieses Gebäude lebendig verlässt. Das kann ich nicht. Das Leben meines Sohnes hängt davon ab. Ich muss ihn stoppen.

Sie gehen einfach weiter. Ich ziehe meine Pistole, springe auf sie zu, und je näher ich komme, umso heftiger pocht mein Herz.

Etwa zwei Meter von ihnen entfernt hebe ich die Waffe, aber einer der Schläger wird auf mich aufmerksam.

»Er hat eine Waffe!«, schreit der Mann und deutet auf mich.

Hinter mir höre ich eine Horde von Füßen auf mich zukommen. Ich ziele die Waffe auf Donny Ray und spucke meine Worte aus wie Gift: »DU KOMMST HIER NICHT RAUS! VORHER WERDE ICH DICH TÖTEN! HAST DU MICH VERSTANDEN? DU VERDAMMTES SCHWEIN, ICH BRINGE DICH UM!«

Gerade als Donny Ray und sein Klan durch eine Tür in Deckung gehen, bekomme ich deutliche Sicht auf ihn. Ich halte den Finger am Abzug, aber bevor ich abdrücken kann, werde ich von hinten überwältigt und nach vorne geschleudert. Meine Pistole geht versehentlich los, dann ergreife ich die Gelegenheit und schieße noch schnell mehrmals hintereinander.

Eine Kugelsalve fliegt quer durch den Raum, prallt am Boden, von den Wänden und überall ab. Putz und Fliesen krachen und explodieren um mich herum. Während ich auf dem Gesicht lande, fällt mir die Pistole aus der Hand und rutscht über den Boden. Keine Sekunde später stürzt noch mehr Gewicht auf mich ein, sodass es mir den Atem aus den Lungen drückt. Meine Stirn und Wangen pochen und sind taub, meine Nase und der Mund sind blutig. Ich höre hektisches Gemenge, Schritte und Stimmen um mich herum. Kurze Zeit später reißt mir jemand mit einem Ruck die Arme zurück, legt mir Handschellen an und zerrt mich brutal in den Stand nach oben. Zwei Männer greifen mich an den Armen, werfen mich vorwarts, und ich stolpere mit ihnen.

»Na super!«, schreie ich die Männer an. »Lassen Sie doch einen Kindermörder frei herumlaufen und ziehen Sie mich aus dem Verkehr! Das ergibt verdammt viel Sinn! Ihr seid doch echt total hinüber! Ihr seid eine Schande für die Menschheit!«

Die Männer antworten mit einem brutalen Ruck, der mir fast die Wirbelsäule bricht, während sie meinen Körper weiter nach vorne schleudern.

Mit einem Gesicht voller Blut und nach Luft hechelnd, blicke ich ein letztes Mal zu Donny Ray Smith.

Er liegt bewegungslos auf dem Boden.

Mit dem Gesicht auf den Bodenfliesen.

Eine Blutlache breitet sich rasch um seinen Körper aus.

Er ist mausetot.

Kapitel 80

Aufwachen, Christopher. Kannst du aufwachen?

Ich muss aufwachen. Irgendjemand sagt mir, dass ich aufwachen muss.

Ich blinzle ein paarmal und sehe an mir herab. Ich liege im Bett und untersuche das Netz, unter dem mein Körper liegt. Arme, Hals und Beine waren durch die Öffnungen gezogen worden. Knöchel und Handgelenke mit Schlaufenbändern gesichert. Ich schwitze und zittere vor Angst.

Schritte kommen auf mich zu, ich drücke mich gegen das Bett, kralle die Hände mit angespanntem Bizeps am Gitter fest, und mein Atem beschleunigt sich. Meine Bettfixation rattert, Schweiß tropft von durchtränkten Stirnsträhnen und läuft in kleinen Rinnsalen an meinem Nasenbein hinunter.

Ich hebe den Kopf, und das Erste, was ich sehe, sind diese bösen Augen, die auf mich zukommen.

Was zum … Hatte ich nicht gerade …?

Ich schaue mich um.

Sein Zimmer. Was zum Teufel mache ich in seinem Zimmer?

Donny Ray steht jetzt ein paar Schritte von mir entfernt.

»Warum werde ich hier festgehalten?«, schreie ich ihn an.

»Man betrachtet Sie als Gefahr für sich selbst und andere«, erklärt er.

Ich lasse ein wütendes Heulen heraus und versuche, mich zu befreien; das Bett rattert, quietscht und wackelt. Als ich merke, dass meine Bemühungen nutzlos sind, gebe ich mit einem kaum hörbaren, aber hilflosen Stöhnen auf.

»Es ist alles in Ordnung«, versichert er mir mit ruhiger Körperhaltung und Stimmlage. »Niemand will Ihnen etwas antun.«

Ein schwacher und unartikulierter Ton entweicht durch meine klappernden Zähne.

Er wartet schweigend und beobachtet mich. Wenige Augenblicke später verlangsamen sich meine Atemzüge, und mein Kiefer entspannt sich, aber ich sehe weg und weigere mich, mit ihm Blickkontakt aufzunehmen. Ich höre, dass er näher kommt, ich reagiere sofort und schieße ihm einen verängstigten Blick zu, aber jetzt ist Donny Ray derjenige, der erschreckt zu sein scheint, denn er starrt mich mit einer Mischung aus Anerkennung und verwirrter Neugierde an. Er untersucht meine übrigen Gesichtsmerkmale.

Ich hüpfe weiter quer durch die Zeit, verstehe gar nicht, wie ich hier gelandet bin, aber eines ist absolut sicher: Der Mann, der es geschafft hat, meine Welt in eine leere Hülle zu verwandeln, hat mich nun in den Mittelpunkt des Strudels, den Herd des Bösen, gezogen. Der Mann, der sein Netz immer weiter ausbreitet und mich immer tiefer hineinzieht. Ich habe keine Ahnung, was er tut, aber es besteht kein Zweifel daran, dass Donny Ray die komplette Kontrolle über dieses Krankenhaus übernommen hat. Dass es nur einen Ausweg aus dem Loveland gibt und er den Schlüssel dazu hat.

»Sie müssen mich hier rausholen!«, plärre ich mit einer Stimme voller Verzweiflung und flehenden Augen.

»Bitte versuchen Sie, sich zu beruhigen«, sagt er. »Meinen Sie, dass Sie das für mich tun können?«

Ein langsames Nicken. Ein wehrloser Gesichtsausdruck.

Ein Telefon klingelt von irgendwoher. Ich zucke. Er hebt beschwichtigend eine Hand.

Ich beruhige mich.

Immer noch beeindruckt von meiner Gesamterscheinung, sagt Donny Ray: »Ich muss Ihnen ein paar Fragen stellen.«

Ich bin ängstlich, aber gefügig.

»Wissen Sie, wo wir sind?«

»Wir sind im Loveland.«

»Verstehen Sie, warum Sie hier sind?«

»Bitte!«, schreie ich. »Helfen Sie mir!«

»Wir werden die Wahrheit herausfinden. Ob Ihnen das hilft oder nicht, bleibt abzuwarten. Sind Sie dazu in der Lage, mir Ihren Namen zu nennen?«

»Aber das wissen Sie doch alles bereits! Was hat das denn zu tun mit …«

»Ich brauche Ihren Namen«, sagt er diesmal mit Bestimmtheit.

»Ja …« Ich gebe mich geschlagen. »Okay. Ich heiße Christopher Kellan.«

»Wie lautet Ihr Geburtsdatum?«

»NeunundzwanzigsterJunineunzehnhundertsechsundsiebzig.«

»Können Sie mir sagen, wo Sie geboren sind?«

»Johnson City! Warum tun Sie mir das an?«

Donny Ray kehrt zur Frage zurück, die ich nicht beantwortet habe. »Verstehen Sie, warum Sie hier sind?«

Ich schaue auf meine gefesselten Hände, schaue ihn an und spüre, dass sich mein Gesichtsausdruck deutlich verändert – so etwa wie nervöse Verwirrung, verdünnt mit Kummer. »Ich glaube … ich meine … ich weiß es einfach nicht mehr! Sooft ich mir auch alles durch den Kopf gehen lasse, ich kann mir keinen Reim darauf machen. Und dann vergesse ich immer Dinge, und alles um mich herum scheint nicht zu stimmen, und das macht es nur noch schlimmer …«

»*Sie vergessen* Dinge«, wiederholt Donny Ray.

Ich schließe die Augen für einen Moment und öffne sie wieder. »Genauso wie ich nicht weiß, wo ich für eine Weile gewesen bin.«

Er beugt sich vor.

Mir laufen die Tränen, und ich schüttle den Kopf. »Ich habe keine Angst vor Ihnen … ich bin nicht …«, sage ich ihm, aber es fühlt sich eher wie ein Versuch an, mich selbst zu überzeugen.

»Sie sind ja nicht *außer* Angst, Christopher. Die Angst beherrscht sie, und weil man sich nicht vor ihr verstecken kann, verlieren Sie ständig Dinge, und Sie werden sie auch weiterhin verlieren.«

»Was in Gottes Namen erzählen Sie mir da?«

»Vor was in Gottes Namen verstecken Sie sich?«

»Ich verstecke mich nicht.«

»Angst ist das stärkste Gefühl, das wir spüren können, nicht wahr?«

Ich gebe keine Antwort.

»Sie ist mit uns fest verbunden. Sie ist primitiv. Sie ist instinktiv.« Er reibt sich das Handgelenk. »Haben Sie Angst, Christopher?«

»Was hat das alles …?«

»HABEN SIE ANGST, CHRISTOPHER!« Sein Tonfall ist rau und eigentlich keine Frage mehr.

»Das haben wir doch alle.«

»Nein.« Donny Ray streicht mit dem Finger über sein Handgelenk, diesmal schneller. »Ich rede nicht von alltäglicher Angst. Ich spreche von der Urangst. Der Art von Angst, die an den Knochen schabt. Der Art, die Ihren Verstand zum Verzweifeln bringt. Ihre Angst ist es, die uns zusammengebracht hat. Sie wissen das.«

Meine Armhaare stellen sich auf. Ich zittere.

»Und Ihr Herz wird zerbrechen, Christopher.« Seine blauen Augen glühen vor Wut. Seine Tonlage wird höher, immer glatter, und dieses Sprachmuster kenne ich von irgendwoher.

»Wer … Wer zur Hölle sind Sie?«

»Sie werden diesen Verlust hinnehmen müssen«, sagt er mit der Stimme meines Sohnes.

Ich untersuche seine Augen, sein Gesicht und bin mir nicht mehr sicher, dass ich ihn wirklich schon einmal gesehen habe, so wie ich es seit dem ersten Tag dachte.

»*Wer sind Sie?*«, frage ich noch einmal, kaum in der Lage, eine klare Stimme herauszubekommen.

»Sie wissen, wer ich bin«, sagt Donny Ray und kehrt zu seiner normalen Stimme zurück.

»Warum? Warum nehmen Sie mir meinen Sohn weg?«

»Um Ihre Wände herunterzureißen.«

»Ich … Ich verstehe nicht …«

»Es ist meine Aufgabe Christopher. Das ist, was ich tue, und das ist es, was Sie brauchen. So macht man das.«

»So macht man was?«

»So bringt man jemanden dazu, etwas zu sehen, das er sich weigert zu sehen. Du nimmst ihm alles weg, was er am meisten liebt. Du lässt alles verschwinden. Am Ende bleibt nur die Wahrheit.«

»Indem man mir alles in dieser Welt nimmt, was mir etwas bedeutet?«

»Indem man dir alles in dieser Welt nimmt, an das du glaubst. Nun können wir mit dem Wiederaufbau beginnen. Nur du und ich, Partner, Stein für Stein.«

»Holt mich hier raus! Lasst mich gehen!«

»Bist du nun endlich dazu bereit, diese Wahl zu treffen?«

»Welche Wahl?«, frage ich, aber es klingt eher wie eine Bitte.

»Wenn ich dich aus dem Loveland raushole, bist du bereit, dem entgegenzutreten, was sich auf der anderen Seite dieser Wände befindet?«

»Ja«, sage ich, ohne zu zögern. »Bitte! Bring mich von hier weg!«

Kapitel 81

Ich sehe Füße, die sich bewegen, aber in meinem realitätsfernen Nebel dauert es ein paar Sekunden, bis ich erkenne, dass es meine eigenen sind.

Wo bin ich?

Es ist, als würde ich durch eine Leere gehen. Alles um mich herum ist bedrückend still und stumm. Selbst die Luft ist ungewohnt und bewegungslos.

Ist das alles real?

Als meine Sicht klarer wird, sehe ich den Parkplatz des Loveland vor mir. Das einzige Auto darauf ist mein eigenes, das wie ein kleines Boot auf einem Asphaltmeer schwimmt. Ich drehe mich zum Gebäude um, und es starrt nur eine gähnende Leere zu mir zurück. Niemand in der Umgebung, niemand geht durch den Haupteingang hinein, niemand kommt heraus. Ich schaue zu den oberen Stockwerken und finde nichts weiter als noch mehr Leere: Jeder Vorhang ist zur Seite geschoben, jedes Fenster gleicht einem schwarzen Loch, das in rostbefleckten Beton gestanzt ist.

Weit und breit kein Mensch zu sehen. Alle … weg.

Verschwunden.

»Jetzt bleiben nur noch du und ich.«

Ich schaue nach rechts. Donny Ray befindet sich neben mir, und ich merke, dass wir gerade gemeinsam das Loveland verlassen haben. Sein Blick ist nach vorn gerichtet. Als wolle er mich irgendwohin führen.

Aber wohin?

»Jetzt können wir uns an die Arbeit machen«, sagt er mit einem einzigen, bekräftigenden Nicken. »Es ist Zeit, Christopher.«

»Du nimmst mir Devon nicht weg!«

»Es muss geschehen«, sagt er sanft und versichernd. »Du weißt, dass es geschehen wird.«

»Warum zerstörst du mein Leben?«

»Ich helfe dir, dein Leben zu erkennen. Die Zerstörung, die du fühlst, ist ein Ergebnis, keine Ursache.«

»Du wirst mir meine Welt nicht zerstören!«

Er bleibt stehen. »Christopher, wach auf. Kannst du aufwachen? Die Welt, so wie du sie einst kanntest, ist entwischt und hat ihre Form verloren. Aber eigentlich ist das ein Fortschritt. Es wird nicht mehr lange dauern.«

»Lange dauern, bis was?«

»Deine Wahrheit wartet.«

Glas zerspringt.

Das weiße Licht explodiert.

Kapitel 82

Ich parke unter dem bösen Baum.

Dieser gottverdammte Baum, dieser Bastard, der mich immer wieder zu sich zurückholt. Ich schaue diese abscheuliche Bestie hinauf, die so hoch und stolz ist, so arrogant, Schatten über das kleinste Fünkchen Licht wirft und mich immer weiter in die Dunkelheit zieht.

Ein starker Wind kommt auf, der böse Baum rüttelt kräftig seine Zweige und schüttelt Pollen über mich wie schwarzen Regen.

Wut kocht in mir. Ich glühe vor Hass. Mein Abscheu ist unermesslich. Ich kralle meine Finger ins Lenkrad, kaue auf der Unterlippe und höre ein Knurren tief in meiner Brust.

»DU BIST DER GRUND FÜR ALL DAS! DU HAST MEIN LEBEN RUINIERT! HAST DU VERSTANDEN, WAS ICH GESAGT HABE? VERFLUCHT NOCH MAL, DU HAST ES RUINIERT!«

Tränen strömen mir übers Gesicht, und ich breche in hysterisches Gelächter aus, so plötzlich, dass es mich erschreckt; denn genauso unerwartet verwandelt sich dieses Lachen in schwere Schluchzer. Einige Sekunden später taucht ein neues Gefühl auf, so mächtig, dass mein Körper bebt.

Reine Angst.

Du musst unbedingt von hier weg.

»Ich muss unbedingt von hier weg.«

Los! Los!

Ich starte den Motor, trete das Gaspedal, und mein Auto macht einen Satz rückwärts, aber genau in dem Augenblick, in dem meine Reifen den Asphalt berühren, kommt ein tobender Sturm auf, so grimmig, wie ich es nie zuvor erlebt habe. Ein heftiger Sturm, der mit jeder Sekunde intensiver wird.

Ein wilder Donnerschlag explodiert, der Knochen zerbrechen könnte. Kurz darauf teilt ein starker Blitz den Himmel in zwei Hälften und setzt ihn in Brand. Die Nacht wird zum Tag, und ganz weit in der Ferne offenbart sich erneut mein Feind. Der Baum spricht direkt zu mir, als hätte er die ganze Zeit auf diesen einen Moment gewartet, um diese Botschaft zu überbringen, eine, die nicht klarer sein könnte.

Dies ist der Ort, an dem alles begann, dies ist der Ort, an dem alles endet.

Mehr Wind, mehr Regen, mehr Donner und ein weiterer Blitz über dem Baum, und ganz unten an seinem Stamm nehme ich etwas wahr, aber durch den dichten Regen kann ich nicht genau erkennen, was es ist. Ich reiße die Autotür auf, springe heraus, renne los, konzentriere mich auf diesen einen Punkt, und der Wind schiebt mich streitlustig voran.

Und dann sehe ich ihn, und dann zerbricht mein Herz in tausend Stücke. Ein Schluchzen will mir über die Lippen kommen, aber ein scharfes Keuchen hält es zurück. »NEIN! NEIN, NEIN, NEIN … NEIIIIIIN!«

Ich kämpfe mich durch eine dicke Regenwand, und meine Füße stolpern im Zickzack umher.

Ich erreiche meinen Sohn, meinen Devon, der mit Schlamm bedeckt und vom Regen durchnässt wie eine weggeworfene Stoffpuppe am Boden des Baumes liegt. Ich breche neben ihm zusammen und umschlinge seinen kalten, leblosen Körper. Ich hebe ihn hoch, aber er wölbt sich von mir weg, sein Kopf fällt zurück, und die Arme hängen lose herunter.

»NEIN, BABY, BITTE!« Ich drücke mein Gesicht gegen seines und schaukele ihn. »BITTE! NEIN!«

Aber ich weiß, dass von meinem Sohn nichts mehr übrig ist. Dass meine Welt um mich herum eingestürzt ist und dass das Einzige, was sie noch zusammengehalten hat, jetzt weg ist.

Ich lege ihn auf dem Boden ab. Ich blicke lange in dieses süße, wunderbare Gesicht.

»Mein kleiner Junge …«, sage ich, während ich vor Trauer am ganzen Körper zittere, einer Trauer, die ich nicht für menschenmöglich gehalten hätte. Ich beuge mich zu ihm herab, presse meine Lippen gegen seine kalte Stirn, und ein schwaches, klägliches Wimmern entweicht.

Dies ist der Todesschlaf, Christopher.

Endlich ist die Bedeutung offenbart, weil ich weiß, dass diese Welt ohne meinen Sohn nichts wert ist.

Ich gehöre nicht mehr hierher.

Ich blicke zum Himmel. Regen fällt gnadenlos auf mich herab, hämmert auf mein Gesicht, schlägt die Tränen fort, aber dies ist nichts im Vergleich zu der unermesslichen Folter, die ich erleide, weil mein Verstand gerade erst beginnt zu begreifen, was geschehen ist.

»Ich gehe mit dir«, sage ich stockend und flüsternd.

Ich hebe Devon vom Boden auf und trage ihn in meinen Armen zum Auto.

Mit Zärtlichkeit und Fürsorge lege ich seinen Körper auf den Sitz und blicke noch ein letztes Mal auf meinen vernichteten und wunderschönen Sohn.

Heute Abend möchte ich dich einfach nur retten.

Aber ich konnte ihn nicht retten.

Es war doch nur ein Unfall, Daddy.

Nein, dies wird keiner sein.

Ich setze mich hinters Steuer, starte den Motor und lege den Rückwärtsgang ein.

Etwa fünfzehn Meter entfernt ersetzt Wut meinen Schmerz, und Abscheu überwältigt Reue, da der Grund meines unwiderruflich zerstörten Lebens direkt vor mir steht. Ich finde das Gaspedal. Ich lege den Gang ein, trete das Pedal voll durch, das Auto reagiert unmittelbar, und ich schieße wie eine Rakete nach vorn.

»KOMM SCHON, DU BASTARD!«, schreie ich mit tränenüberlaufenem Gesicht. »NA LOS, VERSUCH'S NUR! ZEIG MIR, WAS IN DIR STECKT!«

Gerade als wir fast kollidieren, explodiert ein Lichtblitz zwischen uns.

Und das Letzte, was ich höre, ist zerspringendes Glas.

Kapitel 83

Die Licht schwindet, und ich erkenne, dass ich …

Was?

Ich befinde mich wieder auf der Straße, fahre denselben Weg entlang wie vorher, Regen tropft auf die Windschutzscheibe, und es kommt Wind auf. Ich drehe den Kopf nach rechts und sehe, dass Devon …

Lebt?

Jake bellt.

Was ist hier los?

Jake bellt wieder, diesmal mit mehr Beharrlichkeit. Ich schaue ihn über meine Schulter an.

Devon schreit: »Daddy! Pass auf!«

Bumm!

Etwas ist an die Windschutzscheibe geschlagen. Ich schleudere herum und erwische den Gummiball, der schnurstracks in Richtung Straße fliegt. Aber bevor er auch nur eine Chance hat, den Boden zu berühren, erscheint der Junge im roten Kapuzenshirt aus dem Nichts und jagt ihm hinterher.

Der Ball prallt auf dem Asphalt ab, springt wieder hoch, landet und beginnt zu rollen. Der Junge rennt hinterher und kommt mir somit direkt in die Quere.

Ich steige in die Eisen. Das Auto schert aus. Devon schreit. Jake jault.

Wir sind dem Jungen ausgewichen.

Aber das Auto fängt an, sich zu drehen, und kommt von der Straße ab. Rutschiger Schlamm treibt uns noch schneller voran, und jetzt fahren wir direkt auf den bösen Baum zu.

Die Scheinwerferstrahlen vermischen sich mit dem Regen und verdecken mir die Sicht. Wir sind dabei, geradewegs gegen den Baum zu fahren, als ich plötzlich von der Explosion eines weißen Lichts geblendet werde.

Ein paar Sekunden später wache ich auf und reibe mir die Augen.

Warte mal. Sekunden? Oder sogar Wochen? Monate?

Ich weiß es nicht. Ich weiß es nicht … Oh Gott, ich weiß es nicht.

Alles ist schief.

Ich schaue aus dem Seitenfenster und sehe den Baum nur ein paar Meter von mir entfernt, stelle fest, dass wir nur knapp einer Kollision entgangen und in einem Graben gelandet sind.

Mein Sohn stößt ein schwaches Stöhnen aus.

»Devon!«

Seine Augen sind halb geöffnet, sein Hemd verdunkelt sich mit Blut, das ihm aus einer klaffenden Wunde am Hals rinnt. So viel Blut.

Jake jault erschreckt auf dem Rücksitz.

Ich greife nach einem alten T-Shirt und einer Rolle Klebeband aus dem Handschuhfach. Ich wickele beides um Devons Hals, in der Hoffnung, den Blutfluss aufzuhalten.

Aber es ist zu viel Blut, und es läuft viel zu schnell aus der Wunde heraus. Ich schnappe mir das Handy, versuche, eine Nummer zu wählen, aber ich habe kein Empfangssignal. Ich lasse das Fenster herunter, halte das Handy nach draußen. Vergebene Liebesmüh.

»Daddy, ich habe Angst«, sagt Devon mit so zarter Stimme, dass ich ihn kaum hören kann.

Ich drehe den Zündschlüssel um, lege den Gang ein und drücke das Pedal. Mein Auto macht einen Schub nach vorn und die Reifen jammern, während wir aus dem Graben heraus und wieder in Richtung Straße fahren.

Aber auf halbem Weg wird deutlich, dass wir es nicht schaffen werden. Der Schlamm bietet nicht genügend Haftung. Und immer noch kein Signal auf dem Handy.

Der Wind heult, der Regen nimmt zu, und ich habe panische Angst, meinen Sohn zu verlieren.

»Daddy … bitte … hilf mir …« Seine Augen sind fast geschlossen, der Körper wankt schwächlich, kränklich, und die Blutlache in seinem Schoß wird immer größer.

Das Auto rutscht in den Stillstand, ich drehe das Lenkrad stark herum, blockiere die Reifen seitlich im Matsch, in der Hoffnung, uns zu verankern. Dann drücke ich die Tür auf und renne zur Straße. Jake bellt, hüpft aus der Tür hinter mir her und trottet in meiner Spur.

Vier quälende Atemzüge später erscheinen Signalstreifen auf dem Handy. Ich wähle.

»Eins, eins, null. Sie haben einen Notfall?«

»Mein Sohn …« Ich bekomme kaum den Satz heraus, den wichtigsten in meinem ganzen Leben.

Ich höre ein lautstarkes Ächzen hinter mir, dann das Knirschen von Schmutz, wie Reifen, die auf Asphalt schleifen. Ich schnelle herum.

Das Auto ist dabei, bergab zu rollen.

Und durch die Windschutzscheibe kann ich flüchtig Devon erkennen, mit zurückgelegtem Kopf und schlaffem Körper, der bei jedem Stoß des Fahrzeugs wie eine Puppe hin und her fällt.

»Nein! NEIIIN!«

Ich jage dem Auto mit stampfenden Füßen auf dem Pflaster hinterher, aber ich bin kein Gegner für die Schwerkraft, die meinen Sohn nach unten zieht. Dennoch renne ich weiter, während das Auto Geschwindigkeit aufnimmt. Winzige Steine setzen sich unter die Reifen wie gehässige Boten der Tragödie. Jake stößt ein schwermütiges Stöhnen aus. Ich kann Devon zwar nicht hören, aber durch das Glas sehe ich, wie sich sein Mund bewegt und spricht: *Daddy*. Und obwohl ich so schnell laufe, wie mich meine Beine tragen, bin ich zu langsam, um das Auto zu erreichen, bevor es seitlich in den Baum knallt.

»DEVON! NEIIIN!« Ich sacke auf dem Boden zusammen. Mein Körper kollabiert.

Das weiße Licht blitzt auf, diesmal so, als explodiere es in meinen Adern.

Auf der Stelle stehe ich unbeweglich, taub und wie benommen da, als Sanitäter die Autotür öffnen. Sie ziehen den Körper meines Sohnes heraus und legen ihn an den Baumstamm.

Wieder explodiert das Licht.

Jenna und ich stehen steif vor Trauer in einem Krankenhausflur und sprechen mit einem Arzt. Er bewegt den Mund, aber die Nachricht kommt so langsam, so zäh und verworren heraus, dass ich sie nicht verstehe.

Bis ich es doch tue.

Ich jammere qualvoll. Jenna bricht in Tränen aus.

Und während in mir dieses Ereignis stattfindet, zerstört mich die plötzliche und doch unerklärliche Erkenntnis, dass ich den Tod meines Sohnes zweimal erlebt habe – zuerst war es Donny Rays Werk und dann mein eigenes.

In einem verzweifelten Versuch, Trost zu spenden, legt mir der Arzt eine Hand auf die Schulter. Ich hole den Kugelschreiber aus seiner Kitteltasche und stoße ihn mit voller Wucht in mein Handgelenk. Und ich stoße und stoße. Ein roter Fluss ergießt sich und kriecht den Boden entlang. Ein Fluss des Schmerzes, des Bedauerns … des Verlusts.

Und mein Herz schlägt langsam, meine ganze Existenz bricht entzwei. Kein Ton, kein Licht. Da ist eindeutig … nichts.

Ein Nichts, das in einen Abgrund stürzt, in ein tiefes schwarzes, durchdringendes Loch, während um mich herum alles in eine vollständige, umgreifende Dunkelheit zerfällt.

Ich verschwinde.

Ich bin weg.

Kapitel 84

Ich bin wieder auf der Straße, aber jetzt sieht es anders aus. Auf dieser Straße scheint die Sonne, die Luft ist klar, und ich kann meilenweit voraussehen. Große Wiesen mit Gras, in einer Farbe wie feingeschliffene Smaragde, schwingen sanft in einer leichten Brise. Ferne, hohe Berge posieren stolz in einem wolkenlosen Himmel. Ich bin mir nicht sicher, wohin diese Straße führt, aber das scheint gleichgültig zu sein, weil ich weiß, dass es die richtige Richtung ist.

»Das sieht hübsch aus, Daddy«, sagt Devon.

Ich lächle ihn an. »Ja, das ist es wirklich.«

»Und perfekt.«

»Absolut perfekt.«

»Daddy?«

»Ja, Kleiner?«

»Lass uns doch für immer so bleiben, okay? Einfach so.«

Eine so vertraute Aussage, dennoch bin ich mir noch nicht sicher, warum, als käme sie von einem anderen Ort. Aus einer anderen Zeit.

»Sicher«, sage ich. »Wir bleiben genau so.«

»Versprich's mir, Daddy.«

»Versprochen.« Ich werfe einen kurzen Blick auf ihn, und die Weisheit der Jugend strahlt zu mir zurück. Ich sehe Reinheit, makellose Wahrheit. Und ein Teil von mir – einer, den ich noch nicht einmal fassen kann – versteht, dass in der Wahrheit tatsächlich so viel Schönheit, so viel Erleichterung liegt.

Wir setzen unsere Reise fort, ohne weiteres Gespräch und mit nichts als freudiger Stille, die uns zusammenhält. Mein Sohn und ich, miteinander vereint in etwas, das sich wie Glücklichsein, wie Freiheit anfühlt.

Ein Baum kommt in Sicht, dessen pfirsichfarbene Blüten wie Flügel von den Zweigen sprießen, die sich wie ein Willkommen zum Himmel ausstrecken. Wir fahren an dem Baum vorbei, und ich werfe einen letzten Blick in den Rückspiegel, bis er in der Ferne verblasst.

»Daddy, schau«, sagt Devon.

Mit großen Augen deutet er durch die Windschutzscheibe auf den Himmel. Ich folge seinem Blick und sehe, dass sich zwei Vögel zu unserer Reise gesellt haben. Sie fliegen Seite an Seite in perfektem Einklang, und ihre gepaarten Flügelschläge scheinen mühelos und doch so großartig zu sein.

So soll es sein.

Wir beobachten sie zusammen. Wenige Augenblicke später erheben sich die zwei Vögel in die Lüfte. Der eine macht anmutige Kurven nach rechts, der andere setzt seinen Weg fort.

»Das sind wir Daddy«, sagt Devon. »Das sind wir …«

Ich lächle.

Aber als ich den Kopf drehe, sehe ich einen leeren Beifahrersitz. Nun reise auch ich alleine, und ich weiß, dass mein Sohn tatsächlich … gegangen ist.

Der Lichtblitz explodiert, aber dieses Mal verblasst er zum Rhythmus eines sanft schlagenden Herzens.

Kapitel 85

»Christopher, wach auf. Kannst du aufwachen?«

Ich muss aufwachen … Irgendjemand sagt mir, dass ich aufwachen muss.

Ich schlage die Augen auf.

Ich wache auf, oder ich werde lebendig, oder … ich tue etwas. Eigentlich bin ich mir nicht sicher. Ich bin mir noch nicht einmal sicher, wo ich gewesen bin. Mein Geist scheint so leer, mein Körper so …

Ich streiche mit den Händen unter meinem Körper entlang.

Laken. Ich liege in einem Bett.

Mein Blick wird klarer, und ich sehe Augen. Ich prüfe das Gesicht eines Mannes, den ich nicht erkenne. Ich lecke meine ausgetrockneten und rissigen Lippen, versuche zu schlucken, aber meine Zunge bleibt an meinem Gaumen kleben. Es ist, als hätte ich jahrelang geschlafen, als ob ich …

»Christopher«, sagt der Mann. Er tritt zurück, um mich zu beobachten, und ich betrachte sein Gesicht eingehender.

Ein netter Mann mit freundlichen Augen.

»Willkommen zurück«, sagt dieser Mann mit einem sanften Lächeln.

Ich muss irgendwo gewesen sein, wahrscheinlich für eine geraume Zeit, aber ich weiß nicht … »Wie lange habe ich …?« Meine Frage kommt schwach und kratzig heraus, aber bevor der Mann antworten kann, bin ich schon wieder in der Dunkelheit versunken. Ich verschwinde.

Ich bin weg.

Schon wieder.

Ich blinzle ein paarmal.

Mein Körper und mein Geist fühlen sich …

Besser? Nur ein wenig kräftiger, vielleicht?

Der Mann ist nicht mehr da, und ich frage mich, ob er jemals existiert hat, weil rund um mich herum nichts real zu sein scheint – nichts ist greifbar.

Ich blicke zum Eingang, durch den ein leichter Lichtschein zu sehen ist, aber meine Augen schaffen es nicht, sich anzupassen. Ich weiß nicht, was auf der anderen Seite ist.

Die andere Seite.

Ein dunkler Gegenstand bewegt sich durch das Licht.

»Sie haben wohl eine kleine Verschnaufpause eingelegt, nicht wahr?«, sagt der Gegenstand, und ich erkenne die Stimme des Mannes, sehe seine unscharfen Umrisse, aber bevor ich ihn klarer sehen kann, entreißt mir die Dunkelheit die Möglichkeit – und sie legt sich über mich, immer wieder, und meine Welt verschwindet im Nichts.

Und wieder bin ich weg.

Ich weiß nicht, welchen Tag wir haben. Ich bin mir nicht sicher, wie lange es her ist, seit ich wieder aufgewacht bin, und ich weiß auch nicht, wie lange ich hier schon liege.

Ich weiß nicht einmal, wo *hier* ist.

Nun, ich weiß, dass es ein Krankenhaus ist und dass der Mann mit den freundlichen Augen irgendein Arzt ist. Irgendjemand hat mir vielleicht mehr erklärt, aber ich habe es nicht mitbekommen. Zeit und Erinnerung sind in meinem Zustand flexibel.

Die nächsten Minuten oder Stunden oder Tage gehen einfach genauso weiter. Zeiten des Lichts – oder des Lebens – gefolgt von Zeiten der Dunkelheit. In den Zeiten, in denen ich wach bin, erscheint immer wieder der Mann. Dieser Mann erzählt mir Dinge, und während es mir schwerfällt, die meisten zu behalten, gibt es doch etwas, das mich beschäftigt.

Sie haben einen langen Weg hinter sich, Christopher.

Aber heute Vormittag oder Nachmittag – ich kann nicht wirklich sagen, zu welcher Tageszeit – fühle ich mich deutlich besser. Mein Verstand ist nicht mehr so vernebelt, die Sicht ist klarer und meine Gliedmaßen etwas kräftiger. Und ich sehe …

Sonnenlicht?

Mein Blick wandert durch den aufklarenden Dunstschleier, und ich entdecke ein Fenster. Ich blinzle und schiele, weil sich meine Augen nur sehr schlecht den hellen Strahlen anpassen können, die durch das Glas scheinen. Der Himmel ist blau, und unten am Boden sehe ich glänzende Lichtreflexe tanzen, die wieder auf mich zurücktreffen.

Autos. Ich sehe eine Menge Autos, die alle in kleinen Reihen ordentlich nebeneinanderstehen.

Ein Parkplatz.

Gerade als ich wieder in den Raum blicken will, wird meine Aufmerksamkeit von etwas auf der Fensterbank geweckt. Eine Art Buch – nein, eigentlich ist es ein Notizblock, und jetzt wird meine Neugier größer, denn ich frage mich, was darinsteht. Neugier, die mich dazu bringt, die Beine auf den Fußboden zu stellen und in langsamen, unsicheren Schritten ans Fenster zu gehen.

Ich nehme den Notizblock und öffne ihn.

Und dort finde ich Zahlen- und Buchstabenfolgen, die in geordneten Spalten nach unten laufen. Ich blättere durch den

Rest, aber Seite für Seite, Zeile für Zeile – es ist immer das Gleiche – eine schier endlose Palette von alphanumerischen Codes in einer Handschrift, die mir vertraut erscheint.

Meine Handschrift.

Ich kann mich nicht erinnern, diese Dinge notiert zu haben, aber im Moment kann ich mich sowieso an fast gar nichts erinnern. Ich starre aus dem Fenster auf den Parkplatz und frage mich, was das alles zu bedeuten hat, und schaue noch einmal auf ein ganz bestimmtes Auto. Ich blicke auf die Notizen, dann auf das Auto und wieder auf die Notizen. Das Nummernschild des Fahrzeugs entspricht einem der Einträge auf dieser Seite.

Ich prüfe die Zahlenreihen, starre auf den Parkplatz mit diesen zahlreichen Reihen voller Autos, und so langsam kommt mir etwas bekannt vor.

Ich gehe wieder ins Bett, und ein überwältigendes, noch unerklärliches Gefühl von Kummer verschwindet in der Finsternis.

Kapitel 86

»Na, wie geht es uns heute?«

Der Mann ist zurück. Ich bin zurück.

»Was … wo bin ich ge…?« Es fällt mir jetzt leichter zu sprechen.

»Alles in Ordnung«, sagt er. »Alles ist normal.«

Ich habe keine Ahnung, was er mit *normal* meint, weil sich meine Welt so unbeschreiblich abnormal anfühlt.

»Erzählen Sie mir, was passiert ist«, sage ich. »Erklären Sie mir, wie ich hierhergekommen bin.«

»Sie haben einen langen Weg hinter sich, Christopher.«

»Aber wo bin ich gewesen?«

»Die Geschichte«, sagt er, »ist sogar noch länger.«

Nachdem er sich einen Stuhl an mein Bett herangezogen und sich gesetzt hat, bemerke ich zum ersten Mal das Namensschild auf seinem Hemd.

Dr. Donald Raymond.

Auch erkenne ich zum ersten Mal, wie hell seine blauen Augen sind.

»Donald Raymond«, sage ich. »Donny …« Mein Körper erstarrt.

»Ist schon in Ordnung.« Er legt eine Hand auf meinen Arm, um mir Trost zu spenden. »Sie müssen sich nicht mehr fürchten.«

Und irgendetwas in seiner Stimme bestätigt mir, dass ich es nicht muss. »Es war …«

»Weiter«, ermutigt und beobachtet er mich.

»Wie der Blick in einen Spiegel … Sie waren mein … alles war …«

»Umgekehrt«, sagt er mit einem bestätigenden Augenzwinkern.

Dr. Raymond presst seine Hände zusammen und schaut aus dem Fenster in meinem Zimmer. Ich weiß, dass er jetzt denkt, dass der Weg, den wir nun gehen müssen, nicht leicht sein wird.

»Was ist los?«, frage ich.

»Christopher, ist Ihnen im Klaren, wo Sie sich gerade befinden?«

»Im Krankenhaus.«

Er nickt. »Wissen Sie, in welchem?«

Ich schüttle den Kopf.

»Dies ist die psychiatrische Klinik Loveland.«

Der Name hilft meinem Gedächtnis auf die Sprünge, während durch die tief verwurzelten Schichten meines Verstands Bilder auftauchen. »Ich … ich glaube, ich erinnere mich, dass ich hier war.«

»Das hatte ich erwartet. Die Sache ist allerdings die, dass diese Erinnerungen verfälscht sein können.«

»Verfälscht?«

»Durch Verzerrungen gestört – die meisten davon ganz bestimmt. Da Sie aber jetzt aus Ihrem vorherigen Zustand herausgekommen sind, können wir sie begradigen.«

»Aus welchem Zustand?«

»Der, in den Sie vor einem Jahr gefallen sind.«

»Warten Sie mal … Ein Jahr? Ich bin seit einem Jahr hier?«

»Ihr Körper. Was Ihren Geist anbelangt … das ist eine andere Geschichte.«

Ich erinnere mich an etwas. Ich kann es nicht identifizieren. Etwas Dunkles und Schnelles, so etwas wie ein hüpfender Schatten. »Es ist, als ob mein Gehirn die Erinnerungen ein- und ausschaltet, und sie kommen so schnell, dass ich Mühe habe, sie festzuhalten.«

Kaum ist mir das letzte Wort von den Lippen gerutscht, ist es auch schon wieder passiert. Eine weitere zaghafte Erinnerung gleitet durch mein Bewusstsein, und ein Schleusentor mit Bildern und Tönen öffnet sich.

Ich sehe die dunklen Wände des Loveland, die um mich herum anschwellen, pulsieren und mich umschließen. Ich sehe die schattenartigen Flure von Alpha Zwölf, alle Türen stehen offen, und unheimliches, weißes Licht leuchtet hindurch. Ich höre Schreie, verrückte Schreie und …

Dieser Ort hier ist kaputt!

Ich versuche, all diese Gedanken zu verjagen, aber jetzt sitzt mir ein Psychopath namens Donny Ray Smith direkt gegenüber und durchdringt mich mit diesen Augen. Er steht auf und kommt auf mich zu. Ich springe zurück, aber bevor er zu nahe herankommen kann, zerfällt Donny Ray wie rieselnder Glitzerstaub.

Dr. Raymond kommt zurück.

»Christopher?«

Ich komme wieder zu mir und schaudere, versuche, meinen launischen Verstand in den Griff zu bekommen.

»Es ist schon gut«, versichert er mir. »Sie müssen sich nicht mehr fürchten. Diese Erinnerungen sind nicht real. Sie waren alle Produkte wahnhafter Gedanken, die durch Ihre Krankheit hervorgerufen wurden.«

»Welche Krankheit?«

»Die Krankheit, die Ihren Verstand lahmgelegt hat.«

»Was erzählen Sie denn da? Dass ich eine Art psychotische Episode erlitten habe?«

Er lächelt sanft. »Jetzt wollen wir lieber nicht von Arzt zu Arzt sprechen. Sie sind es gewohnt, eine Diagnose zu erstellen, aber das macht die ganze Angelegenheit nur noch verwirrender, und Sie werden ängstlicher.«

Ich schaue in seine blauen Augen, und ich beginne, eine Logik zu entwickeln. Ich stelle eine Verbindung mit genau demselben Gefühl her, das ich hatte, als mir klar wurde, dass Donny Ray mir Devon wegnehmen wollte. Aber während diese Empfindung in mir hochkommt, packt mich entsetzlich viel Angst.

»Sie … Sie töteten meinen …«, sage ich, immer noch versucht, die Kluft zwischen Realität und meinem Fantasieprodukt zu schmälern.

Er schüttelt den Kopf. »Das dachten Sie nur.«

Verwirrt blicke ich mich im Zimmer um und bemerke ein Gemälde, das an der Wand hängt. Ich starre auf ein Bild mit einem jungen Mädchen in einem blauen Kleid, und eine neue Erinnerungswelle kommt an die Oberfläche.

»Sie und ich … wir haben die ganze Zeit miteinander geredet.«

»Das haben wir, aber Ihr Gehirn konnte unsere Therapie nicht richtig interpretieren. Ihre Wahrnehmungen wurden verzerrt. Es war in der Tat wie der Blick in einen Spiegel, aber dieser Spiegel war gesprungen. Ihr Geist hat Verzerrungen auf Sie zurückgeworfen.«

Die Gedanken in deinem Kopf haben dich geblendet, Christopher.

»Ich … ich verstehe nicht. Alles ist so geschehen, wie ich es erlebt habe. Ich erinnere mich sehr deutlich daran.«

»Ich weiß, dass es sehr reell aussah, aber in Ihrem Zustand war es Ihnen nahezu unmöglich, den Unterschied zu erkennen.

Ich habe versucht, Ihnen zu helfen, Ihren Weg zurückzufinden. Daher wurden Sie hierhergebracht.«

Ihre Angst ist es, die uns zusammengebracht hat. Sie wissen das.

»Aber etwas fehlt hier. Was hat mich dazu gebracht, aus der Realität zu flüchten?«

Dr. Raymond runzelt die Stirn. Er beugt sich vor und wählt seine Worte sehr sorgfältig. »Christopher, erinnern Sie sich an den Autounfall?«

»An welchen?«

»Wie bitte?«

»An welchen Unfall? Es gab mehrere.«

»Nein.« Er schüttelt den Kopf. »Es gab nur einen einzigen.«

Ich schaue weg, versuche, seine Bemerkung zu verarbeiten, aber als ich mich wieder zu ihm umdrehe, bin ich nur noch verwirrter.

Dr. Raymond setzt sich wieder. Er macht eine Pause und denkt nach, bevor er sagt: »Sie waren mit Devon im Auto. Sie haben versucht, einem Kind auszuweichen, das auf die Straße gelaufen ist. Können Sie sich an irgendetwas …«

Es war doch nur ein Unfall, Daddy.

Ich reiße die Augen auf, als sich zwei Drähte berühren und Funken sprühen. Plötzlich explodiert Erkenntnis in mir, und eine Schwelle fällt zusammen. Erinnerungen steigen auf, als hätten sie nur darauf gewartet, an die Oberfläche zu treten, auf die Außenwelt zu treffen. Erinnerungen, die ich wohl die ganze Zeit über hatte, aber von denen ich nicht wusste, wie ich sie aufrufen konnte.

Ich beuge mich vor, verberge mein Gesicht, aber ich kann mich nicht vor dem hier verstecken. Mir wird noch etwas anderes bewusst, ein tiefer psychischer Schmerz, der sich wie aus winzigen Pixeln zusammensetzt, um das Bild einer Tragödie der schlimmsten Art zu bilden.

Und Ihr Herz wird brechen, Christopher.

Mein Körper schüttelt sich, ich lasse die Schultern hängen und greife mir in die Haare. »Bringen Sie ihn zum Schweigen, verdammt!«, schreie ich. »Schicken Sie ihn weg!«

»Lassen Sie es geschehen, Christopher«, sagt Dr. Raymond Anteil nehmend. »Lassen Sie alles heraus.«

»Ich kann nicht!«

»Sie können. Diese Erinnerungen werden Ihnen frisch und neu vorkommen, das sind sie aber nicht. Sie werden gerade zum ersten Mal damit konfrontiert. Sie integrieren sie. Es ist schmerzhaft, aber es ist ein sehr großer Schritt nach vorn, Christopher, und Sie müssen da durch.«

Es muss geschehen. Du weißt, dass es das muss.

»Es tut weh!«, sage ich durch quälende Schreie hindurch. »Es tut verdammt weh!«

»Ich weiß … aber dies ist der Punkt, an dem wir beginnen.«

Nun können wir mit dem Wiederaufbau beginnen. Nur du und ich, Partner, Stein für Stein.

Aber es fühlt sich absolut nicht wie ein Beginn an. Dieser Schmerz hört nicht auf, er ist zehrend und endlos. Ich ertrinke in den zahlreichen Puzzlestücken, die in meinem Verstand verstreut sind, und versuche, sie zusammenzusetzen, damit sie einen Sinn ergeben.

Schließlich kann ich wieder sprechen. »Er ist fort.« Meine Stimme ist belegt und heiser, meine Kehle brennt und juckt. Dann sage ich sehr schwach: »Mein Sohn ist fort.«

»Ja«, sagt Dr. Raymond mitfühlend. »Er ist fort. Das ist wahr.«

Wir werden die Wahrheit herausfinden.

»Aber wieso … Wie ist das alles …«

»Sie haben sich eine ganz neue Welt erschaffen«, sagt Dr. Raymond, »als wäre sie aus Knetgummi. Darin konnten Sie die Realität beliebig verbiegen. Sie konnten die Zeit umkehren,

Devon zurückbringen und gleichzeitig Ihre Familie wieder zusammenbringen.«

»Aber ich habe Sie zu meinem Feind gemacht.«

»Weil ich versucht habe, Sie aus dieser Welt herauszuholen – und in dieser Welt dachten Sie, ich wolle Ihnen Devon wegnehmen, obwohl ich Ihnen in Wirklichkeit erklärt habe, dass er bereits gegangen war.«

»Wie habe ich es geschafft, herauszukommen?«

»Ich habe Sie sehr hart angefasst, Christopher. Eine nach der anderen habe ich Ihnen Ihre Illusionen genommen, so lange, bis nichts weiter zu sehen war als die schmerzhafte Wahrheit.«

Indem man dir alles in dieser Welt nimmt, an das du glaubst.

»Danach sind Ihre zwei Welten schließlich zusammengestoßen und miteinander verschmolzen. Sie fanden ein Fenster der Einsicht und krochen hindurch.«

Daddy, das sind wir …

Devons Aussage durchfährt mich wie ein beruhigendes und fernes Echo. Ich sehe sein hübsches Lächeln, so lebendig und kräftig und greifbar. Aber dieses Mal ist es keine Illusion.

Dieses Mal, endlich, sehe ich die Wahrheit.

Die echte.

Kapitel 87

Aber es gibt noch immer eine Wahrheit, die ich nicht gefunden habe.

Ich habe ein Jahr verloren. Ich habe meine erfolgreiche Tätigkeit als Psychologe aufgegeben. Ich habe meine Frau aufgegeben. Ich habe Devon verloren. Aber was seinen Tod noch unerträglicher macht, ist, dass ich die Verantwortung dafür trage. Meine Schuld ist unüberwindbar, und ich weiß, dass sie mich für den Rest meines Lebens verfolgen wird. Ich werde mir nie verzeihen, und ich weiß nicht, ob Jenna es kann. Wie könnte sie auch?

Die Geisteskrankheit bot eine vorübergehende Gnadenfrist vor der Wahrheit. Aber in meiner imaginären Welt zu verschwinden, bedeutete, sie in der realen Welt mit ihrem Kummer allein zu lassen. Ich habe sie nicht absichtlich verlassen, aber das war kein Trost und hat ihr nur noch mehr Schmerzen zugefügt und es für sie noch schwieriger gemacht. Ein gestörter Geist hat mich davon abgehalten, um meinen Sohn trauern zu müssen, aber diese Flucht war nur vorübergehend. Die Seelenqual wartet noch immer auf mich, und ich frage mich jetzt, ob ich nun auch noch mit dem Verlust meiner Frau fertigwerden muss.

Die Tür zu meinem Zimmer öffnet sich. Jenna steht dahinter, immer noch so schön wie am ersten Tag, an dem ich sie gesehen habe. Ich bin atemlos und besorgt, denn ich kann ihren Gesichtsausdruck nicht richtig deuten, ich weiß nicht, ob ich Freude oder Bedauern sehe.

Ob sie gekommen ist, um mich zu begrüßen oder um sich von mir zu verabschieden.

Jenna kommt auf mich zu, und je näher sie kommt, umso mehr stelle ich fest, dass sie mit mir kommuniziert – nicht mit Worten, sondern in unserer eigenen, unausgesprochenen Sprache: *Ich liebe dich. Ich habe dich so sehr vermisst.*

Sie hat mich nicht aufgegeben.

Wir sehen uns in die Augen, und die Seltsamkeit dieses Augenblicks lässt uns beide erstarren. Der einzige Hinweis auf Jennas Gefühle sind Tränen, mit denen sich ihre Augen füllen. Tränen der Freude, des Glücks, der Angst oder … Ich kann es nicht sagen.

Keiner von uns spricht.

»Nun«, sagt sie schließlich und bietet mir dieses entzückende Lächeln, »wir wussten ja schon immer, dass du kompliziert bist.«

Ich werfe meine Arme um sie. Ich gebe mich diesem Augenblick hin. Ich genieße ihn. Meine Frau an mich zu drücken, sie zu spüren, zu riechen, dieses fast lautlose Schluchzen, das gegen meinen Körper vibriert.

Jenna drückt ihre Wange an meine. Unsere Haut berührt sich, unsere warmen Tränen vermischen sich miteinander, und ihre Liebe gibt mir Kraft. Niemals zuvor habe ich dieses Gefühl mehr gebraucht als in diesem Augenblick. Denn in dieser wahren Welt bin ich wieder mit dieser einen Person zusammen, die es mir ermöglichen wird, weiterzuleben, die mir gerade das erste Anzeichen von Heilung gegeben hat. Wir bleiben noch eine ganze Weile ineinander verschlungen, aber nicht nur ich brauche das, sondern Jenna auch.

Als sie sich schließlich zurückzieht, schaue ich in ihre Augen. Meine Frau ist in der Tat immer noch so schön wie früher, ich sehe aber auch, dass das vergangene Jahr Spuren bei ihr hinterlassen hat. Ich sehe Traurigkeit, so viel Schmerz und Kummer. Eine Frau, die zuerst einen Sohn verloren hat und dann, für eine lange Zeit, ihren Mann. Eine Frau, die genauso allein in ihrer Welt gewesen ist wie ich in der, die ich mir geschaffen habe, womöglich sogar noch einsamer. Ich möchte ihr so gern diesen Schmerz nehmen. Aber in einer Zeit wie dieser scheint es mir unmöglich, Worte der Ermutigung zu finden. Ich bin mir noch nicht einmal sicher, ob es überhaupt welche gibt.

Trotzdem starte ich einen Versuch.

»Ich bin so …« Meine Stimme versagt, und ich versuche es noch einmal. »Tut mir leid, es wird niemals genug sein. Ich weiß nicht, wie …«

»Nein, mein Schatz, nicht«, sagt Jenna mit dieser sanften Bestimmtheit, an die ich mich so gut erinnere. Sie zieht sich zurück, sodass wir uns in die Augen sehen, und sie wischt mir eine Träne aus dem Gesicht. »Es gibt nichts, was dir leidtun muss. Hast du mich verstanden? Nichts.«

Ein schwaches Nicken ist alles, zu dem ich in der Lage bin. Vielleicht, weil ich ihr nicht glaube. Vielleicht, weil ich es nicht kann. Ich schaue auf, und in ihrem so zärtlichen Mitgefühl finde ich einen Hoffnungsschimmer.

»Chris«, sagt sie, »alles, was du von der ersten Sekunde an getan hast, als Devon das Licht der Welt erblickte, war, ihn zu lieben. Er hat diese Welt mit dieser Gewissheit verlassen.«

»Ich habe ihn im Stich gelassen. Ich bin genau wie mein eigener Vater geworden.«

»Liebling, genau das hast du nicht kapiert.«

»Inwiefern?«

»Du bist nicht wie dein Vater«, sagt Jenna, »weil du wieder zu mir zurückgekommen bist.«

Und mit ihrer Absolution bin ich nicht nur todunglücklich, sondern auch zurück auf dem Boden der Tatsachen. Ihre Worte haben Tür und Tor zu einer Flut von Emotionen geöffnet, die so mächtig, so tief, so scheinbar unendlich sind. Ich bin von ihrer Vergebung überwältigt, aber das macht meinen Kummer um Devon nur noch schlimmer.

Ich gebe mich diesen Gefühlen gegenüber geschlagen. Ich lasse sie zu, weil ich weiß, dass jetzt die Zeit gekommen ist, dass die Geborgenheit in Jennas Armen der richtige Ort dafür ist. Ich vergrabe mein Gesicht an ihrer Schulter. Und endlich beweinen wir gemeinsam den Verlust unseres Sohnes. Und endlich erlaube ich mir, mich gehen zu lassen.

Gerade als ich den Punkt erreicht habe, an dem es sich anfühlt, als könnte dieser Schmerz niemals enden, streicht Jenna ihre Hand über meinen Rücken und zieht mich fest an sich.

»Chris«, flüstert sie.

Aber ich gebe keine Antwort. Ich ringe nach Luft.

»Chris«, wiederholt sie.

Ich schlucke schwer.

»Atme mit mir«, sagt sie.

Ich hebe den Kopf weit genug, um in die Augen meiner Frau zu sehen, und ihr mit Tränen gefülltes Lächeln teilt mir alles mit, was ich wissen muss. Und wir atmen gemeinsam. Wir sind eins.

DANKSAGUNG

Dieser Roman wurde zu einem Wendepunkt in meiner Karriere.

Seit Jahren habe ich davon geträumt, diese Geschichte zu schreiben; jedoch jedes Mal, wenn ich auf diese leere Seite starrte, standen mir Bedenken im Weg. Die Gründe dafür waren zahlreich, aber es war vor allem die extreme Komplexität, es mit einer Gummiwelt aufzunehmen, die mir die größten Sorgen bereitete. Zwei Geschichten parallel laufen zu lassen, von denen eine vollständig unsichtbar bleiben musste, ist eine gewaltige Aufgabe. An dieses anspruchsvolle Konzept haben sich schon einige herangewagt, sowohl in Filmen als auch in Romanen, aber nur wenige scheinen es geschafft zu haben, dies erfolgreich durchzuziehen. Natürlich gab mir das zu denken: »Habe ich denn jetzt völlig den Verstand verloren? Wenn sie es nicht geschafft haben, warum zum Teufel bildest du dir ein, dass du es könntest?«

Aber das Leben hat eine Art und Weise, uns aus unserer Wohlfühlzone herauszuschubsen und uns mit der Nase direkt auf die Dinge zu stoßen, die wir am meisten fürchten. Bevor ich mich's versah, befand ich mich schon inmitten des Geschehens und tippte endlich, mit zittrigen Fingern und einer Heidenangst, jene ersten Worte auf den Bildschirm.

Diese Reise war jedoch mit herzzerreißenden Herausforderungen gepflastert. Es gab Gesundheitsprobleme und zwei entsetzlich abgetrennte Finger (fragen Sie nicht, wie und wieso, es ist zu kompliziert). Viele Dinge liefen schief, ich erlitt Rückschläge und jede Menge verworfene Kapitel, die ich schon gar nicht mehr zählen kann. Es gab Schreie, Faustschläge auf den Tisch, Tränen und zum ersten Mal in meiner Karriere unzählige Nächte, in denen ich zu Bett ging und an meiner Fähigkeit als Schriftsteller zweifelte. Aber mit diesen Erfahrungen kamen große Erkenntnisse, vor allem die, dass Erfolg ohne Furcht unerreichbar ist. Die am härtesten umkämpften Schlachten sind in der Tat die lohnenswertesten.

Neben meinem hartnäckigen Unwillen, eine Niederlage zu akzeptieren, war es die konsequente und großzügige Unterstützung durch diejenigen, die mich umgeben, die mich dazu bewegt hat, weiterzukämpfen. Angefangen bei all jenen, die ihr Wissen mit mir geteilt haben, bis zu denen, die scheinbar der Meinung waren, ich könnte das schaffen (obwohl ich selbst nicht davon überzeugt war), wobei jeder Einzelne eine wichtige Rolle dabei spielte, Ihnen, liebe Leser, diese Geschichte vorlegen zu können. All diesen Menschen danke ich von ganzem Herzen.

Ein besonderer Dank gilt den Leuten bei Thomas & Mercer, speziell Kjersti Egerdahl und vor allem Alan Turkus, der mit großer Geduld und Vorfreude wartete (und wartete), während ich wie besessen und eifrig an diesem Roman gearbeitet habe. Die Fristen wurden immer wieder überschritten, und er hat sie immer wieder verlängert. Trotz allem haben seine Begeisterung und sein Enthusiasmus für diese Geschichte niemals nachgelassen.

Ich bin dankbar, dass Scott Miller bei der Trident Media Group mein Agent ist. Er hatte nicht nur ein offenes Ohr für jedes Anliegen, sondern erledigte auch zügig alle geschäftlichen Belange.

Meine Entwicklungslektorin, Caitlin Alexander, ist bei der Beurteilung dieses Buches sehr sorgfältig und gründlich vorgegangen und hat unlogische, widersprüchliche und unsinnige Stellen ausgemerzt. Ihr Einblick war von unschätzbarem Wert bei der Erstellung einer zusätzlichen Tiefe und Glaubwürdigkeit meiner Geschichte.

Es wäre eine radikale Untertreibung, zu sagen, dass dieses Buch eine fachliche Herausforderung war. Ich habe mich mit geringem Wissen über forensische Psychologie auf dieses Abenteuer eingelassen und habe es, so hoffe ich, geschafft, diese Geschichte mit bereichertem Wissen und Glaubwürdigkeit aufs Papier zu bringen. Dafür schulde ich meinen größten Dank und meine absolute Bewunderung der Neuropsychologin Cynthia Boyd, die mich durch zahlreiche Komplexitäten der Psychopathologie, Dissoziationen, Traumata von sexuell missbrauchten Kindern, Gehirnverletzungen und vieler anderer Themen geführt hat, die zu zahlreich sind, um sie hier aufzulisten. Bei jedem meiner Anrufe (auch viel zu zahlreich) reagierte sie mit echter Begeisterung und dem größten Wunsch, mir so hilfreich wie möglich zu sein. Ich kann ohne eine Sekunde zu zögern sagen, dass dieses Buch ohne ihre Hilfe nicht dasselbe gewesen wäre, und ich bin überglücklich, sie kennengelernt zu haben.

Ein besonderer Dank geht an den Klinischen Psychologen Franz Kubak am Oregon State Hospital, der mir geholfen hat, die Lücken zu füllen, damit ich Christophers Arbeitsumfeld genauer porträtieren und die Umstände sowie die Behandlung von Patienten besser verstehen konnte.

Im Übrigen habe ich schon seit Jahren versucht, mich in eine psychiatrische Klinik einzuschleichen, aber leider sieht es so aus, als müsse ich hierzu als Patient eingeliefert werden, um mir Zutritt zu verschaffen. Während des Schreibens dieses Buches kam ich gefährlich nahe daran, diesen Wunsch erfüllt zu bekommen, aber nicht nahe genug. Stattdessen musste ich mich auf Augen und Ohren der wunderbaren Menschen verlassen, die ihr Leben dafür opfern, psychisch Kranken zu helfen.

Lori Wilson, ebenso am Oregon State Hospital, ist seit »Der Löwe, das Lamm, der Gejagte« meine Ratgeberin, und sie ist wirklich ein Juwel. Ich belästige sie ziemlich häufig mit schwierigen Fragen, und erstaunlicherweise scheint sie meiner nie überdrüssig zu werden. Meine einzige Hoffnung ist, dass sie eines Tages meinen Forschungstraum erfüllen kann, wenn auch nur für den alleinigen Zweck, ihr, im wahrsten Sinne des Wortes, nicht mehr auf die Nerven zu gehen.

Um Loris Last zu erleichtern, habe ich jetzt ein neues Opfer, Kathleen Lee, vom Arkansas State Hospital. Auch sie war so unglaublich hilfreich bei der Beantwortung jeder meiner Fragen und hat mir mit einer bemerkenswerten Freundlichkeit, mit Engagement und Geduld die Feinheiten ihrer tagtäglichen Arbeit weiter verdeutlicht.

Ich habe nun ein völlig neues Verständnis und Mitgefühl erlangt, nicht nur für diejenigen, die an Schizophrenie leiden, sondern auch für deren Familienangehörige. Ich bin Terri Strong dankbar dafür, dass sie so freundlich und großzügig war, mit mir ihre persönlichen Erfahrungen zu teilen, sodass ich die emotionalen Kämpfe von Christopher nicht nur als Kind eines schizophrenen Elternteils, sondern anschließend auch als Opfer porträtieren konnte. Ich hoffe sehr, dass wir eines Tages diese schreckliche Krankheit vollkommen verstehen und neue Wege finden werden, diese Qual zu lindern.

Rechtsanwalt Richard Gates war so freundlich, mit seiner Sachkenntnis und seinem Wissen über die Verteidigung auf Basis von Unzurechnungsfähigkeit beizutragen. Er ist ein extrem beschäftigter Mann, der trotz allem seine Zeit geopfert und damit wieder einmal bewiesen hat, dass es überall auf der Welt großzügige Menschen gibt.

Große Anerkennung geht auch an meine Betaleser für ihre Hilfe, dieses Buch zum bestmöglichen zu machen.

Und an meine regelmäßigen Leser: Sie sind der Grund, warum ich schreibe. Kein einziger Tag vergeht, an dem ich diese Tatsache aus den Augen verliere, und an jedem Tag vertieft sich mein Respekt und meine Bewunderung für Sie. Danke, dass Sie mir die Gelegenheit geben, meine Geschichten zu erzählen. Vielen Dank für Ihre unermüdliche Unterstützung und Ermutigung. Es ist wirklich das Allergrößte für mich.

Zu guter Letzt möchte ich den Leuten danken, die ich liebevoll als meinen Stamm bezeichne. Diejenigen, die mich unaufhörlich hochhalten, aus der Versenkung holen und mir die Kraft geben, weiterzumachen, wenn ich unsicher werde und zweifle.

Kelley Eskridge (die ich zur Stammesführerin befördert habe, nachdem sie mich vor ein paar Monaten meisterhaft beruhigt hat): Du bist meine Freundin, meine private Redakteurin und einer der klügsten Menschen, die ich je gesehen habe, und ich bin so verdammt dankbar, dich zu kennen. Ich könnte immer so weitermachen, aber bitte glaube mir, wie absolut genial ich dich finde.

Barbara Richards und ich haben uns vor sehr langer Zeit kennengelernt, und zwar während meines ersten Fernsehauftritts bei CBS in San Diego. Sie ist dort immer noch tätig und erfolgreich – ich bin schon seit Langem weg. Genug gesagt. Manche Dinge sollen einfach so sein. Und obwohl wir beruflich getrennte Wege gegangen sind, ist unsere Freundschaft im Lauf der Jahre nur noch stärker geworden, weil sie einerseits einer der lustigsten Menschen ist, die ich kenne, und andererseits, weil sie einer der ehrlichsten und aufrichtigsten ist.

Linda Boulanger und ich texteten uns schon seit vielen Jahren, bevor wir überhaupt ein Wort miteinander gesprochen haben – und obwohl meine Finger oftmals taub und steif geworden sind (na ja, weil ich ziemlich gesprächig bin), kenne ich sie als eine der Nettesten, Großzügigsten und Authentischsten aller Leute, die ich je getroffen habe. Schließlich sind wir uns im wirklichen Leben begegnet, und zwar im Mai bei der OWFI-Konferenz, und sie war genauso großartig, wie ich sie mir vorgestellt hatte.

Die Rickrodes – Paul, Kay und Deanna –, ihr seid meine zweite Familie in jeder Hinsicht, und ich bin der Sohn/Bruder, um den ihr nie gebeten habt. Ich weiß wirklich nicht, wer wen in dieses Leben gesteckt hat, aber ich denke, es ist einfach so: Wir sind miteinander verknüpft, und ich könnte nicht dankbarer dafür sein.

An meinen Vater: Ich liebe dich und bin so dankbar für unsere Nähe und den gegenseitigen Respekt, der tagtäglich stärker wird.

An meine Mutter: Ich vermisse dich schrecklich, aber finde Kraft darin, zu wissen, dass du im Geiste immer bei mir bist und dass deine Liebe immerwährend ist.

An Jessica Park, meine beste Freundin, meine Klarheit, meine Gleichgesinnte. Ich liebe dich auf eine Weise, die keine Worte jemals annähernd beschreiben könnten. Der Tag, an dem du in mein Leben getreten bist, war genau der Tag, an dem ich neue Wege gefunden habe, so viele Freuden zu erleben, von denen ich überhaupt nicht wusste, dass sie existieren. Du bist wirklich ein sehr kostbares Geschenk.

QUELLEN

Shakespeare, William: *Hamlet,* übersetzt und kommentiert von Holger M. Klein, Stuttgart, Philipp Reclam Jun., 2006

15666115R00234

Printed in Poland
by Amazon Fulfillment
Poland Sp. z o.o., Wrocław